Kai Meyer
Die Geisterseher

atb aufbau taschenbuch

Kai Meyer, geboren 1969, gilt als der Meister der Phantastik. Aus seiner Feder stammen Bestseller wie »Die Wellenläufer« und »Seide und Schwert« und zuletzt die Trilogie »Die Seiten der Welt«. Weltweit beträgt seine Auflage mehrere Millionen Exemplare. Übersetzungen erscheinen in 30 Sprachen. Kai Meyer studierte Film- und Theaterwissenschaft, volontierte als Journalist bei einer Tageszeitung und war Redakteur, bevor er sich 1995 ganz auf das Schreiben von Büchern verlegte. Er lebt in der Nähe von Köln.

Im Aufbau Taschenbuch ist ebenfalls sein Roman »Die Winterprinzessin« lieferbar.

Mehr Informationen zum Autor unter www.kai-meyer.de.

Die Brüder Grimm jagen einem rätselhaften Manuskript nach. Durch Adelspaläste, finstere Spelunken und unterirdische Tempel führt die rasante Suche nach Schillers geheimnisvollstem Werk »Die Geisterseher«. Auf ihrer Spur: skrupellose Geheimbünde, ein wahnsinniger Mörder – und Goethe, der undurchsichtige Dichterfürst.

Ein phantastischer Abenteuerroman vom preisgekrönten Bestsellerautor Kai Meyer.

Kai Meyer

Die Geisterseher

Roman

atb aufbau taschenbuch

MIX
Papier aus verantwortungsvollen Quellen
FSC® C083411

ISBN 978-3-7466-3318-3

Aufbau Taschenbuch ist eine Marke der Aufbau Verlag GmbH & Co. KG

1. Auflage 2017

Die Originalausgabe erschien 1995 bei Rütten & Loening,
einer Marke der Aufbau Verlag GmbH & Co. KG
Umschlaggestaltung Christin Wilhelm, www.grafic4u.de
unter Verwendung von © shutterstock/stevemart, V. Kuntsman
Druck und Binden CPI books GmbH, Leck, Germany
Printed in Germany

www.aufbau-verlag.de

Prolog

Weimar, im März 1805

Am Morgen jenes Tages, an dem Gott, der Herr, von seinem Thron stieg und tot zusammenbrach, war die Milch in ihren Krügen geronnen wie Blöcke aus weißem Porzellan. Dorothea, die Dienstmagd, war atemlos zum Markt gelaufen, aufgescheucht wie die Hühner, die zwischen den Ständen gluckten, und hatte beim Bauer Rosenberg um neue gebeten. Sauer sei die alte gewesen, die er ihr am Vortag verkauft habe, sauer, wie die Miene des Herrn Geheimrat, wenn er von dem Mißgeschick erführe. Ja, ganz zweifellos.

Sie kam mit neuer Milch nach Hause, doch Gott, der Schöpfer, starb trotzdem. Dabei hatte er weder von der einen noch der anderen getrunken, und die Schuld an dem, was folgte, traf nicht die Dienstmagd Dorothea und nicht den Bauern Rosenberg.

Am Nachmittag erhob Gott, der Allmächtige, sich von seinem prächtigen Thron (der Bezug war mit schwarzem Zwirn geflickt, aber das sah nur der, der davon wußte), machte erst einen, dann einen zweiten tänzelnden Schritt und schien mit einem Mal zu schwanken. Er faßte sich an seinen langen, weißen Bart – der roch ein wenig nach Essensresten –, blinzelte, weil er glaubte, seine Brille sei verrutscht, und kippte schwer vornüber. Beim Aufschlag verrutschten die Gläser tatsächlich, sie zerbrachen, und ein Splitter bohrte sich in seinen linken Augapfel. Das Blut, das dabei austrat, verursachte einige Verwirrung und sorgte im Anschluß für gehörigen Streit über die wahre Todesursache.

Als sein Körper mit Getöse auf den Boden krachte, spritzten die himmlischen Heerscharen auseinander wie kochendes Fett auf kaltem Stein. Raphael und Michael, den beiden Erzengeln, blieben die Worte honigzäh am Gaumen kleben, und Gabriel verschluckte sich so furchtbar, daß sein Husten den Umstehenden in den Ohren klang wie meckerndes Gelächter.

Ausgerechnet Mephistopheles war es, der seine Sinne als erster wieder beisammen hatte und lautstark nach einem Mediziner rief. Seine Worte hallten über den Hof des Weimarer Bürgerhauses, so schrill, so schneidend, daß Dorothea, die Dienstmagd, vor Schreck einen Krug der frischen Milch vergoß und aufgeregt zum Fenster eilte.

Was sie sah, ließ ihren Atem stocken. Die Schauspieler, die im Hof den Prolog des neuen Stückes aufgeführt hatten, an dem ihr Herr seit Jahren schrieb, liefen kopflos auf und ab. Einige scharten sich um den Herrn Geheimrat, andere um etwas, das Dorothea vom Fenster aus nicht sehen konnte. Sie hörte nur, wie der Teufel – sein Name war für ihren Geschmack arg lang und kompliziert geraten – um Hilfe rief. Einen Augenblick lang überlegte sie, ob die Rufe vielleicht ihr galten, ob von ihr erwartet wurde, daß sie einen Doktor holte. Dann sah sie, wie der Stallknecht zum Tor eilte, und war froh, daß er die Verantwortung von ihren Schultern nahm.

Gütiger Himmel, dachte sie, als einer der Engel einen Schritt zur Seite machte und den Blick auf den reglosen Körper freigab. Das weiße Gewand lag über ihn gebreitet, so, wie der Sturz es hatte fallen lassen, als hätte sich der Zufall sein eigenes Leichentuch geformt. Das Gesicht des Schauspielers war aschfahl, fast so grau wie die Pflastersteine des engen Innenhofs. Mehr konnte Dorothea von hier aus nicht erkennen, doch wußte sie sehr wohl, wen der Mann im Drama ihres Meisters spielte. Einen Moment lang erwog sie die Möglichkeit, daß der Himmel einen wütenden Blitz herabgeschleudert hatte, dann verwarf sie den Gedanken; schließlich hatte es keinen Donner gegeben. Und überhaupt: Hätte Gott, der Herr, der Schöpfer, der Allmächtige, nicht den Meister Goethe strafen müssen? War doch er allein es, aus dessen Hirn die Verse und Figuren stammten.

Sie sah, wie der Stallknecht in Begleitung eines Herrn mit feinem Gehrock, Halstuch und Zylinder wiederkehrte. Während der Doktor sich über den leblosen Schauspieler beugte, beobachtete sie das Gesicht ihres Dienstherrn.

Geheimrat Goethe war kaum weniger bleich als der Mann, der auf seinem Hof zusammengebrochen war. Eine Strähne seines dunklen, gewellten Haars war ihm in die Stirn gefallen. Er sprach schnell, fast ein wenig zornig auf den Doktor ein. Dabei sah er ihn nicht an, schaute statt dessen mal hier-, mal dorthin, hinauf zum Dach, wieder zum Tor, dann prüfend durch die Reihen der Schauspieler. Das gute Dutzend Männer und Frauen, allesamt vom Weimarer Hoftheater, stand verwirrt, beschämt, verängstigt da.

»Sieh ihn dir an«, sagte hinter ihr eine knarrende Stimme. Mit aufgestellten Nackenhaaren fuhr Dorothea herum. Goethes Kammerdiener war von hinten herangetreten, ohne daß sie ihn in ihrer Aufregung bemerkt hatte. Er blickte an ihr vorbei durchs Fenster, sein Blick haftete an ihrem Herrn, als hätte er ein Insekt auf seinem Rockaufschlag entdeckt. Sie mochte den Diener nicht. Karottenfarbene Haut spannte sich straff über sein knochiges Gesicht, so daß die Leberflecken auf den Wangen zum Doppelten ihrer eigentlichen Größe anzuwachsen schienen; manchmal roch er nach dem Gift, das er gegen Ungeziefer zwischen der Kleidung seines Herrn verteilte.

»Ist er tot?« fragte sie, weil das erste, was ihr beim Anblick des Dieners einfiel, immer der Tod war.

Der dürre Mann hob die Schultern. Seine Kleidung raschelte trocken wie Herbstlaub, das der Wind gegen Grabsteine treibt. »Wer weiß? Wir werden es bald erfahren. Schau nur, diese Aufregung. Sieh dir den Herrn Goethe an und sag mir: Was stört's ihn? Schreibt schon sein Leben lang übers Sterben und scheint nun ganz fassungslos.«

»Was wird aus dem Essen?« Die dritte Stimme, hinter ihrer beider Rücken, gehörte dem Koch. Der Herr hatte ihn nur für den heutigen Tag eingestellt, die vielen Gäste wollten beköstigt werden. Sein Gesicht war teigig, mit wulstigen Lippen, die Dorothea an den Kupferstich einer fleischfressenden Pflanze erinnerten, der einmal im Vorzimmer des Herrn gehangen hatte. Sein Kopf schien beständig hin und her zu rollen, die Arme hingen hilflos zu beiden Seiten seines Wanstes. Dorothea hatte gehört, wie er beim Kochen vor sich hin brabbelte, ganz leise; erst glaubte sie, er betete, dann wurde ihr klar, daß es Witze waren, die er vor sich hinmurmelte. Statt eines Lachens hüpften seine schmalen Augen auf und ab, und die weiße Haut seiner Wangen bewegte sich in fleischigen Wellen zum Kinn.

Dorothea wandte sich von ihm ab und betrachtete wieder ihren düster dreinblickenden Herrn im Hof. »Der arme Herr Goethe. Er wird wieder stundenlang im Regen stehen und traurige Gedichte schreiben.«

»In der Tat«, meinte der Diener, »ich fürchte, er wird den schwarzen Gehrock tragen wollen.«

Dorothea schüttelte den Kopf. »Lieber etwas Helles. Etwas, das seine düstere Stimmung hebt.«

Aus den Augen des Dieners traf sie der eisige Nordwind. Es stand ihr nicht zu, sich in seine Obliegenheiten zu mischen. »Es ist das Los des Dichters zu leiden, Dorothea. Davon leben seine Werke. Und, mit Verlaub, auch wir.«

Der Koch räusperte sich. »Was ist nun mit dem Essen?«

»Wirf es weg«, sagte der Diener.

»Wegwerfen? Denkt doch, welchen Festschmaus wir davon …«

»Koch«, sagte der Diener mit frostiger Stimme, »der Herr steht draußen auf dem Hof, gebeugt über einen Toten. Warum gehst du nicht hinaus und unterbreitest ihm persönlich deinen Vorschlag?«

Der andere fuhr zusammen, als hätte jemand in seine Hühnersuppe gespuckt. Dann zuckte er mit den Achseln, drehte sich um und ging. »Werfen wir es weg«, murmelte er. »Das zarte Fleisch, das frische Gemüse, den edlen Fisch. Weg damit.«

Dorothea hatte ihn kaum beachtet. Ihre Gedanken waren immer noch bei ihrem Herrn und dem Toten. »Warum tut Gott so etwas?«

Der Diener seufzte angesichts solcher Einfalt. »Nicht Gott. Der Tod.«

»Der Tod?«

Der knochige Mann nickte, seine Haut glänzte fahl im einfallenden Nachmittagslicht. »Manche sagen, der Tod sei ewig jung und neide uns das Alter. Je älter wir werden, desto häufiger schaut er vorbei. Holt erst Eltern und Großeltern, schließlich Freunde, zuletzt einen selbst. Dann ist er längst ein alter Bekannter. Aber Regeln sind da, um gebrochen zu werden. Er tut das häufig und gern. Schicksal nennen wir das.«

Dorothea schüttelte langsam den Kopf. Sie verstand nicht, was er meinte.

Die Stimme des Dieners klang nun tief und geheimnisvoll, wie Zaubersprüche in einem alten Brunnenschacht. »Tatsache ist, er hat es wieder getan. Und *Warum* ist die älteste Frage der Welt.«

Erster Teil

Ein Gruß den Feiernden in Moskau – Nacht und Neider – Sprechen Ägypter Polnisch? – Horchen an der Wand – Um Himmels willen, sie trägt Hosen! – Spindels Schergen – Pistolenrauch, wie unerquicklich – Rot wie Blut, schwarz wie Ebenholz – R-O-S-A – Warschau liegt in Preußen – Die Tür eines Amtsmanns

1

An einem Maiabend, ungewöhnlich warm und dennoch klar für jene Zeit des Frühlings, machten wir uns auf den Weg zu des Dichters Haus. Das verblassende Tageslicht hüllte Weimars Straßen in einen sterbenden Glanz und zog scharfe Grenzen zwischen den gierigen Schatten und jenen immer kleiner werdenden Flächen, welche die sinkende Sonne mit ihrem Bronzeschein legierte. Während wir beflügelt von hoher Erwartung einherschritten, flimmerten nach und nach in den Häusern die Fenster als leuchtende Rechtecke aus dem Zwielicht, dunkler, wo von einer Kerze nur der Stumpf geblieben, heller, wo man sie eben erst entzündet hatte. Einmal wehte uns der behagliche Duft von Pfeifentabak in die Nase, ein anderes Mal hörten wir in der Ferne leisen Gesang von Kinderstimmen.

Auf dem Weg zur Esplanade kam uns nur eine einzige Kutsche entgegen, wohl aber gab es verstreute Spaziergänger, welche die lauen Abendstunden zu frohem Gespräch oder brütendem Alleinsein nutzten. Unser Gastgeber hatte uns erklärt, man habe den gepflegten Corso vor einem halben Jahrhundert auf den Resten der ehemaligen Stadtbefestigung errichtet. Seither hatte sich die breite, gepflasterte Straße zum beliebten Wandelweg gemausert. Bebaut war nur die Nordseite; nach Süden hin blickte man hinab bis zur Lindenallee und in ihre stillen, üppigen Gärten.

Das Haus des großen Dichters unterschied sich in seiner Schlichtheit kaum von den übrigen Weimarer Stadthäusern. Barocke Mansardendächer reckten sich über den seitlichen Flügeln, während der Dreiecksgiebel des mittleren Teils und die spröde Putzgliederung der dotterfarbenen Fassade bereits dem Klassizismus entstammten. Der vielfingrige Schatten einer Linde hatte nach dem Haus gegriffen wie die fiebernde Hand der Krankheit, die seinen Besitzer plagte.

Mein Bruder und ich hatten lange gestritten, wer von uns die Hand zum Klopfen an des Meisters Tür würde heben dürfen. Daß schließlich er es war, dem diese Ehre zukam, lag nicht daran, daß er der Ältere war; er zählte zwanzig, ich neunzehn Jahre, und die dreizehn Monate, die uns trennten, hatten für keinen von uns eine Bedeutung. Tatsächlich – und im nachhinein scheint mir die Vorstellung mehr als nur ein wenig albern – hatten wir während der Kutschfahrt nach Weimar und selbst noch im Haus unseres Gastgebers die Qualität unseres Klopfens geprobt, den Klang unserer Hände auf Holz studiert, seine Wirkung nach den feinen Kriterien der Akustik beurteilt. Und mit welchem Bedacht, welcher Akribie wir das taten! Ich will die Details übergehen; erwähnt sei allein die Problematik, ein rechtes Holz zu finden, das dem in seiner Beschaffenheit gleichen mochte, welches wir an jener Pforte zu finden glaubten. Da wir des Meisters Tür weder gesehen, geschweige denn jemals berührt hatten, war dies ein Unterfangen von grenzenloser Pedanterie. Weshalb schließlich Jacob und nicht ich selbst an der Dichterpforte klopfte – sehr zögernd, sehr sachte, sehr höflich –, ist mir wohl nach all der Zeit entfallen.

Mein Bruder und ich erfreuten uns oft an derlei Nichtigkeiten, und wir gefielen uns darin, selbst in den schlichten Dingen des Alltags die Herausforderungen des Charakters, Verstands oder einfach nur des Herzens zu suchen. Zwei jungen Männern, die sich selbst für romantische Gelehrte hielten, fiel dergleichen nicht schwer.

Mein Bruder zog seine Hand von der Tür zurück, als fürchtete er, sie könne daran haften bleiben. Wir waren bereit zu warten, doch es dauerte nur wenige Augenblicke, da hörten wir an der Innenseite Schritte, leichtfüßig und geschwind, mädchenhaft.

Der rechte Flügel der Tür öffnete sich, und als sei sie ein Zaubertrick, dessen Lösung man plötzlich durchschaute, verlor sie mit dieser Bewegung all ihre Mystik. Frische Geheimnisse lagen dahinter, neue Dinge, die es zu sehen, zu erforschen galt.

Das erste dieser Rätsel war ein schmales Frauengesicht, das sich scheu in den Streifen aus Dämmerlicht schob. Das mußte sie sein.

Charlotte von Schiller sah jünger aus, als ich erwartet hatte. Sie war keine Schönheit, doch besaß sie eine grazile Erscheinung, die jeder Frau zu beneidenswerter Zierde gereicht hätte. Ihre Stirn war niedrig, der Nasenrücken langgestreckt. Hübsche braune Augen verrieten Freundlichkeit und Güte.

Ich weiß nicht, ob meine Begegnung mit ihr den Dichter Schiller als Mann greifbarer machte oder ob er durch sie nur in noch entferntere Sphären rückte. Er hatte mit dieser Frau Kinder gezeugt, und der Gedanke daran war so angenehm unzüchtig, daß ich ihn in meinem Hinterkopf zur späteren Betrachtung archivierte.

Einen Augenblick lang schien sie zu zögern, dann lächelte sie. »Die Brüder Grimm, nicht wahr?«

Wir nickten zugleich, wie Zirkusattraktionen mit verwachsenen Schädeln.

»Gestatten, Wilhelm Grimm«, sagte ich. »Und das ist mein Bruder …«

»… Jacob Grimm«, fiel er mir ins Wort und deutete eine Verbeugung an.

Ihr Lächeln drohte für einen Moment zu ersticken wie eine Flamme im Luftzug. Jetzt erst bemerkte ich die dunklen Ringe unter ihren Augen. »Ich bin Charlotte von Schiller«, sagte sie. »Mein Mann kann Sie leider nicht selbst an der Tür empfangen.«

Wir beeilten uns zu versichern, wie wenig uns das ausmachte. Und tatsächlich war allein der Gedanke, daß dies seine Frau, diese Mauern sein Haus, selbst die Luft seine Luft waren, ein Rauschmittel, das mich benebelte wie ein exotisches Opiat. Wir waren da. Hier also war es. Hier schrieb er, lebte er, liebte er. (Ich weiß nicht, warum mir immer wieder der Gedanke an die Liebe kam. Vielleicht war es diese Frau, die von ihm berührt und begehrt wurde; vielleicht war sie es, die mich trotz ihrer unauffälligen Erscheinung so verwirrte. Herrgott, er liebte sie. Wie hätte ich sie da nicht vergöttern müssen?)

»Ihr Mann erwartet uns«, sagte Jacob, der wie immer mühelos die Fassung bewahrte.

Sie schüttelte sanft den Kopf. Ihre hochgesteckten Locken schimmerten wie braune Seide. Spürte Jacob denn überhaupt nichts von ihrer Feenmagie?

»Ich glaube nicht, daß er Sie erwartet«, sagte sie zu unser beider Erschrecken. Hatte nicht Goethe versprochen, einen Boten mit seiner Empfehlung zu schicken?

»Aber, bitte, treten Sie erst einmal ein«, bat sie und zog die Tür zu voller Weite auf.

Wir betraten die Eingangshalle. Wie selbstverständlich hatte ich angenommen, daß es überall im Haus nach Büchern, nach altem Papier und Buchbinderleim riechen würde. Aber ähnliche Erwartungen waren bereits im Anwesen Goethes enttäuscht worden. Daß sie sich auch hier nicht erfüllten, war keine Überraschung mehr.

Sie hatte unser Erstaunen über ihre Worte bemerkt, daher lächelte sie jetzt. »Keine Sorge, meine Herren, er wird Sie empfangen. Er liegt im Bett, sein Zustand ist nicht der Beste. Ihr Gastgeber ließ Ihren Besuch wohl ankündigen, aber ich bezweifle, daß Friedrich sich dessen erinnert.« Wieder dieser kurze Moment tiefer Trauer in ihren zerbrechlichen Zügen. »Bitte folgen Sie mir.«

Charlotte führte uns über enge Treppen hinauf in die zweite Etage. Stufen, Türen und Fensterrahmen waren in grünlichem Grau gestrichen. Handgedruckte Papiertapeten wechselten in ihrer Farbe von Raum zu Raum, mal grün, mal blau, mal zart rosé. Viele der Wandschränke und Regale waren gleichfalls damit überzogen, an Brettern und Fächern hatte man Sockel und Abschlußbordüren angebracht – eine Mode, die mir gut gefiel, Jacob aber zu verspielt und, wie er sagte, weibisch schien. Ich war gespannt, wie er nach unserem Besuch im Hause Schiller darüber denken würde.

Unsere karge Wohnung in Marburg war zweckmäßiger eingerichtet, ganz so, wie es zwei lustlosen Studenten der Juristerei geziemte. Zudem entsprach es dem armseligen Stand der Grimmschen Finanzen. Auf der Liste wichtiger Anschaffungen stand Brot vor Bordüren, Wasser vor Wandschmuck. Aber auch damit ließ sich leben.

Vor einer schmalen Holztür blieb Charlotte stehen. »Friedrich ruht in seinem Arbeitszimmer. Er hat es immer so gewollt.« Sie streckte die Hand nach der Türklinke aus, zog sie aber im letzten Augenblick zurück. »Sie sollten wissen, er ist in keinem guten Zustand. Er redet wirr, hat Fieberträume. Sollte es Ihnen alleine darum gehen, ein Idol zu treffen, ist dies kein guter Zeitpunkt. Sein Genie schwindet von Tag zu Tag.«

Die scheinbare Härte ihrer Worte überraschte mich. Es dauerte eine Weile, ehe ich begriff, daß sie Ausdruck ihrer hemmungslosen Zuneigung waren, der Graben, den sie um die Krankheit ihres Mannes gezogen hatte. Es wunderte mich, daß sie uns überhaupt zu ihm vorließ. Mit einem Mal war ich sicher, daß es auf seinen ausdrücklichen Wunsch hin geschah, nicht, weil sie es tolerierte. Demnach mußte er klar genug gewesen sein, um Goethes Botschaft zu verstehen. Die Nachricht von unserem Kommen. Und dem Medikament, das wir brachten.

Sie öffnete die Tür.

Ich wurde überwältigt. Nicht von der Anwesenheit Schillers; nicht vom Anblick seines Allerheiligsten. Allein der Geruch war es, warm und schal und übelkeiterregend, der mir den Atem nahm. Ein Geruch, wie er in der Küche unserer Mutter geherrscht hatte, an heißen Sommertagen, wenn sie Fisch ausnahm. Charlotte hatte recht gehabt – dies war kein günstiger Augenblick, einem Abgott zu begegnen.

Schiller lag auf einem schlichten Bett aus Fichtenholz. Sein dunkles Haar klebte lang und wirr am Hinterkopf; die wenigen Strähnen, die ihm oberhalb der hohen Stirn geblieben waren, sahen aus, als hätte jemand eine schwarze Spinne an seinem Schädel zerdrückt. Die Wangenknochen stachen spitz hervor, doch stützte ein Doppelkinn seinen Kopf, als müßte er sonst haltlos zur Seite rollen. Seine Lippen waren eingerissen, die Augen schmal und müde.

»Rudolph, bist du's?« Seine Stimme. Großer Gott, seine Stimme. Ein einziges Beben und Zittern. Wie einer, dem die Fluten des Acheron schon die Schultern kühlen.

Charlotte trat eilig an seine Seite. Sie nahm seine Hand in die ihre. Ein Lächeln huschte über Schillers Gesicht, als er ihre Berührung spürte. »Nein, nicht Rudolph«, sagte er. »Du bist's, mein Lottchen. Hat's dich also fortgerissen aus der Festgemeinde? Mein Gruß dem Demetrius. Mein Gruß den Feiernden in Moskau.«

Ich stand starr vor Leid und Schrecken. Wußte nichts zu sagen. Das welke Genie in seinem Bett schien mir plötzlich angsteinflößend in seinem Gefasel und Gestammel. Ich verstand nicht, was er sagen wollte, wen er meinte. Nichts verstand ich. Wollte nur fort.

»Friedrich«, sprach Charlotte ihren Gatten vorsichtig an, als müsse sie ihn gar an seinen eigenen Namen erinnern. »Die Brüder Grimm sind da, Friedrich. Die jungen Herren, von denen Wolfgang uns erzählte. Die beiden sind seine Gäste und wollen dich kennenlernen.«

Einen Augenblick schien es, als komme er zur Besinnung. Bewegung ergriff seine Züge, nur ein wenig. Genug um zu hoffen. Seine Worte klangen spröde. »Die Brüder Grimm, natürlich. Franz und Karl. Ludwig und Johannes. Tristan und Isolde.« Jetzt war mir fast, als lachte er. Lieber wäre mir gewesen, ich hätte es nicht bemerkt.

»Wilhelm und Jacob«, stellte mein Bruder uns vor. Ich neidete ihm seinen Wagemut, dieses Wrack im Bett so offen anzusprechen. Doch blieb mir nicht verborgen, daß auch seine Stimme schwankte.

»So ist es«, erwiderte Schiller. »Wilhelm und Jacob Grimm. Wißbegierig und jung. Sie begreifen den Scherz der Initialen? Tüchtig, tüchtig, in der Tat.«

Jedes seiner Worte war wie Eis in meinem Denken, wie Feuer in der Seele. Der große Schiller war zum Wirrkopf geworden. Mehr noch als sein Zustand erschrak ich über die Geschwindigkeit, mit welcher der Respekt aus meinem Herzen floß. Ich zwang mich, einen Schritt nach vorne zu machen. Dabei wollte ich mich doch am liebsten herumwerfen und fliehen, nur fort aus diesem Haus. Ich wagte nicht, zu Jacob hinüberzusehen, und brauchte es auch nicht, denn er trat von sich aus in mein Blickfeld, gleich neben das Bett des siechen Dichters.

»Dies schickt Euch der Herr Geheimrat Goethe«, sagte mein Bruder und zog eine gläserne Phiole aus seiner Rocktasche. »Das Medikament, nach dem Ihr verlangtet.«

Charlotte streckte die Hand aus und wollte es entgegennehmen, doch Schiller brachte ein erbärmliches Kopfschütteln zustande. »Mir«, sagte er nur. Und nach einem Moment: »Hat der Alte doch noch daran gedacht.«

Jacob sah erst Charlotte an, vergewisserte sich stumm ihrer Zustimmung und legte das Fläschchen dann in Schillers rechte Hand. Jene Hand, die den *Wallenstein*, den *Tell* geschrieben hatte. Jene Hand, aus der seine geistigen Gaben geflossen waren wie die Früchte aus dem Füllhorn. Mir fiel das Bild des Gottes ein, aus dessen Händen Blitze zuckten, aus denen Stürme wehten und Fluten schossen; Instrumente seiner Macht. Nicht anders war es einmal bei Schiller gewesen. Ich würde seine Werke nie mehr so lesen können, wie ich es immer wieder getan hatte, bevor wir hierher kamen, in dieses Haus des Siechtums und Gestanks.

Schiller hob die durchsichtige Phiole in einer mühevollen Bewegung vor seine schmalen Augen und betrachtete die klare, farblose Flüssigkeit, die sich darin bewegte. »Zittert sie nicht ganz so wie ein lebendes Wesen?« fragte er. »Als ahne sie, in welchem Schlund sie bald verschwinden wird. Tu dein Werk, kleine Medizin, tu dein Werk.«

Er machte sich daran, den Stopfen aus dem schlanken Glashals zu ziehen.

»Verdünnt, sie muß verdünnt werden.«

Die Worte hingen wie Spinnweben im Raum, so dünn, so faserig hatten sie geklungen. Als mir klar wurde, daß ich selbst es war, der sie ausgesprochen hatte, erschrak ich über den kraftlosen Klang meiner Stimme.

Drei Augenpaare blickten in meine Richtung. Charlotte sah überrascht aus; Jacob abwartend; und Schiller, ja, Schiller blickte dankbar.

»So spricht er also doch, der ängstliche Herr Grimm«, sagte er.

Ich hätte im Boden versinken mögen, dort und auf der Stelle. Er hatte mich durchschaut, mir wahrscheinlich jeden meiner Gedanken vom Gesicht abgelesen. Wie hatte ich nur annehmen können, daß einer, der solche Charaktere schuf wie er, daß so einer nicht jedes Gefühl, jede Regung durchschauen konnte, die der menschliche Geist ersinnen mochte. Ich fühlte mich gedemütigt; nicht von ihm, sondern von meinem eigenen Urteilsvermögen.

»Verzeiht«, stammelte ich, »doch der Herr Goethe gab klare Anweisung, die Medizin vor ihrer Einnahme aufzulösen.«

Charlotte nickte, während Schiller mich nur weiter ansah und nun sogar lächelte. »Ei, ei, welches Glück wir da gehabt haben, nicht wahr?«

Seine Frau pflückte die Phiole aus seiner Hand, er ließ es geschehen. »Ich werde sie mit einem halben Glas Wasser verdünnen, recht so?«

Ich nickte, während Schillers Lächeln immer noch an mir

klebte. Es war ein gutmütiges Lächeln, fast väterlich, und doch spürte ich den Drang, es abzuschütteln wie eine Zecke. Es schmerzte.

Da tat Jacob etwas, das eigentlich völlig undenkbar war, skandalös bei jeder anderen Gelegenheit. Er hob eine Hand und legte sie auf Charlottes Unterarm, hinderte sie sanft am Aufstehen. Erschrocken blickte sie ihn an.

»Verzeiht noch einmal«, bat er. Seine Stimme schien mit jedem Wort an Mut und Festigkeit zu verlieren. »Aber ich würde gerne ... ich meine, ich ...«

Fast hätte ich mir ein leises Lachen erlaubt; doch das gehörte sich nicht, nicht am Bett eines Kranken und nicht in Anwesenheit seiner trauernden Frau. Jacob war zu weit gegangen. Wieder hatte ihn seine überschäumende Kühnheit hinfortgerissen.

Aber Schiller sagte nur: »Warte, Lottchen. Der junge Herr hat einen Wunsch, und ist es mir auch nicht vergönnt, andere zu erfüllen, so soll ihm doch wenigstens dieser eine, winzige gestattet sein.« Die edlen Worte schienen auch Schillers Stimme zu veredeln. »Lassen Sie mich raten, junger Freund. Sie möchten die Medizin für mich bereiten. Und später ein wenig damit prahlen, nicht wahr?«

Jacob schüttelte eilig den Kopf. Doch wußte jeder im Raum, daß er durchschaut war.

Ehe er etwas sagen konnte, drückte Charlotte ihm die Phiole in die Hand, stand auf und füllte ein Glas zur Hälfte aus einer fein geschliffenen Karaffe. Auch dieses Gefäß reichte sie ihm.

Jacob sah verwirrt zu mir herüber, dann auf die Gegenstände in seinen Händen.

Schiller hustete. Erst später wurde mir klar, daß es ein Lachen gewesen war. »Nun tun Sie's schon«, forderte er meinen Bruder auf. »Sonst bin ich vorher tot, und Sie tragen die alleinige Schuld.«

Jacob nickte einmal kurz, dann stellte er das Glas auf Schillers

Nachttisch, entstöpselte das kleine Fläschchen und goß den Inhalt ins Wasser. Die beiden Flüssigkeiten vermischten sich auf unscheinbarste Weise. Dann nahm mein Bruder das Glas und reichte es Schiller.

»Zu schwer«, sagte dieser. »Halten Sie es an meine Lippen. Sie müssen es mir einflößen.«

Ohne Zögern, wieder auf der Höhe seiner üblichen Fassung, tat Jacob wie ihm geheißen. Sehr vorsichtig schob er den Glasrand an die Unterlippe des Dichters, und wenige Augenblicke später war das Glas geleert. Er hatte nicht einen Tropfen vergossen. Nun bewunderte ich ihn fast für seine verwegene Bitte. Hätte nicht auch ich derjenige sein können, der Schiller die Medizin verabreichte? Und – der Gedanke ließ mich schwindeln – ihm vielleicht das Leben rettete?

Schiller schloß für einen Moment die Augen. Charlotte sah uns beide an, in ihrem Blick lag die stumme Bitte zu gehen. Jacob erhob sich von der Bettkante und trat an meine Seite. Ich wollte ihm zuvorkommen und Worte des Abschieds formulieren. Doch ehe ich noch den Mund öffnen konnte, sagte Schiller:

»Auf dem Schreibtisch, das Manuskript.«

Wir sahen hinüber zu seinem Tisch, auf dem zwischen einem hölzernen Globus und seiner Tabaksdose ein Paket lag. Es hatte die Maße einer Kirchenbibel, war jedoch rundherum in braunes Papier eingeschlagen und mit grober Schnur umwickelt.

»Bringen Sie's dem Alten«, keuchte Schiller.

Charlotte öffnete die Lippen, als wollte sie ihm widersprechen. Es wäre das erste Mal während unseres Besuchs gewesen, daß sie gewagt hätte, seine Worte in Frage zu stellen. Doch schließlich schloß sie den Mund und schwieg. Vielleicht, weil sie wußte, daß er keine Einwände gelten lassen würde.

Das Manuskript, hatte er gesagt. Sollte das bedeuten, er vertraute uns eines seiner Werke an? Ungedruckt und unbekannt? Vielleicht kürzlich erst vollendet? Alle Zweifel, die mir bei Schillers elendem Anblick gekommen waren, schwanden auf der Stelle, und die uneingeschränkte Verehrung, die ich noch auf dem Weg hierher empfunden hatte, rückte an ihre Stelle. Ich sah Jacob an und las in seinem Gesicht, daß er ebenso empfand. Und doch wagte keiner von uns, zum Schreibtisch zu treten und das Paket an sich zu nehmen.

»Gib es ihnen«, befahl Schiller seiner Frau.

Charlotte ging hinüber zum Tisch, hob das Manuskript auf und kam damit zu uns herüber. Mir schien, als wollte Jacob die Hände danach ausstrecken, doch wieder hatte ich mich in ihm getäuscht. Er hatte seinen Teil der Ehre gehabt. Der andere gebührte mir.

»Nehmen Sie es schon«, sagte Schiller, immer noch mit geschlossenen Augen.

Ich ergriff das Paket und empfand dabei ein überwältigendes Glücksgefühl. Ich strich mit einer Hand über das Papier, spürte darunter harte Buchdeckel und eine leichte Ausbeulung an einer Seite. Das mußte das Siegel sein, mit dem das gebundene Manuskript versehen war. Was hätte ich dafür gegeben, das Papier herunterreißen, das Siegel erbrechen und den Inhalt lesen zu dürfen!

»Gehen Sie jetzt!« Schillers brüchige Stimme holte mich zurück in die Wirklichkeit. »Gehen Sie und geben Sie acht. Auch auf sich selbst. Ich wünsche Ihnen ...« Der Rest seiner Worte wurde von einem Hustenanfall erstickt, der seinen ausgezehrten Körper unter der leichten Decke erbeben ließ.

Wir verneigten uns eilig, murmelten verlegene Abschiedsworte und ließen uns von Charlotte aus dem Zimmer geleiten. Sie schien froh, als wir endlich an der Haustür anlangten.

»Viel Glück«, sagte sie, als wir hinaus ins Abenddunkel traten. Dann schloß sie die Tür, und wir standen alleine da, um uns die einfallende Nacht, in unseren Ohren das lange, furchtbare Husten des Dichters, das durch Türen und Mauern bis hinab auf die Gasse drang.

2

Langsam und versunken in düstere Gedanken gingen wir entlang der Esplanade zurück zu Goethes Haus am Frauenplan. Es war still geworden, die Spaziergänger waren in ihren Häusern verschwunden, nur hier und da verabschiedete sich ein Frühlingsvogel mit einem letzten Trillern für die Nacht. Mit der Dunkelheit war die Kälte gekommen, sie ritt auf eisigen Böen durch Gassen und Straßen. Der letzte Schimmer Tageslicht war hinter den Dächern versunken, und nur die Mondsichel tauchte die Bäume und Fassaden in stählernes Frostlicht.

Keiner von uns wagte, den Schrecken, den wir beim Anblick des siechen Schillers empfunden hatten, in Worte zu fassen. Und doch war mein eigenes Entsetzen durchmischt mit fassungsloser Freude. Ein seltsames Wechselspiel hatte mein Denken erfaßt, schob es mal in die eine, mal in die andere Richtung, verlieh mal dem Hochgefühl, mal der Trauer ein Übergewicht. Immer wieder wurde das schlaffe Gesicht des Kranken aus meiner Erinnerung verdrängt, schaffte Raum für Spekulationen über den Inhalt des geheimnisvollen Manuskripts. Fast furchtsam preßte ich es an meinen Oberkörper; nicht einmal der Nachtwind sollte mit seine kalten Fingern danach greifen dürfen. Schiller hatte es mir anvertraut, und aus meinen Händen sollte Goethe es entgegennehmen.

Wir hatten kaum die halbe Strecke zurückgelegt, da blieb Jacob plötzlich stehen. Ich sah ihn an und wußte, was er dachte. Eine unausgesprochene Frage, ein lautloses Schulterzucken zur Antwort. Stumme Verständigung zwischen Brüdern, die ihr ganzes Leben miteinander verbracht hatten.

Das Manuskript wog schwer in meinen Händen, nicht physisch, eher auf unbestimmbarer, geistiger Ebene. Die Versuchung, es aus seiner Umhüllung zu reißen, war immer noch gewaltig. Ich wollte wissen, was auf diesen Seiten stand; und es brauchte keinen Hellseher, um zu erkennen, daß es Jacob ebenso erging.

»Wir könnten es öffnen«, sagte er so leise, als fürchtete er, der alte, kranke Schiller könne seine Worte über die Entfernung hinweg und um die Biegung der Straße belauschen.

Ich zögerte, wollte ja sagen, wollte es schreien – und schüttelte doch nur den Kopf. »Niemals. Er hat es uns anvertraut.«

»Ach, was. Er wußte genau, wie wir empfinden würden, mit diesem Paket in Händen, allein auf dunkler Straße. Und niemand, der uns beobachtet. Er hat es gewußt, verstehst du? Vielleicht wollte er es sogar.«

»Unsinn«, erwiderte ich verächtlich, doch es klang falsch und schlecht gespielt. Ich wußte längst, daß ich nachgeben würde, wenn nicht jetzt, dann nach den nächsten Schritten – zu groß waren die Lockungen der Schillerschen Schrift.

Was dann geschah, ging so schnell, daß ich es in Einzelheiten kaum wiederzugeben vermag.

Ehe wir uns am Vertrauen des Dichters versündigen konnten, rissen die Schatten zu meiner Linken auf wie samtene Vorhänge auf einer Theaterbühne. Etwas raste auf uns zu, unglaublich schnell, von dämonischer Zielstrebigkeit getrieben, stieß Jacob zur Seite, packte mit schwarzen Handschuhen das Paket und entriß es meinen starren Fingern. Ich schrie auf, vor Überraschung und vor Entsetzen, taumelte vorwärts und griff mitten hinein in die Dunkelheit, die über uns gekommen war. Meine Hände packten schwarzen, derben Stoff. Ein Umhang, weit und flatternd wie Todesschwingen, streifte mein Gesicht. Ich zog an dem, was ich gepackt hielt, doch wurde es meinem Griff entrissen und verschmolz rauschend mit der Finsternis. Aus dem Augenwinkel glaubte ich die Umrisse eines Menschen zu erkennen, Schwarz auf Schwarz, undeutlich und zerfließend in der Nacht. Ich erkannte kein Geschlecht, sah kein Gesicht; die Gestalt hatte ihren Kopf unter einer weiten, schwarzen Kapuze verborgen.

Ich hörte die Schritte des Unbekannten auf dem nächtlichen Pflaster, sah nicht ihn, nur seinen Umhang, der wie ein geisterhafter Rochen dahinschwebte, hinein in einen schmalen Durchgang und fort in die Nacht.

»Das Manuskript«, rief ich gequält, viel zu spät, als daß es den Diebstahl hätte verhindern können.

Ich öffnete erneut den Mund, diesmal, um nach Hilfe zu rufen, in der sinnlosen Hoffnung, dies werde den Räuber aufhalten.

Jacob stieß mich an. »Los, komm!« zischte er, dann war er fort und hatte die Verfolgung der dunklen Gestalt aufgenommen. Einen Augenblick lang zögerte ich; ich sah uns schon tot in den Schatten liegen, mit durchschnittenen Kehlen, gemeuchelt von einem Schurken, der hinter der nächsten Biegung lauern mochte.

Ich besann mich und folgte meinem Bruder mit schnellem Schritt. Der Schreck war mir tief in die Glieder gefahren, kaum glaubte ich Herr meiner Füße zu sein. Jacob und ich waren geschickt in körperlicher Ertüchtigung, weit im Sprung und schnell im Lauf. Doch dies waren andere Bedingungen. Der Gedanke, einen Verbrecher zu jagen, der auch vor Meuchelmord nicht scheuen mochte, war grauenvoll; ja, möglicherweise würden wir nicht die ersten sein, die mit seinem Messer grausige Bekanntschaft machten. War er gar ein gesuchter Mörder? Einer, der nichts gab auf Fremder Leben? Trotz der Anstrengung erschauerte ich.

Der Durchgang, in dem der unheimliche Räuber verschwunden war, führte auf einen Hof, mit Nacht gefüllt wie ein Becken voll mit schwarzem Wasser. Ich hörte Jacob vor mir, sein harter Schritt war der einzige Wegweiser in der fürchterlichen Finsternis. Kaum sah ich noch seinen Umriß, trotz der wenigen Meter, die uns trennten. Plötzlich hielt er an, ich prallte in vollem Lauf gegen ihn und riß ihn mehrere Schritte mit nach vorn. Unsere Absätze schepperten auf Stein, fluchend kamen wir zum Stehen.

»Hast du ihn gesehen?« flüsterte ich. Wieder fiel mir das Bild vom blitzenden Messer ein. Kein Gedanke mehr daran, schwor ich mir.

Jacobs Gesicht war kaum mehr als ein grauer Fleck in der Dunkelheit. »Sollte er entkommen sein, hätte er in einer der Türen verschwinden müssen. Doch ich würde mich wundern, wären sie unverschlossen.«

Türen? Ich sah keine. Ich erkannte kaum die Mauern der Häuser, geschweige denn Türen.

»Und falls nicht?« fragte ich. »Müßte er dann nicht noch ...«

Jacob riß erneut an meinem Ärmel. »Dort!« rief er und sprang vorwärts.

Tatsächlich bemerkte auch ich eine Bewegung in den Schatten, vernahm ein leises Flattern wie von langen Stoffbahnen. Dann schoß der Umhang an mir vorüber, streifte mich erneut, und wieder verpaßte ich die Gelegenheit, ihn zu packen.

Jacob fluchte, fuhr herum und folgte dem Fliehenden hinaus auf die Straße. Wie ein Anhängsel lief ich hinter ihm her und bemühte mich, Schritt zu halten.

Die Gestalt im weiten Kapuzenmantel rannte rechterhand die verlassene Esplanade hinunter, im Mondlicht nun deutlicher zu erkennen. Schon nach Sekunden bog sie wieder ab, diesmal in eine schmale Gasse, aus der uns der Gestank von fauligem Unrat entgegenwehte. Immer wieder traten wir in der Dunkelheit in schlammige Pfützen. Offenbar gossen die Anwohner ihre Abfälle aus den Fenstern hinunter in den engen Schlund. Der widerliche Geruch war kaum zu ertragen. Mir schien, als hätte der Unbekannte mit Absicht gerade diesen Weg eingeschlagen.

Das ferne Ende der Gasse stand wie eine Säule aus Mondschein in der Schwärze. Das wogende Dreieck des Umhangs raste darauf zu, zwar ohne seinen Vorsprung zu vergrößern, wohl aber kamen auch wir ihm nicht näher.

Der stinkende Spalt zwischen den Häusern schien sich ins Endlose zu ziehen, immer wieder drohte ich auf Nässe und Moder auszugleiten. Jacobs Atem hallte von den feuchten Wänden wider, mein eigener toste mir in den Ohren wie stürmische Gestade. Der Flüchtende erreichte das Gassenende, bog nach links.

Dann, Momente bevor wir ebenfalls ins Freie stürzten, hörte ich das Schnauben von Pferden, das Hämmern ihrer Hufe auf dem Pflaster und das Mahlen schwerer Kutschenräder. Jacob blieb vor mir wie erstarrt stehen, ich aber wurde vom Schwung nach vorne getrieben, an ihm vorüber und hinaus auf die Straße. Im letzten Augenblick gelang es ihm, mich am Saum meines Gehrocks zu packen. Mit einem kräftigen Ruck riß er mich nach hinten. Ich taumelte zurück, suchte vergeblich nach Halt; schwankend und voller Entsetzen blickte ich an meinem Bruder vorbei auf die Stelle, an der ich mich eben noch befunden hatte – denn jetzt galoppierten vier schwarze Rösser darüber hinweg, gewaltig und – wie mir schien – mit lodernden Augen, Kreaturen der Hölle. Hätte Jacob mich nicht gerettet, ihre mächtigen Hufen wären mein Ende gewesen.

Die Tiere zogen eine schwarze Kutsche hinter sich her. Wir sahen noch, wie die dunkle Gestalt in voller Fahrt die Kabinentür schloß, so daß ein Ende ihres Umhangs eingeklemmt über den Boden schleifte. Auf dem Kutschbock saß ein Mann, soviel vermochte ich zu erkennen, dann verschlangen ihn die Schatten. Uns blieb nichts, als dem donnernden Gefährt hinterherzustarren, wie es schnell und immer schneller in der Nacht verschwand.

* * *

Es gab keinen Streit, keinen Disput über unser weiteres Vorgehen. Wieder herrschte zwischen uns stilles Einvernehmen. Wir waren bestohlen worden, das war eine Schmach, die sich bewältigen ließ. Doch was die Sache sehr viel schlimmer machte: Man hatte uns das geraubt, was uns ein Kranker, vielleicht Sterbender, anvertraut hatte. Unerträglich wurde die Angelegenheit durch die Abscheulichkeit, daß dieser Kranke Schiller war und das verfluchte Diebesgut sein herrliches Vermächtnis.

Wie hätten wir ihm mit dieser Schuld jemals unter die Augen

treten können? Oder gar dem Herrn Goethe, unserem Gastgeber, der uns – zwei schlichten Studenten, wohl mit literarischer Ambition und dem Willen zu publizieren, doch kaum mehr – so freundschaftlich aufgenommen und bewirtet hatte.

Mochte man es drehen und wenden wie man wollte: Wir waren am Ende. Und wollten wir nicht gleich in Schimpf und Schande hinfortgejagt und der Name Grimm geächtet werden, so mußten wir das schreckliche Unglück verschweigen – vorerst. Am Morgen würden wir unsere Sachen packen und vor Goethe das Unaussprechliche aussprechen, unser Mißgeschick beichten und um gütigste Verzeihung flehen. Zorn und Verachtung waren uns gewiß, doch bei Tag würden wir den Geheimrat zumindest mit einem letzten Rest von Würde verlassen können – eine weniger erbärmliche Vorstellung als der Gedanke, des Nachts aus seinem Haus geworfen zu werden.

So beschäftigt war ich mit dem Gedanken an unser Schicksal, daß mir die wichtigste aller Fragen erst in den Sinn kam, als wir Goethes Haustür fast erreicht hatten.

Ich blieb stehen und hielt Jacob am Rockärmel zurück. Der Wind war jetzt beißend kalt und wisperte mit Geisterstimmen in den umstehenden Bäumen. Sternenlicht goß die Häuser in Eis.

»Woher wußte der Mann, daß sich in dem Paket etwas von Wert befand?« fragte ich. »Oder hatte er es auf jedwede Beute abgesehen?«

Jacob schüttelte den Kopf. »Weder dies, noch schien mir sein Streben derart wahllos. Vielmehr bin ich überzeugt, er wußte genau, was wir bei uns trugen. Und auf nichts anderes hatte er es abgesehen.«

»Er hat uns erwartet?«

»Ganz sicher. Er wußte, wir würden aus Schillers Haus kommen. Und er war sicher oder ahnte zumindest, daß wir das Manuskript bei uns tragen würden.«

Jacob hat mich bereits früher und seither immer wieder mit seiner Fähigkeit überrascht, gewagte Thesen zu entwickeln und sie mit viel Geschick und Sachverstand zu belegen. Nun war ich gespannt, wie er den Wahrheitsgehalt jener neuerlichen Behauptung nachweisen wollte.

Er bemerkte, daß ich auf weitere Erklärungen wartete. Wie immer schien er diesen Moment zu genießen. »Nun«, fuhr er fort und dehnte das Wort mit der Wonne des Siegers, »zuerst und vor allem war da die Kleidung des Mannes.«

»Oder der Frau«, fügte ich eilig hinzu. »Wir können nicht sicher sein.«

»Nein, natürlich nicht. Doch halte ich für wenig wahrscheinlich, daß uns eine Frau entkommen wäre. Und hätte eine Frau gewagt, es allein mit zwei Männern aufzunehmen? Ich bin mir dessen nicht sicher.«

»Trotzdem«, sagte ich, um auf meinem Einwurf zu beharren. »Die Möglichkeit ist gegeben.«

Jacob nickte. »Gut. Doch zurück zur Kleidung. Es waren keine Lumpen, wie sie ein gewöhnlicher Räuber trägt.«

Das ließ mich schmunzeln. »Ich wußte gar nicht, daß du jemals einen getroffen hast.«

»Das tut nichts zur Sache«, erwiderte er unwirsch und schien meine Bemerkung mit einer flüchtigen Handbewegung von sich zu weisen. »Als er – oder sie – mich zur Seite stieß, spürte ich für einen Moment den Stoff seiner Handschuhe an meinen Fingern. Es war Samt. Feinster, schwarzer Samt. Zweckmäßig für jemanden, der bei der Verrichtung seiner Taten ungehört bleiben will, jedoch für einen schäbigen Räuber zweifellos unerschwinglich.«

»Es sei denn, er hätte auch sie geraubt«, versetzte ich, um ihm zu beweisen, daß ich durchaus auf Höhe seiner Gedanken war.

»In diesem Fall hätte er sie nicht getragen, sondern verkauft, meinst du nicht auch?«

»Sicher.« Manchmal haßte ich meinen Bruder für seine elende Logik.

»Was zudem für einen begüterten Täter spricht, ist die Kutsche. Hast du jemals von einem Straßenlump gehört, der seine Raubzüge mit einem solchen Wagen unternimmt? Einem Vierspänner, gezogen von vier Rössern edelster Rasse.«

Himmel, wie hatte ich nur die Kutsche vergessen können? Fast wäre ich unter den Hufen ihrer Pferde eines schrecklichen Todes gestorben. »Das ist merkwürdig, in der Tat.«

Jacob nickte. »Aber da war noch etwas. Hast du gesehen, wie die Gestalt mit dem Paket winkte, als sie das Ende der Gasse erreichte?«

»Nein.«

»Mir fiel es auf. Und es sah ganz so aus, als wollte sie dem Kutscher draußen auf der Straße damit sagen: ›Ja, sieh her, ich habe es‹. Als hätten beide bereits zu Beginn ihrer Mission ganz genau gewußt, auf was sie es abgesehen hatten. Nicht auf Börsen oder Schmuck – allein um Schillers Manuskript ging es ihnen!« Sein Blick verfinsterte sich. »Woher aber kann ein Dieb edler Herkunft, noch dazu ein Fremder, wissen, mit welchem Schatz wir Schillers Haus verlassen würden?«

Ich schüttelte verständnislos den Kopf. »Warum ein Fremder?«

»Der Schurke machte während seiner Flucht einen Fehler. Er nahm den falschen Durchgang und stand plötzlich auf dem dunklen Hof, in einer Sackgasse. Fast wäre ihm das zum Verhängnis geworden. Erst als es ihm erneut gelang, uns zu überrumpeln, fand er die Gasse, die er als ursprünglichen Fluchtweg ausgewählt hatte. Das muß doch bedeuten, daß er mit der Abfolge der Durchgänge und Torbögen nicht vertraut war. Und ein jeder, der in Weimar lebt, kennt sicherlich die Esplanade und ihre Häuser und Abzweigungen.«

»Das heißt aber auch, daß er sich erst seit heute in der Stadt aufhält. Denn sonst hätte er die Umgebung gewissenhafter erkundet.«

Jacob nickte, und ich war widerwillens stolz, etwas zur Klärung der Vorgänge beigetragen zu haben.

Ich sollte an dieser Stelle erwähnen, daß es niemals Jacobs Art war, mit seinem klugen Verstand zu prahlen. Nie hätte er absichtlich den Versuch gemacht, mich als den Dümmeren von uns beiden auszugeben. Allein, die Entwirrung rätselhafter Zusammenhänge gehörte zu seinem Wesen und ist ihm bis heute eine der liebsten Beschäftigungen geblieben.

Einen Augenblick lang erwog ich, den Diebstahl doch noch der Obrigkeit zu melden. Vielleicht würde es ihr gelingen, das Manuskript wiederzuerlangen. Ich dachte an Schiller und Goethe, daran, daß sie uns unsere Unachtsamkeit niemals verzeihen würden. Und ohnehin würde die Kutsche mitsamt dem Dieb und seiner Beute längst über alle Berge sein. Nein, der einzige Weg war, das Unglück zu verschweigen.

Wir beschlossen, weiterzugehen und zu versuchen, uns so wenig als möglich von dem bedrückenden Vorfall ansehen zu lassen. Das Haus unseres Gastgebers lag in einiger Entfernung vor uns, auf der gegenüberliegenden Seite eines weiten Platzes. Das Gebäude war hell und dreistöckig, mit gemütlichem Glimmen hinter den Scheiben und einem reich verzierten Eingang. Es war merklich größer als das der Familie Schiller und ähnlich prominent gelegen. Ich sah die Umrisse mehrerer Menschen hinter den Vorhängen und fragte mich, wer das sein mochte. Die Dienerschaft mußte sich längst zurückgezogen haben, und bis zum frühen Abend waren wir Goethes einzige Gäste gewesen. Während unserer Abwesenheit schienen weitere Besucher gekommen sein.

Wir betätigten den eisernen Klopfer und mußten eine ganze Weile warten, ehe man uns öffnete. Und plötzlich kam mir ein furchtbarer Gedanke: Was, wenn er das Manuskript erwartete?

Es war Goethe selbst, der die Tür aufzog und einen mißtrauischen Blick ins Freie warf. Dann erkannte er uns und lächelte.

»Ah, meine lieben Gäste. Treten Sie näher, treten Sie ein!«

Es überraschte mich, wie schnell der Argwohn, der im ersten

Moment aus seinen Augen gesprochen hatte, strahlender Herzlichkeit wich. Ich fragte mich, ob seine Freundlichkeit wahrhaft empfunden oder nur perfekte Gaukelei war. Noch immer mochte ich nicht recht daran glauben, daß er uns nur aus Gastfreundschaft aufgenommen hatte. Er hatte uns nach Weimar eingeladen, nachdem Jacob ihm einen feurigen Brief der Verehrung gesandt hatte. Für meinen Bruder war er ein Gott, makellos in Literatur und Leben; ich selbst stand ihm ein wenig ferner, ehrte und achtete freilich sein Genie, und doch war ich der Ansicht, mit den Jahren sei er eher zur Institution gereift denn zu wahrer Größe. Der lodernde Atem, der Schillers Werk aus allen Poren drang, hatte stets viel heißer zu mir gesprochen als Goethes weise Flamme.

Er hatte dunkles, recht langes Haar, das ihm über Ohren und Nacken fiel. Da und dort hatten sich bereits graue Strähnen eingewoben wie feine Stickereien in grobes Leinen. Seine vollen, runden Wangen hätten ihm den Anschein von Gemütlichkeit verleihen können, wären da nicht die leicht herabgezogenen Mundwinkel gewesen, die stets ein wenig streng, stets ein wenig unzufrieden wirkten, selbst wenn er lächelte. Seine Nase war groß und fleischig, ihre Spitze wie die Pechrinne auf den Zinnen eines Bergfrieds nach unten gebogen. Goethe war in jenem Frühling fünfundfünfzig Jahre alt.

»Sagt, wie geht es meinem alten Freund?« fragte er.

Jacob und ich sahen uns kurz an, unsicher, was darauf zu erwidern sei. Schließlich sagte mein Bruder: »Es steht nicht gut um ihn. Seine Worte klingen wirr, seine Gedanken springen mal hier-, mal dorthin. Er scheint seine letzten Werke mit der Wirklichkeit zu vermischen, spricht vom Demetrius wie von einem Lebenden.«

Goethe nickte bedächtig. Trauer lag nun in seinem Blick – ein erneuter Sinneswandel. »Er geht ein wie eine dürre Pflanze. Mit fünfundvierzig Jahren sollte das Leben noch nicht so arg mit einem umgehen.«

Wir stiegen breite Stufen hinauf in den ersten Stock. Goethe hatte das aufwendige Treppenhaus selbst entworfen, inspiriert durch Werke des Renaissance-Baumeisters Palladio, die er während seiner Italienreise bewunderte. Aufwendiger Deckenschmuck und Malereien, wuchernde Ornamente und hohe, weite Flächen bestimmten das Bild hier wie auch in vielen anderen Teilen des Hauses. Zahllose Statuen, viele in Anlehnung an die Kunst der Griechen und Römer, schmückten Räume und Durchgänge, Zeugnisse von Goethes Leidenschaft des Sammelns.

Während wir durch einen langgestreckten Saal, fast gänzlich in Gelb gehalten, schritten, überkam mich erneut das schlechte Gewissen, fast so, als wäre ich selbst der Dieb des Manuskripts gewesen. Immer wieder mußte ich mir ins Gedächtnis rufen, daß wir keine Schuld am Verschwinden der wertvollen Seiten trugen. Doch half alles nichts: Das Gefühl, versagt zu haben, machte mich furchtsam und kleinlaut. Würden wir uns vielleicht durch Blicke verraten? Durch ein unbedachtes Wort? Die Angst vor frühzeitiger Entdeckung unserer Schmach überwog jede andere Empfindung.

Wir durchquerten weitere Säle und Zimmer, stiegen eine schmale Wendeltreppe hinauf und erreichten schließlich die Tür von Goethes Arbeitszimmer im Hinterhaus. Unsere Unterkunft war nicht weit von hier. Goethe blieb stehen.

»Verzeihen Sie mir, Ihnen ein schlechter Gastgeber zu sein. Doch erhielt ich unerwarteten Besuch, mit dem es Dringendes zu bereden gibt.« Meine Augen hatten mich also nicht getrogen, ich hatte tatsächlich Menschen hinter den Fenstern erblickt. »Ich muß Ihnen daher leider eine Gute Nacht wünschen und Sie auf morgen vertrösten.«

Damit deutete er eine leichte Verbeugung an und schenkte uns ein vages Lächeln. Dann öffnete er die Tür des Arbeitszimmers, gerade weit genug, um sich hindurchzuschieben. Geschwind zog er sie hinter sich ins Schloß. Trotzdem gelang es mir gerade noch, einen kurzen Blick auf seine Besucher zu erhaschen, und die Verwunderung auf Jacobs Gesicht verriet nur zu deutlich, daß auch er sie entdeckt hatte.

Einen Augenblick lang schwiegen wir, traten dann einen Schritt von der Tür zurück und steckten die Köpfe zusammen.

Ich senkte meine Stimme zu einem Flüstern. »Hast du sie gesehen? Waren das etwa …«

»Ägypter«, sagte Jacob, und legte nachdenklich die Stirn in Falten.

Über Goethes Schulter hinweg hatte ich einen Mann und eine Frau erkannt. Beide trugen bunte, glitzernde Roben, ihre Gesichter waren fremdländisch dunkel und geschminkt. Die Frau hatte ihr Haar mit einem hohen Kopfschmuck bedeckt, der Mann trug es glatt als pechschwarzen Pagenschnitt. Wir hatten uns bereits beide mit einer Reihe fremder Kulturen beschäftigt, und wenn wir nun so schnell übereinkamen, daß es sich bei dem merkwürdigen Paar um Ägypter handelte, so mag dies daran gelegen haben, daß jenes Volk unser Interesse stets aufs heftigste geschürt hatte. Merkwürdigerweise glichen die beiden Höflingen eines Pharaos, direkt den alten Grabmalereien und Illustrationen entstiegen. Ich bezweifelte, daß diese Art der Kleidung auch heute noch am Nil getragen wurde.

»Was tun die hier?« fragte ich.

»Woher soll ich das wissen?«

»Du gibst doch sonst stets vor, alles zu durchschauen.«

»Vielleicht sind es Freunde. Oder Verehrer wie wir.«

Ich schenkte ihm ein freches Grinsen. »Seit wann werden Goethes Werke in Hieroglyphen übersetzt?«

»Unsinn«, zischte er. »Du bist im falschen Jahrtausend, mein Lieber.« Sein Gesicht nahm jenen strengen gelehrten Ausdruck an, den er meist zur Schau trägt, wenn er zu klugen Monologen ausholt.

Ich kam ihm zuvor. »Laß uns nach nebenan in die Bibliothek gehen. Vielleicht können wir hören, was sie sagen.«

Er schien einen Augenblick zu zögern, dann übermannte auch ihn die Neugier. »Wenn Goethe es bemerkt, wird er uns hinauswerfen«, sagte er leise.

»Das tut er ohnehin morgen früh.«

Ich ging voran und trat so leise wie möglich durch eine schmale Holztür zur Rechten in Goethes Bibliothek. Das Zimmer war dunkel, nur der Mond warf seinen eisigen Schimmer durchs Fenster. Es roch trocken und staubig.

Kurz nach unserer Ankunft vor zwei Tagen hatte der Hausherr uns durch jeden seiner Räume geführt. Beim Betreten dieses Zimmers war ich in Ehrfurcht erstarrt. Hier verwahrte er Tausende von Büchern, Werke der Künste und Wissenschaften, vielbändige Nachschlagewerke und fette, vergilbte Folianten. Dabei war das Zimmer als solches nicht einmal groß, eher schmal und beengend. Ringsum ächzten die Wände unter bepackten Regalen, ein weiteres teilte das Zimmer mittig in zwei Hälften. Im hinteren Teil standen ein schmuckloser Tisch und ein Stuhl. Links führte eine zweite Tür direkt ins Arbeitszimmer des Meisters.

Wir wagten nicht, uns gleich vor diese Tür zu stellen, aus Angst, Goethe könne Verdacht schöpfen oder aus anderen Gründen den Raum betreten. Statt dessen bezogen wir Stellung hinter dem Regal in der Mitte, in der Hoffnung, auch von hier aus dem Gespräch im Nebenzimmer lauschen zu können. Für den Fall ertappt zu werden, nahmen wir jeder ein Buch zur Hand.

Die Stimme des Dichters drang gedämpft durch die hölzerne Tür. Unter ihr floß durch einen Spalt flackerndes Kerzenlicht übers Parkett. Goethe sprach leise und – zu unserer maßlosen Enttäuschung – in einer fremden Sprache. Die Frau antwortete darauf, was Goethe zu einer scharfen Erwiderung veranlaßte. Der Mann mischte sich ein, und bald waren alle drei in eine heftige Diskussion verwickelt. Ihre Worte klangen jetzt lauter, blieben aber nichtsdestotrotz unverständlich.

Ich fluchte leise. Jacob hob beschwörend seinen Zeigefinger an die Lippen. Er schien angestrengt zu lauschen, während ich schnell das Interesse verlor.

»Hörst du?« flüsterte er nach einer Weile.

Ich zuckte resigniert mit den Schultern.

»Die Sprache, um Himmels willen«, entgegnete er ungeduldig.

Einen Augenblick lang versuchte ich erneut, die drei zu verstehen, doch schon nach Sekunden schüttelte ich den Kopf.

»Nie und nimmer ist das Ägyptisch«, versetzte Jacob.

»Nicht?« fragte ich verblüfft.

»Nein.«

»Was dann?«

»Polnisch. Hörst du nicht, wie sie das R rollen? Wie abrupt und hart ihre Worte klingen?«

»Himmel, Jacob, weder du noch ich waren jemals dabei, wenn sich Ägypter unterhielten.«

»Aber du mußt es doch hören!« sagte er heftig – und eindeutig zu laut.

Für eine quälend lange Minute verstummten wir und lauschten voller Bang, ob Goethe und seine Besucher die Worte gehört haben mochten. Doch die Tür blieb geschlossen, und der Streit im Arbeitszimmer ging weiter.

»Es ist Polnisch, da bin ich ganz sicher«, flüsterte Jacob schließlich.

»Warum, um alles in der Welt, sollte er sich mit zwei Ägyptern auf Polnisch unterhalten?«

Statt einer Antwort zuckte er nur mit den Schultern.

Und im nächsten Augenblick sprang die Tür auf. Kerzenschein teilte die Finsternis.

Goethe kam herein, nicht weit, kaum einen Schritt, und sah sich mißtrauisch um. Wie aus Stein gemeißelt standen wir im fahlen Dämmerlicht. Zwischen ihm und uns befand sich das eng gefüllte Regal, und es hätte mit unrechten Dingen zugehen müssen, hätte er uns von der Tür aus entdeckt. Sollte er jedoch zwei

Schritte nach links machen, war es um uns geschehen. Ich wagte nicht zu atmen, meine Knie waren weich wie Blumenstengel.

Goethe bewegte sich, kam langsam immer näher.

Das Herz hämmerte mir in den Ohren wie Pferdehufe.

Der Dichter streckte seinen rechten Arm aus, strich mit einem Finger an den Buchrücken auf seiner Seite des Regals entlang.

Mir war, als drehte sich mein Magen in schnellen, übelkeitserregenden Windungen. Das trockene Reiben von Goethes Fingerspitze auf Leder und Papier schien mir plötzlich unerträglich. Wie Feuer brannte es in meinen Ohren, Furcht erfüllte jeden Winkel meines Körpers.

Sein Finger verharrte, schob sich über den Rand der Bücher hinaus, genau auf Höhe meiner Augen. Dann packte er einen Band und zog ihn mit einer heftigen Bewegung heraus.

Durch die Lücke sah ich genau in sein Gesicht. Und doch schien er mich nicht zu bemerken, vielmehr hielt er den Blick gesenkt und blätterte in seinem Buch. Jeden Moment rechnete ich mit Entdeckung.

Da trat die Ägypterin in den hellen Türrahmen. Ihr Umriß wirkte großartig und erschreckend zugleich, der bizarre Kopfschmuck gab ihr die Schädelform eines abnormen Insekts. Sie sprach Goethe an, und obwohl es nur wenige Worte waren, erkannte ich, daß Jacob recht hatte. Es klang wie eine der Sprachen des Ostens, Russisch, Rumänisch oder – in der Tat – Polnisch.

Goethe drehte sich zu ihr um und trat einen halben Schritt zur Seite. Dadurch fiel das schwache Licht aus dem Studierzimmer genau auf mein Gesicht. Sollte die Frau jetzt in meine Richtung sehen, mußte sie mich bemerken.

Doch statt dessen trat sie nur zurück ins andere Zimmer. Goethe folgte ihr. Mit dem Buch in der Hand schloß er von außen die Tür, ohne sich noch einmal umzudrehen.

Kaum vorstellbar war die Erleichterung, die mich da packte. Ich hätte jubeln mögen, schreien vor Glück. Doch statt all dessen schnappte ich nur hastig nach Luft und wandte mich zu Jacob um. Die Angst vor Entdeckung hatte sein Gesicht aschfahl werden lassen. Seine Unterlippe bebte.

»Komm, raus hier«, zischte er.

Ich nickte und folgte ihm zur Tür, durch die wir gekommen waren. Durch sie huschten wir hinaus in den Vorraum und von dort aus entlang eines Korridors bis in unser Gästezimmer. Erst als ich hinter uns verriegelt hatte, wagten wir wieder zu sprechen.

»Vielleicht waren es Schauspieler«, sagte ich und entzündete eine Kerze. Dann ließ ich mich aufs Bett fallen.

Jacob blieb nachdenklich stehen. »Warum tragen sie zu so später Uhrzeit ihre Kostüme?«

»Sie studieren ihre Rollen.«

»In meinen Ohren klang das anders.«

Ja, sicher, dachte ich, sprach es aber nicht aus. Goethe und das seltsame Paar hatten gestritten. »Wenn es keine Schauspieler waren, was waren sie dann?«

Er begann, mit finsterem Blick die Knöpfe seines Gehrocks zu öffnen. »Ich weiß es nicht.«

»Und das macht dich wütend.«

»Ja.«

»Dabei geht es uns im Grunde gar nichts an«, wagte ich zu bemerken. Es war ein Versuch, ihn zu besänftigen, kein Ausdruck meiner wahren Gefühle.

Er riß sich den Rock vom Körper, als trage dieser die Schuld an allem. »Die übertriebene Häufung merkwürdiger Ereignisse scheint dich nicht weiter zu berühren.«

»Natürlich tut sie das«, entgegnete ich kleinlaut. »Ich frage mich nur, wie wir sie klären könnten.« Ich stand auf und trat gedankenverloren ans Fenster. Unter uns lag der Frauenplan, auf seiner anderen Seite ein weiter Platz. Erst dahinter setzte sich das Labyrinth der Gassen und Giebel fort.

Auf der Straße stand eine Gestalt und blickte mich an.

Sah mir offen ins Antlitz.

Ich keuchte voller Entsetzen auf und trat einen Schritt zurück. Jacob sprang an meine Seite und schaute hinunter ins Dunkel. Halb erwartete ich, er würde sich umdrehen, ohne etwas bemerkt zu haben, mich ansehen, als hätte ich den Verstand verloren, um alsdann kopfschüttelnd mit dem Entkleiden fortzufahren. Doch er tat nichts dergleichen.

Statt dessen preßte er sein Gesicht dichter gegen das Fensterglas. »Großer Gott«, flüsterte er.

Mit rasendem Herzen trat ich neben ihn. Die finstere Gestalt stand immer noch unten auf der Straße, starr wie ein steinernes Denkmal. Allein ihr schwarzer Kapuzenmantel blähte sich im rauschenden Nachtwind.

»Ist er das?« fragte ich.

Jacob zuckte mit den Achseln.

Damit gab ich mich nicht zufrieden. »Warum sollte er uns gefolgt sein? Er hat das Manuskript. Was kann er noch von uns wollen?«

»Von uns«, wiederholte er gedankenverloren. »Oder von Goethe.«

»Von ihm? Was, beim lieben Herrgott, sollte ...«

Er brachte mich mit einem Wink zum Schweigen. »Geh, lösch das Licht.«

Ich trat zurück und wandte meinen Blick fort vom Fenster und zur Kerze auf dem Nachttisch.

Im gleichen Moment sagte Jacob: »Er geht.«

Ich sprang zurück, schaute hinaus, doch die Straße war leer. »Wo ist er hin?«

»Fort, in die Schatten der Bäume. Wahrscheinlich in einer der Gassen verschwunden. Er weiß, daß wir ihn gesehen haben.«

»Was hat das zu bedeuten?« fragte ich.

Jacob hob nur die Schultern. »Ich weiß es nicht«, sagte er leise.

Furchtsam schlief ich ein, ohne mein Nachtgebet gesprochen zu haben.

* * *

Als ich erwachte, war es dunkel. Ich tastete nach der Taschenuhr, die uns die Mutter mit auf den Weg gegeben hatte, doch fand ich sie nicht. Es war wenig Geld geblieben, nachdem mein Vater früh verstarb. Unsere Mutter hatte uns in die Obhut ihrer Schwester Henriette geben müssen, einer Kammerfrau im Dienste der Landgräfin zu Kassel. Sie ermöglichte uns durch Unterkunft und Nahrung den Schulbesuch in der Grafenstadt, Mutter aber war mit den Geschwistern in Steinau an der Kinzig geblieben. Die Taschenuhr unseres Vaters war eines der wenigen Erbstücke; Mutter hatte sie uns kurz vor der Abreise nach Kassel überreicht, Jacob und ich trugen sie im Wechsel.

Am vergangenen Tag war ich an der Reihe gewesen. Als wir uns zur Ruhe begeben hatten, hatte ich sie auf den Tisch, neben meinem Bett gelegt. Es währte einige Zeit, ehe ich sie nun wiederfand. Meine Augen gewöhnten sich langsam an das schwache Mondlicht, trotzdem reichte es nicht aus, um den Stand der Zeiger abzulesen.

Also mühte ich mich mit der Kerze ab. Schließlich brannte eine magere Flamme, die das Zimmer in warmes Gelb tauchte. Ich blickte hinüber zu Jacob – und erstarrte.

Er saß aufrecht im Bett, die Augen weit geöffnet, ein Ohr an die Wand gelegt. Er rührte sich nicht, nur seine Lider zuckten in der plötzlichen Helligkeit.

»Was tust du?« fragte ich leise. Der Schreck, der mir bei seinem unerwarteten Anblick in die Knochen gefahren war, wich nur langsam.

»Ich lausche«, entgegnete er lakonisch.

»Auf was?«

Sein Blick verdunkelte sich. »Im Moment auf deine Stimme, was mich von Wichtigerem abhält.«

»Entschuldige«, sagte ich, wohl ein wenig ärgerlich. Warum konnte er mir nicht ein einziges Mal auf meine erste Frage ein erschöpfende Antwort geben?

Jacob verharrte weiter in seiner absonderlichen Stellung, hellwach und in seitlicher Schräge gegen die Wand gelehnt. Ich versuchte, gleichfalls etwas Ungewöhnliches zu hören, dann fiel mir ein, daß ich nach der Uhrzeit hatte sehen wollen. Ich tat es und wunderte mich erneut. Halb drei in der Nacht. Für gewöhnlich hatte ich einen festen Schlaf ohne Unterbrechungen. Ich fragte mich, was ihn gerade jetzt gestört haben mochte.

Da fielen mir mit einem Mal die höchst wunderlichen Ereignisse des Vorabends ein. Stand das merkwürdige Verhalten meines Bruders in einem Zusammenhang zu den erschreckenden Vorkommnissen? War gar die finstere Gestalt zurückgekehrt?

Ich fragte ihn danach und erwartete, daß er sich über die neuerliche Störung erregen würde.

Zu meiner Überraschung blieb er gefaßt und stellte seinerseits eine Frage. »Was hat dich geweckt?«

»Ich weiß es nicht. Es war deine Bewegung im Bett, vielleicht.«

Er schüttelte den Kopf. »Ich bin schon seit einigen Minuten wach. Bis vor einem Augenblick hast du dich nicht gerührt.«

»Dann sag mir lieber, was dich selbst gestört hat.«

»Der Gesang«, erwiderte er.

Erst glaubte ich, mich verhört zu haben. »Gesang?«

Er nickte. »Irgendwo im Haus wurde gesungen. Ich hörte es gleich, nachdem ich erwachte. Unheimliche, fremdartige Verse.«

Wieder machte auch ich den Versuch, zu horchen. Ich stand sogar auf, setzte mich zu ihm aufs Bett und preßte mein Ohr an die Wand. Ohne Erfolg.

»Kein Laut ist mehr zu vernehmen«, sagte er. »Der Gesang ist vor zwei oder drei Minuten verstummt.«

»Was denkst du, wer es war?«

»Soweit wir wissen, halten sich nur wenige Menschen im Haus auf. Goethe, sein Diener, die Magd. Und die beiden anderen Gäste.«

»Dann waren sie es gewiß«, sagte ich im vollen Ton der Überzeugung. »Ihr Aufputz war seltsam genug.«

»Aber ich hörte keine Frauenstimme«, erwiderte Jacob. »Nur Männer.«

»Dann singt eben ihr Begleiter.«

»Ja, vielleicht.« Er überlegte eine Weile, dann erschien ein verwegenes Funkeln in seinen Augen. Ich ahnte bereits, was er sagen würde. »Laß uns nachsehen!«

»Bist du verrückt geworden?« Ich schwor mir, in dieser Nacht keinen Fuß vor die Tür des Zimmers zu setzen.

»Nicht im geringsten. Doch seit gestern abend geschehen eigentümliche Dinge, und ich möchte endlich erfahren, was hier vorgeht. Erst bittet Goethe uns, dem siechen Schiller die Medizin zu bringen. Der drückt uns – als Dank oder auch nicht – ein Manuskript in die Hände. Es wird gestohlen, offenbar von einem Edelmann, zumindest aber von jemandem mit gewissen weltlichen Gütern. Goethe selbst verabschiedet sich von uns, kaum daß wir zurück sind, nur um sich auf Polnisch mit zwei Ägyptern zu streiten. Und mitten in der Nacht hallt düsterer Gesang durchs Haus.« Besorgnis umwölkte seine Stirn. »Und du willst einfach hier sitzen bleiben und den Morgen abwarten? Wilhelm, ich bitte dich, erweise dich nicht als so ein schrecklicher Feigling.«

Ich wußte, daß er recht hatte und daß wir beide keine Ruhe finden würden, unternähmen wir nicht zumindest den Versuch, einen Teil der Geheimnisse zu ergründen. Doch blieb da die Furcht in meinen Gliedern, der Schrecken, in Ereignisse verstrickt zu werden, deren Ausmaße wir bislang nicht einmal erahnen mochten. »Ich weiß nicht«, sagte ich schwach. »Was ist, wenn sie uns bemerken?«

»Du hast es doch selbst gesagt: Spätestens morgen früh wird Goethe uns ohnehin hinauswerfen. Den Verlust des Manuskripts kann er uns schwerlich verzeihen.«

Ich zögerte, und nach einer Weile war Jacob es offenbar leid, müßig herumzusitzen. Er sprang auf, wie ich selbst nur in sein langes Nachthemd gekleidet, und trat zur Tür. Noch einmal blickte er sich zu mir um. »Nun komm schon.«

Weitere Sekunden vergingen, dann erhob ich mich. Mir war nicht wohl dabei, ganz und gar nicht, aber ich wußte, daß er sonst ohne mich gehen würde, und weder gönnte ich ihm die Befriedigung einer alleinigen Entdeckung, noch wollte ich, daß er einsam in sein Verderben lief. Wir hatten stets alles gemeinsam unternommen, dieselbe Schule besucht, dieselben Freunde gefunden, sogar dieselben Bücher gelesen. Ich durfte nicht zulassen, daß ihm etwas geschah, ohne daß ich an seiner Seite war, um es zu verhindern.

»Nehmen wir die Kerze mit?« fragte ich.

Er schüttelte den Kopf. »Damit sie uns sofort bemerken? Nein, nur das nicht.«

Ich blies die Flamme aus und folgte ihm zur Tür. Die Klinke quietschte leise, als er sie nach unten drückte. Einen Augenblick später standen wir auf dem finsteren Flur. Ich schloß die Tür hinter mir mit aller Behutsamkeit, zu der ich in dieser Stunde fähig war.

Jacob deutete mit einer Kopfbewegung nach links, den Gang hinunter in die Richtung von Goethes Studierzimmer. Ich hielt das für Wahnsinn, wagte aber aus Angst vor Entdeckung nicht zu widersprechen. Auf diesem Weg würden wir am Zimmer des Kammerdieners vorbeischleichen, Goethes Schlafgemach und schließlich sein Vorzimmer passieren müssen. Das Blut schien in meinen Adern zu kochen, mir war, als stehe jedes einzelne meiner Nackenhaare aufrecht. In der Dunkelheit sah ich Jacob kaum mehr als einen Umriß, einen schwarzen Fleck, der langsam durch die Finsternis glitt.

Links von uns schälte sich die Zimmertür des Dieners aus den Schatten. Sie schien mir bedrohlich und angsteinflößend. Gerade waren wir an ihr vorüber, als mein Bruder wie vom Schlag getroffen stehenblieb.

Einen Augenblick lang beherrschte Panik mein ganzes Denken. Wir sind entdeckt! durchzuckte es mich. Ich fuhr herum zur Tür des Dieners, doch sie war unverändert geschlossen. Ich brauchte mehrere Sekunden, bis ich bemerkte, daß Jacob erneut in die Dunkelheit lauschte.

Und da war es. Ferner, an- und abschwellender Gesang, tief im Inneren des Hauses. Männerstimmen, die unverständliche Silben von sich gaben, eine dumpfe, finstere Melodie, leiernder Singsang, fast wie das Jammern satanischer Seelen. Ich hätte heulen mögen vor Grauen.

Jacob ging weiter. Als sei das schreckliche Lied nur eine Laune der Akustik, schlich er den Gang hinab, und erst, als er die nächste Biegung erreichte, folgte auch ich. Jeder Schritt bereitete mir größten Widerwillen.

Hatte ich erst angenommen, der Gesang dringe aus Goethes Studierzimmer, so wurde ich nun eines besseren belehrt. Als wir sein Vorzimmer passierten, herrschte in den angrenzenden Räumen völlige Stille. Der Gesang hallte vielmehr aus dem engen Schacht der Wendeltreppe, die ins Vorderhaus führte und gleich an das Vorzimmer grenzte.

Ich versuchte, Jacob durch beschwörende Blicke von einer Fortsetzung unseres Weges abzuhalten; vergeblich. Ich war mir nun sicher, daß der nächtliche Ausflug ein unerquickliches Ende nehmen würde. Dabei machte mir Goethes Zorn mittlerweile die geringsten Sorgen. Vielmehr peinigte mich die Vorstellung, was uns am Ziel unserer Pirsch erwarten mochte. Eine unbestimmte Ahnung von Sünde und Verdammnis beherrschte mein Denken.

Wir stiegen die wenigen Stufen hinab und gelangten in einen hohen Raum, der von einem gewaltigen Bildnis des Herzogs von Urbino beherrscht wurde. Hohe Fenster wiesen hinaus auf die nächtliche Straße. Der Dielenboden glänzte, es roch nach Bohnerwachs. Das Holz war eiskalt unter meinen nackten Füßen.

Der Gesang klang jetzt sehr viel näher. Durch eine offene Tür blickten wir in einen angrenzendes Gemach, auf dessen gegenüberliegender Seite ein weiterer Durchgang hinaus in den Gelben Saal führte. Wir erreichten ihn mit schnellen Schritten, auch er lag im Dunkeln. Unter einer Tür an seiner Stirnseite schimmerte ein fahler Lichtschein, wie von Kerzen. Jacob und ich sahen uns an; wir waren am Ziel.

Etwas Seltsames geschah. Hatte mich auf dem Weg hierher panische Angst in ihrem Griff gehalten, so erfüllte mich nun plötzlich maßlose Neugier. Was hätte ich nicht gegeben, um einen Blick hinter diese Tür zu tun! Meine Furcht war nicht verschwunden, nein, noch immer wühlte sie mit Teufelsklauen in meinen Eingeweiden, doch die Frage nach dem Sinn des schrecklichen Gesangs quoll drängend an die Oberfläche meines Denkens.

Wir zögerten einen Augenblick, dann taten wir die letzten, entscheidenden Schritte quer durch den Saal, vorbei an jener Tafel, wo der Dichter mit uns gespeist hatte. Hinter der Tür, das wußte ich noch von unserem Rundgang vor zwei Tagen, befand sich ein kleiner Raum mit hochgewölbter Decke, der als Steg den Innenhof überbrückte und das Vorder- mit dem Hinterhaus verband. Warum sich die Singenden gerade hier versammelten, hätte ich nicht sagen mögen. Vielleicht, weil das Zimmer keine Fenster besaß, durch die man ihr Treiben beobachten konnte.

Zitternd bezogen wir rechts und links der Tür Stellung und lauschten dem Geschehen im Inneren des Raumes.

Der Gesang brach plötzlich ab, noch ehe ich herauszuhören vermochte, wieviele Sänger sich daran beteiligt hatten. Viele waren es nicht, vielleicht zwei oder drei. Einen Moment lang rechnete ich mit Entdeckung, doch die Tür blieb geschlossen. Statt dessen hörte ich im Inneren nun eindeutig Goethes Stimme. Er sprach wieder in jener fremden, rauhen Sprache. Er klang gereizt, fast ein wenig außer Atem. Er war zornig.

Der Mann aus dem Studierzimmer antwortete ihm in der unverständlichen Sprache, und als nächstes erwartete ich, die Frau zu hören. Doch falls sie sich überhaupt in der Kammer aufhielt, blieb sie still und enthielt sich des Gesprächs. Der seltsame Ägypter begann erneut, nun sehr langsam und eindringlich, zu sprechen, fast, als stelle er einem Kind Fragen. Als niemand eine Antwort gab, wiederholte er die Worte.

»Welch ein Unsinn«, rief Goethe auf deutsch. »Wenn überhaupt, so reden Sie mit ihm in seiner Sprache. Anders wird er Sie kaum verstehen.«

Der Ägypter versetzte etwas in seiner Sprache, und ich hörte Goethe seufzen. »Die Rezeptur«, sagte er schließlich. »Was ist mit der Rezeptur?«

Wieder folgte eine Entgegnung des Mannes in fremder Zunge. Goethe fluchte so derb, daß ich beinahe errötete. Ich fürchtete bereits, er würde wutentbrannt aus der Kammer stürmen und in unsere Arme laufen. Doch nichts dergleichen geschah. Statt dessen fragte der Dichter mit unnatürlicher Betonung:

»Hast du sie aufgeschrieben?«

Eine dritte Stimme murmelte etwas; sie klang heiser, als dränge sie tief aus einer trockenen Kehle. Obwohl ich sicher war, daß sie Deutsch gesprochen hatte, war der Inhalt ihrer Worte nicht zu verstehen. Sicher schien nur zu sein, daß es sich um einen Mann handelte. Ich sah hinüber zu Jacob, doch der hatte die Augen geschlossen und lauschte angestrengt.

»Es will nicht gelingen«, sagte Goethe ungeduldig. Der Streit mit dem Ägypter ging auf Polnisch weiter.

Plötzlich meldete sich eine vierte Stimme zu Wort, und diesmal war es tatsächlich die Frau. Sie sagte nur zwei Worte, die keiner von uns verstand. Sie wiederholte sie, und ihre Stimme klang mit jedem Mal tiefer, krächzender. Es war immer noch sie selbst, die sprach, doch es war, als versuche sie, einen Mann zu imitieren. Noch einmal sagte sie die Worte und dann immer wieder und wieder, schnell und immer schneller, und bei jedem Mal schien ihre Stimme eine Veränderung durchzumachen, wurde zu der eines anderen. Ihre endlosen Wiederholungen der beiden Worte wurden zu einem monotonen Strang aus Silben, die miteinander verflossen, bis sie selbst wie Gesang klangen.

Und dann erkannte ich die Stimme, die aus ihr sprach.

Ich fühlte, wie meine Neugier in Panik ertrank. Die Angst, bisher nicht gänzlich zum Ausbruch gekommen, verschaffte sich explosionsartig Raum in meinem Denken, verdrängte jegliche Vernunft und brachte meine Beine in Bewegung. Ich hastete davon, Jacob folgte mir nach.

Wir liefen so schnell wir konnten, mit wehenden Nachthemden, den Weg zurück, den wir gekommen, vorüber an Gemälden und Büsten, durch mehrere Räume und zahllose Stufen hinauf. Wir durchquerten Goethes Vorzimmer, bogen in den Korridor und liefen am Raum des Dieners vorbei zu unserem Schlafzimmer. Die Tür fiel hinter Jacob ins Schloß, ich schob den Riegel vor. Bebend stürzten wir in unsere Betten, keiner wagte zu sprechen. Und was hätten wir auch sagen sollen?

Wir hatten beide erkannt, mit wessen Stimme die Frau gesprochen hatte. Und obwohl derjenige, dem sie gehörte, mehrere Straßen entfernt in seinem Bett lag, todkrank und gewiß nicht in der Lage aufzustehen, gab es keinen Zweifel.

Es war Schiller gewesen, und die beiden Worte machten aus seinem Mund vollkommenen Sinn:

»Das Manuskript.«

3

Wir verließen Goethes Haus in den frühen Morgenstunden, mit Hast und ohne Abschied. Wir packten unser Hab und Gut zusammen, erklärten dem Diener, er möge seinem Herrn unseren ehrerbietigsten Dank ausrichten, und verschwanden eilig im Morgendunst. Wir hatten einen kurzen Brief zurückgelassen, in dem wir uns ein weiteres Mal bedankten, uns für unsere Unhöflichkeit entschuldigten und förmlich unsere Hoffnung auf ein baldiges Wiedersehen ausdrückten. Kein Wort von dem Überfall oder von Schillers Manuskript.

Nebel wehte in weichen Fasern durch die Straßen, als wir Marktfrauen und Spaziergänger nach einem Gasthof befragten. Man wies uns den Weg bergab durch enge Gassen bis zu einem alten Eckhaus, gekrönt von Giebeln und Erkern. Der Dunst war hier noch dichter, so daß selbst das Messingschild über dem Eingang hinter den weißen Schlieren verschwamm. Aufgrund der frühen Stunde war der Eingang noch verriegelt, wir klopften mehrfach gegen das rissige Holz der Tür, ehe man uns einließ. In der Schankstube roch es nach altem Wein und Bier vom Vorabend, und der Wirt schien es eilig zu haben, wieder ins Bett zu kommen, denn er wies uns gleich das erstbeste seiner Zimmer zu. Der Preis war nicht hoch; Essen und Trinken miteingerechnet würden wir mit unserem Ersparten noch drei weitere Tage in Weimar zubringen können.

Alle Einwände und Bedenken hatten nicht vermocht, Jacob umzustimmen – er bestand darauf, zu bleiben. War ich durch die grauenvolle Nacht abgeschreckt und zur sofortigen Abreise bereit, so hatte sie Jacob vielmehr noch wißbegieriger gemacht, noch eifriger in seinem Bestreben, die Zusammenhänge der zahlreichen Zwischenfälle zu entschlüsseln. Wie so oft setzte er seinen Willen durch, obgleich es bislang an einem Plan mangelte, nach dem er vorzugehen gedachte. Ich beruhigte mich mit der Zuversicht, daß er nach einer Nacht gleichfalls aufgeben und sich zur Heimreise bereden lassen würde. Wie sehr mich diese Hoffnung trog …

Wir sprachen kaum an diesem Tag, vielmehr schritten wir schweigend durch den herrlichen Schloßpark, schlenderten durch Straßen und Gassen und entlang der prächtigen Bauten. Jacob starrte gedankenverloren und dumpf vor sich hin, ich ahnte, mit welcher Anstrengung und Konzentration er das weitere Vorgehen bedachte. Ich selbst ließ mich auf beschaulicheren Bildern treiben, dachte an Zuhause, an die Freunde und den vertrauten Duft der Marburger Bibliothek. Doch sprangen auch mir immer wieder die Alpdrucke der Nacht ins Gehirn, brandschatzten in den sonnigsten Vorstellungen der Heimat und hinterließen nichts als Wirrnis und Öde. Je später der Tag, desto grauer wurden meine Gedanken, desto trister mein Empfinden.

Es war später Nachmittag, als wir uns im Schutz des Nebels endlich zur Esplanade wagten. Sein Dunst erfüllte die Straßen mit überirdischer Helligkeit, als glühte tief in seinem Inneren eine bedrohliche Flamme, gleich einem geisterhaften Auge. Die Sicht betrug nur wenige Schritte, jenseits dieser Grenze verloren sich Menschen, Pflanzen und Häuser in einem trüben Webwerk aus finsteren Formen. Selbst Geräusche verloren sich in der weißen Unendlichkeit.

So kam es, daß wir die Menschenmenge erst bemerkten, als wir längst Teil ihres dichten Gedränges waren. Drei, vier Dutzend Männer und Frauen standen in einem Halbkreis um Schillers Haus. Einige hatten Blumen neben der Tür abgelegt, andere weinten leise. Oberhalb des Eingangs hatte man eine schwarze Schärpe angebracht. Der dunkle Gevatter schien allgegenwärtig.

»Er ist tot«, erwiderte eine Frau auf unsere geflüsterte Frage. Ihre Worte verschnürten meine Kehle; zu atmen schien mit einem Mal unwichtig.

Schiller war tot.

Keine Medizin, keine wohlmeinende Hoffnung hatte ihn retten können. Ich griff nach Jacobs Schulter, um mich zu stützen, so traf mich die schreckliche Kunde ganz wie ein stählerner Haken ins Herz. Was ich in diesem Augenblick dachte, was ich empfand? Zurückblickend sehe ich immer wieder den Nebel vor mir und in ihm die Gestalten der Trauernden, wie Blutstropfen auf frischem Schnee. Gram und Zorn schlugen über mir in mächtigen Wogen zusammen, schwemmten jede andere Regung beiseite. Ich vergaß alles übrige, das Manuskript, den Überfall und Goethes Versammlung. Was bedeutete all das im Angesicht solcher Seelenqual?

»Er starb in der Nacht«, sagte ein Mann in schlecht sitzender Uniform.

Ich hörte, wie Jacob sich nach der genauen Uhrzeit erkundigte, doch ging die Antwort im Beben meiner Sinne unter. Ich kämpfte mit den Tränen und ließ sie schließlich haltlos rinnen. Kaum spürte ich, wie Jacob mich am Arm nahm und zurück zum Gasthaus führte. Auch fühlte ich nicht, wie er zitterte, noch wurde mir der wirkliche Grund bewußt. Erst später, an einem Tisch in einer schattigen Ecke des Schankraums, sagte er mir die Wahrheit.

»Wilhelm«, sprach er mich an, während mein Blick wie blind an einem Weinglas hing. »Wilhelm«, wiederholte er. Seine Stimme klang, als reibe sie Balsam in eine Wunde. »Als wir heute nacht seine Worte hörten, da war er längst tot.«

Es dauerte eine Weile, ehe die Worte zu mir durchdrangen. Langsam blickte ich auf. »Längst tot?« fragte ich müde.

»Ja. Er starb kurz nach Mitternacht. Wir aber hörten seine Stimme um halb drei. Demnach kann es nicht er selbst gewesen sein, mit dem Goethe sprach. Es war tatsächlich die Frau, die Ägypterin.«

Ich gab mir Mühe, seinen Gedanken zu folgen, doch die Trauer füllte meinen Kopf wie der Nebel die Gassen. »Das bedeutet?«

Er seufzte. »Himmel, Wilhelm, werd' endlich wieder klar. Das bedeutet, daß wir nicht die einzigen sind, die von dem Manuskript wissen. Diese Frau hat zumindest schon davon gehört.«

Mir kam eine bemerkenswerte Idee. »Vielleicht war sie es, die es gestohlen hat. Oder der Mann. Oder sogar Goethe selbst.«

»Goethe hätte es ohnehin von uns bekommen. Und die Ägypter? Mir ist nicht wohl bei dem Gedanken. Falls einer der beiden Ägypter tatsächlich der Täter war, warum sollten sie Goethe mit der Nase darauf stoßen? Der einzige Grund, aus dem sie selbst es geraubt haben könnten, wäre der, zu verhindern, daß es Goethe zufällt. Es macht also keinen Sinn, daß sie ihn dann daran erinnern, wo er das Buch doch offenkundig an diesem Abend nicht erwartet hatte.«

Ich hob die Schultern und starrte wieder auf den Wein in meinem Glas. Er schien mir trüb und wenig schmackhaft. »Vielleicht war es tatsächlich Schillers Geist, der aus ihr sprach«, sagte ich ohne rechte Überzeugung.

»Ja, das könnte sein.« Die Sachlichkeit in Jacobs Stimme verblüffte mich erneut. Erwog er diesen Gedanken allen Ernstes? Jacob, eherner Verfechter der Logik, kalkulierte mit der Existenz von Gespenstern? Er fuhr fort: »Der Gesang, den wir hörten, war offenbar Teil eines Rituals, vielleicht der Auftakt einer Beschwörung.«

»Deine Phantasie geht mit dir durch.«

»Keineswegs. Wir haben beide schon von derlei Hexereien gehört. Auch du hast sie nie in Abrede gestellt.«

»Aber dabei ging es um Rituale in der tiefsten Wüste, um Teufelsmessen in den Grabkammern der Nilkönige. Hier aber sind wir in Weimar, lieber Bruder, nicht in einem Heidenland jenseits der See.«

Er schüttelte den Kopf. »Trotzdem sollten wir in unseren Betrachtungen nicht ausschließen ...«

»Es sind allein deine Betrachtungen.«

»Sein Tod hat dich streitlustig gemacht.«

»O nein, nur nachdenklich«, entgegnete ich erzürnt. »Schiller ist tot, Jacob. Und du sprichst von seinem Geist wie von einem Jahrmarktswitz. Herrgott, du solltest dich hören!«

Er öffnete den Mund, um etwas zu sagen, doch im gleichen Moment floß ein dunkler Schatten über den Tisch wie verschütteter Brombeerwein. Eine Frauenstimme meldete sich zu Wort: »Verzeihen Sie. Sie sind die Brüder Grimm, nicht wahr?«

Verblüfft blickten wir auf. Vor uns stand eine Frau, nicht mehr ganz jung, an die fünfzig vielleicht. Ihre Kleidung war ungewöhnlich, wenngleich von edlem Material, doch merkwürdig in Form und Schnitt. Sie trug ein langes, gerades Kleid, das nicht ganz bis zum Boden reichte. Einem unaufmerksamen Betrachter wäre vielleicht das Seltsamste entgangen, ich aber mochte meinen Augen nicht trauen – trug sie doch darunter eine Hose wie ein Mann! Ein zweiter Blick bestätigte meine Entdeckung: Unter dem Rocksaum schauten wenige Fingerbreit ihrer Hosenbeine hervor. Die Vorstellung, daß sie ihr Kleid nur für die Öffentlichkeit übergeworfen hatte, schien mir abstoßend. Mißtrauen packte mich beim Anblick dieser absonderlichen Person.

Das lange Haar hatte sie lieblos hochgesteckt; es schimmerte weiß wie Tafelkreide. Ihr Gesicht war schlank wie der Rest ihres Körpers. Vor Jahren mochte sie eine schöne Frau gewesen sein, doch jetzt war ihre Haut grob und gegerbt, als habe sie zu viele Stunden im Freien verbracht, ungeschützt in Wind und Sonne, eine Reisende. Einzig ihre Augen schienen in makelloser Schönheit gegen den Verfall ihrer Züge anzuschreien; sie strahlten groß und hell und in bezauberndem Grün. Katzenaugen.

»Gestatten, Elisabeth von der Recke«, sagte sie. Und, als habe sie unsere musternden Blicke sofort durchschaut, fügte sie hinzu: »Tochter des Reichsgrafen Johann Friedrich von Medem.« Sie sprach die Worte ohne Stolz, eher mit gelindem Ärger darüber, daß sie, eine Frau ihres Alters, noch mit dem Stand ihrer Ahnen hausieren mußte, um zwei junge Männer in einem Wirtshaus ansprechen zu dürfen.

Wir sprangen gleich von unseren Stühlen und stellten uns vor. Ich bot ihr meinen Platz an, doch sie schüttelte den Kopf und zog sich kurzerhand einen Stuhl von einem der Nachbartische herüber. »Setzen Sie sich«, sagte sie, und wir gehorchten.

»Ich sehe, Sie haben meinen seltsamen Aufzug durchschaut, meine Herren. Tatsächlich trage ich dieses Kleid nur, um nicht unnötig aufzufallen. Glauben Sie mir, ich habe euch Männer immer darum beneidet, Hosen tragen zu dürfen. Jetzt, da ich in einem Alter bin, in dem ich mir dieses und jenes erlauben kann, nehme ich mir dieselbe Freiheit. Schlimmstenfalls wird man diese Wirrungen mit verfrühtem Altersschwachsinn entschuldigen. Damit kann ich leben.« Sie lächelte herb. »Und wie Ihnen anhand meiner Offenheit nun gleichfalls klar sein sollte, bin ich nicht auf der Suche nach jungen Männern für die Nacht. Der Gedanke ist Ihnen doch gekommen, oder?«

Gluthitze stieg in mein Gesicht, und auch Jacob errötete. Das Auftreten dieser Frau entsprach keineswegs dem Bild, das ich mir in meiner Vorstellung von einer geborenen Reichsgräfin gemacht hatte. Ihr mangelte es ganz augenscheinlich an Standesbewußtsein und damenhafter Scham. Zudem hatte ich nie zuvor von ihr gehört, aber es hätte einer gehörigen Portion Durchtriebenheit bedurft, sich unter falschem Namen und erlogener Herkunft vorzustellen. Und auf ihre eigene, übertrieben kecke Art schien sie dies gar nicht nötig zu haben.

Sie hatte auf ihre Frage keine Antwort erwartet, daher fuhr sie fort: »Es war nicht einfach, Sie zu finden. Ich hatte Sie noch im Haus des Herrn Goethe vermutet, und, mit Verlaub, es hat mich sehr erzürnt, als ich erfuhr, daß Sie es verlassen haben.«

Jacob räusperte sich und wollte etwas sagen, doch es war ein allzu plumper Versuch, ihren Redefluß zu dämmen. Sie ließ sich nicht davon beirren, vielmehr glaubte ich ein schalkhaftes Funkeln in ihren Augen zu bemerken, als sie ihm mit einer harschen Handbewegung den Mund verbot.

»Ich weiß«, sagte sie, »sicherlich gibt es für ihre überstürzte Abreise eine Erklärung, mag sie gut sein oder nicht, doch, ehrlich gesagt, habe ich derzeit kein Interesse daran. Um es kurz zu machen: Ich gebe Ihnen dies hier, falls Sie in Goethes Haus zurückkehren.«

Sie legte einen faustgroßen Lederbeutel auf den Tisch. Sein Inhalt klimperte hell beim Aufprall auf Holz. »Sie können nachsehen und werden eine Ihrem Wert angemessene Menge in Silberstücken darin finden. Jeder Händler von Schmuck oder Edelmetall wird Sie ihnen in klingende Münze umsetzen. Allein hier in Weimar gibt es eine Handvoll davon, sie dürften auf keinerlei Probleme stoßen.«

Keiner von uns wagte, den Beutel zu berühren, als fürchteten wir, man habe ihn mit Gift bestrichen. Er lag zwischen uns wie ein dunkles Beutestück aus fernen, gefährlichen Landen. Meine Gedanken wirbelten im Kreis, immer noch fehlten mir die Worte. Zurück in Goethes Haus? Gegen Bezahlung?

Auch Jacob hatte es die Sprache verschlagen.

»Sie glauben, ich bin Ihnen eine Erklärung schuldig?« Die merkwürdige Gräfin schmunzelte. »Nun, genaugenommen kaufe ich mich mit diesem Betrag von jeder Erklärung frei. Das ist der Handel. Alles, was ich von Ihnen erwarte, ist, daß Sie wieder in das Haus unseres Dichters zurückkehren, die Augen offenhalten und sich einmal am Tag mit mir treffen, um einige Fragen zu beantworten.«

»Fragen zu beantworten«, wiederholte Jacob mit dumpfer Stimme. Ich wußte, in welchen Momenten er so klang und was sie in ihm auslösten. »Fragen worüber?«

Elisabeth von der Recke schüttelte mit Bedauern den Kopf. »Wenn ich das genau wüßte, müßte ich Ihre Dienste nicht in Anspruch nehmen. Sie könnten in diesem Haus einige, nun, Seltsamkeiten beobachten, über die Sie mich auf dem laufenden halten müßten. Und glauben Sie mir, ich würde gerne zwei geübtere Spione verdingen, wären nur welche zur Hand, die so offensichtlich Goethes Vertrauen genießen wie Sie beide.«

Jacob sprang erbost von seinem Platz, so heftig, daß sein Stuhl einen Augenblick lang gefährlich auf zwei Beinen tanzte. »Das ist genug«, rief er drohend, aber noch mit so leiser Stimme, um kein Aufsehen bei den übrigen Gästen zu erregen. »Sie haben uns Ihr Angebot genannt, Frau Gräfin. Wir lehnen ab.«

So heftig war meine Erregung, daß mich nicht einmal die Art verletzte, auf die er erneut allein eine Entscheidung traf, ohne sie zuvor mit mir abzustimmen. Wir waren an den Umgang mit Menschen von Adel nicht gewöhnt, doch falls sie alle mit jener Überheblichkeit und Unverschämtheit auftraten wie diese Gräfin in ihren Männerhosen, so konnte ich getrost auf weitere Bekanntschaft innerhalb ihres Standes verzichten. Auch ich stand auf, bereit, sofort auf unserem Zimmer zu verschwinden und jene unerquickliche Person zurückzulassen.

Doch wieder einmal sollte es ganz anders kommen, als ich es mir wünschte. Die Reichsgräfin sah sich kurz um, gab einem Mann und einer Frau an einem der Nebentische einen Wink und lächelte uns zu. »Sie hätten mich sehr enttäuscht, wären Sie auf das Angebot eingegangen, meine Herren. Freilich hätte es für Sie einiges vereinfacht. Nun muß ich einen anderen Weg wählen.«

Der Mann und die Frau, beide in schlichten dunklen Mänteln, er blond, sie rothaarig, standen plötzlich dicht hinter uns. Ich spürte, wie die Frau einen spitzen Gegenstand in meinen Rücken preßte. Für einen langen Moment glaubte ich, sie wollte mich erstechen, dann spürte ich, wie die Dolchspitze verharrte, bevor sie meine Haut verletzte. Jacob wurde von dem Mann in ähnlicher Weise bedroht, auch er ergab sich in sein Schicksal. Wir waren geistesgegenwärtig genug, nicht um Hilfe zu rufen. Ohnehin hätte es in der gut gefüllten Gaststube kaum jemand einer Beachtung wert gefunden. Viele der Männer und Frauen hatten bereits weit über den Durst getrunken, sangen, lachten und lallten, so daß unser Ungemach vollkommen unbemerkt blieb. Die Gräfin mußte Erfahrung in der Inszenierung solcher Szenen haben.

»Ich bitte Sie, mir zu folgen«, sagte sie höflich und erhob sich. Es lag keine Drohung in ihrer Stimme, ganz so, als erwarte sie keine Gegenwehr. Womit sie recht hatte; ich war nicht bereit, Leben und Gesundheit aufs Spiel zu setzen. Zumal mich meine zitternden Beine ohnehin nicht schnell genug getragen hätten.

Die Gräfin schritt voran und warf dem Wirt im Vorbeigehen einige Münzen auf den Tresen. Ihre Lakaien, die Messer unter den weiten Mänteln verborgen, wichen nicht von unserer Seite. Wir verließen das Gasthaus und traten hinaus auf die dunkle Gasse. Hier draußen herrschte Stille, nur dann und wann drangen ein lauter Ruf oder ein schrilles Lachen aus der Schänke in die finstere Nacht. Der Nebel hatte weiter an bedrohlicher Dichte gewonnen und umgab uns wie schwere, feuchte Leinentücher. Selbst das Atmen fiel nach wenigen Schritten schwerer als zuvor.

»Wo bringen Sie uns hin?« fragte Jacob.

»Es ist nicht weit«, versetzte die Gräfin, »und den größten Teil der Strecke werden wir in meiner Kutsche zurücklegen. Keine Angst, Ihnen geschieht kein Leid.«

»Dann befehlen Sie Ihren Dienern, die Messer aus unserem Rücken zu nehmen«, verlangte ich.

»Gerne, falls Sie mir Ihr Wort als Gelehrte und Ehrenmänner geben, daß Sie nicht versuchen werden zu fliehen.«

Jacob nickte mir zu, und ich gab ihm zu verstehen, daß ich einverstanden war. »Sie haben unser Wort.«

»Gut. Andrej, Natascha, steckt die Klingen ein. Die Herren begleiten uns aus freien Stücken.«

»Nicht gänzlich«, meinte ich murrend, während der Druck des Dolchs aus meinem Rücken schwand.

Die Gräfin lachte. »Ich bin durchaus bereit, diese Einschrankung zu akzeptieren, Herr Grimm.«

Wir erreichten das Ende der Gasse und bogen rechter Hand auf einen kleinen Platz. Neben einem Brunnen aus grobem Sandstein stand ein Vierspänner. Einen Augenblick lang glaubte ich, es sei dieselbe Kutsche, in welcher der Dieb des Manuskripts entflohen war, und plötzlich schien alles einen Sinn zu ergeben. Doch im Näherkommen bemerkte ich zahlreiche Unterschiede, allein die Formen der Wagen unterschieden sich deutlich voneinander. Zudem waren zwei der Pferde weiß, die beiden anderen braun. Die

Rösser vom vergangenen Abend hatten dagegen pechschwarzes Fell gehabt, schwarz wie das Haar des Leibhaftigen.

Andrej, der Diener, sprang gewandt auf den Kutschbock. Natascha öffnete ihrer Herrin die Tür. Die Gräfin seufzte: »Wie oft habe ich den beiden schon gesagt, sie sollen mich nicht wie eine alte Frau behandeln.« Die Dienerin, kaum älter als wir selbst, lächelte schüchtern. Die Bedrohung, die von ihr und ihrem Gefährten ausgegangen war, schien mit einem Mal zu schwinden. Doch ahnte ich, daß der harmlose Eindruck täuschte; wir hatten gesehen, wie blitzschnell das Mädchen die Klinge zur Hand hatte. Und ich hegte nicht den geringsten Zweifel, daß sie es verstand, damit umzugehen.

Die Gräfin bat uns zu sich in die Kutsche. Natascha stieg als letzte ein. Meine Knie hatten aufgehört zu beben, doch blieb mir schmerzlich bewußt, daß wir in diesem Augenblick Opfer einer Entführung wurden.

»Verraten Sie uns nun, wohin Sie uns verschleppen?« fragte Jacob, als die Räder übers Pflaster donnerten.

»Geduld, junger Freund«, erwiderte die Gräfin. »Vorab möchte ich Ihnen etwas zeigen. Natascha, bitte.« Die Dienerin zog unter ihrem Mantel ein gefaltetes Papier hervor und reichte es der Gräfin. Die wiederum gab es an meinen Bruder weiter. Er entfaltete es, und wir blickten gemeinsam auf ein Dutzend handschriftlicher Zeilen.

»Bevor Sie lesen, schauen Sie sich bitte Siegel und Unterschrift an«, bat sie.

Wir taten, wie uns geheißen wurde. Die Signatur gehörte einem Arzt, dessen Name mir nichts sagte. Das Siegel war zweifellos jenes der Herzoginmutter Anna Amalia. Was immer das Schriftstück beinhalten mochte, zumindest schien es sich nicht um eine Fälschung zu handeln.

Nicht lange, und wir hatten die Sätze gelesen. Danach sahen wir unschlüssig auf.

Die Gräfin deutete mit einem Nicken auf das Papier. »Sagen Sie mir, was Sie gelesen haben.«

Ich wechselte einen Blick mit Jacob und sagte alsdann: »Es scheint sich um den medizinischen Bericht über die Öffnung von Schillers Leiche zu handeln. Der Doktor beschreibt eingehend das Innere des Toten.« Es bereitete mir selbst Verwunderung, wie sachlich ich mit einem Mal über den Tod des Dichters zu sprechen vermochte. Noch vor wenigen Stunden war ich am Hause Schillers vor Gram beinahe zusammengebrochen. Vielleicht verschaffte mir tatsächlich dieses Schriftstück den nötigen Abstand; nie war mir der große Poet und Dramatiker menschlicher erschienen als in dieser kurzen Beschreibung seines jämmerlichen Zustands.

»In der Tat«, sagte die Gräfin. »Und sicherlich macht auch sie die Darstellung des Arztes wundern, nicht wahr?«

Zweifellos. Denn die Untersuchung der sterblichen Überreste hatte ergeben, daß Schillers Innereien auf ungewöhnlichste Art und Weise miteinander verwuchert, ja, nahezu verschmolzen waren. Ganz so, als hätte ein unirdisches Feuer in seinem Körper gewütet.

So stand dort folgendes zu lesen: *Die rechte Lunge mit der Pleura von hinten nach vorne und selbst mit dem Herzbeutel ligamentartig so verwachsen, daß es kaum mit dem Messer gut zu trennen war. Diese Lunge war faul und brandig. Der vordere konkave Rand der Leber mit allen naheliegenden Teilen bis zum Rückgrat verwachsen. Die rechte und linke Niere in ihrer Substanz aufgelöst und völlig verwachsen. Auf der rechten Seite alle Därme mit dem Peritoneum verwachsen. Bei diesen Umständen muß man sich wundern, wie der arme Mann so lange hat leben können.*

Grotesk war das einzige Wort, das mir einfiel, und ehe ich mich versah, hatte ich es laut ausgesprochen.

»Allerdings«, bestätigte die Gräfin. Falls wir jedoch erwartet hatten, sie werde nun erklären, was dies alles mit unserer nächtlichen Fahrt und ihrem geheimen Ziel zu tun habe, so hatten wir uns getäuscht. Sie schwieg beharrlich und blieb ganz in Gedanken versunken, bis die Kutsche zum Stehen kam.

Natascha sprang auf und öffnete die Tür. Nacheinander stiegen wir ins Freie.

»Lieber Himmel!« entfuhr es mir, als ich erkannte, wo wir uns befanden. Jacob blieb still. Ich war viel zu erregt, um ihn um seine Ruhe zu beneiden.

Andrej hatte eine Lampe entzündet, und ihr Schein fiel auf ein hohes, gußeisernes Tor, gekrönt von scharfen Spitzen. Es war in eine alte, moosbewachsene Mauer eingelassen, die zu beiden Seiten im Schatten dunkler Fichten verschwand. Hinter dem Tor erkannte ich kantige Umrisse von Grabsteinen, die der Mond mit kühlem Grau umspielte. Wilde Rosensträucher und Brombeerranken waren über die aufgeschütteten Erdhügel gekrochen und hatten ihre dornigen Fangarme um Kreuze und steinerne Seraphim geschlungen. Der Nebel war verschwunden, und als ich mich umsah, begriff ich den Grund. Weimar lag hinter uns in einem sanften Tal, bedeckt von einer wabernden Dunstglocke, die im Sternenlicht glitzerte wie ein gespenstischer See. Die Kutsche war hinauf in die Hügel gefahren, entlang eines geschlängelten Pfades, der sich weiter unten zu einer Allee ausweitete und von der Nebelwand verschluckt wurde.

Ich richtete meinen Blick wieder auf den uralten Friedhof, der wie vergessen in einem Einschnitt zwischen zwei steilen Fichtenhängen lag. Meine Augen gewöhnten sich langsam an die Dunkelheit und gestatteten mir, weitere Einzelheiten wahrzunehmen. Einige der Grabmäler waren mit großem Aufwand gestaltet worden, Bildhauer hatten all ihre Fertigkeit auf Engel mit gewaltigen Schwingen, kunstvolle Schmuckschriften und Marienfiguren verwandt. Als Andrej das unverschlossene Gittertor aufschob, ertönte ein rostiges Quietschen. Es klang wie ein Kinderschrei.

»Zögern Sie nicht«, bat die Gräfin und schritt voran. Andrej ging neben ihr und beleuchtete den Weg zwischen den Gräbern. Der Schein der Petroleumlampe huschte wie ein Irrlicht über Nesseln und wucherndes Unkraut, gelegentlich riß er das fahle Gesicht einer Steingestalt aus den Schatten.

Natascha wartete neben dem Tor, bis auch Jacob und ich hindurchgetreten waren, dann folgte sie uns mit ausdruckslosem Gesicht. Die Luft roch klamm. Nach wenigen Schritten fiel das Licht von Andrejs Lampe auf die Oberfläche eines traurigen Tümpels, der abseits der Gräber zwischen Büschen und Bäumen lag. In seiner Mitte ragte ein tanzender Faun aus schwarzem Algenschaum, erstarrt mit hochgeworfenen Armen und geschwungenem Bocksfuß. Zwischen seinen Hörnern spannte sich ein Spinnennetz, auf dem Feuchtigkeit glitzerte wie eine Perlenkette. Die Darstellung eines Heidengottes an einem solchen Ort christlichen Friedens schien mir überaus verwegen, gelinde gesagt.

Wir schritten am Ufer des Tümpels entlang, bis wir zwischen Büschen auf ein einsames Holzkreuz stießen. Wären die Gräfin und ihre Diener nicht davor stehengeblieben, ich hätte es kaum bemerkt; es schien, als habe derjenige, der es errichtet hatte, gezielt versucht, es wie eine Laune der Natur wirken zu lassen, gewundene Äste, die kreuzförmig miteinander verwachsen waren. Erst bei näherem Hinsehen erkannte ich, daß es das Werk eines Menschen war.

Jacob sah ungehalten von dem flachen Grabhügel hinauf ins Antlitz der Gräfin. »Wenn Sie uns wohl erklären könnten, was ...«

Sie schnitt ihm mit einer Handbewegung das Wort ab, nicht zum ersten Mal. Und wieder fügte er sich. »Sie sollen alles erfahren, junger Freund. Und – verzeihen Sie mir die Theatralik meiner Worte – es wird mehr sein, als Ihnen lieb sein mag. Dieser Friedhof, das werden Sie selbst erkannt haben, ist ein sehr alter, von den meisten längst vergessener Ort. Hier werden keine Toten mehr begraben, und viele dieser Gräber stammen aus einer Zeit, die lange zurückliegt. Einst gehörte er zu einem Dorf, bis seine Bewohner hinab in die Stadt zogen und die Hütten verfielen. Nur die Toten blieben zurück und mit ihnen dieser einsame Ort.«

Ich sah auf das Grab zu unseren Füßen. »Die Erde sieht aus, als sei sie erst vor kurzer Zeit aufgeworfen worden.«

»Allerdings«, erwiderte sie. »Dies ist die letzte Ruhestätte eines Mannes, der erst vor wenigen Wochen starb. Er wurde ermordet, dessen bin ich sicher, obgleich ich seinen Leichnam selbst nicht zu sehen bekam. Man hat ihn hier oben begraben, um ihn zwar im geheimen, jedoch mit christlichen Ehren zu bestatten.«

Eine schreckliche Ahnung stieg in mir auf. »Sie haben doch nicht etwa vor …«

»Ganz richtig, Herr Grimm. Und Sie werden dabei sein, denn mir scheint, nichts anderes als das, was wir entdecken werden, kann Sie von der Ehrenhaftigkeit meiner Ziele überzeugen.«

»Unter keinen Umständen!« Meine Stimme brach kalt und schrill durch das Schweigen der Toten. Schweiß strömte aus all meinen Poren.

Auch in Jacobs Angesicht malte sich Entsetzen. »Wir werden Sie nicht unterstützen beim … beim Schänden von Gräbern«, sagte er erregt und trat einen Schritt zurück. Natascha war sofort hinter ihm, ließ ihr Messer jedoch stecken.

Als hätte die Gräfin unseren Widerspruch gänzlich überhört, gab sie Andrej den Befehl, das Werkzeug aus der Kutsche zu holen. Es dauerte nicht lange, da kehrte er zurück, zwei Schaufeln in den Händen. Einen Augenblick lang fürchtete ich, sie seien für uns bestimmt, und wir würden uns mit eigenen Händen an ihrer Blasphemie beteiligen müssen. Statt dessen aber reichte Andrej eine der Schaufeln Natascha, und beide begannen ihr schändliches Werk.

Elisabeth von der Recke trat neben uns. Ihre grünen Augen schimmerten im Mondlicht. Vom Tümpel drang der schlammige Gestank von Moder herüber, in der Ferne schrie ein Kauz. Die Zweige der Fichten rauschten majestätisch im kühlen Nachtwind. Ich fror, doch das lag nicht allein an der Kälte. Andrej hatte die Lampe am oberen Ende des Grabes abgestellt, und der verzerrte Schatten des Kreuzes fiel bis auf meinen rechten Fuß. Angewidert trat ich einen Schritt zur Seite. Sofort traf mich Naschas mißtrauischer Blick, doch ein sachtes Kopfschütteln der Gräfin ließ sie mit dem Graben fortfahren. Selbst nach mehreren Minuten schien keiner der beiden außer Atem zu sein, obwohl die Öffnung im Boden tiefer und tiefer wurde.

»Andrej und Natascha stammen aus Rußland«, sagte die Gräfin, wohl um die Zeit zu überbrücken. »Ihre Eltern waren Diener am Hofe Katharinas der Großen, und die Zarin selbst war es, die sie als Kinder in meine Obhut gab.«

Ich runzelte die Stirn. Katharina, mächtigste Herrscherin diesseits und jenseits der Meere, sollte diese seltsame Frau empfangen, ihr gar zwei Kinder zum Geschenk gemacht haben? Es gab keinen augenscheinlichen Grund, aus dem die Gräfin uns hätte belügen sollen; und es war auch nicht allein die Unmenschlichkeit dieser Gabe, die mich entsetzte. Sollten wir diese Frau, die Hosen trug und des Nachts Leichen aus ihren Gräbern zerrte, unterschätzt haben – im guten wie im bösen? Wer mochte wissen, zu welchen Schandtaten sie des weiteren fähig war?

»Ich habe die beiden nicht reden hören«, sagte ich mit bebender Stimme. »Sind sie unserer Sprache nicht mächtig? Ihren Befehlen zumindest scheinen sie aufs Wort zu gehorchen.«

Die Gräfin schüttelte den Kopf. »Sie verstehen jedes unserer Worte. Aber sie können nicht sprechen. Andrej und Natascha sind stumm.«

»Beide?« fragte ich erschrocken.

»Katharina ließ ihnen als Kinder die Zungen herausschneiden.«

Grauen packte mich, wie so oft in den vergangenen Stunden. Doch drängten sich mir auch weitere Fragen ins Hirn, Fragen nach dem Warum dieses abscheulichen Frevels. Das Gesicht der

Gräfin schien zu versteinern wie einer der alten Granitengel über den Gräbern, und da wußte ich, weitere Antworten würde es nicht geben.

»Gebt acht mit den Schaufeln«, sagte sie statt dessen zu Andrej und Natascha, »wer weiß, ob man es für nötig hielt, den Toten in einen Sarg zu betten.«

Die beiden Diener gruben und gruben, vorsichtiger jetzt, bis sich ein hoher Wall neben dem Grab erhob und sie selbst bis zu den Oberschenkeln im Erdreich standen. Schließlich verharrte Natascha, blickte prüfend in die Tiefe und hielt Andrej am Arm zurück. Auch er hörte auf zu graben.

»Habt ihr ihn?« fragte die Gräfin.

Natascha bückte sich, schien im Dunkeln etwas zu betasten, dann nickte sie.

»Gut. Holt ihn heraus.«

Es dauerte weitere zwanzig Minuten, ehe der Leichnam soweit vom Schmutz befreit war, daß man ihn dem gnädigen Erdreich zu entreißen vermochte. Ich wandte meinen Blick ab. Grauenhafter Gestank wehte aus den Schatten herauf.

Als ich mich wieder zum Grab umdrehte, lag der Tote daneben im Gras, nackt, verfallen, mit schillernden Pilzen und Flecken bedeckt. Der Mond stand hinter den Bäumen und streifte den Körper mit Schatten, hell und dunkel.

Natascha und Andrej entstiegen dem Erdloch. Beide hatten sich Handschuhe übergezogen, um nicht mit den Leichengiften in Berührung zu kommen. Zu meiner grenzenlosen Bewunderung ging ihr Atem kaum schneller als zuvor, trotz der harten Arbeit schienen sie ausgeruht und tatkräftig.

Das Gesicht des Toten war eine dunkle Wüste mit leeren Augenhöhlen, von seinem Unterkiefer hingen die Reste eines Bartes. Die verdorrten Lippen standen offen.

»In die Kapelle mit ihm!« befahl die Gräfin. Offenbar kannte sie die örtlichen Gegebenheiten.

Die jungen Russen hoben die Leiche an Armen und Beinen auf und trugen sie fort durch die Büsche. Sie verzogen keine Miene, so, als trügen sie nichts Ungewöhnlicheres als einen Mehlsack. Ich fuhr herum und übergab mich.

Jacob trat neben mich und klopfte mir beruhigend auf die Schulter.

»Sie ist wahnsinnig«, brachte ich keuchend hervor. Der bittere Geschmack in meinem Mund war widerwärtig.

»Ja, ich weiß«, sagte er, aber es klang nicht aufrichtig, eher so, als wolle er mich mit seinen Worten beruhigen, ohne selbst daran zu glauben. Ich sah ihm an, wie die Gedanken hinter seiner Stirn tobten, wie sich Ereignisse und Sätze in seinem Kopf zu einem Ganzen formten, wieder zerbrachen und neuangeordnet wurden.

Die Gräfin trat auf uns zu und schenkte mir einen Blick, aus dem Besorgnis sprach. »Es ist eine unangenehme Aufgabe, die uns bevorsteht.«

»Wie meinen Sie das?« fragte ich naiv in der Annahme, kein Schrecken könne den eben erlebten übertreffen.

Die Gräfin lächelte. »Noch steht der letzte Beweis meiner Theorie aus, und Sie wirken nicht, als hätte sie dieses Schauspiel bislang von meiner Aufrichtigkeit überzeugt.«

»Wie wahr«, sagte ich böse, doch die Worte schienen von ihr abzuprallen.

»Kommen Sie mit«, sagte sie und folgte dann ihren Dienern. Einen Augenblick spater hatte das Netzwerk der Schatten sie verschlungen.

Ich warf Jacob einen gehetzten Blick zu. »Das ist die Gelegenheit zur Flucht.«

Er schien einen Moment lang das Für und Wider abzuwägen, dann schüttelte er den Kopf. »Sie würden uns wieder einfangen.«

»Nein«, flüsterte ich hastig und zog bereits an seinem Ärmel, »wir sind schneller, ausgeruhter. Ehe sie bemerkt, daß wir fort sind, können wir längst entkommen sein. Wir laufen den Weg hinunter zur Stadt. Falls wir die Kutsche hinter uns hören, suchen wir im Dickicht Schutz.«

»Aber sie haben Messer.«

»Wenn sie unser nicht habhaft werden, bringt ihnen auch die schärfste Klinge keinen Nutzen.« Ich konnte sein Gesicht im Dunkeln nicht erkennen, er stand vom Mond abgewandt, alles, was ich sah, war die Form seines Kopfes. Und doch begriff ich plötzlich. Ein erregtes Keuchen entfuhr meinen Lippen. »Du willst gar nicht fort! Großer Gott, dir gefällt, was sie tut!«

»Nein, aber sie …«

»Du willst es wissen, nicht wahr?« Meine Stimme klang mit einem Mal viel lauter, als ich beabsichtigt hatte. »Hat sie nun auch dich um den Verstand gebracht? Ist es das? Hat sie dich mit ihren krankhaften Wahnvorstellungen angesteckt?«

Er senkte den Kopf, als wollte er beschämt schweigen, doch dann funkelten seine Augen plötzlich auf und schienen sich streitlustig in mein Gesicht zu bohren. »Sie kennt die Antworten, Wilhelm, und sie will sie mit uns teilen. All die Rätsel der vergangenen zwei Tage – sie kann sie lösen. Wir dürfen jetzt nicht davonlaufen, oder wir werden nie erfahren, was es damit auf sich hat.«

»Na und?« entgegnete ich heftig. »Mich kümmert's nicht.«

Wir sprachen beide laut genug, daß die Worte auf dem ganzen Friedhof zu hören sein mußten. Es war ohnehin zu spät zur Flucht.

»Herrgott, sie gräbt Leichen aus«, sagte ich, meine Stimme scharf wie ein Henkersbeil. »Ihre Diener sind schneller mit den Dolchen zur Hand als wir mit Papier und Feder. Wahrscheinlich haben sie gemordet, mehrfach schon. Und du vertraust diesen Menschen?«

»Nein, ich traue ihnen nicht. Aber sie sind die einzigen, die das Rätsel aufklären können.«

»Du bewunderst sie.« Die Einsicht nahm mir fast die Luft. »Du bewunderst sie dafür, daß sie ohne einen Gedanken an Gottes

Wort und Willen Gräber aufreißt, nur um ihre verdammte Theorie zu beweisen.«

»Ich achte ihre Konsequenz«, sagte er, »nicht ihre Mittel.«

»Du hast den Verstand verloren.« Voller Entsetzen wandte ich mich von ihm ab. Sein Streben nach Wissen, nach Einsicht und Erkenntnis trieb ihn geradewegs ins Verderben. Ich wußte, ich würde ihn nicht zurückhalten können. Meine Argumente waren die schwächeren; meine Moral wog niemals schwerer als seine eisige Logik. Mir gingen die Einwände aus, und es blieb keine andere Wahl, als mich diesem Irrsinn anzuschließen.

Schweigend und mit starren Mienen brachen wir durch die Büsche und erreichten nach wenigen Schritten eine Mauer. Über uns ragte ein alter Glockenturm in den Nachthimmel – bis hierher und nicht weiter, schien er zu mahnen, bleibt draußen, tretet nicht ein. Die Warnung wurde vom Wind davongetragen, verschluckt vom unheimlichen Rauschen der Wälder. Es klang, als flüsterten die Bäume einander Geheimnisse zu, die nicht für uns bestimmt waren. Vielleicht kannten sie die Zukunft, wußten längst, wohin uns das Schicksal führen mochte. Der Gedanke ängstigte mich, mehr noch als die Dunkelheit, mehr noch als der Wahnsinn, der mich umgab.

Wir umrundeten die kleine, verfallene Kapelle und gelangten an ein aufgebrochenes Tor. Mir fiel auf, daß nirgends Kreuze zu sehen waren, offenbar hatte man alle Zeichen des Herrn entfernt, als dieser Ort aufgegeben wurde. Als wir eintraten, sprang uns neues Grauen entgegen.

Der geschändete Leichnam lag ausgestreckt auf einem steinernen Block, der einst der Altar gewesen sein mußte. Rechts und links verrotteten hölzerne Bänke. Die Gräfin stand hinter dem Toten wie eine heidnische Priesterin und blickte auf den Körper hinab. Sie hatte das Kleid abgelegt und trug nur noch die dunkle Hose, deren Beine unter dem Saum hervorgeschaut hatten, des weiteren ein Hemd aus grobem Stoff. Wäre da nicht das hochgesteckte, weiße

Haar gewesen, aus der Ferne und im schwachen Schein von Andrejs Lampe hätte man sie für einen Mann halten können.

Die beiden Diener standen neben ihr. Die Gräfin hielt etwas in den Fingern ihrer Rechten, etwas, das blitzte und funkelte wie ein bedrohlicher Stern am Firmament. Ein Messer.

»Gut, Sie sind da«, stellte sie fest, als wäre ihr nie der Gedanke gekommen, daß wir ihre Unachtsamkeit zur Flucht hätten nutzen mögen. »Wir können beginnen. Ich möchte Sie bitten, bis zuletzt zuzusehen, auch wenn es Ihnen schwerfällt. Schauen Sie, und bedenken Sie gut, was Sie sehen.«

Ich will sparsam sein mit Beschreibungen vom dem, dessen wir nun Zeugen wurden. Die Gräfin führte die schmale, scharfe Klinge in langen Schnitten über den eingefallenen Oberkörper des Toten, und nachdem dies vollbracht war, bat sie Andrej den Brustkorb der Leiche zu öffnen.

Er zerbrach den Rippenkäfig, als wäre er aus mürbem Geäst. Wir standen etwa fünf Schritte entfernt, und trotzdem drohte der entsetzliche Gestank mir die Sinne zu rauben. Gnädige Schatten verdeckten einige der blasphemischen Scheußlichkeiten, welche die Gräfin mit dem Toten unternahm, doch als sie schließlich tief in den offenen Körper griff und mit beiden Händen etwas ans Dämmerlicht zerrte, da schwanden mir fast die Sinne und ich erbrach mich erneut.

»Treten Sie näher«, sagte die Gräfin und sah uns an, das Schreckliche immer noch in Händen.

»Auf keinen Fall«, erwiderte ich und wischte meinen Mund mit dem Rocksaum.

»Kommen Sie her«, befahl sie erneut. Zum ersten Mal lag eine Drohung in ihrer Stimme, und zugleich sprang Natascha vorwärts und stellte sich zwischen uns und den Eingang.

»Niemals«, wiederholte ich schwach, doch schon hatte die Dienerin ihr Messer zur Hand. Die Spitze wies in meine Richtung.

Jacob ging voran und zog mich am Ärmel mit sich. Wir traten

an den Altar, bemüht, keinen Blick auf den Körper zu werfen. Statt dessen hingen unsere Blicke an dem Gewirr aus trockenen Schlaufen und Blasen, das die Gräfin gepackt hielt. Die Oberfläche war voller Leben.

»Unglaublich«, sagte Jacob.

Ich wünschte mir, ihn zu schlagen, so sehr war mir sein Interesse zuwider. Doch ich stand nur da, unfähig mich zu bewegen, mit angehaltenem Atem und doch von dem erbärmlichen Gestank durchdrungen.

»Die gleichen Symptome wie bei Schiller«, sagte die Gräfin, und jetzt erst begriff ich. Die Organe des Toten waren eng miteinander verbunden, als habe ihr natürlicher Wuchs sie über Jahre hinweg ineinander getrieben. Was ich für eine Folge der Fäulnis gehalten hatte, schien nun selbst mir unter den gräßlichen Umständen ungewöhnlich. Ich sah das faltige, vertrocknete Herz, das sich halb in den linken Lungenflügel gegraben hatte, sah andere Organe, deren Namen ich nicht kannte und die zu einer einzigen, blasigen Form verschmolzen waren.

Die Gräfin ließ das scheußliche Bündel zurück in den Körper fallen und trat angewidert einen Schritt zurück. Sie zog ihre Handschuhe ab und kam um den Altar herum auf uns zu. Mit eiligen Schritten begleitete sie uns hinaus in die klare Nachtluft. Eine Weile lang standen wir schweigend da, atmeten tief ein und aus, unfähig, den Gestank abzuschütteln.

Schließlich sagte die Gräfin: »Vielleicht haben Sie schon erraten, wer den Toten hier heraufschaffen und beerdigen ließ.«

»Goethe«, sagte Jacob.

Sie nickte, während ich erneut nach Luft schnappte. »Der Tote war Schauspieler und starb während einer Theaterprobe in Goethes Haus, vorgeblich weil sein Herz versagte. Um kein Aufsehen zu erregen, ließ unser Dichterfürst den Leichnam beseitigen, zwar in christlicher Erde, jedoch an einem Ort, an dem niemand auf sein Grab stoßen und Fragen stellen würde.«

»Hatte der Mann keine Familie, keine Freunde?« fragte Jacob.

»Nicht hier. Er stammte nicht aus Weimar und war zu Gast in Goethes Haus.«

Ich schluckte. »Was aber hat Goethe gefürchtet? Herzversagen ist keine seltene Ursache für einen plötzlichen Tod.«

Sie nickte, offenbar zufrieden, daß ich diese Frage stellte. »Er ahnte, daß man die Leiche genauer untersuchen würde. Eben das wollte er vermeiden.«

»Woher aber rührt der seltsame Verwuchs der Innereien?«

»Von einem Gift«, sagte die Gräfin. »Einem fremdartigen, tödlichen Gift aus einem fernen Land. Es gibt verschiedene Namen dafür, einer ist Anubis, nach dem Totengott vom Nil.«

»Und Goethe hat diesen Mann vergiftet?« fragte ich.

»So ist es.«

»Warum hätte er das tun sollen?«

»Ich benötige Ihre Hilfe, um das herauszufinden.«

Ich sah, wie sich Jacobs Augen weiteten. Zum ersten Mal während der vergangenen Tage erkannte ich nacktes Grauen in seinem Blick. Seine Stimme bebte. »Wenn aber dieser Mann vergiftet wurde und Schillers Körper die gleichen Symptome aufwies, muß das bedeuten, daß auch er ...«

»... an der selben Ursache starb«, unterbrach die Gräfin. »In der Tat.«

Ich schüttelte fassungslos den Kopf. »Wer aber verabreichte Schiller das Gift? Etwa auch Goethe?«

»Nein, nicht er.« Die Gräfin lächelte, aber es geriet zur bitteren Grimasse. »Das, meine Herren, waren Sie!«

* * *

Der Nebel floß durch die Straßen wie Schleier aus byzantinischer Seide. Er zitterte unter schwachen Winden, schien Falten zu werfen an Stellen, wo er noch dichter, noch grauer war als an anderen. Die Gassen waren leer – nicht weiter wundersam angesichts der späten Stunde –, und doch schien der Brodem sie mit geheimnisvollem Leben zu füllen, mit Bewegung, wo in Wahrheit keine war, als marschiere eine Geisterarmee durch die schlafende Stadt, Wesen aus quellendem Dunst, die sich just im Augenblick ihrer Entdeckung verflüchtigten. Wie etwas, das man nur am äußersten Rand seines Gesichtsfeldes wahrnimmt und das sofort verschwindet, will man es mit Blicken fangen.

Ich stand am Fenster unserer Kammer und blickte hinaus in das wogende Dunkel. Die letzten Zecher, unten in der Schankstube, hatten sich längst in ihre Betten getrollt, in die Arme ihrer fetten, rotgesichtigen Weiber oder auf die harten Lager ihrer Soldatenquartiere. Der schwache Lichtschein, der bei unserer Ankunft durchs Fenster der Wirtschaft hinaus in den Nebel geschnitten hatte, war erloschen. Stille lag über dem Haus. Auch aus den beiden Nebenzimmern, in denen sich die Gräfin und ihre beiden Diener einquartiert hatten, drang kein Laut.

»Ich habe ihn ermordet«, flüsterte Jacob hinter mir zum fünften oder sechsten Mal. »Ich war es, der ihm das Gift verabreicht hat, ich trage die Schuld an seinem Tod.«

Ich hatte längst aufgegeben, ihm diese Tollheit austreiben zu wollen. Beide hatten wir den Inhalt der gläsernen Phiole für Medizin gehalten. Und wie hätten wir auch etwas anderes annehmen können? Der große Goethe hatte sie uns gegeben, für seinen Freund; wie hätten wir ahnen können, daß wir zu Werkzeugen in einem schrecklichen Mordkomplott wurden?

Jacob lag auf seinem Bett, zusammengerollt, den Blick aus roten Augen auf die kahle Wand geheftet. Eine Vielzahl von Gedanken wütete in meinem Kopf, Verzweiflung, Trauer, Selbstmitleid. Die Nachricht hatte mich im ersten Moment vollkommen empfindungslos gemacht, gepanzert gegen jede Form von Gefühl. Dann war die Bestürzung mit all ihrer Macht über mich gekommen, hatte meinen Körper geschüttelt und für eine Weile jegliche

Vernunft erstickt. Die Gräfin hatte nicht mehr viel gesagt, wohl wissend, daß alles, was sie uns noch mitzuteilen hatte, in jenem furchtbaren Moment ungehört an uns vorüberziehen würde. Sie hatte Befehl gegeben, den Leichnam wieder in seinem Grab zu verscharren, und Andrej und Natascha hatten das verstümmelte Bündel ohne Zögern zurück in die Grube gelegt und mit Erde bedeckt. Während all dieser Zeit hatten Jacob und ich kaum ein Wort miteinander gewechselt, blicklos ins Dunkel gestarrt, jeder in Gedanken zurück in Schillers Sterbezimmer. Immer wieder sah ich vor mir, wie Jacob die Flüssigkeit aus der Phiole im Wasser auflöste und das Glas an des Dichters Lippen führte. Die Szene wiederholte sich in meinem Geiste wie eine mißglückte Bühnenprobe, die der Spielleiter immer von neuem wiederholen ließ. Das Zimmer, der Dichter, das Gift und der Tod.

Tausend Fragen geisterten durch mein Denken, doch die wichtigste, vordringlichste war jene, wie wir ungeschoren zurück nach Marburg gelangen konnten, so schnell wie möglich, ohne Verzug. Die Gräfin hatte sich von uns versichern lassen, daß wir sie in ihrem Ansinnen unterstützen würden; ja, wir würden in Goethes Haus zurückkehren; und, ja, wir würden ihn ausspionieren und ihr Bericht erstatten. Jede Antwort hätte sie von mir hören mögen, so lange sie mich nur mit weiteren Eröffnungen verschonte. Nicht einen Augenblick lang kam mir der Gedanke, daß alles vielleicht nur erfunden, ja, möglicherweise die Schandtat von ihr selbst durchgeführt worden war. Etwas sagte mir, daß sie die Wahrheit sprach, und so kreisten meine Einfälle allein um die Frage, wie wir all dem ungestraft entkommen konnten. Auch der Gedanke, Kontakt zu den Behörden aufzunehmen, schien mir absurd; ich sah uns bereits im herzoglichen Kerker darben. Zweifellos würde man uns trennen – vielleicht war das die unerträglichste Vorstellung von allen. Selbst im Rückblick, da ich vieles besser weiß und die schicksalhafte Wendung kenne, welche die Geschehnisse nehmen sollten, scheint mir diese Entscheidung als die richtige.

Jacob hatte seine Lage auf dem Bett während der vergangenen Stunde kaum verändert. Ihn, den kühlen Denker, den Sklaven seines präzisen Verstandes, hatten die Worte der Gräfin bis ins Mark erschüttert. Während der Rückfahrt war er überaus schweigsam gewesen; auch nach der Ankunft im Gasthaus hatte er kaum gesprochen. Dabei schienen sich Schrecken und Konzentration die Waage zu halten; Schrecken über das, was wir getan hatten, konzentriertes Nachdenken über unser weiteres Geschick. Die einzigen Worte, die über seine Lippen kamen, waren jene absurden Schuldbekenntnisse, von denen er sich nicht abbringen ließ. Jeder Versuch meinerseits, unsere Lage mit ihm zu bereden, blieb fruchtlos. Daher schwieg nun auch ich selbst, sah hinaus in den gespenstischen Nebel und versuchte, Herr meiner eigenen Angst zu werden.

Es mochte auf zwei Uhr in der Nacht zugehen, als ich ein Geräusch vernahm. Ein Klirren, wie von zerbrechendem Glas, ganz leise nur. Ich preßte mein Gesicht ans Fenster und versuchte zu erkennen, ob es von der Vorderseite des Hauses erklungen war. Unten in der Gasse war niemand zu sehen. Vielleicht war in der Küche ein Glas oder Behälter zerbrochen. Jedoch um diese Zeit? Der Wirt und seine Frau mußten längst zu Bett gegangen sein. Blieb noch die Möglichkeit, daß einem der übrigen Gäste, vielleicht gar der Gräfin oder ihren Dienern, ein Krug entglitten und zerbrochen war. Mit dem Gedanken, alles würde seine Ordnung haben, beschloß ich endlich, zu Bett zu gehen.

Jacob lag unverändert da; ich konnte nicht erkennen, ob seine Augen geschlossen waren. Ohne ihn anzusprechen begann ich, mich meiner Kleidung zu entledigen.

Gerade wollte ich die Hose abstreifen, als es hastig an der Zimmertür klopfte.

Jacob war sofort hellwach und saß aufrecht im Bett.

»Wer da?« fragte ich leise.

Keine Antwort.

»Wer ist da?« wiederholte ich, nun ein wenig lauter.

Statt einer Antwort wurde die Klinke herabgedrückt. Der Riegel war vorgeschoben, die Tür blieb geschlossen.

Jacob sprang auf. Das Klopfen erklang erneut.

»Nimm den Schemel«, flüsterte er und deutete auf einen dreibeinigen Hocker neben seinem Bett. »Stell dich damit neben die Tür und schlag zu, wenn ich öffne.«

Ich tat, was er sagte, und einen Augenblick später stand ich da, den Schemel hoch über den Kopf erhoben, aufs höchste erregt. Ich würde zuschlagen, zweifellos. Es war längst zu spät, sich allein vom Gewissen leiten zu lassen.

Wieder das Klopfen, diesmal heftiger, ungeduldiger. Jacob legte die Hand auf den Riegel, riß ihn zurück. Augenblicklich drückte jemand von außen gegen die Tür, sie öffnete sich, Jacob keuchte auf, stolperte, eine Gestalt sprang herein, und ich schlug zu.

Eine schmale Hand zuckte in die Höhe, packte ein Bein des Schemels und zog ihn blitzschnell herum. Ich verlor das Gleichgewicht, wurde mit nach vorn gerissen, versuchte noch einen unbeholfenen Ausfallschritt, mein Fuß blieb an Jacobs Ellbogen hängen, dann stürzte ich auf meinen Bruder. Dabei stach – Unglück über Unglück – sein Knie in meine Seite, und für Sekunden rang ich nach Luft.

Es dauerte eine Weile, bis ich wieder klar denken konnte und erkannte, wer unseren unbeholfenen Angriff so meisterlich abgewehrt hatte. Natascha, die stumme Dienerin, sah kühl zu uns herab, packte schließlich erst Jacobs, dann meinen Arm und half uns beim Aufstehen. Ehe weitere kostbare Zeit vergehen konnte, erschien die Gräfin im Türrahmen. Sie verschwendete kein Wort auf unser Mißgeschick, statt dessen zischte sie: »Wir müssen fort von hier! Sofort!«

Ihr düsterer Gesichtsausdruck überzeugte mich, daß sie es ernst meinte. Trotzdem verlangte ich zu erfahren, was geschehen, was, um Himmels willen, der Grund für die plötzliche Eile sei.

»Sie sind hier!« zischte sie nur, als wäre das Erklärung genug.

»Wer?« fragte Jacob.

Sie ließ sich auf keine weitschweifigen Erklärungen ein. »Später. Wir müssen fort von hier. Sie schleichen bereits ums Haus.«

Ich erinnerte mich an das klirrende Geräusch. »Eben wurde ein Fenster zerbrochen.« Es schien mir die naheliegendste Erklärung.

Die Gräfin wurde aschfahl. »Dann ist es fast zu spät. Kommen Sie endlich!«

Ich wollte mich umdrehen, meine Sachen zusammenpacken, doch Natascha hielt mich zurück. Die Gräfin schenkte mir einen wütenden Blick. »Haben Sie denn noch immer nicht begriffen? Unser aller Leben steht auf dem Spiel.« Dann fuhr sie herum und verschwand mit ihren Dienern im Dunkel des Korridors.

Jacob und ich wechselten einen Blick. Es blieb keine Zeit, das Für und Wider abzuwägen. Irgendwo im Haus erklangen Geräusche, Schritte durchbrachen das nächtliche Schweigen. Die Stille erwachte zum Leben. Eilig sprangen wir auf den Flur und folgten der Gräfin.

Wir rannten den Gang hinunter, eine enge Wendeltreppe hinab und standen plötzlich in der Küche, einem langgestreckten, dunklen Raum, mit einer so niedrigen Decke, daß wir die Köpfe einziehen mußten. In der Mitte befand sich eine ummauerte Feuerstelle, auf Schränken und Tischen standen Töpfe und Zuber; an Wandhaken baumelte eine Unzahl von Kellen und Schöpflöffeln. Natascha griff nach einer Öllampe und entzündete sie. Die Gräfin schien das Gebäude bereits früher ausgekundschaftet zu haben, denn sie und Andrej gingen zielstrebig auf eine schmale Tür an der gegenüberliegenden Seite der Küche zu. Andrej öffnete vorsichtig und preßte ein Auge an den Spalt.

Oben im Haus, aus eben jener Richtung, aus der wir gekommen waren, ertönte ein lautes Bersten und Splittern. Türen wurden eingetreten. Zahlreiche Füße trampelten über Stein. Jemand schrie auf. Ein heftiges Zittern, wie von Eiswasser, lief durch meinen Körper.

Andrej nickte der Gräfin zu, sie gab ihm einen Wink. Der junge Russe zog die Tür auf und schlüpfte hinaus. Wir folgten ihm und traten auf einen finsteren Hinterhof. Natascha ließ den Schein der Öllampe über die hohen Fachwerkwände geistern. An einer Wand führte eine hölzerne Stiege steil nach oben, bis zu einer winzigen Tür. Der Eingang zum Dachboden.

»Dort hinauf«, flüsterte die Gräfin.

Die hölzernen Stufen knirschten morsch unter der ungewohnten Belastung, als wir sie zu fünft erstiegen. Es gab kein Geländer. Die Höhe ließ mich schwindeln.

Aus der offenstehenden Tür zur Küche erklang ein blechernes Scheppern. Irgend jemand tobte zwischen Kesseln und Kellen.

Natascha, die voran ging, erreichte die Speichertür. Mit einem weit ausholenden Tritt, der mich selbst fraglos nach hinten in die Tiefe geworfen hätte, erbrach sie das Schloß. Der Lärm von splitterndem Holz war weithin zu hören.

Die beiden Diener waren bereits im schwarzen Rechteck des Durchgangs verschwunden, als die Gräfin herumfuhr. Erschrocken folgten meine Augen ihrem Blick. Schwere Stiefel mit Stahlkappen klapperten über den Hof. Zwei Gestalten waren gebückt durch die Küchentür ins Freie getreten und sahen zu uns auf. Ihnen folgten zwei weitere Männer, wie die beiden ersten in schwarze Gewänder gehüllt.

»Großer Gott, schnell!« rief die Gräfin und sprang durch die Tür ins Innere. Jacob folgte ihr, ohne sich umzusehen.

Vielleicht war es Angst, die mich erstarren ließ, vielleicht auch nur absurde Neugier. Ich blieb stehen, zwei, drei Sekunden lang, den Blick auf die Männer im Hof gerichtet. Sie sahen zu mir auf, ohne uns jedoch zu folgen. Statt dessen standen sie wie im Spalier rechts und links der Tür, durch die nun eine fünfte Gestalt trat. Sie schien mir um einiges größer als die anderen, aber sehr viel schmaler, doch verdeckte ein langer Umhang ihre wahre Körperform. Das Gesicht war nicht zu erkennen; der Unheimliche trug einen breitkrempigen Hut, der eben durch die Tür paßte, ohne anzustoßen. Alles an ihm war schwarz: Mantel, Handschuhe, die Tiefen seiner Seele. Er hob den Kopf und blickte in meine Richtung. Schatten verdeckten seine Züge.

Eine Hand packte meine Schulter, riß mich herum. Mit einem leisen Aufschrei stolperte ich als letzter durch die Tür und konnte mich eben noch fangen. Andrej ließ meinen Rock los und drehte sich um. Einige Schritte weiter, zwischen Dachbalken und alten Möbelstücken, tanzte das Licht der Öllampe auf und nieder. Natascha ging mit der Gräfin voran. Der Diener folgte ihr. Jacob stand neben mir, sah mich fragend an, mit Augen voller Panik.

»Wer war das?« keuchte ich, doch niemand gab mir eine Antwort.

»Komm endlich«, flüsterte Jacob und zog mich mit sich. Trotz der Angst, die ihn ebenso quälte wie mich selbst, behielt er seine Sinne beisammen. Wir rannten hinter der Gräfin und ihren Dienern her, wichen immer wieder im letzten Moment den schweren Balken aus. Der Dachboden streckte sich in ungeahnte Weiten, und wir mochten etwa die Hälfte bewältigt haben, als unsere Verfolger ihrerseits die Speichertür erreichten. Ich wagte nicht, mich umzuschauen, doch klangen ihre schweren Schritte in meinen Ohren wie die Schläge eines verdorbenen Herzens. Allein das Wissen um ihre Anwesenheit bereitete mir Übelkeit.

Wir stürmten weiter, zwischen längst vergessenen Stühlen, Tischen und Schränken einher, die unter bleichen Tüchern aussahen wie Gespenster. Außer Jacob konnte ich keinen der anderen erkennen, nur das schwingende Licht der Öllampe wies uns den Weg. Schließlich erreichten wir die andere Seite, es schien mir, als hätten wir die Dachböden von einem halben Dutzend Häuser durchquert. Durch eine Luke ging es auf das flache Dach eines Hinterhauses. Zur Rechten lag der dunkle Schlund eines Hofes, zur Linken ragte die Wand eines Kirchturms empor in schwindelnde Höhen. Seine Mauer war aus grobem Granit. Etwa auf

Höhe unserer Köpfe schnitt ein Fenster in Form eines Kreuzes ins Gestein.

»Dort hinein«, sagte die Gräfin und kletterte mit ganz und gar undamenhaftem Geschick in die Öffnung. Während Andrej sich sichernd gegen die Luke stemmte, folgten Jacob und ich, dann Natascha. Durch das Fenster sah ich, wie Andrej unter seinem Mantel eine Pistole hervorzog. Sie war offenbar geladen, denn er zog nur noch den Hahn zurück, sprang dann fort von der Tür und wartete, bis diese aufgestoßen wurde. Ehe einer unserer Verfolger ins Freie treten konnte, feuerte Andrej mitten unter sie ins Dunkel. Ein gellender Schrei beantwortete das ohrenbetäubende Donnern der Waffe. Für einen kurzen Moment war ich wie taub. Ich sah, wie Andrej auf uns zueilte, und wich zur Seite. Mit elegantem Sprung sprang er hinauf und landete im Inneren des Turmes, gleich vor meinen Füßen. Gleichzeitig quollen unsere Jäger ins Freie wie schwarzer Rauch. Ich erkannte drei; der vierte mußte tot oder verletzt sein. Die unheimliche Gestalt, die ich unten auf dem Hof des Gasthauses gesehen hatte, war nirgends zu entdecken.

»Weiter«, befahl die Gräfin.

Ich sah mich um. Wir standen auf hölzernen Planken im Treppenhaus des Kirchturms. Stufen führten in engem Schwung nach oben und unten. Im Schein der Öllampe waren nur die vorderen Kanten zu erkennen.

»Wir müssen nach unten«, flüsterte die Gräfin.

Längst hatte ich den Tag verflucht, an dem wir Goethes Einladung folgend nach Weimar gekommen waren. Und mehr noch als diesem gedachte ich jenem Augenblick mit Schrecken, in dem die Gräfin an unseren Tisch getreten war. Ich ahnte nicht, was unsere Verfolger tun würden, falls sie unserer habhaft werden sollten, doch gab mir die Leichtfertigkeit, mit der Andrej einen der ihren niederschoß, einen üblen Vorgeschmack auf unser eigenes Schicksal.

Die Treppe führte hinab in eine enge Sakristei. Das schwere, metallbeschlagene Tor zum Kirchenschiff war verschlossen. Die einzige Möglichkeit zur Flucht war ein kleines Fenster. Was dahinter lag, war nicht zu erkennen.

Die Gräfin packte kurzerhand einen Stuhl und schleuderte ihn durch die Scheibe. Das Glas zersprang in einem kristallenen Hagelschauer. Während sie die letzten Scherben aus dem Rahmen schlug, lud Andrej seine Pistole nach.

Pulver und Kugelbeutel ließ er unter seinem Mantel verschwinden. Mit erschreckender Ruhe legte er auf den Treppenaufgang an und wartete, daß sich einer unserer Verfolger blicken ließe. Noch hörte ich sie weiter oben poltern.

Die Gräfin schob sich durch das Fenster und winkte uns zu sich. Ich kletterte zuerst, riß mir an einer scharfen Glaskante die Hand auf und landete mit einem Stöhnen im Freien. Hinter mir folgten Jacob und Natascha. Andrej kroch zuletzt durch die Öffnung, ohne seine Waffe abgefeuert zu haben.

Allzu lange mochte unsere nächtliche Flucht kaum mehr unbemerkt bleiben. Der Schuß oben auf dem Dach und das Splittern des Fensters mußten weithin zu hören gewesen sein. Bald würden die ersten Gendarmen auftauchen.

Wir stürmten durch einen schmalen Einschnitt zwischen zwei Häusern, deren schiefe Fassaden sich weiter oben fast zu berühren schienen. Der Weg führte auf einen Hof voller Hühnerverschläge; ihre Bewohner, in ihrer Nachtruhe gestört, begannen lauthals zu gackern. Weiter, immer weiter, durch ein nebelverhangenes Labyrinth von Gassen und Höfen, über Treppen und durch Torbögen. Ich hatte es längst aufgegeben, mich nach unseren Verfolgern umzusehen, und irgendwann verklangen ihre Schritte in der Ferne.

Die Gräfin ließ uns keine Zeit zum Aufatmen. Sie führte uns weiter durch Weimars Gassengewirr, bis wir am Ende einer Gasse einen Stall erreichten. Andrej öffnete das Tor, und in dem Schatten stand die Kutsche, mit der wir bereits zum Friedhof gefahren waren. Die Pferde scharrten unruhig mit den Hufen. Die Gräfin mußte geahnt haben, daß eine Flucht vonnöten sein würde, denn alles war bereit, um ohne Verzögerung aufzubrechen. Andrej schwang sich auf den Kutschbock, wir anderen drängten ins Innere.

Knirschend setzt sich das Gefährt in Bewegung. Andrej trieb die Pferde mit der Peitsche an, die Räder donnerten übers Pflaster. Die Fenster der Wagentüren waren mit Stoff verhangen, ich schlug ihn beiseite und blickte hinaus. Alles, was ich sah, waren Dunkelheit und Nebel, als triebe die Kutsche durch einen lichtlosen Ozean, in dem die Gesetze des Oben und Unten, Rechts und Links keine Gültigkeit besaßen. Der Lärm der eisenbeschlagenen Räder auf dem Stein war ohrenbetäubend. Einmal sausten wir an etwas vorbei, das die Form eines Menschen gehabt haben mochte, doch als ich mich vorbeugte, um zu sehen, ob es einer unserer Gegner war, hatte sich die Nebelwand längst hinter der Kutsche geschlossen.

Unbeschadet erreichten wir die Stadtgrenze und preschten hinaus in die Stille der Hügel. Häuser und Nebel blieben hinter uns zurück, und zu beiden Seiten der Straße breitete sich die nächtliche Landschaft aus, ein mondbeschienenes Auf und Ab aus sanften Hängen und knorrigen Baumgruppen.

»Sie haben sich einige Erklärungen verdient, meine Herren«, sagte die Gräfin schließlich, während ich horchte, wie sich der Schlag meines Herzens allmählich verlangsamte. »Stellen Sie mir Ihre Fragen, und ich werde mir Mühe geben, sie zu beantworten.«

Jacob musterte sie mißtrauisch. »Sind Sie sicher, Gräfin, daß Sie uns die Wahrheit sagen werden?«

Sie nickte. »Soweit ich es vermag. Und hören Sie auf, mich Gräfin zu nennen.« Ihre Worte klangen mit einem Mal verächtlich. »Ich lege keinen Wert auf diesen Titel. Freunde und Gefährten nennen mich Elisa.«

»Freunde?« fragte ich zweifelnd.

Sie lächelte. »Wir könnten welche werden, mit ein wenig Mühe auf beiden Seiten.«

»Wer waren diese Männer?« fragte Jacob. »Und wer war der Mann mit dem Hut?« Die Frage überraschte mich. Ich hatte geglaubt, ich sei der einzige gewesen, der ihn gesehen hatte. Die Erinnerung an seine schwarze Gestalt jagte mir einen neuerlichen Schauder über den Rücken.

»Man nennt ihn Spindel«, erwiderte sie. »Ob das sein richtiger Name ist, weiß ich nicht. Fürchten Sie ihn, denn Sie haben jeden Grund dazu. Ihr Leben, und auch meines, bedeutet ihm nichts. Er hat schon früher getötet, um seine Ziele zu erreichen.«

»Welche Ziele?«

»Haben Sie das nicht längst erraten? Er will Schillers Manuskript.«

Überrascht sah ich sie an. »Ich glaubte, er hätte es längst« Denn was lag näher als die Annahme, einer unserer Jäger sei auch der Dieb des Manuskripts gewesen?

Sie lachte. »Aber nein.«

Ich wollte etwas erwidern, doch Jacob kam mir zuvor. »Dann ließen also Sie uns das Manuskript stehlen.« Es war nicht einmal eine Frage, Jacob schien sich seiner Sache längst sicher zu sein.

»Natürlich«, erwiderte Elisa. »Natascha hat diese unangenehme Aufgabe übernommen.«

Empört fuhr ich auf. »Sie! Das ist unglaublich, skandalös. Wie konnten sie ...«

»Beruhigen Sie sich, lieber Herr Grimm. Es ist Ihnen doch nichts geschehen. Für das Manuskript gilt übrigens das gleiche.« Sie gab ihrer Dienerin einen Wink. »Natascha, bitte.«

Die junge Russin erhob sich und hatte für einen Augenblick Mühe, in der schwankenden Kutsche das Gleichgewicht zu behalten. Dann machte sie sich in gebeugter Haltung mit beiden Händen an der Deckenverkleidung zu schaffen. Sie schob eine Holzplatte zur Seite, hinter der ein niedriges Geheimfach zum Vorschein kam. Daraus zog sie das in Papier geschlagene Buch und reichte es Elisa. Die Gräfin nahm es, strich fast liebevoll mit ihrer Rechten darüber und hielt es dann zu meinem Erstaunen mir selbst entgegen.

»Nehmen Sie es«, sagte sie. »Sie werden feststellen, daß ich weder Verpackung noch Siegel geöffnet habe.«

Ich ergriff es mit beiden Händen, und in der Tat: Das Paket schien unberührt. Ich tastete nach dem Siegel unter dem braunen Papier und fand es an Ort und Stelle, ebenso, wie Schiller es uns anvertraut hatte. Jacob sah mich an, aber es war kein fragender Blick, so, als hätte er nichts anderes erwartet.

»Die schwarze Kutsche war gemietet«, stellte er fest.

»Aber sicher. Ich bin vorsichtig.« Elisa fuhr sich mit einer Hand durch ihr schneeweißes Haar. »Sehen Sie, dieses Manuskript ist nicht einfach irgendein Buch. Sobald Schillers Nachlaß geordnet ist, wird man sicherlich eine ganze Reihe unvollendeter Texte aus seiner Feder finden. Aber dieses hier ...« Sie deutete auf das Paket in meinem Schoß. »... nimmt unter all jenen unveröffentlichten Werken eine besondere Stellung ein.« Sie schwieg einen Augenblick lang, und schon fürchtete ich, sie habe es sich anders überlegt, als sie fortfuhr: »Haben Sie je Schillers *Geisterseher* gelesen?«

Wir nickten, und sie nahm es zufrieden zur Kenntnis. »Nichts anderes habe ich erwartet«, sagte sie. »Der *Geisterseher* ist Schillers einziger Roman, die Geschichte eines jungen Prinzen, der sich im Netz einer teuflischen Intrige verfängt. Er erschien vor sechzehn oder siebzehn Jahren in mehreren Teilen in der Rheinischen Thalia, jener Zeitschrift, die Schiller selbst begründete. Sie werden gehört haben, daß er das Werk nie vollendet hat. Ehe sich auch nur die Ahnung einer Auflösung in den Seiten des *Geistersehers* ankündigen kann, bricht der Roman ab, ganz unverhofft.

Schiller selbst erklärte, er wolle nichts mehr damit zu tun haben. Die Arbeit daran sei ihm zuwider, die Geschichte ein einziges Unglück. Nun, all das wissen Sie.«

Erneutes Nicken. Keiner von uns wagte, ihren Redefluß durch Fragen zu unterbrechen.

Elisa setzte ihre Erklärung fort. »Der veröffentlichte Teil des Buches besteht aus zwei Hälften. In der ersten nimmt der Prinz an einer geheimnisvollen Geisterbeschwörung nahe Venedig teil, doch das angebliche Medium wird als Schwindler entlarvt und landet im Kerker. Dabei stößt der Prinz auf eine Verschwörung, deren Zweck es offenbar ist, ihn selbst ohne sein Zutun auf den heimatlichen Thron von Kurland zu heben. Drahtzieher ist ein teuflischer Genius, der Armenier.«

»Er tritt in vielerlei Masken auf«, erinnerte ich mich. »Mal als russischer Offizier, mal als Edelmann, mal als Bote. Stets verändert er Körper und Gesicht. Es heißt, er sei unsterblich und habe auf Reisen nach Ägypten magisches Wissen erlangt. Einige behaupten gar, er sei der berühmte Apollonius von Tyana, andere, eine Inkarnation des Jüngers Johannes. Ein eindrucksvoller Charakter.«

Elisa nickte. »All dies erfahren wir im ersten Teil des Romans. Im zweiten vernachlässigte Schiller dies düstere Geschehen und gab einer zarten Liebesgeschichte zwischen dem Prinz und einer mysteriösen jungen Frau den Vorzug.«

»Doch selbst sie stand unter dem Bann des Armeniers«, fügte ich hinzu, stolz auf mein Wissen. Jacob strafte mich mit einem finsteren Blick.

Die Gräfin lächelte milde. »Ich sehe, Sie haben die Geschichte gut im Kopf. Vielleicht werden wir noch einmal Gelegenheit haben, uns eingehender darüber zu unterhalten. Worauf ich jedoch hinaus möchte, ist der Umstand, daß außer diesen beiden Teilen und einem philosophischen Zusatz, der uns hier nicht interessieren muß, kein weiteres Wort des *Geistersehers* je an die Öffentlichkeit gelangte.«

Jacob maß sie mit einem abschätzenden Blick. »Sie wollen sagen, daß jenes Manuskript, das mein Bruder in Händen hält, der unbekannte Abschluß des *Geistersehers* ist.«

»Sie sind ein kluger junger Mann, Herr Grimm«, erwiderte Elisa. »Und Sie haben recht: In der Tat ist dies der dritte und letzte Teil von Schillers angeblich unvollendetem Roman. Er selbst hat die Arbeit daran erst vor wenigen Tagen, kurz vor seinem Tod, beendet. Während der ganzen Zeit hat er stets ein Geheimnis daraus gemacht.«

»Dann wollte er seine Leser überraschen«, wagte ich einzuwerfen.

Gleich darauf tat es mir leid, denn die Gräfin schüttelte den Kopf. »O nein, das glaube ich nicht. Ich bin nicht einmal sicher, ob er dieses Buch jemals gedruckt sehen wollte. Die Tatsache, daß er das Manuskript an Goethe weiterzugeben gedachte, spricht dagegen.«

»Weshalb?« fragte Jacob.

»Das werden Sie später erfahren. Haben Sie ein wenig Geduld. Die Zusammenhänge sind reich an merkwürdigen Verbindungen und höchst delikaten Zutaten.«

Enttäuscht wechselte ich einen Blick mit Jacob. Ihm war anzusehen, daß ihn der abrupte Abbruch der Erklärungen vergrämte. »Was aber interessiert Spindel so sehr an diesem Buch?« fragte ich ohne echte Hoffnung auf eine erschöpfende Antwort.

Elisas Mundwinkel zuckten belustigt, wie eine Lehrerin, die ein wissensdurstiges Kind belächelt. »Spindel ist nur ein Handlanger, der selbst keinen Nutzen aus dem Manuskript ziehen könnte, außer jenem, es zu verkaufen. Doch hinter ihm steht eine Macht von grenzenlosem Einfluß. Sie ist es, um die es geht, und ihre Pläne gilt es zu durchkreuzen.«

»Welche Rolle spielt Goethe in all dem?« fragte Jacob. »Und wo stand der Tote vom Friedhof in dieser Partie?«

»Besser sollten Sie die eigene Position ergründen, meine Herren. Ich bin nicht sicher, ob dies schon die rechte Zeit ist, Ihnen tatsächlich alles zu enthüllen. Und seien Sie versichert, auch mir sind nur Bruchstücke der ...«

Ein hartes Klopfen gegen die Kutschenwand ließ Elisa verstummen. Entsetzen verschlang ihre gütige Miene. Sie schlug den wehenden Vorhang am Wagenfenster zur Seite und blickte hinaus. Im gleichen Moment krachte ein Schuß. Erschrocken zog sie den Kopf zurück.

»Auf wen schießt Andrej?« fragte ich, gepackt von klirrender Furcht.

Ihr Gesicht war bleich wie der Tod. »Das war nicht Andrej. Diese Kugel galt uns. Ich hätte nicht gedacht, daß Spindels Schergen unsere Spur so schnell aufnehmen würden.«

»Sie meinen ...«

»Ja, sie sind hinter uns.«

Natascha, die mir gegenüber saß, beugte sich vor und schlug grob meine Knie auseinander. Dann zog sie unter meinem Sitz eine hölzerne Kiste hervor. Als sie den Deckel aufklappte, erblickte ich darin auf samtenen Kissen zwei Pistolen. Natascha nahm sie heraus und drückte beide Hähne zurück. Die Waffen waren geladen und feuerbereit.

»Gehe ich recht in der Annahme, daß Sie damit nicht umgehen können?« fragte Elisa.

Wir nickten. Weder Jacob noch ich selbst hatten eine solche Waffe je in Händen gehalten.

»Das macht nichts«, sagte sie, »denn ich habe eine andere Aufgabe für Sie beide.«

Ehe sie ihre Worte näher erläutern konnte, wurde der Fenstervorhang zu meiner Linken beiseite gestoßen und eine Degenspitze rammte ins Innere, nur wenige Fingerbreit an meiner Schläfe vorüber.

Natascha legte an und feuerte eine Kugel direkt durch den Vorhang ins Freie. Ein gellender Schrei übertönte das Donnern der Räder und Hufe, die Kabine füllte sich mit stechendem Pulverdampf. Der Degen wurde fort in die Dunkelheit geschleudert und mit ihm der zerfetzte Vorhang. Der hereinfegende Fahrtwind biß mit tausend scharfen Zähnen in meine Haut. Obwohl die Fensteröffnung jetzt frei war, wagte ich nicht, einen Blick hinaus zu werfen.

Während Natascha nachlud, legte die Gräfin nun ihrerseits auf etwas an, das ich nicht erkennen konnte, und drückte ab. Weder hörte noch sah ich, ob sie getroffen hatte, aber das bittere Lächeln auf ihren Lippen verriet den Erfolg.

Die drückende Enge des Wagens schien mit einem Mal unerträglich. Die beiden Frauen drängten mit auf unsere Seite, in Fahrtrichtung, um aus dem Schußfeld der Verfolger zu gelangen. Allerdings bezweifelte ich, daß die Wände der Kutsche einer Pistolenkugel widerstehen würden.

Elisa lehnte sich mit dem Kopf aus dem Fenster. Sie rief irgend etwas zu Andrej hinauf auf den Kutschbock, das ich durch den Lärm der Räder und das Rauschen des Windes nicht verstehen konnte. Dann zog sie den Kopf eilig zurück.

»Diese beiden waren nur die Vorhut«, sagte sie, ein wenig außer Atem. »Der Rest der Bande wird in wenigen Minuten aufgeholt haben.«

Die Kutsche bog in voller Fahrt um eine Kurve und lehnte sich gefährlich weit zur Seite. Dann, ganz plötzlich, hielt sie an. Ein furchtbares Rucken fuhr durch den Wagen und riß mich nach vorn. Trotzdem umschlossen meine Hände das Manuskript mit aller Kraft. Ich würde nicht noch einmal den gleichen Fehler begehen wie auf Weimars Esplanade. Nichts würde mich mehr davon ablenken, das Buch zu schützen.

»Warum halten wir?« fragte Jacob erschrocken.

Die Gräfin lud eilig ihre Pistole nach, ohne ihn anzusehen. »Sie beide werden aussteigen, mit dem Manuskript. Bringen Sie es in

Sicherheit. Wir werden weiterfahren und Spindel von Ihnen ablenken. Eilen Sie und verbergen Sie sich im Gebüsch!«

Natascha warf die Tür auf.

Ich öffnete den Mund, um zu protestieren, doch da packte mich die junge Russin bereits und stieß mich ins Freie. Mein Protest verhallte ungehört. Ehe auch Jacob sich versah, landete er neben mir im Gras. Um uns war stockfinstere Nacht.

Jenseits der Wegkehre war das Donnern näherkommender Hufe zu hören. Die Zeit drängte.

»Sie können uns doch nicht ...« begann ich in Panik, doch Jacob gab mir einen kräftigen Stoß, der mich verstummen ließ.

»Wohin sollen wir es bringen?« fragte er die Gräfin.

Elisa zog die Tür zu und gab Andrej das Zeichen zur Abfahrt.

»Nach Warschau!« schrie sie, um den Lärm der lospreschenden Pferde zu übertönen. »Hören Sie? Nach Warschau. Zum Regierungsrat Hoff.« Alles weitere ging unter im Getöse der Räder, als sich die Kutsche eilig von uns entfernte. Der scharfe Wind, der übers Land peitschte, riß die Worte der Gräfin mit sich. Dann verschmolz der Wagen mit der Nacht und war fort.

Jacob zog mich am Gehrock nach hinten ins Gebüsch. Wir durchbrachen eine Reihe dichter Ginstersträucher, dann verschwand der Boden unter meinen Füßen. Mit einem unterdrückten Stöhnen stürzte ich ins Leere, einen Abhang hinunter, durch knirschendes Geäst. Beim Aufprall auf hartem Erdreich stieß ich mir die Schulter, und als ich glaubte, den Sturz mit gelindem Schrecken überstanden zu haben, prallte Jacob mit dem Ellbogen gegen mich. Mir schwanden die Sinne. Wie lange dieser mißliche Zustand anhielt, vermag ich nicht zu sagen, doch fehlt mir jede Erinnerung an die Reiter, die Jacob oberhalb der Böschung gehört haben will. Seinen Schilderungen zufolge passierten sie mit viel Getöse von Hufen und lautem Geschrei jene Stelle, an der wir so abrupt von der Gräfin und ihren Dienern hatten scheiden müssen. Schwarze Schemen will er gesehen haben, dunkle Mäntel über dunklen Rössern, doch wage ich die Behauptung, daß dies ebenso ziehende Wolken am Himmel oder ein Verwirrspiel seiner Phantasie gewesen sein mag. Die wunderliche Häufung düsterer Gestalten deuchte mir schon bald als allzu unheilschwanger, schien sie doch eher gestaltgewordene Furcht als Abbild der Wahrheit zu sein.

Nach einer Weile schwand der Schmerz. Jacob nahm sich meiner aufs freundlichste an, half mir beim Aufstehen und stützte mich, während wir uns entlang der Bresche, die unsere Körper geschlagen hatten, den Hang hinaufkämpften. Schließlich erreichten wir die Straße, so man den grasüberwucherten Pflasterstrang so nennen mochte, und sahen uns um. Von Kutsche und Verfolgern keine Spur. Es schien, als seien die Gräfin und ihre abenteuerliche Geschichte ebenso schnell aus unserem Leben verschwunden, wie sie darin aufgetaucht waren. Die Lockung, den Weg zurück nach Weimar einzuschlagen, schien übermächtig, doch war da immer noch das Bündel in meinen Händen, dessen papierener Überzug beim Sturz wie durch ein Wunder unbeschädigt geblieben war. Keinen Riß, ja, nicht einmal einen Fleck hatte die Umhüllung davongetragen.

»Es gibt nur eine Möglichkeit, das Geheimnis des Manuskripts zu entschlüsseln«, sagte Jacob und sah im Dunkeln auf das Paket, welches ich beflissen an mich drückte. Das wißbegierige Leuchten in seinem Blick schien mir beinahe so unheimlich wie die weite, finstere Landschaft.

Ich wußte, dies war kaum der rechte Zeitpunkt, eine Entscheidung über den weiteren Umgang mit dem Buch zu treffen. Ob wir den Umschlag öffnen oder unangetastet lassen wollten, mußte mit Ruhe bedacht werden, und nach einiger Erwägung stimmte Jacob dem mißmutig zu.

»Dann laß uns gehen«, sagte er schließlich und setzte seine Worte ohne Zögern in die Tat um.

Ich rührte mich nicht. »Das ist die falsche Richtung. Hierher geht es nach Weimar.«

Er blieb stehen und sah sich zu mir um. »Nach Weimar? Wilhelm, du willst dich doch nicht als Feigling erweisen. Die Worte der Gräfin waren eindeutig.«

Ich nickte. »Allerdings. Sie sprach von einem Mörder, der es auf uns abgesehen hat, und von anderen Finsterlingen, die nur darauf warten, daß wir ihnen über den Weg laufen. Du kannst nicht wahrlich in Erwägung ziehen, diesen Menschen zu folgen. Und falls doch, so hoffe ich sehr, daß es dir damit nicht ernst ist.«

»Das Manuskript muß nach Warschau. Und eben dorthin gedenke ich es zu bringen.«

»Warum?« fragte ich trotzig. »Was sind wir dieser Frau schuldig?«

»Sie hat unser Leben gerettet.«

»Erst, nachdem sie es überhaupt in Gefahr gebracht hat. Ich habe sie nicht darum gebeten, nachts mit ihr über Friedhöfe zu streunen und mich von ihren Gegnern zu Tode hetzen zu lassen.«

»Nun sind es auch unsere Gegner.«

»Es ist bedenklich, mit welcher Selbstverständlichkeit du solche Dinge aussprichst.«

»Mir scheint es die Wahrheit zu sein.«

»Schön, dann glaube von mir aus an deine Wahrheit. Ich jedenfalls gehe zurück nach Weimar, und dort werde ich die erstbeste Kutsche Richtung Marburg besteigen.«

Mit diesen, wie ich meinte, äußerst wagemutigen und entschiedenen Worten drehte ich mich um und machte mich auf den Weg.

Jacob rief mir hinterher. Es klang zornig. »Dann gib mir das Manuskript. Ich gehe allein nach Warschau, wenn es sein muß.«

Gleichfalls wütend fuhr ich herum. »Hast du nun endgültig den Verstand verloren?«

»Diese Frage aus deinem Mund höre ich in beachtlicher Häufung, mein Lieber.«

»Du suchst Streit?«

»Wenn du es darauf anlegst.«

»Nun, dann sollst du ihn haben.«

»Du willst dich mit mir schlagen?«

»Ich gedenke nicht, dir das Manuskript so einfach zu überlassen. Du kannst versuchen, es mir abzunehmen. Aber denk daran, es wird dir übel bekommen.«

»Ha«, rief er, »erinnere dich, wie die letzte dieser Auseinandersetzungen zu Ende ging.«

»Da war der Anlaß ein Stück Kuchen.«

»Was macht das für einen Unterschied?«

»Einen gewaltigen, mein Lieber.«

»Nenn mich nicht mein Lieber!«

»Das Manuskript jedenfalls bekommst du nicht.«

»Das wird sich zeigen.«

Statt dessen aber zeigte sich just in jenem Augenblick etwas ganz anderes. Um die Wegkehre rollte eine Kutsche. Kein prächtiges Gefährt wie das der Gräfin, sondern ein rechteckiger Kasten, über den man mehr oder minder achtlos eine halbrunde Plane gespannt hatte. Auf dem Bock saß ein Mann und lenkte zwei braune Pferde. Wie viele Menschen sich unter dem grauen Stoff befinden mochten, war nicht zu erahnen. Die Tiere jedenfalls bewegten sich leichtfüßig, die Last konnte nicht allzu schwer sein.

»Hoh!« rief der Kutscher, als er unser gewahr wurde, und zügelte seine Gäule. Es muß ein merkwürdiger Anblick gewesen sein, der sich ihm bot: Zwei Streithähne, die sich auf nachtdunkler Straße, weitab von jeder Stadt, wüst beschimpften, der eine ein Paket fest an die Brust gepreßt, der andere den zornigen Blick auf dasselbe gerichtet. Wen mag es verwundern, daß der Kutscher sogleich nach einer Pistole griff, die geladen neben ihm am Kutschbock steckte? Denn was stand eher zu vermuten, als uns für Räuber zu halten, die im Streit um ihre Beute lagen? So groß der Schreck auch war, mich erneut einer tödlichen Bedrohung ausgesetzt zu sehen, so verständlich erscheint mir im nachhinein die Reaktion des Mannes. Erst recht, da ich heute all die Dinge weiß und kenne, die mir damals noch verborgen waren.

»Haltet ein!« rief Jacob ihm zu, als sich der Lauf der Waffe in unsere Richtung neigte.

»Wer seid Ihr, Herren?« Wolken waren vor den Mond gezogen. In der Finsternis war das Gesicht des Mannes nicht zu erkennen. Seine Stimme klang wie ein schnarrendes Uhrwerk, der dunkle Umriß seines Körpers schien seltsam klein und schmächtig auf dem breiten Kutschbock, fast wie ein Kind – oder ein Zwerg. Die Pistole in seiner Hand wirkte dadurch ungleich größer.

Jacob warf mir einen warnenden Blick zu. »Wir sind Reisende«, erwiderte er unverbindlich, »auf dem Weg nach Osten.«

»So, so«, sagte der kleine Mann, »nach Osten. Dann sagt mir, weshalb Ihr hier auf offener Straße debattiert, statt Fuß um Fuß Euch Eurem Ziel zu nähern.«

»Glaubt mir«, antwortete Jacob, »der Grund für unsern Streit ist wahrhaft kleinlich und von minderer Bedeutung für jeden Außenstehenden. Fragt vielmehr, warum wir nicht wie Ihr auf einer Kutsche sitzen.«

»Nun, warum?«

»Der Kutscher unseres eigenen Gefährts ließ uns schmählich im Stich. Unter einem Vorwand ließ er uns aussteigen, angeblich, um einen Mangel im Innenraum des Wagens zu beheben. Und ehe wir uns versahen, war er mit unserem Gepäck und all unseren Werten davon.«

Diese Geschichte schien mir reichlich dünn, und ich fragte mich, welcher Dummkopf darauf hereinfallen sollte. Doch ehe ich mich versah, sagte der Kutscher: »Ein wahrlich übler Gesell, dem Ihr Euch da anvertrautet.«

»In der Tat«, sagte Jacob. »Zwar war sein Wagen prächtiger und seine Kleidung edler als die Eure, doch schien sein Herz so schwarz wie Pech. Anders als Eures, da bin ich sicher.«

Der kleine Mann begann brüllend zu lachen. »Ihr schmiert mir Honig ums Maul, mein Herr. Doch laßt Euch gesagt sein, auch wir sind auf dem Weg nach Osten, und jemand, der eine solche Geschichte ersinnt, um die Wahrheit zu verheimlichen, hat sich eine Freifahrt redlich verdient.«

Selbst im Dunkeln sah ich, wie Jacob errötete. Ich schmunzelte.

Da raschelte es mit einem Mal unter der Wagenplane, und hinterm Kutschbock wurde ein Stück Stoff zur Seite geschlagen. Im gleichen Augenblick zogen die Wolken weiter gen Westen und gaben den Mond frei. Licht ergoß sich über ein schmales Gesicht, das durch den Spalt ins Freie blickte. Es waren die zarten Züge einer jungen Frau, fast noch eines Mädchens, mit großen, klaren Augen. Ihre Haut war weiß wie Schnee, die Lippen rot wie Blut, ihr Haar so schwarz wie Ebenholz.

»Steigen Sie auf«, sagte sie mit leiser Stimme, ganz scheu, ganz schüchtern.

So also trafen wir Anna von Brockdorff und ihren Zwergendiener Moebius. Der Wind drehte schlagartig, als wir auf den Wagen stiegen, Wolken krochen erneut vor den Mond, und die Dunkelheit fraß uns alle mit ihrem unersättlichen Schattenmaul.

4

In meiner Erinnerung gestaltet sich das erste Zusammentreffen mit dem Fräulein Anna von Brockdorff als wirres Auf und Ab aus warmen, herzlichen Gefühlen und einer gewissen Vorsicht, geboren nicht aus Mißtrauen, sondern der Scheu vor dem Neuen, ja, dem Weiblichen. Es läge nahe, von all den mythischen Geheimnissen des anderen Geschlechts zu schwärmen, in Beschreibungen jener wunderbaren Qualitäten der Frauen im allgemeinen und Annas Charakter im besonderen zu schwelgen. Doch zuvorderst – ich schäme mich nicht, dies zu gestehen – war es ihre Schönheit, die mich für sie einnahm. Auf den ersten Blick schien sie makellos. Die Ebenmäßigkeit ihrer sanften Züge, der Schwung ihrer Lippen und die keusche Zurückhaltung in der Tiefe ihrer braunen Augen kamen all jenen Darstellungen der Vollendung nahe, die man in manchem Gemälde, manchem Buch oder Vers antreffen mag, in der Wirklichkeit jedoch höchst selten.

Ich schrieb es schon, ihr Haar war schwarz, sogar mit einem Stich ins Blaue, je nach Einfall des Lichts; und, ganz gleich ob Sonne, Mond oder Öllaterne, ihre Strahlen schienen auf Annas Körper zu spielen wie geschickte Finger auf den Saiten einer Harfe, bemüht, immer nur den zartesten, den wohlklingendsten Ton zu erzeugen. Fast schien es, als habe sie in der Natur einen Verehrer ihrer reinen, glanzvollen Schönheit gefunden, denn wo sie auch stand und ging, immer schien die Umgebung ihre Vorzüge zu betonen. Mal war es ein lauer Wind, der lieblich in ihrem langen Haar spielte, mal ein Vogelzwitschern, das ihre Worte melodisch untermalte, mal prachtvolle Äste, die sie umrahmten wie das Werk eines großen Künstlers. Dabei lag ihr nichts ferner, als sich in Posen zu werfen, und doch umgab sie ein Hauch der Vollkommenheit, den andere Frauen nie kennengelernt, geschweige denn gezähmt haben. Sie beherrschte diese Kunst ganz unbewußt, und sprach man sie darauf an, so reagierte sie nur mit milder Überraschung und bezauberndem Lächeln.

Freilich blieb mir bei unserem ersten Treffen im schummrigen Innern des Planwagens ein Großteil dieser Wunder noch verborgen, und doch spürte ich bereits zu jenem frühen Zeitpunkt, welch überirdische Magie dieses Geschöpf um sich webte, mit jedem Blick, jedem schüchternen Wort, mit jedem ihrer Atemzüge. Vom ersten Augenblick an war ich ihr verfallen, ganz ohne ihre Absicht – und ohne die meine erst recht. Es war wie der Blitzschlag, der sich stets die höchste Spitze sucht; in jenem Moment überragte mein Sinn für das Schöne jeden Gipfel meiner Seelenlandschaft.

Wir stiegen von hinten auf den Wagen und fanden das Fräulein auf einem Lager aus Decken sitzend, gleich hinter dem Kutschbock, nun wieder durch die geschlossene Plane abgetrennt. Von einer der drei Querstreben, über welche die Plane geworfen war, baumelte eine trübe Öllampe. Ihr Licht warf einen gelben Schimmer auf das Gesicht des Mädchens.

Wir stellten uns vor und ließen uns auf der gegenüberliegenden Seite des Wagens nieder. Der Zwergenkutscher trieb die Pferde an, mit einem Rumpeln setzte sich das Gefährt in Bewegung.

»Mein Name ist Anna von Brockdorff«, sagte das Fräulein. Ihre Worte klangen eher artig als erfreut über die unverhoffte Gesellschaft. »Ich hörte, was Ihnen widerfuhr. Sie müssen erschöpft sein.«

Ich nickte, denn es stimmte, was sie sagte. Meine Beine taten weh, mein Rücken schmerzte, und das Herzklopfen schien meine Brust zu sprengen – wenngleich ich mir über die Ursache des letzteren nicht ganz im klaren war. Es mochte die Aufregung der vergangenen Stunden sein, eine Folge der überstürzten Flucht und ungewohnten Anstrengung. Doch etwas sagte mir, daß der wahre Grund anderswo zu suchen sei.

Anna von Brockdorff saß mit angezogenen Knien auf dem Lager. Der Saum ihres schlichten, dunkelbraunen Kleides war verrutscht, darunter schauten wenige Fingerbreit ihrer schlanken Fesseln hervor. Sie trug einfache Lederschuhe, und das Haar hing reinlich, aber ungeordnet über ihre Schultern hinab bis zur Hüfte. Sie mochte in unserem Alter sein, achtzehn oder neunzehn, vielleicht auch ein Jahr jünger. Sie sah mich an – nur mich, nicht Jacob! –, doch schien ihr Blick durch mich hindurchzuschweifen, in weite, wilde Fernen. Ich fragte mich, ob sie überhaupt irgendwelche Einzelheiten wahrnahm; vielmehr schien sie in Gedanken anderswo zu weilen, weit fort von dieser Kutsche, vielleicht bei einem Geliebten in der Heimat. Der Gedanke schmerzte mich tausendmal mehr als jede meiner verkrampften Muskeln.

Ich war nicht so einfältig, gleich Liebe in meinen aufgewühlten Gefühlen zu vermuten. Zwar kannte ich ihre Boten aus den Berichten mancher Freunde und fand durchaus Parallelen zu meinem eigenen Befinden, doch schien mir die Zeit unserer Bekanntschaft allzu knapp bemessen. Ich suchte in meiner Erinnerung nach vergleichbaren Momenten in den Werken der Romantiker, doch erschien mir, der ich nun selbst vor jener Schwelle stand, jedes ihrer Worte wie leeres Gefasel angesichts der echten, unverfälschten Wallung in meinem Hirn. Ich fühlte mich wie ein Reisender, der sich durch Beschreibungen Fremder ein Bild von seinem Ziel gemacht, um dann bei der Ankunft festzustellen, daß nichts davon der Wahrheit auch nur nahekommt. Die Gebäude waren eben doch prächtiger, die Landschaft weiter, die Seen blauer und die Mädchen schöner.

»Darf ich fragen, wohin Sie Ihr Weg führt?« erkundigte sich Jacob.

»Nach Osten«, erwiderte sie knapp, offenbar nicht in der Laune zu längerem Geplauder.

Jacob gab nicht auf. »Wir selbst sind auf dem Weg nach Warschau.«

So? dachte ich verärgert. Sind wir das?

»Welch ein Zufall«, sagte Anna, und erstmals sah ich sie lächeln; mir wurde schwindelig. »Auch Moebius und ich wollen dorthin.«

Mehr brauchte es nicht, um all meine Bedenken zu zerschmettern. Hatte ich je daran gezweifelt, daß Warschau das verlockendste aller Ziele war? Ich dachte nach: Wieviele Tage mochte die Reise dauern? Fünf, sechs, zehn? Und würde das Fräulein uns als Begleiter akzeptieren? Die Pforten der Glückseligkeit öffneten sich über mir, Warschau schien mir plötzlich die Hauptstadt aller Freuden.

Jacob, dem mein Befinden nicht entging, öffnete den Mund, um etwas zu sagen, doch Anna kam ihm zuvor: »Was halten Sie denn da so fest umklammert?« fragte sie an mich gewandt.

Schon war ich drauf und dran, ihr alles zu enthüllen, so blind machte mich jedes ihrer Worte. Doch Jacob verhinderte dies, indem er kurzentschlossen das Paket aus meinen Händen nahm und vor sich auf den hölzernen Boden legte. »Ein Buch«, sagte er vage, »für einen engen Verwandten.«

Ihre Augen weiteten sich überrascht. »Ihr macht eine solche Reise wegen eines Buches? Es fällt mir schwer, das zu glauben.«

»Aber nein«, entgegnete er schnell, »doch alles übrige wurde uns mitsamt der Koffer von unserem untreuen Kutscher gestohlen.«

»Ich verstehe«, sagte sie und nickte. Täuschte ich mich, oder klang ihre Stimme bereits ein wenig wärmer? »Da wir offenbar denselben Weg haben, möchten Sie uns vielleicht begleiten. Sie scheinen mir tugendhafte Herren zu sein, mit Sinn für Ehre und Anstand.«

Jacob sah mich an. »Was meinst du, Wilhelm?«

Mir war, als ginge ein warmer Schauer auf mich nieder. Irgendwie brachte ich eine Antwort zustande. »Wenn wir Ihnen, Fräulein, nicht zur Last fallen, ich meine, wir haben kein Geld und ...«

Sie schüttelte den Kopf und schaute mir offen ins Antlitz. »Seien Sie meine Gäste. Aber erwarten Sie nicht zuviel, es mag vorkommen, daß wir eine Nacht in der Kutsche verbringen müssen, statt in der Behaglichkeit eines Gasthofs einzukehren. Auch meine Mittel sind begrenzt.«

Der Gedanke, mich von diesem Göttergeschöpf aushalten zu lassen, schien mir mehr als unschicklich. Andererseits: Was hatten wir schon für eine Wahl?

Jacob gab sich hocherfreut. »Unsere Verwandtschaft in Warschau wird Sie für alles entschädigen.«

Wie, um Himmels willen, er dieses Versprechen einzuhalten

gedachte, war mir ein Rätsel. Ich nahm mir vor, ihn zur Rede zu stellen, sobald sich Gelegenheit dazu bot. Die Tatsache, daß er das Fräulein belog, nahm ich ihm übel. Zugleich bemerkte ich, daß sie nun sehr wohl auch ihn ansah, nicht mehr mich allein, und das Lächeln, das sie ihm schenkte, schien mir in jenem Augenblick fast wie ein Versprechen. Irgendwo in meinem Hinterkopf wurde ein Feuer entfacht, und hilflos spürte ich, wie jede Geste, jeder Blick die Flammen schürte. Ich hatte ein solches Gefühl, das sich so eindeutig gegen meinen Bruder richtete, nie zuvor gekannt, und es machte mir Angst. War dies das saure Beiwerk, die Schattenseite jener Macht, die mich so zu diesem Mädchen hinzog?

»Verzeihen Sie«, sagte ich, vor allem, um den Blickkontakt zwischen Jacob und ihr zu brechen, »aber sicherlich haben wir Sie im Schlaf gestört.«

»Schlaf?« fragte sie. »Bei diesem Gerumpel? Ganz sicher nicht. Aber vielleicht haben Sie recht, und wir sollten es versuchen. Hier!« Sie zog eine der Decken aus ihrer Lagerstätte und reichte sie mir.

»Das können wir unmöglich annehmen«, versetzte ich.

»Natürlich können Sie. Von niemandem kann verlangt werden, daß er auf dem blanken Holz schläft.«

Ich spürte den Drang, mit einem Blick Jacobs Bestätigung einzuholen, doch dann besann ich mich eines Besseren. Ich brauchte ihn nicht, um diese Entscheidung zu treffen. Und war nicht ich es, dem sie ihre Decke anbot? Als ich die Hand ausstreckte und danach griff, holperte der Wagen über einen Stein, und der Ruck ließ mich nach vorn schwanken. Dabei berührten sich unsere Finger – ich schwöre, es war Zufall! –, und etwas Merkwürdiges geschah.

Der Schlüssel zum Herzen eines Menschen kann vielerlei Formen besitzen. Er kann, im einfachsten aller Fälle, ein Lächeln sein, das einen für den anderen einnimmt. Oder ein Kleidungsstück, das eine Frau trägt, wenn sie nicht mit Besuch rechnet. Er mag der Fall einer Locke sein oder ein Leuchten in den Augen, ja, selbst ein Gegenstand, den man in ihrem Hause findet und von dem man weiß, wie sehr sie daran hängt, auch wenn man ihn selbst höchst albern findet. Heute weiß ich all diese Dinge, doch damals waren die Liebe und die Welt der Frauen für mich ein unbekannter Kontinent, an dessen Ufern ich plötzlich bemerkte, daß all die Karten, die ich studierte, ohne jeden Nutzen waren.

Im nachhinein weiß ich, daß diese kurze, erste Berührung der Schlüssel war, der alle Türen meiner Seele mit einer einzigen Drehung zersprengte. Ich war jung, Anna wunderschön, und es war das erste Mal, daß ich mich so vollkommen in einem Gefühl verlor.

Ich zuckte zusammen, als meine Finger die ihren streiften, doch sie nahm es mit einer solchen Gelassenheit hin, als sei nichts geschehen. Und doch bemerkte ich, wie ihr Blick fortan immer wieder den meinen suchte, wie sie scheu lächelte, wenn ich sie dabei ertappte. Selbst als Jacob und ich es uns auf der Decke leidlich bequem gemacht hatten, spürte ich noch die Wärme ihrer Fingerkuppen, und als ich schließlich die Augen schloß, tanzte ihr Lächeln hinter meinen Lidern wie der Nachhall gleißender Sonnenstrahlen.

* * *

Wir schliefen durch, bis es Morgen wurde und Moebius den Pferden eine Rast gönnte. Der Wagen hielt auf einer kleinen Wiese, umsäumt von schützenden Sträuchern. An einer Seite fiel der Boden zu einem schmalen Flußbett ab, in dessem klaren Wasser wir uns wuschen und unseren Durst stillten.

Im Hellen fiel mir erstmals das spärliche Gepäck unserer Gastgeberin auf. Neben ihrem Lager im Wagen stand eine einzelne Kiste aus edlem Holz, in deren Deckel kunstfertige Finger ein Wappen eingelassen hatten. Es zeigte einen Turm oder Bergfried, auf dessen rechter Seite ein Rabe, auf der linken ein Phoenix schwebte. Erst beim zweiten Hinsehen erkannte ich am Horizont hinter dem Turm eine Pyramide. Sogleich fielen mir wieder die nächtlichen Besucher in Goethes Haus ein, jenes merkwürdige Paar, das sich ägyptisch kleidete und Polnisch sprach.

Ich erwog, mit Jacob darüber zu sprechen, doch schließlich kam ich davon ab. Schon seit dem Aufstehen hatte ich das Gefühl, daß sich etwas in seinem Benehmen gegenüber dem Fräulein und ihrem Diener verändert hatte. Er war immer noch höflich und zuvorkommend, ließ keinen Zweifel an seiner Dankbarkeit für die dargebotene Gastfreundschaft, doch schien er mir mehr und mehr auf Abstand zu gehen. Was immer ihn zum Umschwung in seinem Gebaren veranlaßt hatte, ich wollte nicht, daß er noch weiter von Anna abrückte oder gar eine Trennung provozierte; der Gedanke, mit unserer großzügigen Gastgeberin zu brechen und sie womöglich niemals wiederzusehen, bereitete mir fast körperlichen Schmerz.

Ich selbst hegte kein Mißtrauen ihr gegenüber. Zudem begann ich mich im Laufe des Vormittags einen Narren zu schelten – was immer die Pyramide im Wappen derer von Brockdorff bedeuten mochte, Anna hatte sie von ihren Ahnen übernommen. Ich beschloß, sie bei nächster Gelegenheit danach zu fragen, vorausgesetzt, es würde mir gelingen, einen Moment mit ihr allein zu sein.

Tatsächlich war dies von all meinen Wünschen der heftigste. In vertrauter Zweisamkeit mit ihr zu plaudern, Gedanken auszutauschen, oder auch einfach nur mit ihr dazusitzen, den Vögeln zu lauschen, in den selben Himmel zu blicken wie sie. Was kümmerte es mich da, ob Jacob ihr mißtraute. Zum ersten Mal in meinem Leben war ein anderer Mensch aufgetaucht, der sich mit aller Macht zwischen mich und meinen Bruder drängte. Oder bildete ich mir das nur ein? Was tat sie denn, das uns einander entfremdete? Wir hatten seit dem Aufwachen kaum miteinander gesprochen, nichts als ein paar Höflichkeiten und vage Allgemeinheiten ausgetauscht.

Anna zeigte sich äußerst wortkarg, sie lauschte mit freundlichem Interesse, sprach aber nur selten, und wenn doch, so waren es zumeist knappe Antworten auf unverbindliche Fragen. Dabei fand ich schnell heraus, daß sie kein Wort über sich selbst und den Grund ihrer Reise verlor. Mehr und mehr festigte sich in mir der Verdacht, daß auch sie sich auf der Flucht befand. Immer wieder beugte sie sich während der Fahrt zu Moebius hinaus auf den Kutschbock und fragte, ob er andere Reisende auf unserem Weg bemerkt habe. Bejahte er gelegentlich, so ließ sie sich jede Einzelheit beschreiben, Aussehen und Alter der anderen, ihre Kutschen und Wappen.

Moebius war ein robuster kleiner Kerl mit wirrem, strohfarbenem Haar, dessen Scheitel mir bis zur Brust reichte. Sein Kopf war ungewöhnlich groß, wie man es oft bei Zwergenwüchsigen sieht, seine Schultern breit, der Körper muskulös. Er kaute stets und ständig auf dem Stiel einer prachtvollen Vogelfeder, die in allen Farben des Regenbogens schillerte. Als ich ihn fragte, von welchem Tier sie wohl stamme, meinte er nur, er wisse es nicht. Er habe sie einst mit anderen Kleinigkeiten beim Würfeln gewonnen, seitdem trage er sie als Glücksbringer bei sich. Er halte nicht viel von Aberglauben, doch man könne nie wissen, und sogleich gab er mir einen weitschweifigen Bericht über eine verstorbene Großtante, die mit allerlei Fetischen einer heimtückischen Krankheit entgegengetreten sei – und trotzdem starb. »So ist das Leben«, sagte er, als sei dies die Moral seiner Erzählung. Ich mochte den kleinen Mann mehr und mehr, und schon nach einer Weile glaubte ich, jeden Winkel seines simplen Charakters erforscht zu haben.

Mein Bruder saß die meiste Zeit über schweigsam und nachdenklich im schaukelnden Wagen. Gelegentlich bemerkte ich, wie sein Blick über das Wappen auf Annas hölzerner Truhe glitt, dann wieder starrte er sinnend ins Leere. Ich fragte mich, was ihn derart beschäftigen mochte, und mit einemmal erinnerte ich mich an die Gräfin Elisa und ihre beiden russischen Diener. Inmitten der Brandung neuer Empfindungen hatte ich keinen Gedanken mehr an ihr weiteres Schicksal verschwendet, und sogleich überkamen mich heftigste Schuldgefühle. Hatten die drei Spindels Schergen entkommen können? Oder waren sie dem Blutrausch der Schrecklichen zum Opfer gefallen? Ich muß aschfahl geworden sein, denn Jacob warf mir einen besorgten Blick zu, und auch Anna musterte mich verwundert.

»Ist Ihnen nicht wohl, Herr Grimm?« fragte sie.

Nicht einmal die Besorgnis in ihrer Stimme konnte mich ermuntern. Wieder und wieder sah ich die dunklen Gestalten vor mir, sah Spindel unten im Hof der Wirtschaft stehen, in Schatten gehüllt, umgeben von seinen hündischen Getreuen. Die Angst um Elisa – so wenig ich sie gemocht hatte – schnürte mir den Atem ab.

»Es ... es geht schon«, brachte ich mühsam hervor, wohl wissend, daß niemand mir Glauben schenkte.

Jacob schien die Ursache meiner Unruhe zu erkennen, denn er schüttelte nur stumm den Kopf: Kein Wort darüber. Seine Zweifel an meiner Verschwiegenheit verärgerten mich, doch zugleich erinnerte ich mich verschämt, wie ich noch am Vortag erwogen hatte, dem Fräulein alles zu offenbaren. Das Labyrinth der Gefühle, in dem ich mich von Stunde zu Stunde ärger verrannte, machte mich leichtsinnig, und diese Erkenntnis schien das Durcheinander in meinem Schädel ein wenig zu lindern.

Anna schien mir anzusehen, daß ich nicht über die Ursache meines Befindens sprechen wollte, denn auch sie verzichtete auf weitere Fragen. So fuhren wir schweigend dahin, begleitet vom gleichmäßigen Knirschen der Räder und Moebius' gelegentlichen Ermunterungsrufen an die Pferde. Ohne Verzug ging die Reise weiter über die gewundene Straße, entlang dichter Wälder, durch Täler und Schluchten, über Hügel und Bergkämme.

Als der schmale Spalt an der Rückseite der Plane dunkler und dunkler wurde, zügelte der Diener die Pferde, und der Wagen blieb stehen. Ich hatte eine Weile geschlafen und wurde von dem plötzlichen Ruck aus finsteren Träumen gerissen.

Moebius übergroßer Schädel zwängte sich durch die Plane ins Innere. »Ein Gasthaus«, bemerkte er lakonisch, wobei die Feder zwischen seinen Lippen wippte.

Annas Züge hellten sich auf. »Ich glaube, ein warmes Bett haben wir uns redlich verdient. Ich für meinen Teil bin diese elende Schaukelei jedenfalls leid.«

Sie zwängte sich zwischen uns hindurch und sprang leichtfüßig ins Freie. Der Saum ihres Kleides streifte mein Gesicht, und man mag mir zugute halten, daß ich nicht auf der Stelle den Verstand verlor. Ich begann mich allmählich mit der Lage abzufinden – wir auf dem Weg nach Warschau, Elisa verschollen – und nahm mir vor, das Beste daraus zu machen. Wobei ich freilich keine Idee hatte, wie dieses Beste aussehen mochte.

Der Gasthof lag am Rande eines kleinen Dorfes und hielt keinem Vergleich zu unserem weitläufigen Quartier in Weimar stand. Es handelte sich um ein zweistöckiges, grob gemauertes Haus, aus dessen linker Seite ein häßlicher grauer Anbau gewuchert war. Nicht eine Wand schien im rechten Winkel zur anderen zu stehen, im riedgedeckten Dach klaffte gar ein mannsgroßes Brandloch. Aus einem grob gemauerten Kamin stieg düsterer Rauch. Der Duft von Gebratenem hing in der Luft; in Anbetracht eines nahen Pferdestalls erschien mir dies wie ein kleines, einladendes Wunder. Der Himmel war von violetten Wolkenbergen verhangen, Boten eines nahen Frühlingsgewitters. Ein Blick auf die Uhr meines Vaters zeigte mir, daß es bereits auf neun zuging.

Die Dorfstraße war leer bis auf zwei alte Männer, die auf einem gefällten Baumstamm saßen und uns schweigend anstarrten. Ein kühler Wind strich zwischen den gekauerten Häusern einher. Während Moebius und ein Stallknecht die Pferde versorgten, traten Anna, Jacob und ich in die Schankstube. Ein mürrischer Wirt und sein Weib begrüßten uns und gaben uns zwei ihrer drei Zimmer. Moebius sollte offenbar mit dem Knecht in der Dienerkammer schlafen. Ein paar Gäste, rauhe, ungebildete Bauern, blickten uns nach, als wir die Treppe zum ersten Stock hinaufstiegen. Die Zimmer lagen auf gegenüberliegenden Seiten eines kurzen, finsteren Korridors. Es roch nach altem Essen, nach feuchtem Holz und zu wenig frischer Luft.

Anna wünschte uns eine gute Nacht und verschwand in ihrem Zimmer. Jacob und ich betraten das unsere, stellten fest, daß es sauberer war als erwartet, und kramten dann in unseren Taschen nach Geld. Zu unserem Erstaunen kamen so doch einige Münzen beisammen, und wir beschlossen, sie umgehend in eine deftige Mahlzeit umzusetzen. Ich machte den Vorschlag, Anna zu fragen, ob sie nicht mitkommen wolle, doch Jacob überzeugte mich mit dem Einwand, daß sie sicherlich zu Bett gegangen sei; schließlich habe sie sich bereits für die Nacht verabschiedet.

Wir aßen gut und reichhaltig, wenn auch ein wenig fett für meinen Geschmack. Schillers verpacktes Manuskript lag indes behütet an meiner Seite, zu unsicher schien mir, es unbewacht im Zimmer zurückzulassen.

Schließlich zogen wir uns zurück. In der Kammer legten wir uns gleich nieder und löschten die Kerze. Mittlerweile war es stockfinster. Das Gewitter schien vorübergezogen zu sein, allein am Horizont flimmerte es ab und an, wenn ferne Blitze zur Erde zuckten. Das alte Gebälk knarrte und ächzte, der Wind flüsterte vor dem Fenster, und irgendwo schlug eine Tür in kurzen Abständen auf und zu, auf und zu.

»Was hältst du von ihr?« fragte ich leise in der Dunkelheit.

»Von Anna?«

»Wem sonst?«

Jacob schwieg für einen Augenblick, dann meinte er: »Ich weiß es nicht.«

»Sie ist sehr höflich«, versetzte ich, bemüht ihm einen Anstoß zu geben.

»Und hübsch«, ergänzte er.

»Wunderschön.«

Er stöhnte auf. »Du lieber Himmel, Wilhelm. Ist es das, was ich befürchte?«

»Ich weiß nicht, was du meinst.«

»Du bist verliebt.«

»Unsinn.«

»Natürlich. Du solltest sehen, wie du sie anschaust. Wie du mit ihr sprichst. Wie du von ihr sprichst.«

»Ich sagte nur, sie sei ...«

»Ja, ja, wunderschön, ich weiß. Und du hast recht. Aber gib um Himmels willen acht. Wir wissen nichts über sie. Nicht, wer sie ist, wo sie herkommt, was sie in Warschau zu suchen hat. Sie ist eine Fremde.«

»Das sind wir für sie auch.«

Jacob seufzte. »Hast du das Wappen gesehen?«

»Ja, sicher, aber die Pyramide muß nichts bedeuten.«

»Sie ist dir also auch aufgefallen. Dann ist vielleicht noch nicht alles verloren.«

»Nichts als ein Familienwappen, wahrscheinlich Hunderte von Jahren alt.«

»Wie kommst du darauf?«

»Nun, weil ... weil, ach, ich weiß nicht. Es wird schon so sein.«

»Das ist unlogisch, Wilhelm.«

»Du und deine verdammte Logik«, fuhr ich auf. »Nur weil sie eine Pyramide im Wappen trägt, muß das nicht bedeuten, daß sie etwas mit Goethes Besuchern zu tun hat. Das meinst du doch, oder? Es kann alles mögliche heißen. Vielleicht ist es einfach nur ein simples Dreieck. Ich verstehe nichts von Wappen – und du ebensowenig.«

»Aber es ist doch ein merkwürdiger Zufall, nicht wahr?«

»Glaubst du, wenn sie wirklich mit diesen Leuten unter einer Decke steckte, hätte sie uns das Wappen so leicht sehen lassen?«

»Ich gebe zu, dieser Aspekt bereitet mir Kopfzerbrechen.«

»Und wie glaubt Herr Logik diesen ... Aspekt erklären zu können?« fragte ich triumphierend.

Ich hörte, wie er im Dunkeln tief durchatmete. »Nun, es könnte Absicht sein, um uns zu verwirren.«

»Das ist albern, Jacob, und du weißt das genau.«

Mein Hochgefühl verstärkte sich, als er eine Weile lang schwieg, augenscheinlich, weil ihm die Argumente ausgegangen waren. So groß war meine Freude, daß es ihm, der er stets auf alles eine Antwort wußte, die Sprache verschlagen hatte, daß ich eilig nachsetzte. »Du magst sie nicht«, sagte ich, »und deshalb versuchst du, sie herabzusetzen. Vielleicht mißfällt dir gar, daß sie mir mehr Aufmerksamkeit schenkt als dir.« Damals erkannte ich nicht, daß ich mich damit auf eben jene Stufe der Albernheit herabbegab, die ich ihm vorgeworfen hatte.

»Sei unbesorgt«, entgegnete er scharf, »ich will dir in deinem Liebeswerben nicht ins Handwerk pfuschen.« Seine Stimme klang bissig, doch das kümmerte mich nicht. So böse er die Worte auch gemeint haben mochte, so erleichtert war ich doch über ihren Inhalt. Sogleich, da ich in ihm keinen Rivalen mehr sah, besserte sich meine Stimmung, und es tat mir leid, daß wir uneins gewesen waren. Doch ehe ich ihn noch um Entschuldigung für meinen Vorwurf bitten konnte, sagte er:

»Da siehst du, wohin das alles führt. Sie schiebt sich zwischen uns. Nur sie ist schuld daran, daß wir uns streiten.«

»Das ist nicht wahr«, entgegnete ich aufgebracht, allerdings gegen besseres Wissen. Ich sah Anna in ihrer ganzen holden Lieblichkeit vor mir und mußte mir eingestehen, daß Jacobs Worte nicht fern der Wahrheit lagen. Tatsächlich mochte sie diesen Streit verursacht haben, doch nicht durch etwas, daß sie selbst getan hatte, vielmehr durch die Empfindungen, die sie in mir weckte. Die Frage, die sich mir daher stellte, war, ob wirklich sie oder nicht gar ich allein der Verursacher dieses Zwists war.

Um zu verhindern, daß er mich weiter in die Richtung dieser Erkenntnis drängte, wechselte ich das Thema. »Was tun wir, wenn wir Warschau erreichen?«

Er seufzte, als hätte er darüber bereits selbst ergebnislos gegrübelt. »Uns bleibt nur, Elisens Weisung zu folgen. Wir suchen den Regierungsrat Hoff, so wie sie es sagte, und übergeben ihm das Manuskript.«

»Und du bist nach wie vor der Ansicht, daß dies der beste Weg ist?«

»Der einzige. Dieser Spindel und seine Häscher wollen das Buch, und sie werden uns keine Ruhe lassen, bis sie es entweder bekommen haben, oder aber wir es losgeworden sind.«

»Was macht dich da so sicher?«

»War es nicht das, was Elisa sagte? Glaub mir, Wilhelm, ich wäre froh, eine eigene Lösung zu finden, doch so lange wir nicht wissen, wer Spindel wirklich ist und in wessen Auftrag er handelt, müssen wir uns auf die Worte der Gräfin verlassen. Ich sehe keine andere Möglichkeit.«

Jacob hatte recht. Natürlich, das sicherste wäre gewesen, das Manuskript in den nächsten Fluß zu werfen und auf schnellstem Wege nach Marburg zurückzukehren. Aber – es mag jugendlicher Leichtsinn gewesen sein oder auch einfach nur Dummheit – unsere Ehre stand auf dem Spiel, noch dazu gegenüber einem Mann wie Schiller, mochte er nun tot sein oder lebend. Einen Schatz wie dieses Manuskript zu zerstören hätte keiner von uns übers Herz gebracht. Wie hätten wir uns fortan im Spiegel anblicken mögen? Wie jemals wieder eine Bibliothek betreten, ein Buch in Händen halten können?

Zudem schien mir gewiß, daß Spindel uns auch ohne das Manuskript ermorden lassen würde. Allein in Warschau konnten wir Hilfe erwarten, und insgeheim hoffte ich gar, die Gräfin dort wiederzutreffen. Sie hatte uns bereits einmal das Leben gerettet; sicherlich mochte es ihr auch ein zweites oder drittes Mal gelingen.

Ein wenig mürrisch stellte ich fest, daß Jacob mich mit seinem Vertrauen in sie bereits angesteckt hatte.

Aber Warschau war fern, der Weg dorthin lang und unsere Begleitung bezaubernd. Selbst wenn kein anderes Argument für eine Fortsetzung der Reise gesprochen hätte, so war da doch Anna, der ich folgen wollte – folgen mußte – wie die Heiligen Könige dem Schweif des göttlichen Sterns.

Mit diesem Gedanken, teils angenehm, teils furchterregend, schlief ich ein, doch als ich schließlich die Augen öffnete, nach langen Stunden tiefster Ruhe, wie mir schien, da war es noch immer finstere Nacht. Ich horchte auf Jacobs ruhigen Atem in der Stille, horchte weiter, was mich geweckt haben mochte, und brauchte wohl eine Minute, ehe mir klar wurde, daß ich Schritte gehört hatte. Draußen auf dem Flur. Gleich vor unserer Tür.

Fast war mir, als wiederholte sich das furchtbare Geschehen im Weimarer Wirtshaus, und schwerlich hätte es mich erstaunt, wäre Elisa ins Zimmer gesprungen, mit einer Warnung auf den Lippen, um uns erneut vor einem nächtlichen Überfall zu retten. Doch die Tür blieb geschlossen, niemand klopfte, und da erst wurde mir klar, daß der Flur längst wieder leer sein mußte, daß man zwar an unserer Tür vorbeigegangen, nicht aber davor stehengeblieben war. Aus Furcht wurde Erleichterung, die jedoch blitzschnell umschlug, als ich mich erinnerte, daß es keinen Gast gab außer uns und Anna. War also sie es, die in tiefster Nacht durchs Haus schlich?

Ich schob die Decke beiseite und stand auf. Ging zur Tür und horchte. Drückte die Klinke herab, spähte furchtsam ins Dunkel. Da war niemand.

Ich sah hinüber zur Tür von Annas Kammer. Sie war geschlossen. Ich wagte nicht anzuklopfen, zu leicht hätte man mein Begehren mißverstehen können. Trotzdem trat ich hinaus auf den Flur und legte mein Ohr ans Holz der Tür. Unter meinen nackten Füßen knirschten die Dielen. Im Zimmer war kein Laut zu hören. Vielleicht schlief sie, und die Schritte, die ich gehört hatte, waren nichts als das Trappeln hungriger Mäuse.

Ich kehrte zurück in unser Zimmer. Meine Augen hatten sich an die Dunkelheit gewöhnt, ich sah Jacob zusammengerollt in tiefstem Schlaf. Ich trat ans Fenster und blickte hinaus. Die Wolken waren weitergezogen, und das Mondlicht schmolz auf dem weiten Hügelland wie Butter.

Da sah ich sie.

Anna ging die Straße hinunter zum Dorf, eingehüllt in einen weiten Mantel, den Kopf gesenkt. Wie ein Gespenst schwebte sie dahin, kaum mehr als ein Schatten, ein Hauch von Leben in der toten Nacht. Die Flut ihres schwarzen Haars verschmolz mit der Finsternis, als sie zwischen zwei buckligen Häusern verschwand.

Nicht ein einziges Mal kam mir die Idee, meinen Bruder zu wecken. Vielmehr schlüpfte ich geschwind in meine Sachen, leise wie noch nie, und stahl mich ohne einen Laut aus dem Zimmer. Jacob hätte es niemals verstanden.

Eilig schlich ich die Treppe hinunter, durch die leere Gaststube und zur Haustür hinaus. Zwar waren die Wolken verschwunden, und mit ihnen die Drohung des Gewitters, doch hatte der Wind noch zugenommen. Seine Geisterfinger zerrten an meinen Kleidern, rauschten betäubend in den Ohren. Nirgendwo brannte Licht. Kein Mensch war zu sehen und auch kein Tier. Es war, als sei ich allein auf der Welt, einsam, verloren, ängstlich, um mich herum nur die Nacht und der hämische Mond.

Anna, dachte ich, wo bist du? *Wer* bist du?

Ich lief die Dorfstraße hinunter, bis auch ich vor dem Einschnitt zwischen den Häusern stand. Aus der Nähe wirkte er noch dunkler als von fern. Aber war nicht dieses junge Mädchen ohne Zögern dort hindurchgeschritten? Ganz schutzlos, ganz allein? Der Appell an meine Männlichkeit tat seine Wirkung. Ich trat in die Schatten, nicht tapfer, sondern verschüchtert, doch nichtsdestotrotz ohne weiteres Hadern.

Die Dunkelheit tat mir nichts zuleide, ließ mich einfach passieren, bis ich am Ende des Durchgangs wieder ins Freie trat. Dahinter lag eine weite Fläche aus erstarrtem Schlamm, dessen Ränder unter meinen Sohlen bröckelten wie ein Meer aus Knochen. Ich erreichte ein hölzernes Gatter, das einen Spalt weit offenstand, und trat hindurch. So genau betrachtete ich den Boden, plante sorgsam jeden Schritt, daß ich die kleine Kapelle erst bemerkte, als ich fast davor stand. Ihr Tor war geschlossen. Ich ahnte bereits, was ich sehen würde, wenn ich den Bau erst umrundet hatte, und zum zweiten Mal in dieser Nacht packte mich das Gefühl, etwas Ähnliches bereits erlebt zu haben, vor zwei Tagen erst, an einem anderen Ort, in einer anderen Nacht.

Der Gottesacker lag in der Tat gleich hinter der Kapelle, an einem leicht abschüssigen Hang, von dem aus der Blick weit über das umliegende Land fächerte. Kniehohes Gras wogte im Wind zwischen den Gräbern. Hier gab es keine Monumente, keine kunstvollen Grabsteine. Die Lage der Toten war durch schlichte Holzkreuze markiert, deren Schatten in meine Richtung krochen.

Anna stand inmitten der Gräber, mit dem Rücken zu mir.

Sie war nicht allein.

Neben ihr sah ich einen zweiten Umriß, viel größer und breiter, kaum mehr als grobgehauene Schwärze. Kälte kroch meinen Rücken herab. Langsam schlich ich heran – und erkannte erleichtert, daß die dunkle Form an ihrer Seite nur ein hohler Baumstamm war, ein altes, totes Pflanzengeflecht mit zerfurchter Borke und verdrehter Gestalt.

Ich atmete auf. Und erschauerte umso mehr, als ich bemerkte, daß Anna sprach. Ein leises Flüstern, dann ein Lachen, Stille wieder, schließlich erneute Worte.

Wie gebannt stand ich da, gefangen im Augenblick des Schauders. Hatten mich meine Augen getäuscht? War der Baumstamm doch ein finstrer Mensch? Nein, kein Zweifel. Der Umriß neben ihr war hölzern, und je länger ich ihn ansah, desto unglaublicher erschien es mir, seine abgestorbene Form mit einem lebenden Wesen verwechselt zu haben. Doch nun sah ich auch, daß Anna keineswegs in die Richtung des alten Stumpfs sprach, sondern vielmehr in die Leere. Sie hielt den Kopf gesenkt, doch da ich hinter ihr stand, konnte ich nicht sicher sein, ob sie dabei hinaus auf die endlose Landschaft oder vielmehr zu Boden schaute, ja, ob ihr Blick gar auf einem der Gräber ruhte.

Der scharfe Wind riß die Worte von ihren Lippen und verwehte die Bedeutung, ehe sie mein Ohr erreichten. Zwar hörte ich, daß sie sprach, verstand aber nicht, worüber. Ihr weiter Mantel flatterte majestätisch, und das Haar zuckte wie tausend schwarze Schlangen um ihren Kopf. Ganz langsam, Schritt um Schritt, schlich ich näher. Meine Neugier trieb mich voran, obgleich ich wußte, wie anstandslos es war, sie in einem Moment zu belauschen, in dem sie sich alleine glaubte. In einem weiten Bogen begann ich, sie zu umrunden, sah zu, wie sie mal fröhlich plapperte, dann wieder in betretenes Flüstern verfiel. Fast schien mir, als unterhielte sie sich nicht mit einer einzigen Person, sondern gleich mit mehreren, von denen jede sie in ganz unterschiedliche Gespräche verwickelte, so, als hörte der eine nicht, worüber der andere sprach. Nicht anders war die Vielzahl von Stimmungen zu erklären, die sich in Annas Gebaren widerspiegelte, als wollte sie jedem einzelnen gerecht werden.

Etwa zehn Schritte von ihr verharrte ich und ließ mich im hohen Gras nieder. Ich wußte, sie würde mich entdecken, falls sie ihren Blick nach links wendete, doch das war mir gleichgültig. Insgeheim fragte ich mich, ob es nicht tatsächlich das war, was ich wollte.

Es war kühl, aber die Gänsehaut auf meinem Körper rührte nicht alleine daher. Noch immer hielt mich der Schrecken umkrallt, immer noch beherrschte das Grausen mein Denken. Da kam mir der Einfall, daß sie vielleicht schlafwandelte, daß sie – gefangen in einem tiefen, schrecklichen Traum – hierhergekommen war, ohne wirklich zu wissen, wo sie sich befand. Dies schien mir eine gute Erklärung zu sein, wenngleich mich die Zielstrebigkeit, mit der sie diesen abgeschiedenen Ort aufgesucht hatte, stutzig machte.

Erneut versuchte ich angestrengt, einige der Wortfetzen aufzufangen, die der Wind über die Hügel trug, doch es gelang mir nicht. Gerade erwog ich den Gedanken, noch näher an sie heranzutreten, sie vielleicht gar anzusprechen, als sie sich mit einem Ruck zu mir umdrehte und mich aus ihren dunklen Augen ansah. Aus ihren wachen Augen.

»Wo bist du gewesen?« wollte sie wissen, und von allen Fragen hatte ich diese vielleicht am wenigsten erwartet.

»Ich?« fragte ich verwirrt und sprang auf.

»Natürlich du. Oder siehst du hier sonst jemanden?« Sie kam näher, ganz langsam, als gerinne die Luft um ihren Körper zu unsichtbarem Widerstand.

»Niemanden«, sagte ich, »aber ich dachte, daß Sie ...«

Sie lachte, und wie der Meißel eines begnadeten Bildhauers enthüllte das Mondlicht neuen, ungeahnten Liebreiz in ihrem Gesicht. »Du hast mir zugehört«, stellte sie fest. »Und nun glaubst du, ich sehe Menschen, wo es in Wahrheit keine gibt, und ich spreche mit ihnen, obwohl doch nichts da ist außer Wind und Luft und Stille.«

Ich sah beschämt zu Boden, als hätte sie mich beim schlimmsten aller Verbrechen gestellt. Dabei hätte doch sie selbst es sein müssen, die sich ertappt fühlte. Das Paradoxon dieses Augenblicks entging mir, zu sehr war ich damit beschäftigt, mich schuldig zu fühlen.

Wieder lachte sie, aber es klang nicht mehr vorwurfsvoll, vielmehr voller Verständnis. Ihr Haar wogte wie ein Gorgonenhaupt, als sie zwei Schritte vor mir stehenblieb.

»Ich wußte, daß du mir folgen würdest«, sagte sie. »Ich wollte, daß du meine Schritte vor eurer Tür hörtest. Ich war neugierig.«

»Neugierig?«

Sie nickte. »Ob du deinen Bruder wecken oder mir allein folgen würdest. Ehrlich gesagt, hatte ich fast schon befürchtet, du würdest gar nicht mehr kommen.«

Sie sagte befürchtet, nicht geglaubt, und der Unterschied entging mir keineswegs. Meine Verwirrung wuchs mit jedem ihrer Worte. Sie war sofort zum vertrauten Du übergegangen, was nicht zu ihrer Scheu während des vergangenen Tages passen mochte und zudem nicht der auferlegten Zurückhaltung einer jungen Dame geziemte. Und doch war sie keine andere als Anna von Brockdorff: Ihre Gesten, manches, was sie sagte und wie sie es sagte, verrieten jene bezaubernde Person, zu der ich mich so heftig hingezogen fühlte. Tatsächlich schien mir das Forsche in ihrem Ton und ihren Worten nur eine neue Facette ihres wunderbaren Wesens.

»Jetzt bin ich da«, sagte ich, und es klang selbst in meinen eigenen Ohren entsetzlich dumm.

»Ja«, erwiderte sie, »und du hast gelauscht. Sag mir, was du denkst.«

»Ich weiß es nicht.«

Sie kicherte. »Das ist gelogen.«

Mein Inneres wand sich wie ein Wurm am Haken. »Ich nahm an, daß Sie im Schlaf sprachen.«

»Eine Schlafwandlerin? Interessant. Doch leider falsch.«

Wieder durchzuckte mich ein Schauder. Unsicher hob ich die Schultern. »Was dann?« Meine Stimme klang merkwürdig hoch und hell.

»Es sind die Toten«, sagte sie. »Ich höre sie, und sie hören mich. Wir unterhalten uns.«

Lieber Himmel! Sie war das Opfer eines schrecklichen Wahns. Mitleid überschwemmte das Grauen in meinem Hirn. Doch statt meine Zuneigung zu mindern, spürte ich nur, wie sie noch heftiger anwuchs, gleich einem Schwamm, der sich mit Gefühlen vollsog bis zur völligen, zufriedenen Sättigung. Da stand sie vor mir, vom hehren Lichtwesen in ein Geschöpf der Nacht verwandelt, und alles, was ich dachte, war, daß meine Verehrung für sie immer größer wurde.

»Du glaubst mir nicht«, stellte sie fest. »Wer könnte dir das übelnehmen? Doch glaube mir: Ich höre ihr Wispern und Seufzen, ihr Lachen, Weinen, Schreien, ihre Qual und ihre Freude, ihren Schmerz, ihr Leid, jede ihrer Regungen. Und sie erzählen mir, wie es ist, so zu sein wie sie.«

Ich war fassungslos angesichts ihrer Überzeugung, ihrer Hingabe an diesen Irrwitz, und in meinem Erstaunen fiel mir nichts weiter ein, als zu fragen: »Nun, wie also ist es?«

Sie lächelte keck. »Du glaubst mir nicht ein einziges Wort, Wilhelm Grimm. Weshalb also sollte ich dir noch mehr davon erzählen?«

»Weil Sie mich absichtlich hierhergeführt haben.«

»Vielleicht tat ich das aus einem anderen Grund?«

Feuer und Eis rangen in meinen Eingeweiden, mir wurde heiß und kalt zugleich, die Welt schien sich vor meinen Augen zu drehen – mit Ausnahme Annas. Sie stand still und königlich im ruhigen Zentrum dieser taumelnden Wirrnis.

Und mit überlegener Ruhe zerbrach sie all meine jugendlichen Hoffnungen.

»Ich will wissen, wer euch verfolgt«, sagte sie, »und warum er es tut. Offenbar ist keiner von euch beiden bereit, die Wahrheit zu sagen, so lange der andere dabei ist. Nun, hier sind wir allein.«

Die Ernüchterung traf mich mit aller Macht. »Niemand verfolgt uns«, versetzte ich heiser.

»Warum sagst du mir nicht die Wahrheit?« Es klang fast ein wenig traurig.

»Vielleicht, weil es Sie nichts angeht.«

»Du bestehst auf dem Sie?«

»Es ist wohl … angebrachter.«

Ihre dunklen Augen musterten mich voller Enttäuschung. »Nun gut, Herr Grimm, Sie wollen mir also nicht sagen, vor wem Sie fliehen, richtig?«

Jedes ihrer Worte war wie eine Wand zwischen uns, und ich verfluchte mich bereits selbst für meinen Starrsinn. Doch mir blieb nichts übrig, als das einmal Begonnene fortzuführen; damals wußte ich es nicht besser. »Sollten Sie uns deshalb nicht weiter mitnehmen wollen, so …«

»Unsinn«, sagte sie. »Natürlich reisen Sie mit mir. Sie würden eine junge Dame niemals in Gefahr bringen, nicht wahr?«

Ich glaube, ich taumelte, als hätte ein wirklicher Hieb mich getroffen. Nicht einen einzigen Gedanken hatte ich bislang daran verschwendet, daß wir Anna und Moebius rücksichtslos mit ins Netz dieser grausamen Verschwörung gezogen hatten. Spindel wollte uns und das Manuskript; sollte er herausbekommen, daß wir mit dem Fräulein und ihrem Diener reisten, würde er auch sie jagen lassen. Das schlechte Gewissen, das mich überkam, war schmerzhaft, und es dauerte einen Moment, bis ich begriff, daß es viel mehr war als das – ich hatte Angst, furchtbare, kreatürliche Angst, nicht um meiner selbst willen, sondern um das Leben Annas. Wer hätte gedacht, daß ich mein eigenes Wohlergehen einmal so weit hinter das einer anderen Person stellen würde?

Ihr Haar trieb immer noch lang und schwarz auf den Wogen des Windes, und für einen Augenblick fragte ich mich, ob sein Flüstern im Gras nicht vielleicht das Raunen der Toten war, das Anna zu hören glaubte. Ihr Blick haftete an meinem Gesicht, schien jede meiner Regungen mit der Schärfe eines Rasiermessers zu zerlegen, zu erforschen. Wahrscheinlich wäre dies der richtige Augenblick gewesen, um ihr meine Gefühle zu gestehen.

Natürlich tat ich es nicht. Statt dessen sagte ich grob und mit entsetzlicher Plumpheit: »Ich glaube, wir sollten wieder zurückgehen. Es ist kalt, und auch die Toten brauchen ihre Ruhe.« Das letzte hatte ich als Scherz gemeint, und tatsächlich lachte sie, obgleich ich die merkwürdige Ahnung hatte, daß weniger die Worte als meine Naivität sie amüsierte.

»Die Toten haben Ihnen etwas voraus, Herr Grimm: Sie wissen sehr genau, was sie wollen. Und sie sprechen es aus, in aller Offenheit. Sie kennen doch das Sprichwort vom geteilten Leid? Nichts als Worte, natürlich, doch auf die Verstorbenen trifft es in gewisser Weise zu. Sie haben keine Geheimnisse voreinander, weil sie das größte aller Geheimnisse längst durchschaut haben.«

»Und sie haben Ihnen davon erzählt?«

»Wer sie versteht, der kann daran teilhaben.«

»Was muß ich tun, um das zu können?«

»Die Toten verlangen von einem nur das, was sie selbst gewähren. Offenheit, Ehrlichkeit, keine Mysterien. Sie, Herr Grimm, werden sie wahrscheinlich nie verstehen.«

Damit fuhr sie herum und ging. Ich sah ihr eine Weile nach, sah, wie das hohe Gras ihre Beine streifte und ihr langer Umhang sich im Wind bauschte wie das Segel eines Geisterschiffs. Ich blieb stehen, unfähig, ihr sofort zu folgen, aus Angst, ich könnte ihr alles verraten, sie um Verzeihung anflehen und auf die Knie vor ihr fallen. Nichts dergleichen wagte ich, erfüllt von der gar zu männlichen Furcht vor Demütigung.

Ich blieb noch eine oder zwei Minuten stehen und lauschte. Das Rascheln der Gräser, ein Flattern im geduckten Turm der Kapelle. In weiter Ferne ein Hundebellen. Nichts sonst, keine Stimmen, kein Wispern. Vielleicht hatte Anna recht.

Ich atmete tief durch, in der sinnlosen Hoffnung, die kühle Nachtluft möge meine Gedanken klären. Schließlich verließ ich den Friedhof. Die Toten taten nichts, um mich zurückzuhalten. Anna war längst im Dunkel verschwunden, und so passierte ich allein den schwarzen Durchgang zwischen den Häusern.

Als ich auf die Dorfstraße trat, sah ich die Reiter.

Sie waren zu dritt, finstere Gestalten in langen Mänteln, die in eben diesem Augenblick ihre Rösser vor dem Gasthof zügelten. Bevor sie mich bemerken konnten, schlüpfte ich zurück in die Schatten. Es waren Spindels Schergen, daran zweifelte ich nicht eine Sekunde. Er selbst schien nicht unter ihnen zu sein.

Mir blieb keine Zeit, Gott um Rat anzuflehen, denn die Unheimlichen sprangen aus ihren Sätteln und traten zur Tür. Anna war nirgends zu sehen, sie mußte schon im Haus sein. Meine Beine zitterten, mein ganzer Körper erbebte. Jacob und Anna waren den drei Mördern hilflos ausgeliefert. Fieberhaft sann ich nach einer Möglichkeit, sie zu warnen, doch nichts als Bestürzung regte sich in meinem Schädel. Das einzige, was mir einfiel, war ein warnender Schrei, der die Freunde wecken und unsere Gegner ablenken mochte, doch ehe ich den verzweifelten Plan in die Tat umsetzen konnte, öffnete sich die Tür, und Anna trat ins Freie, gerade als einer der Männer die behandschuhte Faust zum Klopfen hob.

Sie hatte ihren Mantel abgelegt, und jetzt erst wurde mir bewußt, daß sie die ganze Zeit über darunter nichts als ihr Nachthemd getragen hatte. Der Wind preßte den dünnen Stoff eng an ihren Körper, doch der Anblick dieses zarten, wunderbaren Wesens inmitten solcher Schurken war eher beängstigend denn erregend. Jeder der drei überragte sie um Haupteslänge, und während Annas Erscheinung einen sanften, lieblichen Zauber spann, begegneten die Männer ihr mit einer Aura von Kraft und Gewalt. Die drei standen in einem Halbkreis um sie herum, blickten auf sie herab. Ich konnte von meinem Standpunkt aus ihre Gesichter nicht erkennen, wohl aber sah ich Annas Züge, und sie waren entspannt und ruhig, kein Blinzeln, kein Beben zeigte sich in ihrer Miene.

Meine Angst um sie war beinahe greifbar, und vielleicht wäre es meine Pflicht als Mann gewesen, aus dem Versteck zu springen und meiner geheimen Liebe beizustehen. Doch, welch Schande es zu gestehen, Panik pulsierte durch meinen Körper, ließ mich versteinern, machte mich zum hilflosen Beobachter.

Anna sagte etwas, das ich aus der Ferne nicht verstand, doch mir schien, als gäbe sie sich als Bedienstete oder Tochter des Hauses aus. Bat sie die Männer gar einzutreten? Einer von ihnen schüttelte zur Antwort den Kopf und stellte nun seinerseits eine Frage, und kein Zweifel konnte bestehen, nach was er sich erkundigte: Gewiß nach zwei jungen Männern auf der Durchreise, zwei schmalbrüstigen Gelehrten, die sich möglicherweise hier einquartiert hatten. Anna verneinte, sie lächelte bezaubernd und sagte erneut etwas, das ich nicht verstand. Doch damit schienen sich die drei nicht zufriedenzugeben. Ein anderer schien nun zu sprechen, denn Anna wandte sich ihm zu, erwiderte etwas. Und dies war der Moment, in dem, was so hoffnungsvoll begonnen hatte, mit einem Mal in tödliche Gefahr umschlug. Alle drei rückten einen Schritt auf Anna zu, kaum eine halbe Armeslänge mochte sie noch von ihr trennen. Ich bückte mich und tastete mit zitternden Fingern im Dunkeln nach etwas, das ich als Waffe hätte nutzen können, einem Stock oder Stein. Alles, was ich fand, waren feuchter Schmutz und Sand.

Im gleichen Augenblick geschah etwas Seltsames, Unfaßbares. Denn die drei Männer, eben noch bereit, die Wahrheit aus diesem zierlichen Mädchen hervorzufoltern, drehten sich mit einem Mal um, gingen ohne Umschweife zu ihren Rössern und stiegen auf. Einer hob zum Abschied den Arm, und Anna schenkte ihm ein Lächeln voller Liebreiz. Dann preschten die Tiere mit ihren Reitern davon, bis sie verschwanden und selbst das Donnern ihrer Hufe im Osten verklungen war. Anna ging ins Haus und schloß die Tür.

So schnell mich meine Füße trugen, eilte ich los, die Dorfstraße hinunter, bis zum Wirtshaus. Ich sprang in die leere Schankstube, doch Anna war bereits verschwunden. Oben hörte ich, wie ihre Kammertür zufiel. Mit wenigen Sätzen lief ich die Treppe hinauf und blieb atemlos vor ihrem Zimmer stehen. Ohne nachzudenken, legte ich die Hand auf ihre Klinke, drückte sie hinunter. Ohne Erfolg. Anna hatte den Riegel vorgeschoben. Ich flüsterte ihren Namen gegen das Holz, doch die Antwort war Schweigen. Auch ein zweiter Versuch schlug fehl.

Als ich unser Zimmer betrat, lag Jacob immer noch schlummernd im Bett. Er sprach, während er schlief, doch es waren Worte ohne Sinn, und sie sind mir längst entfallen.

* * *

Ich war in einer erbärmlichen Lage, gefangen in einem Zwiespalt, der mich nicht nur mit mir selbst, sondern auch mit Anna und vor allem Jacob hadern ließ. Ich wußte, sollte ich meinem Bruder von dem gespenstischen Vorfall berichten, würde er sogleich auf eine Trennung von Anna drängen; dazu jedoch war ich nicht bereit. Sie selbst mußte ich zur Rede stellen, zweifellos, doch konnte ich auch dafür nur einen Augenblick wählen, in dem wir allein waren; und dies schien nahezu unmöglich. Noch wenige Tage zuvor wäre ich sofort mit meiner Sorge über das Erlebte zu Jacob gegangen, um das weitere Vorgehen zu erörtern, und sicher, er hätte einen Ausweg gefunden. Doch diesmal konnte ich daran nicht denken, ohne das Zusammensein mit Anna zu gefährden. Nichts hätte mich dazu bringen können, die gemeinsame Reise aufs Spiel zu setzen. Mag sein, daß meine Verliebtheit die Ursache dessen war, doch redete ich mir damals ein, daß es sich allein um die längst überfällige Abnabelung von meinem so entschlußfreudigen Bruder handelte. Heute weiß ich, daß beides eine Rolle spielte, einfach, weil sich das eine aus dem anderen ergab.

So sprach ich denn am Morgen weder ihn noch Anna auf die Ereignisse der Nacht an. Noch immer war mir vollkommen unklar, wie es ihr gelungen war, Spindels Schergen so abrupt abzuweisen, ohne Durchsuchung des Hauses, ohne weitere Fragen. Nach wie vor war ich überzeugt, daß sie nicht mit ihnen paktierte, denn dann hätte sie uns ihnen bereits viel früher ausliefern können; und doch hatte sie eine gewisse Macht über sie bewiesen, die mir vollkommen unerklärlich blieb.

Sie selbst freilich erwähnte die Ereignisse mit keinem Wort, nicht beim kargen Frühstück in der Schankstube, auch nicht später, als wir in ihrer Kutsche weiter gen Osten schaukelten. Jacobs Verhalten blieb distanziert, aber freundlich, was mich überzeugte, daß er tatsächlich nichts von der nächtlichen Gefahr wahrgenommen hatte. Und falls doch, so machte er sich der gleichen Verschwiegenheit schuldig, die mein eigenes Gewissen belastete. Seltsamerweise war dies vielleicht das Schlimmste von allem: Der Gedanke, Jacob könne mich ebenso hintergehen wie ich ihn, war mir unerträglich. Doch sank diese Befürchtung von Stunde zu Stunde, und schließlich schien mir gewiß, daß Jacob vollkommen arglos war.

Am frühen Nachmittag zügelte Moebius die Pferde in ihrem gleichmäßigen Trott, und zu meiner Überraschung verließen wir die gepflasterte Straße und fuhren entlang eines Waldrandes nach Süden. Bevor Jacob oder ich eine Frage stellen konnten, erklärte Anna: »Nicht weit von hier liegt das Ufer der Elbe. Wir müssen den Fluß überqueren, doch scheint es mir sicherer, die nächstliegende Brücke zu umgehen. Ich gab Moebius die Anweisung, weiter südlich eine Fähre zu finden, die uns auf die andere Seite bringt.«

Während Jacob diesen Entschluß gewiß auf Annas Angst vor einer Verfolgung ihrer selbst bezog, war ich selbst sicher, daß sie ahnte, daß Spindel ein waches Auge auf die Brücke haben würde. Zweifellos hielt er uns für einfältig genug, den erstbesten Weg nach Warschau zu wählen; und, um ehrlich zu sein, sicherlich hätten wir eben dies ohne Annas Vorsehung getan. Möglicherweise hatte sie uns alle durch ihre weise Entscheidung gerettet. Mußte nun nicht auch Jacob einsehen, daß das bezaubernde Fräulein ganz auf unserer Seite stand?

Nach etwa einer Stunde stießen wir tatsächlich auf einen Fährmann, dessen Floß groß genug war, um selbst die Kutsche aufzunehmen. An einem über den Fluß gespannten Seil zogen der Mann und seine vier Söhne uns auf die andere Seite. Die Strömung war an dieser Stelle nur schwach, das Gewässer nicht allzu breit, so daß wir ungehindert das gegenüberliegende Ufer erreichten. Anna bezahlte den Mann mit einigen Groschen und legte ein paar weitere obenauf, nachdem er versichert hatte, er habe uns im Falle möglicher Nachfragen niemals gesehen. Ich zweifelte an seiner Verläßlichkeit, schwieg jedoch. Jacob war anzusehen, daß er ähnliche Gedanken hegte, wobei er sich weitaus weniger Mühe gab, seinen Vorbehalt nicht zum Ausdruck zu bringen.

Wir verbrachten die nächste Nacht in der Kutsche und stießen am Morgen darauf wieder auf die ausgebaute Straße nach Osten. Ihr folgten wir, passierten ab und an eine kleine Ortschaft oder ein einsames Gehöft, wo Moebius die Pferde fütterte, ihnen zu trinken gab und fröhlich auf sie einsprach, als wären sie seinesgleichen, ja sogar gute Freunde.

Anna erwies sich als äußerst belesene junge Dame, so daß wir in der Literatur ein Gesprächsthema fanden, für dessen Erörterung sich sogar Jacob erwärmte und das ihn endlich aus seinem stummen Grübeln riß. Tatsächlich schien er dem Disput mit Anna nach einer Weile einigen Genuß abzugewinnen, und erleichtert nahm ich zur Kenntnis, daß sich ihr Verhältnis zu bessern schien. Die Stimmung in der Kutsche wurde gelöster, die Gespräche fröhlicher, und erstmals begannen wir, die gemeinsame Reise wirklich zu genießen.

Doch gegen Abend geschah etwas, das uns die Gefahr, in der wir schwebten, erneut aufs schrecklichste bewußt machte. Wir durchquerten einen verlassen Landstrich der westlichen Oberlausitz, als wir auf eine Spur der Gräfin Elisa stießen; mehr als eine Spur – einen Hinweis auf ihr Schicksal und einen schmerzlichen

Vorgeschmack auf unser eigenes, sollten wir Spindels Häschern in die Hände fallen.

Die Dämmerung schob sich bereits über das weite Land, in ihrem Gefolge gigantische Wolken, düster am Himmel wie schwebende Städte, machtvoll, unangreifbar, auf ihren Türmen die anbrechende Nacht. Wir fuhren entlang der Kante eines felsigen Steilhangs. Nur ein paar dürre Büsche und ein schmaler, kaum zwei Schritte messender Wiesenstreifen trennten den Abgrund von der Straße. Plötzlich riß Moebius an den Zügeln und brachte die Pferde mit einem wilden Ausruf zum Stehen.

»Seht!« rief er eilig zu uns ins Innere, dann zog er den Kopf gleich wieder zurück, und ich hörte, wie er vom Kutschbock sprang und im Gras landete.

Als wir ins Freie kletterten – erst Jacob und ich, um die Lage abzuschätzen, dann auch Anna –, sahen wir Moebius gefährlich nah am Rand der Steilwand stehen. Auf den Zwerg mußte der Abgrund ungleich tiefer und bedrohlicher wirken, trotzdem scheute er sich nicht, den riesigen Schädel weit vorzuschieben und hinunterzublicken. Mit einem unguten Gefühl trat ich neben ihn, die anderen folgten.

Dort, wo die Felswand etwa zehn Schritte tiefer auf eine ebene Wiese stieß, lag etwas im Schatten, ein scharfkantiges Gewirr aus gesplitterten Hölzern, zerfetzten Stoffresten und zerbrochenen Radspeichen, die wie eine Knochenhand mit ausgestreckten Fingern in unsere Richtung wiesen. Es waren die Überreste einer Kutsche, und im gleichen Augenblick, da mir dies klar wurde, erkannte ich, daß es nicht einfach irgendein Pferdewagen war, der dort zerschellt am Fuß der Felsen lag. Es war Elisas Kutsche, und ihre vier Pferde lagen leblos und mit verrenkten Gliedern neben den Trümmern, Geschirr und Zaumzeug noch fest um die Kadaver gezurrt. Hier und da hatten sich bereits andere Tiere an dem toten Fleisch zu schaffen gemacht, doch gab es keine Spuren von Verwesung. Das Unglück konnte demnach nicht allzu lange zurückliegen; vielleicht einen oder anderthalb Tage. Von menschlichen Leichen war nichts zu sehen, doch mochten welche unter dem Wrack begraben liegen.

Anna schien uns anzusehen, daß wir die Kutsche kannten, und ich rechnete ihr hoch an, daß sie in diesem angstvollen Moment nicht danach fragte.

Nachdem ich den ersten Schrecken überwunden hatte, warf ich Jacob einen Blick zu. Er nickte, als lese er in meinem Gesicht, was ich dachte. »Wir müsse dort hinunter«, sagte er.

Ich begutachtete die Felsen und stellte fest, daß ein Abstieg zwar nicht ohne Gefahr, jedoch mit ein wenig Geschick durchaus möglich war. Also machten wir uns daran, den steilen Hang herabzuklettern, zügiger als ratsam gewesen wäre, getrieben von der grausamen Ahnung, unsere Retterin tot im Wrack ihrer Kutsche zu finden. Auf halber Strecke schlug uns der Gestank der Pferdekadaver entgegen, und je näher wir kamen, desto erstickender raubte er mir den Atem. Schließlich standen wir bebend zwischen den Trümmern, und schnell wurde uns klar, daß es hier keine Leichen gab. Was immer mit Elisa und ihren beiden stummen Dienern geschehen war, hier hatten sie ihr Ende offenbar nicht gefunden. Gleichzeitig schien mir gesichert, daß dies kein einfacher Unfall gewesen war. Irgendwer mußte die Kutsche von der Straße gedrängt haben, zu einem Zeitpunkt, da ihre Passagiere sie bereits verlassen hatten. Sollte Spindel dahinterstecken, und daran zweifelte ich nicht eine Sekunde, so würde er die drei sicherlich gefangen und verschleppt haben. Jedoch wohin? Und bedeutete das nicht, daß er schon bald von unserem Ziel erfahren würde? Andererseits: Natascha und Andrej konnte nicht einmal die Folter zum Sprechen bringen, und Elisa würde eher sterben, als das Manuskript an Spindel auszuliefern.

Jacob hatte sich herabgebeugt und untersuchte einzelne Überreste der Kutsche. Er betrachtete eine der zerschmetterten Sitzbänke, als ihm etwas auffiel. »Schau her!« rief er aufgeregt.

Ich trat neben ihn und sah gleich, was er meinte. In den teuren Samtbezug der Bank hatte jemand etwas hineingeritzt, augenscheinlich mit einem Messer.

»Vier Buchstaben«, sagte er und las vor: »R – O – S – A.«

»Rosa«, wiederholte ich, die Lettern zu einem Ganzen zusammenfügend. »Wer ist das?«

Vorsichtig, als sei es eine Kostbarkeit, glitt Jacobs Hand über den Stoff. »Gewiß ist nur, daß dieser Name noch nicht dort stand, als wir mit der Kutsche fuhren. Ich bin sicher, er wäre mir aufgefallen.«

»Du glaubst, jemand wollte demjenigen, der die Trümmer findet, eine Nachricht hinterlassen?«

»Natürlich. Und nicht irgend jemandem. Nur uns, Wilhelm. Elisa wußte, daß wir hier vorbeikommen würden. Vielleicht war ihr nicht klar, daß man den Wagen den Hang hinabstürzen würde, aber ich bin sicher, dies gilt uns.«

»Wer oder was ist diese Rosa? Eine Frau, die wir aufsuchen sollen? Jemand, der uns hilft? Vielleicht ein Ort, an dem die Gräfin uns treffen will?«

»Kein Ort«, sagte er kopfschüttelnd. »Wenn, dann wird sie uns in Warschau erwarten. Nein, es muß sich um eine Person handeln.« Jacob begann, den Stoffbezug von der Bank zu reißen. Schließlich hatte er ein kopfgroßes Stück in der Hand, in dessen Mitte sich die Schrift befand. »Klettern wir zurück zu den anderen«, sagte er dann.

Der Aufstieg war beschwerlicher als erwartet, doch schließlich erreichten wir die Straße. Moebius zog uns mit ungeahnter Kraft hinauf in Sicherheit. Jacob hatte den Stofffetzen sorgfältig gefaltet und eingesteckt. Auch jetzt machte er keinerlei Anstalten, ihn unseren Begleitern zu zeigen. Während wir zurück zum Wagen gingen und Anna eine kurze Beschreibung der Trümmer gaben, erkannte ich, wie Moebius das Unglück überhaupt hatte bemerken können. Die Kutsche selbst war von der Straße aus nicht zu sehen gewesen, doch hatten ihre Räder vor dem Absturz tiefe Furchen in den Boden gerissen. So, als seien die Pferde in vollem Galopp über die Felskante geprescht.

Als wir unseren Weg fortsetzen, herrschte bedrücktes Schweigen, und später, nachdem wir uns zur Ruhe begeben hatten, sah ich, wie Jacob im Dunkeln das Stück Stoff zwischen den Fingern spannte und gedankenverloren auf seine geheimnisvolle Botschaft starrte.

5

Wir erreichten Warschau an einem Mittwoch, an einem kühlen, wolkenschweren Nachmittag, gepeitscht von der Vorhut einer Sturmfront, welche die Gerüche, den Lärm, die Betriebsamkeit der Stadt in ihr Umland wehte wie trockenes Laub im Herbst. Die pittoreske Schönheit der Türme und Kirchen, die ihre Spitzen fern jeder Demut ins Himmelgrau reckten, die bunte Vielfalt der Häuser und Menschen und Gassen, all das schien überwältigend, schier unbegreiflich für mich. Die Bauten waren wie leise säuselnde Musik, aufsteigend wie Morgentau aus einer stillen, grünen Landschaft, betäubend in ihrer Schönheit, beruhigend in ihrer Kraft und Eleganz.

Warschau war zu jener Zeit die Hauptstadt einer Spottgeburt namens Süd–Ostpreußen, denn das einstige Königreich Polen existierte nicht mehr. Katharina von Rußland hatte noch vor ihrem Hinscheiden ihren Nachfolger, Zar Paul, angewiesen, wie mit dem unglücklichen Land zu verfahren sei; dieser beraubte es seiner Krone und schloß einen Handel mit den Großmächten Preußen und Österreich. So wurde Polen aufgeteilt, in drei fette Kuchenstücke, einverleibt in den nimmersatten Schlund des kriegerischen Dreigestirns. Preußen sicherte sich jenen Teil, der auch Warschau einschloß, und so blieb der Stadt ihre Funktion erhalten, ausgeübt von preußischen Besatzertruppen, beherrscht von den deutschen Regierungsräten in ihren Amtsstuben.

Freilich sah ich damals, in der Trunkenheit der Jugend, wenig von der Ungerechtigkeit dieser Umstände; mir waren allein, wie von so vielem, die trockenen Zusammenhänge bekannt. Doch falls ich daher erwartet hatte, in eine deutsche Stadt – auf fremdem Boden zwar, aber doch preußisch in allem anderen – einzufahren, so sah ich mich getäuscht. Die Bettler vor den kleinen, schiefen Häuschen der Waski Dunjaj sangen ihre Klagelieder auf polnisch, und polnisch erklangen die Gebete aus den offenen Portalen der Kirchen und Kapellen. Die kleinen Judenkinder, die durch die verwinkelten Gassen tobten, schrien und weinten mal polnisch, mal jiddisch, doch niemals deutsch. Man mochte diese Menschen ihrer Nation beraubt haben, ihre Eigenheit als Volk hatte niemand ihnen nehmen können. Von überall erklang die Sprache des zerrissenen Landes, mal geschmeidig, mal hart und schnarrend. Hier schrien die Schiffer von der Weichsel, dort die fetten Marketenderinnen, hier lachten Männer im Rausch des süßen Crambambuli, dort schwatzten Frauen an den Kreuzungen der Pflasterstraßen; und alle taten sie es wie schon vor Jahrhunderten, ohne Rücksicht auf den Stolz und Zorn der Besatzer in ihren straffen, starren Uniformen.

Wir trieben dahin auf den engen Kanälen der alten Gassen, und ich betrachtete mit weit aufgerissenen Augen das Treiben des bunten Volkes in seinem fremdartigen Alltag. Märkte und Plätze, Parks und Gärten öffneten sich wie Buchten vor dem Bug meiner staunenden Blicke, und die Vielfalt der Eindrücke berauschte mich wie schwerer Wein. Ich sah übermütige Gecken in Stulpenstiefeln, Muskadins und schlichte Mönche, sah Adelige in Fischotterpelzen und Bettler mit blinden, weißen Augen, junge Mädchen mit Kupferspangen an Armen und Waden, mit glitzerndem Tand im Haar, ich sah alte Weiber, stöhnend unter Reisigkörben, Knechte, Diener, Mägde, sah das Leben in seiner spröden Anmut. Und mittendrin, wie Dornen an einem blühenden Rosenbusch, die preußischen Gendarmen, gepanzert in knarrender Korrektheit.

Die Sorge der vergangenen, beschwerlichen Tage fiel von mir ab, die qualvolle Reise – immer gehetzt, immer verängstigt, immer in Furcht vor der nächsten Wegkehre – verlor bereits das Gewicht ihrer Schrecken.

Ob Spindel wußte, daß wir nach Warschau gereist waren, blieb ungewiß. Wir waren weiter auf der Straße nach Osten gereist, stets gefaßt auf einen Hinterhalt, auf eine Kontrolle oder Meuchelmörder in der Nacht. Doch auf wundersame Weise war uns nichts dergleichen zugestoßen, fast, als hätten Spindels Schergen ihre Suche in diesem Teil des Landes aufgegeben. Anna schien darauf zu achten, mir keine Gelegenheit zu geben, sie zur Rede zu stellen, und nach einer Weile, in der das Geschehen jener Nacht mehr und mehr verblaßte, begann ich, mir meine eigenen Erklärungen zurechtzulegen. Keine davon erwies sich später als treffend, deshalb will ich sie hier nicht wiedergeben, nur soviel sei gesagt: Mein Vertrauen in Anna war wiederhergestellt, mochte Jacob über sie denken was er wollte.

Obwohl er nun mit ihr sprach, diskutierte, manchmal gar scherzte, spürte ich, wie rätselhaft sie ihm blieb, und es waren keine angenehmen Rätsel, die er in ihr vermutete. Er schien zu wissen, daß er mich als Verbündeten gegen sie verloren hatte, denn er versuchte kein weiteres Mal, mich vor ihr zu warnen oder gar von ihrer Unlauterkeit zu überzeugen. Ich glaube fast, er mochte sie in der Tiefe seines Herzens, vielleicht mehr, als er je zugeben würde, doch zugleich war da jenes beständige Mißtrauen, jene Unsicherheit, was von ihr und ihrem Benehmen zu halten sei. Er schien einzusehen, daß wir auf sie angewiesen waren, und sicher verspürte auch er eine nicht geringe Dankbarkeit, daß wir in ihrer Kutsche und auf ihre Kosten reisen konnten. Zwar schliefen wir zumeist auf dem Wagen, und unsere Nächte in Gasthöfen ließen sich an einer Hand abzählen, doch ohne Anna hätten wir um Brot betteln müssen, denn Nahrung war rar in jenen Tagen und unser Geld bis aufs letzte verbraucht.

Während ich mich bemühte, dem geheimnisvollen Fräulein näherzukommen – Jacobs mißmutige Gesellschaft war dem wenig dienlich und brachte jeden zaghaften Versuch zum Scheitern –, begann mein Bruder mehr und mehr, sich einer anderen, nicht weniger mysteriösen Dame zuzuwenden: Tag und Nacht entwickelte er wilde Vermutungen über jene Rosa, von der wir nur den Namen kannten. Während er ihr zwar einen Großteil seiner Gedanken zu widmen schien, sprach er nur mit mir darüber, wenn wir allein waren. Das mochte daran liegen, daß er eine Weile lang vermutete, keine andere als Anna selbst verberge sich dahinter, ja möglicherweise sei dies gar ihr wahrer Name, und Elisa habe uns vor ihr warnen wollen. Obwohl er davon bald wieder abrückte (diese Theorie schien selbst ihm zu gewagt), so fuhr er doch fort, merkwürdige Zusammenhänge zu spinnen und sich tiefer und tiefer in ihrem grotesken Netzwerk zu verfangen. Ich erwähnte bereits, daß Jacob stets ein Anhänger knöcherner Logik gewesen war, der sich selten von vagen Einschätzungen oder ungeprüften Behauptungen leiten ließ. Ein Begriff wie Leidenschaft war für ihn stets eine leere Hülse gewesen, die er zwar als Bestandteil anderer Charaktere akzeptierte, niemals jedoch am eigenen Leibe erlebt hatte. Der Name Rosa wurde für ihn zur Phantasmagorie, und mehr und mehr schien er sich nun auch ein Bild von ihr zu machen, ein Bild, das er mir nie beschrieb und das doch so klar aus seinen Augen, aus seinem ganzen Verhalten abzulesen war. So unglaublich es klingen mag, mein Bruder liebte ein Phantom, und wenngleich es eine Liebe war, die nicht mit den Maßstäben gewöhnlicher Emotion zu messen oder gar mit der meinen zu Anna zu vergleichen war, so war es doch fraglos eine Form der Zuneigung, die über pure Besessenheit um ihrer selbst willen hinausging.

* * *

Kirchenglocken läuteten, als wir in einer kleinen Herberge Quartier bezogen, nicht weit vom Alten Markt mit seinen gußeisernen Laternen und geschwungenen Giebeln, die ihn umrahmten wie Kiefer eines Fabelwesens. Jacob und ich wollten die Nacht abwarten und am Morgen versuchen, den Regierungsrat Hoff ausfindig zu machen. Die Aussicht, das verfluchte Manuskript endlich loszuwerden und mit ihm die Verantwortung, machte mich ungeduldig.

Anna bezahlte den Wirt im voraus, wie selbstverständlich nahm sie hin, daß wir auch an diesem Abend zusammenblieben, und so wenig, wie wir über unsere Ziele in der Stadt sprachen, so schweigsam blieb auch sie, was ihre eigenen Vorhaben betraf.

Zu meiner Überraschung verabschiedete sich Moebius von uns. Mit der schlichten Erklärung, der kleine Mann habe in Warschau eigene Geschäfte zu regeln, winkte Anna ihm hinterher, als er mit dem Wagen davonklapperte, zusammengekauert auf dem Kutschbock, die wippende Vogelfeder locker zwischen die Lippen gesteckt. Kurz darauf war er im Labyrinth der Gassen untergetaucht.

Anna blieb ohne Zögern allein mit uns zurück. Unter weniger zwingenden Umständen wäre dies unmöglich und gegen alle Sitten gewesen, eine junge Frau allein mit zwei Habenichtsen in einer fremden Stadt. Doch obwohl mir dieser Gedanke durch den Kopf ging, war ich froh, daß die langen Tage der Reise ein enges Vertrauen zwischen uns geschaffen hatten. Wohl wußten wir, daß es Geheimnisse zwischen uns gab, auf unserer wie auf Annas Seite. Doch bedeutete nicht allein das stumme Verständnis, mit dem wir die Mysterien des anderen unerforscht ließen, einen Beweis unseres gegenseitigen Zutrauens?

Am frühen Abend, die Dämmerung war noch nicht angebrochen, nahm ich all meinen Mut zusammen und fragte sie offen, ob sie einen Spaziergang zum Hafen mit mir machen wolle. Nur wir beide, ohne Jacob. Mir war klar, daß mein Bruder das nicht gerne sehen würde, doch in diesem Moment war mir seine Meinung gleichgültig. Herrgott, ich konnte ihn nicht für jeden Schritt um Erlaubnis bitten!

Zu meiner grenzenlosen Überraschung, sagte Anna zu. All die Tage über war sie jedem Alleinsein mit mir aus dem Weg gegangen; so sehr ich mich auch bemüht hatte, scheinbare Zufälle zu inszenieren, sie hatte jeden einzelnen durchschaut. Und nun reichte eine einfache Frage aus, um das Ziel meiner Wünsche zu erreichen. Man mag sich vorstellen, welche Aufregung und Verwirrung dies in meinem Herzen entflammte. Denn mußte es nicht bedeuten, daß auch sie Zuneigung zu mir verspürte? Ich schwor mir, nicht mehr den selben Fehler zu begehen wie in jener Nacht auf dem Gottesacker. Kein verschüchterter Abstand, keine falschen Prinzipien; Anna sollte endlich erfahren, was ich für sie empfand.

Als wir die Herberge verließen, saß Jacob auf seinem Bett und musterte zum tausendstenmal den Stoffetzen, in den Elisa – oder sonst jemand – die vier Buchstaben geschnitten hatte. Er drehte und wendete ihn, besah ihn von allen Seiten, als erwartete er, das Gewebe würde zu ihm sprechen. Schillers Manuskript lag umhüllt und versiegelt neben ihm auf der Decke.

Auf den Straßen herrschte noch reges Treiben; in den nächsten Tagen sollte ich lernen, daß Warschau niemals zur Ruhe kam, nicht abends, nicht nachts, niemals. Irgend etwas schien die Menschen hier anzutreiben, ließ sie ihr Leben führen, als gäbe es keine preußischen Besatzer, als wäre da nichts, das sie bedrückte oder ihre Betriebsamkeit hemmte. Das Wunderbare an diesem Zustand war, daß er auf mich abfärbte, ich spürte, wie Frohsinn in meine Glieder fuhr, ein überschäumender Strom, der mich mit sich riß. Es war, als weiteten sich die schmalen Grenzen meiner Wahrnehmung, mit jedem Schritt entdeckte ich Neues und Herrliches, und von allem nahm ich Anna am deutlichsten wahr. Ihren Duft, ihre schneeweiße Haut, die pechschwarze Flut ihres Haars, jede ihrer Bewegungen.

Die Gassen, die hinab zu den Ufern der Weichsel und ihren mächtigen Hafenmauern führten, wurden enger und enger, Spelunken reihten sich zu beiden Seiten aneinander und mehr als einmal maßen uns verschlagene Blicke. Trotzdem fühlte ich mich nie bedroht, so ausgelassen und fröhlich stimmte mich Annas Anwesenheit an meiner Seite. Ich dürstete förmlich nach der Anerkennung und Bewunderung, mit der zahllose Männer ihr hinterhersahen, und ein Stolz überkam mich, wie ich ihn nie zuvor verspürt hatte – Stolz auf dieses Mädchen, das neben mir ging, seinen Mantel keusch um den Körper gerafft, niemals bewußt aufreizend und doch ein Magnet für die Begierden aller Männer auf unserem Weg.

Wir traten an eine der hohen Mauern, die gleich vor unseren Füßen steil bis zum Wasserspiegel abfiel, und blickten hinaus auf den Fluß. Zwei oder drei Dutzend Kähne hatten angelegt, viele weitere glitten in einigem Abstand fast lautlos durch die Wellen. Ein kühler Wind wirbelte die Abendluft auf, spielte in Annas Haar. Sie strich sich eine schwarze Strähne aus dem Gesicht.

»Flüsse machen mich traurig«, sagte sie leise.

Ich wandte das Gesicht zu ihr um. Zehn Schritte unter uns schlugen kleine Wellen gegen die algenverklebte Mauer. »Melancholisch?« fragte ich.

»Nein, wirklich traurig.« Sie schien es nicht für nötig zu halten, ihre Worte zu erklären, und ich bat sie nicht darum. Es gab so vieles an ihr, das ich nicht verstand, so vieles, das wichtiger war.

Ehe ich etwas sagen konnte, hob sie die Hand und deutete auf einen steinernen Turm, der fünfzig Schritte weiter links über dem Hafen thronte. »Laß uns dort hinaufgehen!«

»Er wird verschlossen sein«, wandte ich ein.

»Nein, er ist offen«, sagte sie überzeugt, wandte sich ab und schritt davon.

Ergeben folgte ich ihr und nutzte die Gelegenheit, die Anmut ihrer Schritte zu bewundern. Der Turm gehörte zu einem hohen grauen Speichergebäude, besaß aber einen eigenen Eingang. Welchem Zweck er diente, ließ sich nicht ersehen, denn es war offensichtlich, daß er nicht mehr benutzt wurde. Schmutz und Abfälle hatten sich davor angesammelt.

»Sie wollen ...«, begann ich, erinnerte mich jedoch gleich an meinen Vorsatz. »Du willst doch nicht wirklich dort hinauf?«

Sie lachte hell auf. Ob sie es wegen der vertraulichen Anrede tat, die ich ihr beim letzten Mal verweigert hatte, oder einfach nur, weil mir offenbar der Mut fehlte, vermochte ich nicht zu erkennen.

»Warum nicht?« fragte sie und überwand die letzten Schritte bis zur Tür. Sie war nur angelehnt. Unmöglich, daß sie das aus der Entfernung erkannt hatte.

Ohne Zögern trat sie in die dahinterliegende Dunkelheit und rief, ihr zu folgen. Mit einem Seufzer tat ich, was sie verlangte, und nach einem schier endlosen Aufstieg durch die Finsternis erreichten wir die Plattform des Turms. Der Wind war hier oben noch stärker, doch vertrieb er auch die üblen Gerüche und klärte die Luft. Die Plattform war von einer niedrigen Brüstung umsäumt, in der Mitte gab es eine längst erkaltete Feuerstelle. Offenbar sollten bei Nebel von hier aus Flammen den Hafen für die einfahrenden Boote markieren.

Wir setzten uns wagemutig auf die Brüstung und blickten von oben auf das Hafenviertel und die dahinterliegende Stadt. Es herrschte jenes verzauberte Licht, das oft wenige Minuten vor Einbruch der Dämmerung die Dinge von flachen Abbildern in greifbare, plastische Reliefs verwandelt. Alles schien faßbar und in nächste Nähe gerückt. Die Sicht war klarer, der Blick ungetrübt. Die rotschwarze Landschaft der Dächer mit ihren Giebelbergen und Schornsteinwäldern schien mir in diesem Augenblick betörender als jeder Ort in der freien Natur. Anna hatte es erneut geschafft, mich in einen Zauber zu hüllen.

»Ich will dir von mir erzählen«, sagte sie plötzlich. Der Stoff ihres Mantels bauschte sich auf, Windböen wirbelten ihr Haar in meine Richtung, als werfe sie ein Netz aus. Einige Haarspitzen berührten für einen kurzen Moment mein Gesicht. Welche Wonne sie durch meinen Körper jagten!

Ich machte nicht den Versuch, sie zu unterbrechen, daher fuhr sie fort, den Blick abwechselnd auf mich und in die Tiefe gerichtet. »Der Name meiner Großmutter war Anna Constantia von Brockdorff. Als sie in meinem Alter war, vielleicht ein wenig älter, nahm August der Starke sie als Mätresse an seinen Hof. Er überhäufte sie mit Geschenken, zahlte ihr eine jährliche Pension von hunderttausend Talern, baute ihr sogar einen Palast und ein Sommerpalais. So sehr hatte sie den Verliebten umgarnt, daß er sie schließlich gar in den Stand einer Gräfin erhob. Fortan nannte sie sich Gräfin Cosel, und unter diesem Namen magst du von ihr gehört haben.«

Ich dachte nach, vergeblich, und schüttelte den Kopf.

»Mit den Jahren wuchs ihre Macht, die sie gezielt dazu einsetzte, mehr und mehr auch in die Staatsgeschäfte einzugreifen. Dabei beging sie den Fehler, einige Minister und Ratgeber gegen sich aufzubringen. Diese wandten sich hinter ihrem Rücken an den Monarchen und empfahlen ihm, eine zweite Mätresse zu nehmen und meine Großmutter aufzugeben. August, dem zwei Gespielinnen allemal lieber waren als eine, tat, was sie ihm geraten hatten, rechnete jedoch nicht damit, daß die Gräfin ahnte, auf was dieses Spiel hinauslief. Getrieben von der Furcht, sie könne vergessen im Kerker enden, ergriff sie die Flucht vom Hofe, wurde jedoch nach einer Weile in Preußen gefangen und auf die Bergfestung Stolpen, östlich von Dresden, verschleppt.«

Unten auf dem Fluß ertönte eine Warnglocke, als zwei Kähne allzu nah aneinander gerieten und sich nur um Haaresbreite verfehlten. Die Frage, weshalb Anna dies alles erzählte, brannte mir auf der Zunge, doch schien es mir in diesem Moment ratsamer zu schweigen.

Sie holte tief Luft. »Meine Großmutter war damals sechsunddreißig Jahre alt und eine vollkommene Schönheit mit braunem Haar und dunklen Augen, einem wachen Geist und von hoher Bildung. Sie hatte bis dahin ein Leben in allem nur denkbaren Prunk genossen, und umso grausamer war das Schicksal, das August ihr nun zugedachte. Er ließ sie in einem Turm der halbverfallenen Festung einkerkern, wo es ihr an nichts fehlen sollte – außer an der Freiheit. Alle Versuche, ihn umzustimmen, blieben erfolglos, und schließlich fand meine kluge Ahnin sich damit ab, den Rest ihres Lebens in jenen Mauern zu verbringen. Sie begann, sich mit geheimen Wissenschaften zu beschäftigen, las alte, fast verschollene Bücher und ließ sich von Apothekern und Orientalisten Rezepte und Schriften aus fernen Ländern übersetzen. Manche sagen, sie verlor darüber den Verstand, doch das ist eine Lüge. Meine Großmutter war eine weise Frau, und ihre Weisheit mehrte sich von Tag zu Tag. Wie anders ließe sich erklären, daß sie selbst nach Augusts Tod und der damit verbundenen Möglichkeit, ihr Gefängnis zu verlassen, ein Leben im Turm dem in der Freiheit vorzog? Sie zog das Alleinsein der Betriebsamkeit der Menschheit vor, nutzte die Abgeschiedenheit zum weiteren Studium ihrer Lehren und starb schließlich, nach fünfundvierzig Jahren erzwungener und selbstauferlegter Haft, vereinsamt einen stillen, verschwiegenen Tod.«

»Du hast sie nie kennengelernt?« fragte ich, immer noch rätselnd, auf was sie hinauswollte.

»Nein, als ich geboren wurde, war meine Großmutter längst tot. Aber es scheint, als hätte sie mir einige ihrer Fähigkeiten vererbt. Manchmal gelingt es mir, den Willen anderer Menschen zu beherrschen, allein mit der Kraft meiner Gedanken. Das war es doch, was du wissen wolltest, nicht wahr? Wie es mir gelang, die Männer in der Nacht vor dem Gasthof zu vertreiben.«

Ich war fassungslos. Es klang unglaublich. Doch hatte ich nicht mit eigenen Augen gesehen, wie Spindels Gesellen tatenlos davonritten, vertrieben von diesem zarten Geschöpf? »Du hast ihnen deinen Willen aufgezwungen?« fragte ich verblüfft.

Sie nickte und lächelte scheu. »Es klingt dramatischer, als es war, und es hat nichts mit Hexerei zu tun. Es gibt ganze Bücher darüber, wissenschaftliche Schriften.«

So abenteuerlich diese Erklärung auch klang, ich glaubte ihr jedes einzelne Wort. Dann fiel mir mit einem Mal etwas ein, und ein eisiger Schauer fuhr durch meinen Körper. »Bedeutet das etwa, daß du auch mich ...«

Sie unterbrach mich, ehe ich den ungeheuerlichen Vorwurf aussprechen konnte. Erschrecken stand in ihrem Antlitz, Erschrecken und ein wenig Enttäuschung. »O nein, Wilhelm. Glaubst du das wirklich? Glaubst du, ich würde dir all das erzählen und dich gleichzeitig mit diesen Mitteln an mich binden?«

»Nein, das heißt, ich meine ...« Ich verstummte, denn plötzlich schien mir mein Verdacht bösartig und beleidigend. Welches Gift fraß da an meinem Geist?

Sie senkte den Blick. »Was immer du für mich empfinden magst, Wilhelm, es kommt aus dir selbst. Nichts davon ist mein Werk. Ich bin nicht fähig, auf diese Weise Zuneigung zu wecken.«

Da war es. Offen ausgesprochen, als sei es das Allernatürlichste auf der Welt. Zuneigung wecken, hatte sie gesagt – und Liebe gemeint? Ich spürte, wie sich der Augenblick meinem Einfluß entwand, wie ich mehr und mehr bereit war, ihr alles zu enthüllen. Bei Gott, ich liebte sie, und durfte ich nicht die Hoffnung wagen, daß sie Ähnliches empfand?

Ich zögerte noch einen Moment, dann offenbarte ich ihr alles. Die Worte schlugen wie Flammen aus meinem Mund, heiß und lodernd, voller Leidenschaft. Ich sprach von Goethes Einladung, vom schicksalhaften Besuch bei Schiller, seinem Tod, dem Manuskript. Ich beschrieb ihr Elisa und wie sie uns entführt und später gerettet hatte. All das erzählte ich ihr, bis hin zu unserer Begegnung.

Ich sprach nur davon nicht, was ich für sie empfand.

Sie wußte es längst.

Wir saßen uns auf der windumtosten Brüstung gegenüber, unter uns der Lärm der Stadt, über uns die Wolkenheere der Nacht, und vielleicht wäre dies der rechte Augenblick gewesen, sie zu küssen. Doch obgleich ich es nicht tat und sie nicht darum bat, so war mir doch, als sei dies die Erfüllung meiner Träume, das Alleinsein mit ihr, das Einssein im Geiste.

* * *

»Sie wird bei uns bleiben, wenigstens für eine Weile.« Ich gab mir Mühe, meiner Stimme einen festen Klang zu verleihen, als gebe es nichts auf der Welt, das mich von diesem Entschluß abbringen konnte.

Jacob maß mich mit einem merkwürdigen Blick, fast, als hätte er nichts anderes erwartet. Er mußte längst vorhergesehen haben, auf was die Bande zwischen Anna und mir hinausliefen. Trotzdem spürte ich auch seinen Zorn und seine Enttäuschung; mit beidem hatte ich gerechnet, beidem glaubte ich mich gewachsen. Vielleicht zum ersten Mal in meinem Leben.

»Was hat sie mit dir getan?« fragte er mit erstaunlicher Ruhe.

»Nicht allein mit mir, Jacob. Auch mit dir. Sie hat unser Leben gerettet.«

»Wie meinst du das?«

»Ohne sie hätte Spindel uns längst gefangen«, sagte ich, nicht ohne Triumph, und erzählte ihm von der Nacht im Dorfgasthof. Ich verschwieg ihm das Gespräch auf dem Friedhof, behauptete vielmehr, ich wäre vom Lärm der Pferde erwacht und hätte die Szene zwischen Anna und den Männern durchs Fenster beobachtet. Dann beschrieb ich ihm ihre Fähigkeit, den Willen anderer Menschen zu beeinflussen, und noch während ich die Worte aussprach, wußte ich bereits, daß ich damit einen Fehler beging.

»Sie hat dich verhext«, stellte er voller Bestürzung fest. Es klang vielmehr besorgt als erzürnt.

»Nein«, entgegnete ich. »Was ich für sie empfinde, hat nichts mit ihren Kräften zu tun.«

»Was macht dich da so sicher?«

Die Frage aller Fragen, da war sie. Was hätte ich ihm antworten können? Mein Herz? Mein Verstand? Jedes meiner Gefühle? Sinnlos. Statt dessen sagte ich einfach: »Ich weiß es, hier drin«. Dabei klopfte ich mir überzeugt auf die Brust wie ein Hanswurst in einer schlechten Theaterposse.

Er schüttelte den Kopf. »Es hat keinen Zweck. Du führst dich auf wie ein verliebter Gockel. Soll sie von mir aus bei uns bleiben, vielleicht sind wir ihr das schuldig. Aber ich warne dich: Sollte sie ein einziges Mal versuchen, ihre Fähigkeiten bei einem von uns anzuwenden, bedeutet das den Abschied.«

Ich nickte, froh über diesen scheinbaren Sieg. Falls Anna diese Kräfte wirklich besaß – und daran hegte ich kaum noch Zweifel –, würde es ohne ihren Willen keine Trennung geben. Obwohl mir dies auch damals klar vor Augen stand, begriff ich doch nicht, wie leichtfertig ich die Gefahr akzeptierte. Vielleicht wollte ich es auch einfach nicht verstehen.

Am nächsten Morgen, unserem ersten Erwachen in Warschau, machten wir uns sogleich auf den Weg zum preußischen Regierungsgebäude, einem prächtigen Prunkbau, der einen kleinen, kopfsteingepflasterten Platz überschattete. Wir hatten unsere Röcke gebürstet und die Hemden gewaschen, und obwohl man uns ansehen mochte, daß wir keine reichen Männer waren, so hofften wir doch, daß man uns nicht für niedere Bittsteller hielt. Ich hatte das verpackte Manuskript fest umklammert, und Anna ging neben mir wie eine Königin. Falls sie die Wahrheit über ihre Fähigkeiten gesagt hatte, würde es mit dem Uniformierten am Empfang keine Schwierigkeiten geben. Erstmals wurde mir klar, welche Macht sie wirklich besaß; dann sah ich das halbe Dutzend bewaffneter Wachen, die am Eingang postiert waren, und meine Zuversicht schwand.

Der Mann am Empfang betrachtete uns mit Mißtrauen, gab uns aber zögernd Auskunft, als wir um ein Gespräch mit dem Regierungsrat Hoff baten. Einen Amtsmann unter diesem Namen gebe es hier nicht, erklärte er. Meine Überzeugung, das Abenteuer hier zu einem schnellen Abschluß zu bringen, schmolz dahin, doch Jacob, der das Wort führte, ließ sich nicht beirren. Er beharrte darauf, daß ein Mann mit diesem oder ähnlichem Namen hier anzutreffen sei, man möge doch die Listen durchsehen, falls es am entsprechenden Erinnerungsvermögen mangele. Für einen Augenblick sah es aus, als wollte der Uniformierte gegen diesen Ton protestieren – zu recht, wie ich fand –, dann hellte sich sein Blick plötzlich auf.

»Hoff, sagen Sie«, wiederholte er sinnend. »Könnte es sich um einen Hoff*mann* handeln?«

Jacob sah mich an, ich zuckte mit den Schultern. Mochte sein, daß wir in der Eile nur die erste Silbe des Namens verstanden hatten, den Elisa uns aus der davonpreschenden Kutsche zurief. Hoffmann. Durchaus möglich, in der Tat.

Der Mann erklärte uns, wo die Amtsstube des Gesuchten zu finden sei, und ließ uns dann unter zweifelnden Blicken ziehen. Das Gebäude strotzte jedoch von Bewaffneten, zudem sprachen wir deutsch, so daß er wohl keine Gefahr in uns sah.

Wir stiegen eine breite Freitreppe hinauf, die in leichtem Schwung nach oben führte. Im zweiten Stock betraten wir einen langen, düsteren Korridor, auf dem uns immer wieder Amtsmänner und Soldaten entgegenkamen.

Vor einer Tür zur Rechten blieben wir stehen. Hier mußte es sein. Gleich neben dem Rahmen hing ein kleines, hölzernes Schild, auf das jemand mit schwungvoller Handschrift einen Namen geschrieben hatte:

HOFFMANN, E. T. A.
Regierungsrat seiner Majestät

Ich klopfte, man bat uns herein.

Und im selben Moment geschah etwas Unerhörtes: Das braun lackierte Holz der Zimmertür begann zu beben, Wellen zu werfen wie ein dunkler Tümpel im Sturm. Aus der Oberfläche formte sich ein fleischiger Mund, zwei spröde, hölzerne, rissige Lippen. Sie öffneten sich, zeigten einen zahnlosen Schlund – und begannen zu lachen.

Voller Entsetzen sprang ich zurück, prallte gegen Jacob, auch er stolperte zwei Schritte rückwärts, mit einem lauten Keuchen, von Panik gepackt. Nur Anna blieb stehen und blickte starr in das höllische Maul.

Im gleichen Augenblick wurde die Tür aufgerissen, und der Mund verschwand, als hätte es ihn nie gegeben. Ein schlanker Mann mit dunklem, kaum gebändigtem Kraushaar und ebensolchem Backenbart erschien im Türrahmen.

»Kommen Sie herein!« rief Hoffmann uns entgegen. »Nun kommen Sie schon! Sie sind die Brüder Grimm, nicht wahr? Kommen Sie, und ich werde Ihnen alles erklären.«

Zweiter Teil

Visionen und Crambambuli – Der Sandmann – Noch ein Friedhof – Die Loge des Groß-Kophta – Das Kamel ist ein Schwein – Der Mörder ermordet? – Beine an der Wand – Prinz Friedrich im Opiumrausch – Ein schwarzer Vogel brennt – »Sie haben einen Verdacht, nicht wahr?«

1

»Warschau erbebt«, sprach Hoffmann, während er mit raschen Schritten den Raum durchmaß und ans Fenster trat. Er blickte hinunter auf den Vorplatz, schien zu entdecken, was er erwartet hatte, und nickte dann stumm.

Er mochte an die dreißig Jahre alt sein, trug einen dunkelroten Gehrock mit hohem Kragen, darunter ein enges weißes Halstuch. Es gelang mir nicht, meinen Blick länger als für einen Moment auf ihm ruhen zu lassen; statt dessen sah ich mich angstvoll nach weiteren Schrecken gleich jenem auf der Tür um. Anna schenkte mir ein kurzes, aufmunterndes Lächeln, doch ich vermochte nicht, es zu erwidern. Zu tief war mir das Grauen in die Glieder gefahren, und noch immer hatte ich keine Erklärung für die furchtbare Erscheinung. Auch Jacob schien ratlos.

»Sehen Sie sich das an«, forderte Hoffmann uns auf, ohne seinen Blick vom Geschehen unten auf dem Platz zu wenden.

Jacob war der erste, der seinem Wunsch nachkam. Er trat zur Linken des Regierungsrats ans Fenster, ich zu seiner Rechten. Anna blieb hinter mir stehen. Auf dem Platz befand sich etwa ein Dutzend Menschen, die ihren alltäglichen Geschäften nachgingen. Ein blinder Bettler flehte nach Brot und Münzen, zwei Marktfrauen boten Gebäck in kleinen Bauchläden, ein junges Mädchen offenbar sich selbst feil. Der Rest schien mir ein gewöhnlicher Haufen von Männern und Frauen zu sein, die auf ihren Wegen von Ort zu Ort diesen Platz überquerten. Doch dann fiel mir auf, was Hoffmann gemeint hatte: Drei Männer, einer mit kahlem, schimmernden Glatzkopf, liefen schneller als die anderen, und obwohl sie aus unterschiedlichen Richtungen zu kommen schienen, so strebten sie doch einem gemeinsamen Ziel entgegen, einer schmalen Gasse an der Nordseite des Platzes. Nur einen Augenblick, nachdem sie in dem Einschnitt verschwunden waren, stürmte ihnen ein halbes Dutzend preußischer Soldaten hinterher.

Hoffmann lachte. »Sie werden sie nicht bekommen, wie üblich.« Jetzt drehte er sich um. Wir traten eilig zurück auf die andere Seite des Schreibtischs. Hoffmann sah mich an. »Was haben Sie gesehen, bevor ich die Tür öffnete? Augen? Eine Hand?«

»Feuer«, sagte Jacob, bevor ich selbst etwas erwidern konnte.

Feuer? »Ich sah einen Mund«, rief ich verwirrt aus.

»Und ich den vergitterten Eingang eines Kerkerlochs«, fügte Anna hinzu.

Nun lachte Hoffmann noch lauter; fast schien es, als wolle er gar nicht mehr damit aufhören. Schließlich sagte er: »Verzeihen Sie bitte, ich sollte Ihnen erklären, was mich so erheitert.«

»In der Tat«, entgegnete Jacob gereizt.

Hoffmann schenkte ihm einen belustigten Blick. Mir fiel auf, wie groß seine dunklen Augen waren. Die schwarzen Brauen zogen sich steil hinab bis zur Nasenwurzel, was ihm einen ernsten, düsteren Ausdruck verlieh, selbst wenn er lachte. Schwere Tränensäcke ließen ihn beim ersten Ansehen älter erscheinen, als er offenbar war, sein schmaler Mund war kaum mehr als ein Schlitz, seine Lippen helle, dünne Streifen. Die Spitzen seines buschigen Backenbarts reichten fast bis an die Mundwinkel. Ich bemerkte, daß seine Lider leicht zitterten, als hätte er sie nicht vollkommen unter Kontrolle.

»Wir Deutschen sind in dieser Stadt nicht gern gesehen«, sagte er, »aus verständlichen Gründen. Wir haben diesen Menschen ihre Freiheit genommen, und wenngleich es ihnen nicht schlechter ergeht als zuvor, so gibt es doch einige, die uns hassen. Gelegentlich versuchen sie, uns Eindringlinge mit Anschlägen und roher Gewalt zu vergraulen. Solche kleinen und großen Aufstände werden mit gleicher Münze zurückgezahlt, und ihre Zahl ist in letzter Zeit deutlich zurückgegangen.« Er seufzte und sank auf seinen Stuhl. »Was Sie eben erlebt haben – und seien Sie versichert, Sie waren nicht die einzigen, denn ein jeder hier im Haus sah ganz ähnliche Dinge –, war eine andere Form von Anschlag. Seit einigen Monaten hat sich eine Gruppe von Menschen zusammengefunden, die alle über ... nun, nennen wir es, ungewöhnliche Talente verfügen«, sagte er und deutete auf seine Stirn. »Was für gewöhnlich nur Wein und Bier vermögen, erreichen diese Leute durch die Kraft ihres Geistes. Sie zwingen uns Visionen auf, harmlose, aber erschreckende kleine Alpträume. Und sie glauben, daß sie uns damit tatsächlich früher oder später von hier vertreiben können.«

»Aber wie können diese Leute glauben, mit diesen Bildern etwas zu erreichen?« fragte Jacob, wieder ganz ein Mann des klaren Verstandes.

Hoffmann hob die Augenbrauen. »Erschraken Sie nicht selbst, Herr Grimm? Es gab Männer und Frauen in diesem Haus, die dem unerwarteten Ansturm dieser Visionen nicht standhalten konnten und um Versetzung baten. Freilich kamen für sie andere, so daß die Auswirkungen dieser Streiche gering bleiben.«

»Dann gehörten die drei Männer unten auf dem Platz zu dieser Gruppe?«

Hoffmann nickte. »Ganz recht. Sie waren für den Mund verantwortlich, den Sie sahen. Und für das Feuer. Und den Kerker.« Dabei warf er Anna einen langen, unverschämten Blick zu. Auch ihn schien ihre Schönheit zu bezaubern.

Beinahe hätte ich ihn gefragt, was er selbst gesehen hatte, mit welcher Vision sie ihn quälten, doch dann besann ich mich eines Besseren. »Woher kennen Sie unsere Namen?«

»O, noch einmal muß ich um ihre Verzeihung bitten. Erst sollte ich mich vorstellen.« Er sprang auf und deutete eine Verbeugung an. Mir war, als wehe ein leichter Hauch von Wein über den Tisch. »Gestatten, Hoffmann«, sagte er. »Rat seiner Majestät zu Warschau und Komponist.«

»Komponist?« fragte Jacob überrascht.

»Ein Zeitvertreib in langen Nächten«, erklärte Hoffmann abwiegelnd. »Sie fragten, woher ich Ihre Namen kenne.«

»Allerdings.«

»Ich erhielt eine Botschaft, die mir Ihr Kommen ankündigte.«

Jacob und ich wechselten einen Blick des Erstaunens. »Von wem?«

»Von Gräfin von der Recke natürlich.«

Ich spürte, wie mein Herz raste. »Dann lebt sie?«

Hoffmanns Blick verdüsterte sich. »Gibt es denn Grund, um ihr Leben zu fürchten?«

Jacob berichtete ihm von unserem Fund am Fuße des Steilhangs. Zu meinem Erstaunen verschwieg er die vier Buchstaben im Stoff des Sitzbezuges. Dunkle Wolken der Besorgnis umhüllten das Antlitz unseres Gastgebers.

»Sie muß die Botschaft bereits einen Tag früher aufgegeben haben«, sagte er schließlich. »Wir können nur beten, daß Elisa nicht in Spindels Hände fiel.«

»Sie kennen ihn?«

»Ich fürchte ihn. Wie jedermann, der um seine Existenz weiß. Doch kennen? Niemand kennt ihn wirklich.«

»Was hat Elisa Ihnen geschrieben?«

»Nur eine kurze Notiz. Ihre Namen, daß Sie mich aufsuchen und mir dies ...«, er wies auf das Paket in meinen Händen, »... mitbringen würden.«

Jacob nickte mir zu. »Gib es ihm«, sagte er.

Ich überhörte die Forderung geflissentlich und machte keine Anstalten, Schillers Manuskript aus der Hand zu geben. »Was werden Sie damit tun?« fragte ich statt dessen.

Hoffmann lächelte, als er meine Besorgnis bemerkte. »Haben Sie keine Angst, Herr Grimm. Ich werde das Buch fortschließen, hier im Zimmer.« Er trat zur rechten Wand des Raumes, wo ein handgemalter Plan der Stadt in einem schweren Rahmen hing. Er packte das Bild mit beiden Händen und nahm es herunter. Dahinter kam ein eiserner Schrank zum Vorschein, kopfgroß und tief in die Wand eingelassen. Seine Tür war mit zwei großen Vorhängeschlössern gesichert. Hoffmann zog einen Schlüsselbund aus der Rocktasche und öffnete das Geheimfach. Es war kaum größer als ein Reisekoffer, doch auch seine Innenseiten waren mit Eisen verkleidet.

»Niemand kann dieses Fach aufbrechen. Zudem müßte er zuvor an den zahlreichen Wachen am Eingang und auf den Gängen vorbei. Glauben Sie mir, Schillers Vermächtnis ist nirgendwo so sicher wie hier. Elisa wußte, warum sie Sie zu mir schickte.«

Ich sah Jacob an, und er nickte abermals auffordernd. Anna stand einfach nur reglos da und schwieg. Sie wußte wohl, daß diese Sache alleine mich und meinen Bruder anging.

Schließlich schritt ich auf Hoffmann zu und reichte ihm das Paket. Wieder roch ich, daß er getrunken hatte, obgleich man ihm dergleichen nicht ansah, und erneut fiel mir das Zucken seiner Augenlider auf. Da wurde mir endgültig klar, daß Hoffmann ein Trinker war. Er nahm das Manuskript entgegen – viel zu achtlos, wie ich fand – und legte es in den Eisenschrank. Anschließend verschloß er das Fach und hängte das Bild wieder an seinen Platz.

Dann sah er uns erneut der Reihe nach an, lächelte wieder und sagte: »Meine Dame, die Herren, wäre es nicht angebracht, den erfreulichen Ausgang Ihres Abenteuers zu feiern? Vielleicht mit einem Gläschen? Oder zwei?«

* * *

Hoffmann bemerkte wohl den verdrießlichen Zustand unserer Reisekasse, denn er machte den Vorschlag, uns für die Nacht bei Freunden unterzubringen, um die Kosten der Herberge zu sparen. Ehe wir uns versahen, hatte er bereits die Anordnung gegeben, unser Gepäck abzuholen und zu besagten Bekannten zu bringen. Er selbst wolle uns später am Tage gleichfalls dort abliefern, sagte er. Zudem steckte er jedem von uns – auch Anna – eine gewisse Geldmenge zu, genug, um damit heil zurück nach Marburg zu gelangen. Die Umstände erlaubten es nicht, das Geschenk abzuweisen; und hatten wir uns eine kleine Belohnung nicht redlich verdient?

Nachdem all dies geregelt war, führte Hoffmann uns durch Warschaus schmale, düstere Gassen, in denen das Leben sprudelte wie ein fröhlicher Gebirgsbach. Das wilde Treiben warf uns auf seinen Wogen auf und ab, bis es uns schließlich in eine finstere Spelunke spie. Die umliegenden Häuser waren alt und zerfallen, das Gestein fast schwarz, die Gesichter der Menschen verhärmt und eingefallen. Mir wurde höchst unwohl zumute, und ich hielt es für äußerst unverantwortlich, ein edles Fräulein wie Anna in solch eine Gegend zu führen. Hoffmann bemühte sich, meine heftig vorgetragenen Bedenken zu zerstreuen, indem er betonte, er kenne sich hier aus, komme oft hier her und sei auch mit vielen Menschen in diesem Viertel gut bekannt. Tatsächlich wurde er von manch finsterem Gesellen freundlich gegrüßt, und erneut kamen mir Zweifel, ob dies der richtige Mann war, um Schillers Manuskript zu bewahren.

Die Schenke, die von außen schon ein erbärmliches Bild bot, erwies sich in ihrem Inneren als dunkle Höhle, wenngleich zahlreiche Kerzen eine gewisse Behaglichkeit verströmten. Es dauerte eine Weile, bis ich mich an das schwache Licht gewöhnte, und alsdann wünschte ich mir, meine Augen mochten nicht so viele Schatten aus dem Dunkel reißen. Denn was ich sah, machte mir den Aufenthalt keinesfalls angenehmer: Abgerissene, verschlagene Gestalten in einfacher, oft selbstgenähter Kleidung beugten sich tief über schäumende Krüge. Erneut begann ich mit geflüsterten Vorhaltungen, wobei ich mich nicht daran störte, daß

Hoffmann ein Mann von Rang war; allzu leichtsinnig schien es mir von ihm, diesen Ort aufzusuchen.

Doch es war nicht Hoffmann, der mich in meiner Wut bremste. Vielmehr legte mir Jacob eine Hand auf die Schulter und beugte sich an mein Ohr: »Gib Ruhe, Wilhelm. Diese Menschen mögen arm sein, doch sie sind keine Verbrecher. Schau dich um! Erkennst du es denn nicht? Wir sind umgeben von Menschen der Muse, von Theaterleuten.«

Während wir einen Tisch ansteuerten, stellte ich zu meinem Erstaunen fest, daß Jacob recht hatte – wie hätte es auch anders sein können. Verdrossen über meinen eigenen Mangel an Beobachtungsgabe, bemerkte ich, daß sich viele der Männer und Frauen – mochten sie auch noch so elend wirken – über Bücher und Papierstapel beugten, flüsternd Rollen rezitierten oder miteinander Texte einstudierten. In einer fernen Ecke sang ein Tenor mehrere Takte einer Melodie, verstummte und setzte von neuem an, immer und immer wieder. Niemand schien sich daran zu stören.

Anna bemerkte meine finstere Miene und berührte einen Herzschlag lang meine Hand mit der ihren. Dabei schenkte sie mir ein süßes Lächeln. Und so kindisch es klingen mag: Mein Ärger war sogleich vergessen.

Wir nahmen Platz, und ohne nach unseren Wünschen zu fragen, bestellte Hoffmann vier Gläser Crambambuli, das Lieblingsgetränk der Polen. Eine Weile lang unterhielten wir uns über Allgemeinheiten, die politische Wetterlage in der Stadt und den Druck der Bevölkerung auf die preußische Regierung. Dann sagte Jacob plötzlich:

»Bitte, erzählen Sie uns von Elisa.«

Hoffmann, der zu jenem Zeitpunkt schon sein fünftes Glas geleert hatte, sah ihn erst überrascht, dann ein wenig traurig an. »Ich kenne die Gräfin kaum. Ich traf sie zweimal, hier in Warschau, beide Male bei einem gemeinsamen Freund. Alles, was ich von ihr weiß, ist, daß sie das Herz am rechten Fleck hat und auf der richtigen Seite steht.«

»Auf der richtigen Seite von was?« fragte ich.

Er schluckte, lächelte und sah mich an. Seine Augen waren bereits glasig vom Alkohol. »Ich bin nicht befugt, Ihnen diese Auskunft zu geben.«

Zu unserer aller Überraschung mischte sich Anna in das Gespräch ein, zum ersten Mal. »Vielleicht ist es dann besser, wenn wir jetzt gehen.«

Hoffmann verhielt sich so, wie sie es vorhergesehen hatte. »Aber, meine Dame«, beschwichtigte er sie, »so bleiben Sie doch. Sie müssen mir Ihren Glauben schenken, wenn ich Ihnen sage, daß ich längst nicht in alles eingeweiht bin. Viel zu viel steht auf dem Spiel, als daß ein jeder über alles Bescheid wissen dürfte. Das gilt für mich, und das gilt auch für Sie.« Er leerte sein Glas und bestellte ein neues. »Alles, was ich Ihnen sagen kann, ist folgendes: Wir haben es hier mit einem Konflikt zu tun, in dem wir alle nur die Bauern sind – mit dem Unterschied, daß jede der beiden kämpfenden Seiten weit mehr als nur acht davon hat wie beim Schach. Weit mehr. Selbst Spindel und Elisa sind nur Handlanger in dieser Sache. Die wahren Mächte, jene, die die Fäden ziehen, werden weder Sie noch ich je treffen, und, glauben Sie mir, wir sollten allesamt froh darüber sein.« Das nächste Glas wurde gebracht, und Hoffmann schüttete den Crambambuli mit einem Mal in sich hinein.

Ich wollte eine weitere Frage stellen, doch Hoffmann sagte plötzlich: »Vielleicht haben Sie recht, Fräulein Anna, vielleicht sollten wir wirklich jetzt gehen. Die Straßen sind unsicher, selbst am Tage.«

Mit diesen Worten stand er auf und ging schwankend zur Tür. Wir drei sahen uns erstaunt an, als auch schon der Wirt an den Tisch trat und uns die Zeche abverlangte. Wir hatten angenommen, Hoffmann würde uns einladen, noch dazu, wo wir es bei einem Glas belassen und nicht wie er gleich eine ganze Flasche geleert hatten. Der Wirt wurde ungeduldig, daher zog ich seufzend meinen Teil der Münzen, die Hoffmann uns gegeben hatte, und bezahlte. Ein gutes Stück der Belohnung war damit dahin.

Hoffmann erwartete uns auf der Straße. Er verlor kein Wort darüber, doch auch mir verbot es der Stolz, ihn auf seinen Mangel an gebührlichem Benehmen anzusprechen. Eine ganze Weile schwiegen wir und schlenderten entlang der rußigen Fassaden.

Plötzlich fragte Anna: »Sie sagten, die Straßen seien nicht sicher. Wie meinten Sie das? Räuber?«

Hoffmann blickte sie mit trüben Augen an. »Es gibt hier allerlei Lumpengesindel, das es durchaus verdient, unsere Furcht zu erregen. Doch meine Bedenken sind anderer Art.«

»Ein weiteres Geheimnis, dessen Lösung Sie uns vorenthalten?« fragte Jacob böse.

Hoffmann schien den Unterton in seiner Stimme nicht wahrzunehmen; vielleicht ging er auch einfach darüber hinweg. »Seit einem Jahr versetzt eine Reihe unheimlicher Morde die Stadt in wütendes Entsetzen. Eine Bestie geht um, ein Mensch von barbarischer Grausamkeit.«

»So werden Sie doch endlich konkret«, verlangte Jacob. Er schien mittlerweile recht gut zu wissen, wie weit er in Ton und Wortwahl gehen konnte.

Hoffmann, sichtlich darum bemüht, einen geraden Gang beizubehalten, schüttelte den Kopf, so heftig, daß ich glaubte, sein Zylinder müsse jeden Augenblick in den Schmutz fallen. »Schrecklich, schrecklich, was hier vorgeht, ich hätte es nicht erwähnen sollen. Erst recht nicht im Beisein der jungen Dame.«

Ich wollte erwidern, daß ihn Annas Anwesenheit bislang allzu wenig geschert hätte, doch sie ahnte es und hielt mich abermals zurück. »Die junge Dame«, sagte sie, »wird nicht ohnmächtig darniedersinken, Herr Regierungsrat, seien Sie dessen versichert.«

Er schaute mich an, und da erst begriff ich, wie betrunken er wirklich war, denn seine Lider waren halb geschlossen und sein Blick in weite Fernen gerichtet. Daß er überhaupt noch den Weg durch das Gassengewirr fand, schien mir eher ein Zeichen von Gewöhnung als guter Orientierung.

»Nun gut«, sagte er bebend, »Sie wollen von seinen Schandtaten hören? Das sollen Sie, meine Lieben, das sollen Sie.« Nach einer weiteren Pause fuhr er fort: »Der Mörder tötet die Menschen mit langen Messern, ganz gleich ob Männer oder Frauen. Er meuchelt und verstümmelt sie, manchmal fehlen Organe, manchmal nicht. Manche sagen, er nähre sich vom zarten Fleisch der Toten. Aber das ist nicht alles. Wollen Sie wissen, welchen Namen die Leute ihm gaben?«

»Ja doch«, sagte Jacob, den wieder die Neugier gepackt hielt.

Hoffmann lächelte. »Sie nennen ihn den Sandmann. Er streut seinen Opfern Sand in die Augen – nachdem er ihnen die Augäpfel ausgestochen hat.«

Jacobs Gesicht begann zu leuchten, als hätte er eine brennende Kerze verschluckt. Meinen vorwurfsvollen Blick bemerkte er nicht. »Und es gibt keine Spur vom Täter?« fragte er.

»Nicht die geringste«, erwiderte Hoffmann. »Die Polen behaupten, er sei einer von uns, ein hoher preußischer Regierungsbeamter, der sich mit der unterlegenen Bevölkerung seine finsteren Scherze erlaubt. Wir dagegen sind sicher, daß es ein Mörder aus Warschau sein muß, denn er kennt sich hier vortrefflich aus. Mehr als einmal ist er nur knapp seinen Verfolgern entkommen, und ein jedes Mal schüttelte er sie auf geheimen Wegen ab, die kaum jemand kannte.«

»Wieviele Menschen hat er getötet?« fragte Anna.

»Zwölf.«

»Zwölf!« wiederholte ich fassungslos. »Großer Gott.«

»Und alle waren auf gleiche Weise zugerichtet, mit Augenhöhlen voller Sand.«

Wortlos gingen wir weiter, minutenlang, bis wir eine hohe Mauer erreicht, deren oberer Rand mit eisernen Dornen besetzt war. Sie maß fast doppelte Mannshöhe; was sich dahinter befand, vermochte ich nicht zu erkennen. Nach fünfzig Schritten wurde die endlose Ziegelwand von einem schmalen, zweistöckigen Haus unterbrochen, wie ein Medaillon an einer Kette. Gleich daneben befand sich ein hohes, zweiflügeliges Tor im Gestein; es war geschlossen. Auf der anderen Seite jener Straße, die an der Mauer entlangführte, schienen die meisten Häuser leerzustehen. Zerbrochene Fenster schauten schwarz aus bröckelnden Fassaden, hier und da wehte ein alter Vorhang im Wind wie ein Geist. Hoffmann trat vor die Tür des einsamen Hauses in der Mauer und pochte laut gegen das Holz.

»Was wollen wir hier?« fragte ich, während wir darauf warteten, daß uns geöffnet wurde.

Hoffmann sah mich aus seinen glasigen Augen an, als verstünde er die Frage nicht. »Ich sagte Ihnen doch, ich würde dafür sorgen, daß Sie bei einem guten Bekannten übernachten könnten. Nun, hier sind wir.«

Mißtrauisch sah ich an der zerfallenen Fachwerkwand hinauf. »Hier sollen wir bleiben?« Ich wechselte einen Blick mit Anna und Jacob. Ihnen war anzusehen, daß sie von allerlei ähnlichen Sorgen geplagt wurden.

Für einen Augenblick schien sich Hoffmanns Verstand zu klären. »Wir wissen nicht, ob Spindels Leute in der Stadt sind. Falls ja, werden sie Sie suchen. Und zwar als erstes in allen Wirtshäusern und Herbergen. Auch bei mir wären Sie nicht sicher. Ich weiß nicht, ob Spindel mich kennt, doch wenn es so ist, würde er erfahren, daß Sie bei mir abgestiegen sind. Wir alle müßten dann um unser Leben fürchten. Ich hoffe, Sie sehen ein, daß ein Ort wie dieser hier das Sicherste ist – für jeden von uns.«

Ehe ich etwas entgegnen konnte, wurde die Tür einen Spalt weit geöffnet, und ein faltiges Gesicht schob sich aus der Dunkelheit. Der alte Mann lächelte, als er Hoffmann erkannte, und zog dann die Tür zu voller Weite auf.

Ich erschrak. Der Alte hatte nur ein Auge. Aus der rechten Höhle glotzte eine schwarze Glaskugel; auf ihrer Oberfläche spiegelte sich das trübe Licht des Nachmittags.

»Kommen Sie herein«, krächzte er, »kommen Sie herein.«

Wir traten ein, und sofort umfing uns muffiger Geruch von Alter und modriger Feuchtigkeit. Es war dunkel hier drinnen. Hinter dem Mann stand eine zweite Gestalt, offenbar seine Frau. Wie der Alte war auch sie einen guten Kopf kleiner als jeder von uns, hatte ein zerfurchtes Gesicht, wirkte aber fülliger als ihr Mann und nicht so hager. Sie bedachte uns mit einem Lächeln. Ihr Gesicht verzog sich dabei wie eine ausgepreßte Frucht.

»Herzlich Willkommen«, sagte sie. Beide sprachen mit einem starken polnischen Akzent.

Hoffmann stellte erst uns, dann die alten Leute vor. Ich gab mir keine Mühe, ihre langen und komplizierten Namen zu behalten. Wir würden ohnehin am nächsten Morgen abreisen.

Unser betrunkener Gefährte brachte es immerhin fertig, mehrere Sätze auf Polnisch mit den beiden Alten zu sprechen, dann sagte er zu uns: »Sie werden Ihnen Ihre Zimmer zeigen. Ich werde Sie morgen nachmittag abholen und einem Freund vorstellen.«

»Morgen nachmittag?« fragte Jacob entgeistert und sprach mir damit aus der Seele. Auch Anna sah erschrocken aus. »Wir wollen schon in aller Frühe abreisen – vorausgesetzt, Sie besorgen uns eine Kutsche.« Und bitter fügte er hinzu: »Sie werden uns doch nicht in Warschau festhalten wollen, nicht wahr?«

»Nicht doch«, versicherte Hoffmann eilig. »Aber Sie wollen doch mehr über Elisa erfahren. Ich erzählte Ihnen, daß ich die Gräfin bei einem gemeinsamen Bekannten kennenlernte, dem Grafen Moszinsky. Ich habe dafür gesorgt, daß er Sie morgen empfängt und einige Ihrer Fragen beantwortet.«

Damit war Jacob sofort für den neuen Plan gewonnen, doch mir selbst blieben Zweifel. Würde man sich in Marburg nicht längst um uns sorgen? Und warum sollten wir uns länger der Gefahr aussetzen als nötig? Andererseits brannte nun auch ich selbst darauf, mehr über Elisa und die Hintergründe unseres Abenteuers zu erfahren.

So verabredeten wir uns mit Hoffmann für den nächsten Mittag um ein Uhr und verabschiedeten uns von ihm. Er wechselte noch einige Worte auf Polnisch mit dem alten Mann, dann verließ er uns.

Der Alte führte uns über eine knarrende Stiege hinauf in den oberen Stock und wies uns zwei kleine Zimmer an der Rückseite des Hauses zu. Sobald er verschwunden war, legte Jacob sich aufs Bett. »Ich muß einen Augenblick nachdenken.«

Ich wußte, er dachte an Rosa, deshalb verließ ich seufzend die Kammer und ging hinüber zu Anna.

Als ich in ihr Zimmer trat, sah sie mich aufgeregt an. »Kannst du sie hören?«

»Wen?« fragte ich erstaunt.

Sie schüttelte den Kopf, als wüßte sie, daß es keinen Sinn hatte, ihre Worte zu erklären. »Schau aus dem Fenster. Ich höre sie ganz deutlich, klarer als jemals zuvor.«

Ich trat an die Scheibe und blickte hinaus. Da erkannte ich schaudernd, was hinter der hohen Mauer lag, und zugleich begriff ich, was Anna meinte. Ich sah auf einen gewaltigen Friedhof, größer als jeder, den ich jemals erblickt hatte, überschattet vom Blätterdach riesiger Eiben.

Der dritte Friedhof, über den uns seit Schillers Tod die Reise führte. Mehr und mehr wurden die Stätten der Toten zu wichtigen Stationen unseres Weges, zu Angelpunkten der Ereignisse.

Anna fuhr plötzlich herum, eilte hinaus und sprang dann die Treppe hinunter. Kurz darauf sah ich sie mit wehendem Kleid über das verlassene Gräberfeld schreiten. Ihre Lippen bewegten sich, ihr Gesicht erglühte, mal lachend, mal weinend.

Anna sprach wieder mit den Toten.

Ich folgte ihr nicht; ich wußte, ich würde nichts hören.

* * *

Der alte Mann war der Herrscher des Friedhofs, er legte die Leichen in Särge, hob Gräber aus und schloß sie wieder. Sommers wie winters umhegte er die Steine und Kreuze, die Grabmäler und Bildhauereien, einst höchst gewissenhaft, heute nur noch soweit es seine schwindenden Kräfte erlaubten. Niemand außer ihm selbst kümmerte sich um sein stilles Reich, allein seine Frau ging ihm gelegentlich zur Hand. Hier regierte er mit Schaufel und Spaten, mit Wassertopf und Reisigbesen. Zu manchen der steinernen Engel fühlte er durchaus etwas wie Zuneigung, eine Zuneigung ganz und gar menschlicher Art, und obgleich an manchem Stein schon Moos und Unkraut nagten, so doch nicht an jenen, die ihm warm waren, denn sie umsorgte er wie sein eigenes Fleisch und Blut.

Ich erfuhr all dies, als ich mich gegen Abend mit ihm auf eine Unterhaltung einließ. Anna streifte draußen über den Friedhof, und Jacob starrte mürrisch auf sein geliebtes Stück Stoff, so daß ich, um aus dem irren Reigen auszubrechen, das Gespräch mit einem anderen Menschen suchte. Zu meiner Überraschung erwies sich der Alte als freundlicher, gottesfürchtiger Mann mit sanftem Gemüt. Nachdem er mir eine Weile von seiner Arbeit berichtet hatte, führte er mich in einen kühlen Kellerraum, in dem er – wie ich beim Eintreten mit Grausen entdeckte – zwei Leichen aufbewahrte, um sie am nächsten Tag unter die Erde zu bringen.

»Etwas geschieht in dieser Stadt«, sagte er, während er sich den beiden aufgebahrten, mit Tuch verdeckten Körpern näherte. »Mehr

Menschen sterben hier als sonst. Viele Morde, an vielen, die noch hätten leben müssen.« Sein Akzent war nicht zu überhören, gelegentlich bildete er seltsame Sätze, und doch wunderte mich, mit welcher Begabung er sich in seinem hohen Alter einer fremden Sprache bediente.

Ich wußte nicht, was ich darauf erwidern sollte, deshalb sagte ich einfach: »Hoffmann hat uns vom Sandmann erzählt.«

Der Alte lachte. »O ja, der Sandmann. Ein Tier. Hat schon viele Opfer gefunden, tut scheußliche Sachen mit ihnen. Immer ihre Augen ausgestochen, wenn sie noch lebten. Sehr grausam. Wollen Sie Opfer sehen?«

Der Geruch im Keller war unangenehm, schwer und süßlich. Doch es war nicht der Gestank, der mir den Atem raubte, vielmehr entsetzte mich der Vorschlag des Alten. Bedeutete dies, einer der aufgebahrten Toten war vom Sandmann ermordet worden? Ich fragte ihn danach.

»Natürlich, natürlich«, erwiderte er. »Ich habe alle zwölf in meinem Garten begraben« – so schien er den Friedhof stets zu nennen – »und alle waren zufrieden mit Leistung.« Er kicherte, und sein schwarzes Glasauge glitzerte. Wenn er sich vom Licht der Öllaterne abwandte, sah es aus, als sei seine rechte Augenhöhle leer.

Er trat an eine der Leichen und hob die Hand, um das Tuch vom Gesicht des Toten zu streifen. Mit einem schrillen Aufschrei sprang ich hinzu und riß seine Finger zurück. Verwirrt sah er mich an.

»Verzeihen Sie«, sagte ich, nicht minder der Konfusion anheimgefallen, »verzeihen Sie, bitte. Aber das ... das ist nicht nötig. Ich will das nicht sehen.«

»Sie haben Angst vor den Toten?« fragte er.

Ich schüttelte hastig den Kopf.

Er wartete darauf, daß ich etwas sagte, doch mir fehlten die Worte. Schließlich zuckte er mit den Schultern und trat einen

Schritt zurück. Das Gesicht der Leiche blieb verdeckt. Ich sandte ein stummes Stoßgebet zum Himmel.

»Wie Sie möchten«, sagte er. »Ist sowieso kein Sand mehr in den Augen. Behörden haben sie leergemacht. Haben Sand untersucht. Und wissen Sie, was sie herausgefunden haben? Sand kommt von weit, weit her. Aus der Wüste, aus Norden Afrikas. Merkwürdig, was?«

»In der Tat«, entgegnete ich, ohne mir große Gedanken zu machen.

Der Alte ließ sich von meiner falschen Gleichgültigkeit nicht beeindrucken. »Warum nimmt Mörder, nimmt Sandmann nicht Sand aus Warschau? Genug Schmutz hier überall. Nein, muß Sand aus Wüste sein. Von weit, weit her. Niemand versteht das.«

Ich pflichtete ihm höflich bei – und da erst verstand ich den wahren Gehalt seiner Worte. Der Sandmann füllte die Augenhöhlen seiner Opfer mit nordafrikanischem Wüstensand. Konnte dies ein Zufall sein? Mußte man nicht vielmehr auch hier einen Zusammenhang vermuten? Ägypten lag im Norden des schwarzen Kontinents, und Ägyptisches war uns auf unserem Weg mehr als einmal begegnet. Ich versuchte, mir einzureden, daß mich die Angst der vergangenen Tage in einen scheußlichen Verfolgungswahn trieb.

Ohne auf Formen des Anstands und der Höflichkeit zu achten, brach ich die Unterredung mit dem Alten ab und eilte hinauf zu Jacob. Als ich eintrat, stand er am Fenster und blickte hinaus auf den weitläufigen Gottesacker. Der Stoff aus Elisas Sitzbezug lag auf dem Bett, ein dunkler Fetzen auf dem weißen Laken.

»Was tut sie dort draußen?« fragte er, ehe ich ein erstes Wort vorbringen konnte.

»Was glaubst du denn, was sie tut?«

»Mir scheint, sie redet«, entgegnete er, den Blick fest auf Anna gerichtet. Sie streifte noch immer zwischen den Gräbern und mächtigen Bäumen umher, als unternehme sie einen Frühlingsspaziergang mit einem Unsichtbaren.

»Sie glaubt, sie könne mit den Toten sprechen«, sagte ich so ungezwungen wie möglich, in der schalen Hoffnung, er möge nicht weiter darüber nachdenken.

Jacob nickte nur, als hätte er es längst geahnt. »Sie ist krank.«

»Falls ja, dann ist es eine harmlose Krankheit«, entgegnete ich heftig.

»Das wollen wir hoffen.«

»Ganz bestimmt.«

Ich kannte meinen Bruder und wußte, er würde keine Ruhe geben, ehe er sein Mißtrauen zu meinem gemacht hatte. Daher eilte ich, den Gegenstand unserer Rede zu wechseln. In kurzen, hastigen Sätzen berichtete ich ihm, was mir der alte Mann über den Sand in den Augen der Mordopfer erzählt hatte, und verheimlichte ihm auch nicht meinen Verdacht hinsichtlich der Herkunft.

Danach schwieg er für eine ganze Weile. Schließlich trat er auf mich zu und legte mir die Hände auf die Schultern. »Wilhelm, wir müssen achtgeben, daß nichts uns auseinanderreißt. Nichts darf uns jemals trennen.«

Die Rührung übermannte mich mit solcher Kraft, daß ich ihn heftig in die Arme schloß. »Nichts wird das vermögen, lieber Bruder.«

Wir standen eine Weile da, überwältigt von der kraftspendenden Wonne des Augenblicks, dann beschlossen wir, zu Bett zu gehen. Bevor ich mich hinlegte, überlegte ich, ob ich vielleicht zu Anna hinausgehen, mit ihr reden sollte, doch ich wußte, nichts würde sie von ihrer Überzeugung abbringen können. Mit dem ruhespendenden Gedanken, sie auf diesem Friedhof in Sicherheit zu wissen, legte ich mich nieder und schlief gleich ein.

Am nächsten Morgen war es Anna, die uns weckte, und zu meiner Überraschung war sie erfüllt von übermütiger Fröhlichkeit.

»Stell dir vor«, sagte sie, während ich mich noch im Bett aufsetzte, »sie sind alle so glücklich. Nie habe ich sie so vergnügt erlebt, so ausgelassen. Dieser Ort ist etwas Wunderbares.«

»In der Tat«, sagte Jacob mürrisch.

Anna beachtete ihn nicht. »Sie sprechen von dem alten Mann und seiner Frau, als sei er ihr Beschützer, ja fast ein guter Freund. Sie akzeptieren ihn.«

»Ich wußte gar nicht, daß Sie Polnisch sprechen«, versetzte Jacob.

»Polnisch?« fragte sie erstaunt.

»Gehe ich falsch in der Annahme, daß die Toten dort draußen zumeist polnischer Abstammung sind?«

Anna schüttelte lachend den Kopf, als hätte er sich einer Kinderei hingegeben. »Die Sprache der Verstorbenen versteht man mit dem Herzen, nicht mit dem kalten Verstand. Jeder kann sie deuten – wenn er nur zuhört.«

Allmählich stellte sich mir die ungute Frage, ob Jacob nicht recht hatte. Vielleicht war sie wirklich krank. Aber schmälerte das ihren Liebreiz? Keineswegs. Statt dessen liebte ich sie um so mehr. Erneut bewunderte ich ihre Vollkommenheit, die herrliche Weiße ihrer Haut, das tiefe Schwarz ihres Haars. Mochte Gott geben, daß ich es einmal liebkosen dürfte.

Ehe einer von uns etwas erwidern konnte, sagte sie: »Ich möchte am Nachmittag hierbleiben, wenn ihr mit Hoffmann zum Grafen fahrt. Es ist sicher hier, und es gibt so vieles zu erfahren, so viel Neues zu begreifen.«

Jacob hob gleichgültig die Schultern, und obwohl ich Anna lieber an meiner Seite gewußt hätte, stimmte ich zögernd zu.

Nachdem uns die alte Frau karg, aber kräftigend beköstigt hatte, erwarteten wir Hoffmanns Ankunft.

Er kam früher als erwartet, diesmal in einer Kutsche, und bat uns einzusteigen. Anna umarmte mich übermütig zum Abschied, und nichts wünschte ich mir mehr in diesem Moment, als bei ihr zu bleiben und mit ihr die Geheimnisse des Friedhofs zu ergründen.

»Wilhelm!« Jacobs Stimme entriß mich dem Augenblick der Harmonie, und ich begab mich zu ihm und Hoffmann in den Wagen. Der Regierungsrat hatte seinen Rausch offenbar ausgeschlafen, nicht einmal der Geruch des Crambambuli haftete mehr an ihm.

Ich winkte Anna zu, als wir entlang der Friedhofsmauer davonfuhren, doch schon bald bog der Wagen in eine seitliche Gasse, und die Geliebte entschwand meinen Blicken.

Unzählige Menschen drängten sich durch die engen Straßen, immer wieder vernahm ich die Flüche und Beschimpfungen unseres Kutschers, wenn er den Pöbel beiseite schrie. Der Wagen rumpelte eilig über das Kopfsteinpflaster der Gassen und Wege, nur gelegentlich zwang der dichte Menschenstrom zum Halten. So lange schnaubten dann die Pferde und brüllte der Lenker, bis die Marktfrauen und Boten, die Handwerker und Kinder zur Seite eilten, um den wütenden Hufen zu entgehen.

Wir baten Hoffmann, uns Näheres über den Grafen zu berichten.

»Graf Augustus Moszinsky ist ein ehrenwerter Mann, wie man ihn unter den Edlen Warschaus nur selten findet«, begann er leidenschaftlich. »Ich bin stolz, ihn meinen Freund nennen zu dürfen. Es gibt so wenig Verbundenheit zwischen Preußen und Polen, und um so mehr bedeutet mir diese Kameradschaft. Ich weiß nicht, bei welcher Gelegenheit er Elisabeth von der Recke traf, doch verbindet beide eine innige Abscheu gegen alles, was übernatürlich oder scheinbar gegen die Gesetze der Wissenschaft daherkommt. Erinnern Sie sich an den Grafen Cagliostro?«

»Ein Italiener«, sagte Jacob, »und Hochstapler.«

Hoffmann nickte. »Cagliostro zog in der zweiten Hälfte des vergangenen Jahrhunderts von Hof zu Hof und diente sich den Adeligen und feinen Gesellschaften als Magier an. Er behauptete von sich, in den Untiefen ägyptischer Pyramiden gewisse geheime Lehren studiert zu haben, und wurde reich durch allerlei Zauberkunststücke, mit denen er sein argloses Publikum betrog. Er ließ Menschen verschwinden und wieder auftauchen, braute allerlei Wundermixturen, heilte Krüppel und so fort. Im Frühjahr 1780 verschlug es ihn nach Warschau, und Graf Moszinsky, damals noch ein junger Mann, zog es in seinen Bann. Cagliostro behauptete, den sagenhaften Stein der Weisen herstellen zu wollen, jenes wundersame Zaubermittel, mit dem Alchimisten Quecksilber und Blei in Gold verwandeln wollten. Der Graf begriff derweil sehr schnell, daß Cagliostro sich weniger auf Alchimie als vielmehr auf die Ausbeutung menschlicher Leichtgläubigkeit verstand, und während er ihm bei seinen albernen Experimenten assistierte, führte er Tagebuch über die Fehlschläge des falschen Magiers. Diese Aufzeichnungen machte er publik und stellte Cagliostro damit bloß, so daß dieser aus Warschau fliehen mußte. Nichtsdestotrotz fand der Betrüger hier zahlreiche Anhänger, doch darüber wird Ihnen der Graf zweifellos mehr zu sagen wissen. Was aber Moszinskys Freundschaft zu Elisa angeht: Auch sie hat, wenngleich einige Jahre später, eine Streitschrift über Cagliostro veröffentlicht. Beide müssen sich über ihre gemeinsame Gegnerschaft kennengelernt haben.«

Damit endete er, und wir stellten keine weiteren Fragen, denn ein Blick aus dem Kutschenfenster verriet, daß wir den Irrgarten der Gassen verlassen hatten und durch eine weitläufige Parkanlage fuhren. Links und rechts zogen Rasenflächen, kunstvoll geschnittene Hecken und luftige Baumgruppen vorüber, und als der Weg einen weiten Bogen einschlug, sah ich hinter Sträuchern ein prächtiges weißes Gebäude, fast ein Schloß, zweifellos die Residenz des Grafen. Ein Schwarm von Sperlingen saß lustig zwitschernd auf einer Wiese; als die Kutsche sich näherte, stieg die ganze Schar unter stürmischem Geflatter in den Himmel.

Der Wagen hielt auf einem kleinen Vorplatz, von wo aus eine breite Freitreppe hinauf zum Eingang führte. Als wir ausstiegen, öffnete sich das zweiflügelige Portal, und ein Mann mit grauem Haar und dunkelrotem Gehrock kam uns entgegen.

»Seien Sie willkommen«, rief er zur Begrüßung, umarmte erst Hoffmann und reichte dann uns die Hand.

»Graf Augustus Moszinsky«, sagte Hoffmann, »darf ich vorstellen: die Herren Jacob und Wilhelm Grimm. Ich habe den beiden schon ein wenig über Sie erzählt«, erklärte er an den Graf gewandt.

Der lachte. »Nur Gutes, will ich hoffen.«

Wir beeilten uns zu versichern, nur das Beste über ihn gehört zu haben, und der Graf erwiderte, das sei für ihn sehr beruhigend. Tatsächlich aber wirkte er wie jemand, dem es vollkommen gleichgültig war, was andere über ihn dachten. Er war groß, ging jedoch leicht vorgebeugt, als stütze er sich auf einen unsichtbaren Gehstock. Sein Gesicht war lang und schmal, was die breiten Nasenflügel zum vordringlichsten Merkmal seiner Züge machte. Er mochte sein fünfzigstes Jahr überschritten haben, doch von seinen Augen ging eine gewisse humorvolle Jugend aus, eine blitzend scharfe Ironie. Jahre später las ich seine Schrift über die Erlebnisse mit Cagliostro, und sie bestätigte mir diesen ersten Eindruck: Moszinsky war ein Mann mit ausgeprägtem Sinn für das Groteske.

Wir stiegen die Treppe hinauf und betraten die Eingangshalle des Gebäudes. Ein Diener nahm Hoffmanns Zylinder entgegen, blieb aber zurück, als der Graf uns tiefer ins Innere seines Schlosses führte. In einem großen Salon, dessen Wände und Decke mit prächtigen Malereien von Jagdgesellschaften in wilder, unberührter Natur bedeckt waren, bat er uns, Platz zu nehmen. Hier hatten wir einen herrlichen Sitz, mit Blick durch riesige Fenster und eine offene Tür hinaus in den Park. Zwei schwarze, junge Hunde tollten ausgelassen über eine Wiese.

Er bemerkte, daß mein Blick über die Gemälde streifte, und erklärte, er sei ein Leben lang leidenschaftlicher Jäger gewesen, bis er vor einigen Jahren festgestellt habe, daß ihm Tiere lebend viel lieber seien als tot. Natürlich, nichts gegen einen guten Wildbraten; aber mit dem Töten habe er abgeschlossen. Vielleicht, so meinte er, sei er ein wenig zu alt dafür geworden, und möglicherweise, wer könne es wissen, sei auch das Näherrücken des eigenen Endes Ursache seiner plötzlichen Ehrfurcht vor jedwedem Leben.

Hoffmann verstand es geschickt, das Gespräch schnell auf Elisa zu lenken, so daß der Graf schließlich sagte: »Elisa, nun, sie ist eine merkwürdige Frau, so voll von Rätseln. Manchmal, wenn ich glaubte, sie durchschaut zu haben, tat sie etwas, das meine Einschätzung ihres Wesens eiligst in Stücke schlug.«

Ich fragte mich, ob Moszinsky und sie Liebende gewesen waren, doch fand ich keine Antwort darauf. Es fiel schwer, mir Elisa als sanfte, zärtliche Frau vorzustellen, bereit, einem Mann ihre Liebe zu schenken. Wieder sah ich sie vor mir, wie sie die Leiche auf dem Altar zerschnitt. Sicherlich war sie eine Frau, die sich nicht mit den Beschränkungen ihres Geschlechts abfinden mochte. In den Armen eines Mannes erschien sie mir höchst fehl am Platze.

Moszinsky fuhr fort: »Hoffmann hat Ihnen sicher von meinem Affront gegen den falschen Grafen Cagliostro berichtet – schütteln Sie nicht den Kopf, ich weiß, daß er das immer tut.« Er suchte Hoffmanns Blick und lachte. »Elisa jedenfalls hat ganz Ähnliches erlebt. Als sie noch ein Kind war, starb ihre Mutter, und eine Leibeigene der Familie erzog sie forthin in dem Glauben, der Geist der Toten umschwebe sie bei jedem ihrer Schritte. Sie heiratete in jungen Jahren, wurde aber früh von ihrem Mann geschieden. Mit diesem Unglück paarte sich die Nachricht vom Tod ihres Lieblingsbruders Friedrich, so daß Elisa vollends zu einer Anhängerin des Mystischen wurde. Sie hoffte – und glaubte sogar oft, es sei ihr gelungen –, die Geister Verstorbener zu erblicken. Als im Jahr 1779, also kurz, bevor es ihn hierher nach Warschau zog, der Betrüger Cagliostro in ihre Heimatstadt kam, da fiel sein Geschwätz von Magie und Okkultismus bei ihr auf fruchtbarsten Boden.«

Jacob, stets argwöhnisch, konnte sich seiner Skepsis nicht länger enthalten. »Das scheint mir eine gänzlich andere Frau zu sein als die, welche wir in Weimar trafen.«

Moszinsky lächelte väterlich. »Hören Sie mir bis zum Ende zu, und Sie werden unsere verschollene Gefährtin wiederkennen.«

Mein Bruder schwieg beschämt, doch mich selbst machte die Leichtfertigkeit wundern, mit der Moszinsky Elisas Verschwinden erwähnte. Zweifellos hatte Hoffmann dem Grafen von unseren Erlebnissen mit ihr berichtet, als er unseren Besuch ankündigte, doch schien Moszinsky mir wenig besorgt um die gute Freundin. Mit gebührender Höflichkeit sprach ich meinen Gedanken aus.

Der Graf lachte laut, als sei mein Einwand ein vortrefflicher Scherz. »Sie sind sehr ungestüm, mein junger Freund. Glauben Sie mir, auch ich fürchte um sie, doch weiß ich, daß Elisa mehr als einmal in der Falle saß und sich stets aus allem herauswinden konnte. Aber hören Sie weiter: Elisa also verfiel den Reden Cagliostros bis zu jenem Tag, an dem er seine wilden Theorien in Handlungen umsetzen wollte. Doch statt all die metaphysischen Hoffnungen zu erfüllen, die sie in ihn gesetzt hatte, sprach er nur noch vom Auffinden verschollener Schätze und vom Goldmachen – kurz, von allem, was ihn bereichern sollte, denn freilich verlangte er vom Reichsgrafen Medem, Elisas Vater, vorab eine Bezahlung für sein angeblich so profitables Tun. Elisa begann, sein Treiben zu durchschauen, und als Cagliostro sich gar daran machte, die freimaurerischen Freunde ihres Vaters für seine betrügerischen Ziele zu gewinnen, sagte sie sich von ihm los.

Schließlich zog Cagliostro weiter, die Taschen prall gefüllt mit den Geschenken des Grafen und seiner Gefährten, die ergeben auf die Erfüllung seiner Voraussagen warteten. Natürlich traf nichts davon ein, kein Schatz wurde gefunden, kein Gold regnete vom Himmel. Zwar wurden einige angeblich mit Krankheitszaubern belegte Feinde ihres Vaters schwach und siechend, doch der Verdacht, daß hier gewöhnliches Gift statt Magie im Spiel war, verstärkte sich von Tag zu Tag. Von da an wurde Elisa zur erbitterten Gegnerin alles Okkulten, sie sah keine Gespenster mehr und witterte hinter jedem Glauben an rational nicht zu Erklärendem, ja selbst in der Religion des Christentums, einen bösen Schwindel. Sie begann, auf Reisen zu gehen und die Adeligen an Europas Höfen vom Glauben an die Wissenschaft zu überzeugen. Aus der verklärten Schwärmerin war eine erbitterte Feindin von jeglichem Mystizismus geworden. Bis nach Rußland, an den Hof Katharinas verschlug es sie, wo sie von der aufgeklärten Kaiserin wärmstens empfangen wurde – im Gegensatz zu Cagliostro, den sie Jahre zuvor verlacht und davongejagt hatte. 1786 erschien eine Schmähschrift Elisas gegen Cagliostro und alles, für das er stand, in der Berlinischen Monatsschrift und erntete heftige Reaktionen. Glauben Sie mir, Elisa war immer schon eine höchst kontroverse Person.«

»Wie aber kam sie dazu, sich in den Streit um Schillers Manuskript zu mischen?« fragte Jacob, wohl auch mit dem Gedanken, zu erfahren, wieviel der Graf über unsere Erlebnisse wußte.

Moszinsky atmete tief durch und rückte sich in seinem Sessel zurecht. »Ich kenne das Manuskript nicht, so leid es mir tut, und kann daher keine Aussage über seinen Inhalt treffen. Fest scheint mir aber zu stehen, daß es darin gewisse Punkte geben muß, die zahlreichen Menschen als äußerst gefährlich erscheinen – aus den unterschiedlichsten Gründen. Mindestens zwei, wenn nicht gar drei Parteien« – und dabei schenkte er Hoffmann einen merkwürdigen Blick – »haben es darauf abgesehen. Elisa muß dieses

Geheimnis kennen oder zumindest erahnen. Ich selbst jedoch weiß nichts darüber.«

»Was, glauben Sie, ist aus ihr geworden?« fragte Jacob.

Wolken umhüllten des Grafen Miene; er seufzte. »Wenn ich das wüßte ... Falls sie Spindel in die Hände gefallen ist, steht es, so fürchte ich, schlecht um sie. Gewiß hat er sie nicht umgebracht, sondern gefangengenommen – falls ihr nicht die Flucht gelang.«

Ich lehnte mich vor. »Gibt es denn Hoffnung?«

»Ich weiß, es klingt billig, aber Hoffnung gibt es immer, gerade in dieser Lage. Denn wissen Sie, was mir ein Rätsel ist?«

Wir verneinten voller Anspannung.

Moszinsky fuhr fort: »Wie ich schon sagte, glaube ich nicht, daß Spindel Elisa gleich töten würde. Sicherlich aber ließe er solch ein schreckliches Schicksal ihren Dienern angedeihen. Sie haben für ihn – oder jene, die ihn befehligen – keinen Wert. Ich bin überzeugt, daß er die beiden jungen Russen auf der Stelle beseitigt, falls sie ihm in die Hände fallen. Doch Sie, meine Herren, sagten, es gab keine Spur von ihren Leichen, nicht wahr?«

»Nicht in der Kutsche und ihrer näheren Umgebung«, sagte Jacob.

»Sie glauben, dies sei ein Zeichen dafür, daß ihnen die Flucht gelang?« fragte ich erregt.

Der Graf nickte. »Möglicherweise. Und wenn diese beiden fliehen konnten, warum nicht auch unsere gemeinsame Freundin?« Er lächelte, aber es wirkte keineswegs so hoffnungsvoll, wie er es wohl beabsichtigt hatte. »Aber sagen Sie mir«, fuhr er fort, »gab es weitere Ereignisse, Kleinigkeiten am Rande, die vielleicht von Interesse sein könnten?«

Ich überlegte einen Moment und wartete, ob Jacob etwas sagen würde; als er schwieg, ergriff ich das Wort. »In der Tat war da etwas«, begann ich und berichtete ihm von den merkwürdigen Besuchern in Goethes Haus, dem ägyptischen Gift, der Pyramide in Annas Familienwappen und schließlich von jener Beobachtung, die mir der alte Totengräber wiedergegeben hatte: daß der Sand in den Augenhöhlen der Sandmann-Opfer aus Nordafrika stammte.

»Zufälle«, bemerkte Hoffmann und nahm einen großen Schluck Wein, den der Graf für ihn hatte auftragen lassen.

Moszinsky dachte eine Weile nach. »Ich würde diese junge Frau, in deren Begleitung Sie reisen, gerne einmal kennenlernen«, sagte er schließlich. »Vielleicht läßt sich das einrichten?«

Schon verfluchte ich mein vorschnelles Mundwerk. Warum hatte ich ihm von dem Wappen erzählen müssen? Alle sahen mich erwartungsvoll an, auch Jacob.

»Nun, gewiß«, versetzte ich vorsichtig, obwohl ich sicher war, daß Anna die Einladung ablehnen würde. Vielleicht würde uns gemeinsam ein Ausweg einfallen.

Moszinsky schien damit zufrieden, denn er nickte. »Was aber den Sand in den Augen der Opfer angeht, so bin ich ebenso ratlos wie die Obrigkeit.« Er warf Hoffmann einen Blick zu. Jener hatte durch seinen Posten als preußischer Regierungsrat tiefere Einsicht in den Stand der Ermittlungen als ein einheimischer Graf in einem okkupierten Land.

Hoffmann schüttelte den Kopf. »Es gab Vermutungen, einige Gerüchte, aber nichts erwies sich als wahr.«

»Die Loge?« fragte Moszinsky geheimnisvoll.

Hoffmann bejahte.

»Welche Loge?« wollte Jacob eiligst wissen.

Der Graf lächelte wieder. »Als Cagliostro vor fünfundzwanzig Jahren aus Warschau fliehen mußte, ging er nicht, ohne Spuren zu hinterlassen. Die beständigste davon ist seine Ägyptische Loge, die noch heute regelmäßig zusammentritt, ohne allerdings größeren Einfluß auszuüben. Dazu sollten Sie wissen, daß Cagliostro, der in Wahrheit Joseph Balsamo hieß und aus Sizilien kam, zeit seines Lebens behauptet hat, er entstamme dem Orient, habe diesen auf vielerlei Reisen durchquert und zahlreiche seiner Geheimnisse ergründet und verinnerlicht. Der wichtigste und ausgedehnteste seiner Aufenthalte schien ihm dabei immer jener in Ägypten zu sein, wo er – so behauptete er gern – die Rätsel der großen Pyramiden erforschte, bei weisen Magiern und Priestern in die Lehre ging und all jenes Wissen erhielt, das anderen Sterblichen auf ewig verschlossen bleibt. Später gab er sich den exotischen Titel Groß-Kophta, ein Phantasiebegriff ohne Bedeutung, und gründete erst im französischen Lyon, dann auch in einigen weiteren Städten seine Ägyptischen Logen. Unter dem Vorsitz je zweier Venerablen wurden seine sogenannten Tempel zu Horten merkwürdiger Zeremonien, Riten und Anrufungen, die mit einem solchen Kult einhergehen. Tatsache ist sicherlich, daß Cagliostro nie in Ägypten war und sein angebliches Wissen aus einigen Büchern, vor allem aber aus seiner grenzenlosen Phantasie bezog. Seine Getreuen glauben jedoch fest an die von ihm aufgestellten Grundsätze und Glaubensregeln, und so lange sie niemandem damit schaden, läßt man sie gewähren, auch hier in Warschau.«

Hoffmann ergriff das Wort, während ein Diener sein Glas zum dritten- oder viertenmal füllte. »Als die Morde des Sandmanns ihren Anfang nahmen und man feststellte, daß der Sand in den Augenhöhlen der Toten nicht aus Polen, ja nicht einmal aus Europa stammte, da unterzog man die Loge einer eingehenden Untersuchung, fand jedoch keine Hinweise auf eine Mitschuld. Man ist allgemein der Ansicht, daß es sich bei diesen Leuten um harmlose Spinner handelt.«

Jacob zeigte sich plötzlich ungewohnt erregt. »Könnte es trotzdem einen Zusammenhang geben? Sie müssen zugeben, daß die seltsame Häufung ägyptischer Symbole und Gegenstände mehr als rätselhaft ist«

»Wer weiß?« antwortete der Graf voller Gleichmut.

»Vielleicht könnten wir der Loge einen Besuch abstatten«, schlug Jacob vor.

Mir wurde plötzlich höchst unwohl zumute. Ich wußte, sollte sich diese Idee erst in seinem Kopf festsetzen, würde ihn kaum jemand von ihrer Ausführung abhalten können, nicht einmal ich selbst.

»Wie Sie wollen«, sagte Moszinsky zu meinem Entsetzen. »Hoffmann kann Sie zum Tempel bringen, wenn es Ihnen Ernst ist.«

Mir lag das Nein schon auf der Zunge, doch Jacob war schneller: »Ja, natürlich.«

Hoffmann seufzte. »Ich kann Sie dorthin führen, doch bei allem weiteren werden Sie ohne mich auskommen müssen. Man erwartet mich im Regierungspalast.«

»Kann ein Besuch im Tempel gefährlich werden?« fragte ich zaghaft.

»Das kann ich mir kaum vorstellen«, erwiderte der Graf in freundlich nüchternem Tonfall.

Jacob schenkte mir einen verächtlichen Blick und sagte, wieder an die Herren gewandt: »Dann sollten wir wohl sofort aufbrechen. Diese Loge scheint mir von höchstem Interesse zu sein.«

Ich rang mir ein gequältes Lächeln ab, nickte aber schließlich.

Als wir in der Kutsche saßen und durch die weitläufige Parkanlage fuhren, fiel mir ein Mann auf, einer der Gärtner, der links des Weges mit der Bepflanzung eines Blumenbeets beschäftigt war. Er schaute auf, als der Wagen an ihm vorüberrumpelte, dabei kreuzte sein Blick den meinen. Mit einem Mal war mir, als hätte ich diesen Mann schon einmal gesehen. Doch wo? Hier in Warschau? Oder während unserer Reise?

Während ich noch nachdachte, bemerkte ich plötzlich seinen Gehilfen, der halb verdeckt von einer Hecke am Rand des Beetes stand und den Blick gleichfalls auf unsere Kutsche gerichtet hatte. Er war vollkommen kahl, die Sonne spiegelte sich auf der glatten Kugel seines Schädels.

Da erinnerte ich mich: an die Visionen im preußischen Regierungsgebäude; und an die Männer, die vor den Soldaten über den Vorplatz flohen. Dies waren zwei von ihnen.

Vermutlich war es Unsicherheit, die mich meine Entdeckung geheimhalten ließ. Im nachhinein aber, nur einen Tag später, erschien es mir wie weiseste Voraussicht.

2

Der Graf hatte von einem Tempel gesprochen, und einen solchen hatte ich erwartet; statt dessen jedoch setzte Hoffmann uns vor einem verschachtelten Gebilde aus hölzernen Schuppen, Zäunen und Terrassen ab, irgendwo in der Nähe des Hafens. Der Fluß war von hier aus nicht zu sehen, doch drang das Rauschen des Wassers zu uns herüber, ohne meine aufgewühlten Sinne mit seinem gleichförmigen Klang besänftigen zu können. Es gab kein prächtiges Tor, nur einen doppelt mannsbreiten Spalt zwischen zwei Holzwänden, überdacht von einigen Balken, über die man gegerbte Tierhäute gespannt hatte. Das Tageslicht schimmerte durch sie hindurch und tauchte den geheimnisvollen Tunnel in gelblich-düsteres Zwielicht. Am Ende dieses Durchgangs schien sich ein hellerer Platz inmitten der Hütten zu befinden. Mehr war von der Gasse aus nicht zu erkennen.

Während wir aus der Kutsche stiegen, bog eine Reihe von Männern und Frauen um eine nahe Ecke, steuerte auf den Eingang des Tunnels zu und ging hindurch. Alle waren ärmlich gekleidet, zwei Männer stützten ein kraftloses Mädchen von etwa fünfzehn Jahren. Hinter dieser kurzen Prozession folgten drei Männer und zwei Frauen von sichtbar höherem Stande. Auch sie zwängten sich, nach einigen mißtrauischen Blicken, durch den Tunnel.

»Schnell«, sagte Hoffmann, »folgen Sie diesen Leuten. Ein größeres Glück kann Ihnen kaum widerfahren.«

»Wie meinen Sie das?« fragte Jacob.

Hoffmann wedelte mit beiden Händen und trieb uns zur Eile. »Die Loge bereitet eines ihrer Rituale vor. Die Männer und Frauen, die als letzte den Tempel betraten, sind Zuschauer, die bei einigen dieser Zeremonien geduldet werden. Die Leiter der Loge gestatten nur selten Publikum, und wenn sie es tun, meist in der Hoffnung, dadurch neue Mitglieder zum Beitritt zu bewegen. Wenn Sie sich also diesen Leuten anschließen, wird man Sie für ebensolche Interessenten halten und Ihnen ohne Mißtrauen begegnen.«

Wir verabschiedeten uns eilig und wandten uns den Gebäuden zu, die Hoffmann Tempel nannte. In unserem Rücken trieb der Kutscher seine Pferde an, der Wagen rollte davon. Wir waren nun auf uns allein gestellt.

Jacob ging voran, ich folgte. In dem schmalen Tunnel schwebten fremdartige Düfte, es roch ein wenig nach Weihrauch. Hinzu kam der säuerliche Gestank der alten Häute, die sich über unseren Köpfen spannten. Gegen das Licht des Himmels waren sie fast durchscheinend, und ich erkannte, daß man merkwürdige Schriftzeichen hineintätowiert hatte. Der Durchlaß war etwa fünfzehn Schritte lang, und bis wir das Freie an seinem Ende erreichten, bemühte ich mich, die Luft anzuhalten.

Schließlich traten wir auf einen kleinen, unregelmäßig geformten Platz, kaum drei Mannslängen im Durchmesser und umsäumt von schmutzigen Holzwänden, die zu Hütten und hölzernen Anbauten gehörten. Tatsächlich schien es sich bei der ganzen Anlage um einen einzigen Komplex zu handeln, wobei man manchen der buckligen Schuppen ein zweites Stockwerk aufgesetzt hatte. Hühner liefen frei über den kleinen Hof, und allerlei Gegenstände standen, lehnten und lagen umher, von einem prall gefüllten Regenzuber über Werkzeuge bis hin zu seltsamen, fremdländischen

Dingen aus Holz und Stein, denen ich keinerlei Sinn zuzuordnen vermochte.

Der zehn- bis zwölfköpfige Trupp, dem wir uns angeschlossen hatten, schritt durch einen weiteren Durchgang und zwängte sich schließlich in eine Kammer, deren Wände und Decke gleichfalls aus Holz bestanden. Tageslicht fiel in staubdurchtanzten Säulen durch Spalten im Gebälk.

Ein Mann, der sein Gesicht dunkel getönt hatte – offenbar um südländischer zu erscheinen –, grüßte knapp und befahl uns, ihm zu folgen. Er trug, im seltsamen Widerspruch zu der schäbigen Umgebung, einen weißen Seidenmantel mit feiner Gold- und Silberstickerei.

Erstmals besah ich mir das junge Mädchen genauer, das von den beiden Männern gestützt wurde. Sie hatte langes, dunkles Haar, verschmutzte Kleidung und schien krank zu sein. Die Augen hielt sie geschlossen, ihre in Lumpen gehüllte Füße schleiften immer wieder kraftlos über den Boden. Die Männer und Frauen, die sie begleiteten, zeugten von ebensolcher Armut wie das Kind. Die besser gekleideten Damen und Herren am Ende des Zuges warfen immer wieder zweifelnde Blicke auf die armselige Gruppe, auf das kranke Mädchen und die trostlose Umgebung. Niemand sprach ein Wort.

Der Mann im Seidengewand führte uns eine schmale, hölzerne Treppe hinunter, die in einem rohen, finsteren Gewölbegang endete. Bei dem Gedanken, daß diese gesamte, unübersichtliche Tempelanlage unterkellert sein mochte, wurde mir schwindelig. Ich verfluchte Jacobs Neugier, und ebenso verdammte ich Hoffmann und den Grafen, die uns so sorglos in unser Verderben laufen ließen. Mit jedem Schritt stieg meine Furcht vor dem, was uns am Ende dieses freudlosen Weges erwarten mochte. Ich dachte an Anna, die im Haus des Totengräbers auf unsere Rückkehr wartete, und bei dem Gedanken, sie womöglich nie wiederzusehen, wurde mir das Herz schier unerträglich schwer.

Ein grob gehauener Stollen, nur alle fünf Schritte durch Balken abgestützt, führte tiefer in die primitive Tempelanlage. Wir bogen mehrfach ab, durchschritten niedrige, weitläufige Räume, mußten sogar eine weitere Treppe hinuntersteigen, bis wir schließlich unser Ziel erreichten. Ich bezweifelte, daß Hoffmann und Moszinsky jemals so weit in das Reich der Ägyptischen Loge vorgedrungen waren.

Vor unseren Augen öffnete sich ein großer unterirdischer Saal, dessen Wände mit bunt gefärbten Tüchern verhangen waren. An seinem gegenüberliegenden Ende hatte man aus Holz eine niedrige Bühne errichtet, von deren Rückwand uns ein halbes Dutzend steinerner Götzenfiguren entgegenstarrte. Neben Anubis, dem schakalköpfigen Totengott der Ägypter, stand eine Darstellung der Hathor, einer anmutigen Frauengestalt mit Rinderhörnern, zwischen denen die Sonnenscheibe schwebte. Die vier übrigen Figuren, allesamt überlebensgroß, waren mir unbekannt. Zu ihren Füßen stand eine niedrige Bahre oder Liege, auf die nun das kranke Mädchen gebettet wurde. Die Kleine schien kaum wahrzunehmen, was mit ihr geschah.

Hinter den Wandvorhängen traten alsdann vier Männer hervor, mit nackten Oberkörpern, die sie gleichfalls dunkel eingefärbt hatten. Das Licht ließ die Substanz auf ihrer Haut glitzern. Die Männer hielten fremdländische Musikinstrumente in den Händen und nahmen paarweise am Rande der Bühne Aufstellung. Sogleich begannen sie eine Melodie anzustimmen, düster und schwer, die sich jedoch schon nach wenigen Sekunden höher und höher schraubte, immer schneller wurde, bis sie auf dem Gipfel ihres hämmernden Rhythmus' unerwartet abbrach. Mich erinnerte diese merkwürdige Vorführung eher an die Kunst dilettierender fahrender Musikanten, denn an eine archaische Zeremonie unter den Augen uralter Götzen, doch bemerkte ich auch, wie die einfachen Leute, die in Begleitung des Mädchens gekommen waren, beeindruckt erschauerten.

Unser weißgewandeter Führer trat hinter der Liege auf die Bühne, stand jetzt zwischen den Statuen und dem Mädchen. Außer zwei Fackeln, die rechts und links der steinernen Götter brannten, gab es keine Lichtquelle. Ihr Schein flackerte gespenstisch über die verhangenen Wände und die Gesichter der Anwesenden. Ich gab Jacob einen leichten Stoß, doch er schüttelte nur unwillig den Kopf und starrte wie gebannt hinauf zur Bühne.

Der Mann begann zu sprechen: »Ihr alle werdet nun Zeuge eines Zâr, einer Geisteraustreibung nach den Gesetzen der alten Lehren und den Regeln des Groß-Kophta. Schweigt, was auch immer geschieht. Wendet nicht den Blick ab. Habt Vertrauen.« Zu meiner Überraschung sprach der Mann kein Polnisch; offenbar waren die Damen und Herren, die durch diese Zeremonie angeworben werden sollten, Deutsche wie wir. Preußische Beamte und ihre Frauen, nahm ich an.

Der Mann auf der Bühne strich dem reglos daliegenden Mädchen fast zärtlich über die schweißnasse Stirn, blickte dann wieder zu uns herab. Seine Augen waren klein und schwarz, sein schmales, dunkel geschminktes Gesicht wirkte im zuckenden Schein der Fackeln wie die Fratze eines Dämons. Die vier Männer begannen wieder, auf ihren Instrumenten zu spielen, eine leise, bedrückende Melodie.

»Hört denn, wie das Ritual des Zâr einst seinen Anfang nahm«, fuhr er mit hoher Stimme fort, unterlegt vom Klang der Musik. »Einer von den Sultanen der Geister liebte die Tochter eines Pharaos. Als ihr Vater sie ihm verweigerte, fuhr der Geist in ihren Leib und vergiftete ihre Glieder mit schwerer, tödlicher Krankheit. Ärzte aus allen Teilen des Landes scheiterten an ihrem Befinden, bis sich schließlich in der Wüste Oberägyptens eine alte Frau namens Zâra fand, deren Vater einer der Zauberpriester gewesen war, und die sich auf den Umgang mit Geistern und Dämonen bestens verstand. Sie hüllte die Pharaonentochter in einen besonderen Weihrauch ein und rief den Geistersultan, der sie in seinen Klauen hielt, herbei. Dieser begann, mit der Zunge der Jungfrau zu ihr zu sprechen: ›Was wünschst du, Weib?‹ fragte er. Zâra erwiderte: ›Was wünschst du von diesem Kinde?‹ Bereitwillig gab er ihr Antwort: ›Ich fuhr in ihren Leib, weil der Pharao mir ihre Liebe verweigert. Deshalb soll meine Sippe von allen Frauen der Verwandtschaft des Herrschers Besitz ergreifen, daß sie uns zu Dienste sind jetzt und immerdar.‹ Die Alte, eine schlaue Füchsin, entgegnete: ›Wenn du dir aber dieses Mädchen zu Willen machst, wie kann sie dich da lieben? Ist es nicht besser, auch weiterhin um sie zu freien, in Gestalt eines Menschensohnes und so ihre wahre Liebe zu gewinnen?‹ Das machte den Geistersultan nachdenklich, so daß er schließlich sagte: ›Wenn du mir eine prunkvolle Nachtfeier bereitest, so will ich diesen Leib verlassen.‹ – ›Gern will ich das tun‹, antwortete da die alte Zâra, ›doch wie soll diese Feier vor sich gehen?‹ Der mächtige Geist lachte über ihre Unwissenheit und gab ihr genaue Anweisung, wie sie zu verfahren habe. Auch verriet er ihr die geheimen Zauberworte, die sie während der Feier sprechen sollte. Danach sagte er: ›Befolgst du all diese Weisungen, so will ich diese Jungfrau verlassen, und ihre Gesundheit soll zurückkehren, besser als jemals zuvor.‹ So also entstand der Zâr, benannt nach der alten Zauberpriesterin Zâra.«

Der Mann verstummte, verneigte sich tief wie ein Zirkusdirektor und trat zurück. Dann fuhr er eiligst herum und verschwand zwischen den Vorhängen.

Eine Weile geschah nichts, nur die Musik hallte schwermütig durch das Gewölbe. Doch ehe Unruhe die Zuschauer ergreifen konnte, bewegte sich der Vorhang erneut, und eine andere Gestalt trat in langsamen, gebieterischen Schritten auf die Bühne.

Entsetzen überkam mich. Einen Augenblick lang war jeder meiner Sinne wie betäubt. Ich wandte meinen trüben Blick auf Jacob. Auch er hatte die Frau wiedererkannt.

Es war die Ägypterin aus Goethes Haus.

Sie trug einen langen, roten Mantel, bestickt mit Gold und Silber, darunter ein helleres, hemdartiges Gewand. Vor ihrem Gesicht hing ein hauchdünner Schleier, durch den jeder ihrer Züge deutlich zu erkennen war. Sie wirkte übermäßig groß und schlank, ihr Gesicht war hart und kantig. Trotz der Vorzüge ihres Körpers war sie keine schöne Frau.

Auf ihren Wink hin brachten zwei Diener, wie die Musiker mit nacktem Oberkörper, einen kleinen Tisch auf die Bühne. Auf ihm waren mehrere Teller aufgereiht, gefüllt mit Früchten, Nüssen, Mandeln und kleinen, weißen Pfeifen aus Zuckerwerk. Der Tisch wurde am Kopfende der Liege abgestellt, nur wenige fingerbreit vom Gesicht des reglosen Mädchens entfernt. Am Fußende wurde ein zweiter Tisch bereitgestellt: Auf ihm lagen feuchte Haufen aus rohem Fleisch und frischen Innereien.

»Seht die Gaben für die Geister«, begann die Frau mit tiefer Stimme und starkem polnischen Akzent. »Seht das süße Naschwerk und seht die feinsten Teile eines geschlachteten Kamelfohlens.«

Jacob beugte sich an mein Ohr und zischte: »Von wegen Kamel. Siehst du das, dort am Rand?« Ich bemühte mich, seinem Blick zu folgen, und tatsächlich: Dort ragte etwas aus der roten Masse. Jacob lächelte: »Das ist ein Schweinefuß. Offenbar war gerade kein Kamel zur Hand.«

Niemand sonst schien den Schwindel zu bemerken, denn alle starrten gebannt zur Bühne, hörten zu, wie die Priesterin mit einem seltsamen Singsang begann: »Die Sure des Anfangs für den Propheten und die Freunde des Propheten und die Gattin des Propheten und die Nachkommen des Propheten und die beiden Imame und die, welche zwischen ihnen begraben liegen. Die Sure des Anfangs für alle Propheten und Heiligen und Märtyrer und Frommen und wer ihnen folgt.«

Die Melodie der vier Musiker wurde wieder schneller und eindringlicher, bemüht, die Dramatik des Augenblicks zu unterstreichen. Die Priesterin fuhr derweil fort mit einer schier endlosen Aufzählung unverständlicher Namen, und ihnen allen widmete sie die »Sure des Anfangs«.

Obgleich meine Furcht langsam verflog, erhöhte sich doch meine Aufregung. Was mochte es bedeuten, diese Frau hier wiederzutreffen? In meiner Erinnerung hörte ich sie wieder mit Schillers kranker Stimme sprechen, und ich fror.

Während sie noch betete, stellte die Frau neben dem siechen Leib des Mädchens mehrere Kerzen auf und entzündete sie. Sie rezitierte nun zahllose Strophen komplizierter, unverständlicher Gebete, zog dabei einen silbernen Kelch hervor und preßte ihn mit aller Kraft in den weichen Fleischberg auf dem kleinen Tisch. Sie wartete, bis sich genug Blut am Grund des Gefäßes gesammelt hatte, dann führte sie es an den Mund des leblosen Mädchens und flößte ihr den roten, zähen Inhalt ein. Nachdem sie den Kelch beiseite gestellt hatte, waren die Lippen des Kindes von leuchtendem Rot.

Ich trat unruhig von einem Fuß auf den anderen, während die Gebete weitergingen, eine tonlose, träge Litanei, die kein Ende nehmen wollte. Es mußte wohl eine gute halbe Stunde vergangen sein, ehe sich das Mädchen plötzlich regte, die Augen aufschlug und sogleich ein strahlendes Lächeln sehen ließ. Jacob schüttelte stumm den Kopf, und auch ich selbst war fassungslos ob der Dreistigkeit dieses Betruges. Die armen Menschen in ihren schmutzigen Lumpen dagegen begannen zu jubeln, eine Frau brach in Tränen aus.

Die fünf Preußen zeigten sich weit weniger beeindruckt, ein Mann schimpfte gar empört vor sich hin, während seine Frau leise auf ihn einredete. Bei ihr war die Lügensaat der Loge offenbar auf fruchtbaren Boden gefallen.

Die Musiker wechselten übergangslos zu einer fröhlichen, beschwingten Melodie, als das Mädchen mit kühnem Schwung von der Liege sprang und in die Arme seiner weinenden Mutter fiel.

Unter dem erhebenden Klang der Musik zog die Truppe lachend von dannen, fand den Weg hinaus mit einemmal wie von selbst. Die fünf Deutschen schlossen sich ihnen nach einigem Überlegen an, augenscheinlich nicht überzeugt von dem erbärmlichen Schauspiel. Schließlich waren Jacob und ich die einzigen, die mit der Priesterin im Saal zurückblieben, denn auch die Musiker beendeten ihr Lied und verschwanden hinter den Vorhängen.

Die Frau, die uns zu unserem Glück offenbar nicht wiedererkannte, hob eine Hand und winkte uns näher heran. Huldvoll blickte sie vom Rand der Bühne auf uns herab. Mir war nicht geheuer bei dem Gedanken, ihr schutzlos gegenüberzutreten; wer konnte wissen, wieviele ihrer Getreuen sich im Tempel aufhalten mochten. Ein schreckliches Gefühl, ihr und ihresgleichen ausgeliefert zu sein, drohte mich zu überwältigen. Was war, wenn wirklich sie hinter den Morden des Sandmanns steckte? Schon sah ich uns mit ausgestochenen Augen in den Tiefen des unterirdischen Labyrinths verschwinden.

Zu meinem wachsenden Entsetzen legte Jacob es offenbar auf eine offene Fehde an. Mit äußerster Ruhe begegnete er dem Blick der Priesterin und sagte: »Bravo, eine reife Leistung, die Sie da geboten haben.«

Mein Magen zog sich bei diesen Worten zusammen, denn auch der Frau mußte klar sein, mit welcher Ironie Jacob ihr begegnete.

Einen Augenblick lang schien sie verwirrt, unsicher, ob ihre unvollkommenen Sprachkenntnisse den wahren Sinn der Worte verzerrten, doch dann begriff sie. Ihr Blick verfinsterte sich.

»Wollt Ihr die Götter verhöhnen, junger Preuße?« fragte sie mit schwerem Akzent.

»Mitnichten«, entgegnete Jacob fröhlich und machte gar nicht erst den Versuch, unsere Herkunft zu berichtigen. »Vielmehr schien mir, die Götter haben ohnehin Besseres zu tun, als an Ihrer Zeremonie teilzunehmen. Zumindest mir blieb ihre heilige Anwesenheit verborgen.«

Die Frau trat mit einem einzigen Schritt von der Bühne, und obgleich sie nun mit uns auf einer Höhe stand, überragte sie doch immer noch jeden von uns um eine halbe Haupteslänge. Sie war in der Tat eine Riesin. »Ihr glaubt, die Heilung war kein Erfolg?«

»Allerdings. Und das gleich in zweifacher Hinsicht. Nicht nur war dieses Kind niemals krank – und Gott schütze es auch weiter vor allem Ungemach –, als daß auch Ihr Schauspiel seinen Zweck verfehlte. Offenbar haben unsere Landsleute nicht ein Wort Ihrer Inszenierung für bare Münze genommen – oder sie gar zum Spenden dergleichen veranlaßt, was zweifellos der Sinn Ihrer Darbietung war.«

Die Priesterin, von soviel Offenheit verwirrt, rang nach Luft und wandte uns den Rücken zu. »Ungläubige, die Ihr seid, ist es besser für Euch, den Tempel zu verlassen.«

Ich zog Jacob am Ärmel, um die Möglichkeit zur Flucht zu nutzen. Womöglich bot sie sich uns nur dieses eine Mal. Doch mein Bruder blieb stehen, als hätte er im festgestampften Boden des Gewölbes Wurzeln geschlagen.

»Gestatten Sie mir noch eine Frage«, sagte er. »Wie gelang es Ihnen, den werten Geheimrat Goethe vom Wahrheitsgehalt Ihrer Kunststücke zu überzeugen?«

Jedes seiner Worte traf mich mit schmerzvoller Macht. Als die Priesterin sich erneut zu uns umdrehte, war ihr Gesicht hinter dem Schleier zu einer wütenden Grimasse verzerrt.

»Was wollt Ihr damit sagen?« fragte sie lauernd. »Von welchem Herrn sprecht Ihr?«

»Das wissen Sie sehr gut, meine Dame«, entgegnete Jacob unbeeindruckt. »Sie selbst waren Gast in Goethes Haus zu Weimar, das immerhin so manche Tagesreise von hier entfernt liegt. Kaum vorstellbar, daß Sie sich nicht daran erinnern. Wann sind Sie in Warschau eingetroffen? Gestern? Oder vorgestern? Gestatten Ihre Götter Ihnen etwa, die Strecke zu fliegen wie Vögel?«

Das war zuviel, und Jacob mußte es im selben Augenblick ahnen, in dem er den Satz beendete. Die Frau hob eine Hand, offenbar um ihre Diener herbeizurufen. Sie würden uns überwältigen und zweifellos in einer der Kavernen verscharren. Niemand würde uns je wiederfinden.

Doch statt der erwarteten Mannen trat nur ein einziger hinter dem Vorhang hervor. Auch er war prächtig gekleidet, in Seide und Samt, und ich erkannte ihn sogleich an seinem schwarzen Pagenschnitt. Es war der Mann, der die Frau begleitet, der Mann, mit dem Goethe gestritten hatte.

Er nickte uns zu und wechselte einige Worte mit der Priesterin auf Polnisch. Schließlich sah sie uns an und fragte: »Sie sind die Brüder Grimm?«

Ich war wie versteinert, unfähig zu antworten, doch Jacob nickte. »So ist es.«

»Wo ist das Manuskript?« fragte sie.

»Gut verwahrt an einem sicheren Ort.«

»Was soll das heißen: sicherer Ort?«

»Dort, wo niemand sich seiner zu bemächtigen vermag. Oder, wenn Sie so wollen, seinen Inhalt mißbrauchen kann.«

Der Mann sagte etwas in seiner Muttersprache, und die Frau übersetzte: »Was wissen Sie darüber?«

»Das, was es zu wissen gibt«, entgegnete Jacob knapp. »Doch vielmehr würde mich interessieren, was die Ägyptische Loge mit dieser Angelegenheit zu schaffen hat.«

Die Frau sah ihn überrascht an, dann lächelte sie. »Ihre Frage verrät, daß Sie nicht über alle Kenntnisse verfügen, Herr Grimm. Ich bezweifle, daß es klug wäre, diesen Umstand zu beheben. Daher möchte ich Sie bitten, den Tempel zu verlassen.«

Erstmals zeigte sich in Jacobs so anmaßendem Gebaren eine Spur Unsicherheit. »Warum waren Sie in Weimar?«

»Aus dem gleichen Grund wie Sie selbst«, erwiderte die Priesterin. »Herr Goethe lud uns zu sich ein.«

Jacob lachte böse: »Wen sollten *Sie* für ihn vergiften?«

Die Frau verzog keine Miene, sie hatte ihre Fassung längst zurückgewonnen. »Sie sind verbittert, das ist schlecht. Gehen Sie, wir haben hier bereits zu viele Sorgen.«

»Wegen der Morde?«

»Auch deshalb.«

»Man glaubt, Sie seien der Sandmann, nicht wahr? Oder einer Ihrer Anhänger.«

»Manche glauben das, andere nicht. Aber wir haben nichts damit zu tun. Wir schlachten Tiere, keine Menschen.«

»Kamele?« fragte Jacob und deutete auf den Tisch mit den Innereien.

Die Augen der Frau funkelten. »Gehen Sie, und kommen Sie nicht wieder. Man wird Sie hinausführen.«

Damit erschien der weißgewandete Führer wieder im Raum und sah uns ausdruckslos an. »Kommen Sie.«

Einen Augenblick lang schien es, als wollte Jacob noch etwas sagen, dann aber schloß er seine Lippen und nickte mir zu. Erleichtert folgte ich ihm und dem Führer hinaus in die verwirrende Anordnung der Gänge. Ein letzter Blick über die Schulter zeigte mir, daß uns die beiden falschen Ägypter reglos hinterhersahen. Dann blieben sie hinter einer Biegung zurück.

Die Dämmerung brach bereits an, als wir ins Freie traten. Der Führer brachte uns hinaus bis auf die Gasse, dann verschwand er im Durchgang zwischen den Schuppen. Wir machten uns auf den Weg.

Nach einer Weile sagte Jacob: »Ich will noch einmal zurück.«

Erschrocken glaubte ich meinen Ohren nicht trauen zu können. »Bist du irre?«

»Nein. Aber wir müssen noch einmal dort hinein.«

»Aber warum, um Himmels willen?«

Er blieb stehen. Wir befanden uns inmitten einer menschenleeren Gasse, und obwohl wir leise gesprochen hatten, hallten die Worte zwischen den hohen Häuserwänden.

»Könnte es sein, daß diese Frau Rosa ist?« fragte er.

»Du bist besessen!« rief ich voller Verwirrung aus.

»Unsinn«, sagte er scharf. »Was aber, wenn sie und Elisa sich auf dem Weg nach Warschau begegneten? Vielleicht waren es die Ägypter, die die Kutsche in die Tiefe stürzten. Das würde erklären, warum Elisa uns vor ihr warnen wollte.«

»Sicherlich aus gutem Grund«, erwiderte ich, obwohl mich sein Gedanke nicht überzeugte. »Falls du recht hast, sollten wir auf Elisa hören und uns von dieser Frau fernhalten.«

Er schüttelte energisch den Kopf. »Wir müssen zurück. Vielleicht hält sie Elisa im Tempel gefangen.«

»Dann sollten wir es Hoffmann und dem Grafen mitteilen. Die beiden haben Männer, die sich darum kümmern können.«

Jacob lächelte grimmig. »Nein, wir tun es selbst. Noch heute nacht.«

* * *

Ich beschimpfte, ich verfluchte, ich verdammte ihn, doch es war zwecklos. Jacob hatte seinen Beschluß gefaßt und niemand würde ihn davon abbringen. Er zeigte sich uneinsichtig den vernünftigsten Argumenten gegenüber – der tödlichen Gefahr für unser Leben, um nur einen, nicht unerheblichen Einwand zu nennen –, und mehr und mehr gewann ich den Eindruck, daß es ihm nicht allein um Elisa ging, auch wenn er sie immer wieder als Rechtfertigung seines Strebens vorschob. Vielmehr schien mir seine Passion für jene geheimnisvolle Rosa mittlerweile mehr als bedenkliche Ausmaße anzunehmen, denn zweifellos war es der Gedanke an sie, der ihn zurück in die Tempelhallen trieb. Nicht etwa, weil er dieser finsteren Priesterin verfallen war, o nein; tatsächlich schien er nur Gewißheit erlangen zu wollen, daß diese Frau nicht die Rosa seiner Träume war, jenes imaginäre Feengeschöpf, das er sich in seinen Gedanken erschaffen hatte. Jacob war vernarrt in eine Schöpfung seines Verstandes – zweifellos der einzige Weg, seinen Drang nach mathematischer Perfektion zu befriedigen –, und in der Gestalt der Priesterin, möglicherweise der wahren Rosa, sah er eine Bedrohung seines zarten Hirngespinstes. Er wollte, ja, er mußte Gewißheit erreichen, daß sie nicht die Frau war, deren Namen Elisa in den Stoff geschrieben hatte.

All das begriff ich, während wir in einem nahen Kaffeehaus auf die Dunkelheit warteten. Obwohl es mich mit unbändiger Macht zurück zu Anna zog, hätte es keinen Sinn gehabt, für wenige Minuten zurück zum fernen Haus des Totengräbers zu eilen – soviel Zeit blieb uns nicht. Mit Erschrecken wurde mir klar, daß auch ich bereits mit Jacobs nüchterner Sachlichkeit die Dinge betrachtete; ich schwor mir, es kein weiteres Mal soweit kommen zu lassen. Ich liebte meinen Bruder aus tiefstem Herzen, indes war mir manchmal sein präzises Planen, sein trockener Intellekt ganz und gar zuwider. Selbst seine Liebe war durchdrungen von kalter Logik.

Als der Nachtwächter durch die Gassen zog und die spärlichen Lampen in ihren Glaskäfigen entzündete, brachen wir auf. Ein letztes Mal bat ich Jacob, seine Entscheidung zu überdenken, denn so er schon keine Furcht vor den Schrecken des Tempels hegte, so sollte er sich doch der Gefahren eines Hafenviertels bei Nacht erinnern; alles vergebens. Sein Entschluß stand fest wie eine Eiche.

Zu meiner Erleichterung erreichten wir die betreffende Gasse ohne unliebsame Begegnungen mit Räubern und Mordbuben. Die Vorderseite der Tempelschuppen war dunkel und hob sich kaum vom Nachthimmel ab. Auch am Ende des Eingangstunnels brannte kein Licht. Der Schein einer fernen Laterne erfüllte die Gasse mit diffusem Zwielicht, fast, als befänden wir uns unter Wasser. Angst bemächtigte sich meiner Sinne, und eine ganze Weile standen wir reglos im Schatten eines Torbogens und überlegten, wie wir uns dem Tempel unentdeckt nähern könnten.

Flüsternd einigten wir uns darauf, über einen baufälligen Zaun zu steigen. Selbst Jacob schien nicht wohl bei der Vorstellung zu sein, was uns auf der anderen Seite erwarten mochte. Leise sprachen wir uns Worte der Aufmunterung zu und warteten auf den Augenblick, in dem die Uhr unseres Mutes die gegebene Sekunde anzeigen würde.

Schließlich machten wir uns auf, und es gelang uns tatsächlich, den Lattenzaun ohne verräterische Laute oder gar Mißgeschicke zu überwinden. Ganz in der Nähe bellte ein Hund, ein zweiter gesellte sich hinzu. Zu Säulen erstarrt standen wir da, fest damit rechnend, in jedem Moment aus der Dunkelheit von einer zähnefletschenden Bestie angegriffen zu werden. Doch das Bellen erklang weiter, ohne sich uns zu nähern.

Der Zaun grenzte an einen winzigen, dreieckigen Hof, dessen übrige Seiten von den Wänden zweier Schuppen gebildet wurden. In einer klaffte ein offener Durchgang, ein pechschwarzes, zahnloses Maul. Ein letztes Mal horchte ich auf die Geräusche des Hafens in der Ferne, auf die Rufe der Männer am Kai und das Brüllen der Kapitäne und Steuermänner. Dann umfing uns die leblose Finsternis und schluckte jeden Laut der Außenwelt mit ihrer seidigen Stille.

Es währte einige Zeit, ehe meine Augen sich an die Dunkelheit gewöhnten, und erst, nachdem eine weitere Weile verstrichen war, wagten wir, tiefer in das Gebäude einzudringen. Wir gingen nebeneinander, getrauten uns kaum zu atmen und sprachen kein Wort. Vorsichtig setzte ich Fuß vor Fuß. Was in dem Schuppen gelagert wurde, war nicht zu erkennen, so daß ich inbrünstig hoffte, nicht ausgerechnet in ein Schlafquartier geraten zu sein; zumindest hatte die Anlage nicht ausgesehen, als sei sie Tag und Nacht bewohnt.

Jacob keuchte plötzlich auf und zuckte zurück. Er war gegen etwas gestoßen, einen finsteren, kantigen Block, einen Tisch oder Altar. Ich wollte so schnell wie möglich weiter, doch Jacob blieb stehen und tastete mit beiden Händen über die Oberfläche des steinernen Blocks.

»Dachte ich's mir doch«, flüsterte er schließlich fast lautlos. »Hier.« Damit zog er meine Hand zu sich heran und preßte etwas in meine Finger, einen länglichen, glatten Gegenstand – eine Kerze. Auch er selbst nahm eine an sich, beide waren bis zur Hälfte heruntergebrannt. Er tastete weiter über den Stein, zog seine Hand jedoch nach einer Weile zurück. »Keine Zündhölzer«, meinte er enttäuscht.

Einige Schritte weiter führte der Schuppen plötzlich um eine Ecke, dahinter war ein schwaches Glimmen zu erkennen. Schon nach wenigen Augenblicken erreichten wir den Absatz einer Treppe, die hinab ins Erdreich führte. Soweit es von hier oben zu erkennen war, mündete sie etwa zwanzig Stufen tiefer in einen Gang oder Stollen, von dem aus der stumpfe Lichtschein heraufdrang.

Jacob wollte ohne Zögern vorangehen, doch ich hielt ihn an der Schulter zurück. »Willst du wirklich dort hinunter?«

»Was sonst? Sollen wir die ganze Nacht ohne Ziel durch die Dunkelheit irren?«

»Falls sie Elisa wirklich gefangenhalten – was du behauptet hast, lieber Bruder –, so könnte sie sich ebensogut hier oben befinden.« Ich beugte mich vor, um sein Gesicht besser erkennen zu können. »Aber daran glaubst du selbst nicht mehr, nicht wahr? Es geht dir nicht um Elisa.«

Er schüttelte meine Hand ab. »Natürlich geht es um sie«, verteidigte er sich, eine Spur lauter als nötig.

Ich setzte an, zu widersprechen, doch dann besann ich mich eines Besseren. Es war sinnlos und gefährlich, an diesem Ort zu streiten. Die Gelegenheit dazu hatte ich verstreichen lassen, eben erst, im Kaffeehaus, und nun mußte ich mich mit der Entscheidung abfinden. Wir waren längst zu weit gegangen, um unser Vorhaben nun abzubrechen. Zumindest gab ich mir Mühe, mir dies einzureden.

So schlichen wir die enge Treppe hinunter und traten auf einen

Gang, der ebenso spärlich befestigt war wie jene, durch die man uns am Nachmittag geführt hatte. Wie in einem Bergwerk stützten alle vier bis fünf Schritte schwere Balken die rohen Wände aus Erdreich und Gestein. Die Decke war mit Holzlatten verstrebt, doch ich bezweifelte, daß sie einem Erdrutsch standhalten würden. Als ich mit einem Finger über die Wand fuhr, bemerkte ich ein feines Wurzelgeflecht, das die Erde durchzog wie ein Spinnennetz; offenbar verlieh ihr dies den nötigen Halt.

Je zehn Schritte zur Rechten und Linken brannten winzige Öllampen in groben Wandhalterungen. Der Stollen war gerade breit genug, daß zwei Männer nebeneinander gehen konnten, und die Höhe erlaubte es eben noch, sich aufrecht zu halten. Die hochgewachsene Priesterin würde in ihrem eigenen Reich den Kopf beugen müssen. Der Gedanke amüsierte mich, trotz des gefahrvollen Ernstes jener Stunde.

Ohne besonderen Grund wandten wir uns nach rechts; nach welchen Kriterien hätten wir auch entscheiden sollen, wenn nicht nach denen plötzlicher Eingebung.

Vorsichtig und bemüht, jedes Geräusch zu vermeiden, schlichen wir vorwärts, tiefer in das unterirdische System der Stollen und Flure, der Kammern und Hallen. Einmal führte uns der Weg über eine hölzerne Balustrade, von der man einen erstaunlich großen Saal überblickte; er war leer bis auf einige Götzenfiguren, die mit groben Tuchern verhangen waren.

Die Öllampen brannten mal in größeren, mal in kleineren Abständen, ihr gelber Schein zuckte über die rohen Wände, und immer wieder klafften tiefschwarze Schatten rechts und links des Weges. Manche schienen sich zu bewegen, als wir an ihnen vorübergingen, und erst nach einiger Zeit wurde mir klar, daß es nur unsere eigenen Schatten waren, die sich mit jenen an den Wänden vereinigten und ihnen dabei den Anschein von Leben gaben.

Die schiere Größe dieser verborgenen Welt machte mich anfangs wundern, schien sie sich doch nicht allein unter den oberirdisch gelegenen Teilen des Tempels, sondern weit darüber hinaus auszudehnen. Schnell wurde mir allerdings klar, daß der Eindruck täuschte: Immer wieder machten die Gänge scharfe Biegungen, schienen sich in Form einer riesigen Spirale ineinanderzuschrauben. Dadurch entstand die Illusion enormer Länge.

Als ich Jacob diese Beobachtung mitteilte, zeigte er sich unbeeindruckt. »Ich habe es bereits bemerkt«, versetzte er zu meinem Verdruß. »Trotz aller Abzweigungen und Kreuzungen laufen die Stollen wie ein gewaltiges Schneckenhaus an einem einzigen Punkt in der Mitte zusammen. Ein kluger Kopf, der diese Anlage geplant hat.«

»Was mag in ihrer Mitte liegen?«

»Vermagst du das nicht zu erraten?«

»Natürlich«, entfuhr es mir da, »der Zeremoniesaal!«

»Ich wäre höchst erstaunt, wenn es anders wäre.«

Bislang waren wir auf unserem Weg keiner Menschenseele begegnet, und obwohl wir einen Blick in jeden Raum und jede Kammer wagten, schien es doch, als sei der Tempel verlassen. Dagegen sprachen freilich die entzündeten Öllampen.

Nach einer Weile wurden die geraden Teile der Stollen immer kürzer, und die Ecken und Biegungen häuften sich. Das Zentrum des Tempels rückte näher und näher, und obgleich sich meine Furcht während der vergangenen Minuten ein wenig in den Hintergrund meines Denkens gedrängt hatte, kehrte sie nun schlagartig und mit aller Macht zurück. Meine Beine schienen einer seltsamen Lähmung anheimzufallen, und mein Herz schlug und schlug und geriet mehr und mehr aus dem Takt.

Als sei dies des Ungemachs nicht genug, blieb Jacob unvermittelt stehen.

»Was ist?« fragte ich.

»Mir war, als hätte ich etwas gehört.«

»Bist du sicher?«

»Ich glaube schon.«

»Stimmen?«

Er hob den Kopf, ganz langsam, und blickte über meine Schulter nach hinten. »Nein«, sagte er, und plötzlich glänzten seine Augen voller Furcht. »Schritte!«

Damit packte er meinen Rockaufschlag und riß mich kräftig nach vorne. Eine Hand schoß von hinten über meinen Kopf hinweg, griff ins Leere.

»Weg hier!« schrie Jacob, und trotz meiner Angst, trotz der Gefahr in meinem Rücken war es ein seltsames Gefühl, ihn plötzlich in Panik zu sehen.

Ich stürzte davon, ohne mich umzusehen, erst hinter Jacob her, dann mit ihm auf einer Höhe. Hinter uns vernahm ich Schritte, viele Schritte, von mehr als einer Person. Sie folgten uns, immer schneller, und das Keuchen der Verfolger hallte von den erdigen Stollenwänden wider, flirrte um meine Ohren wie fette Insekten. Ein Mann rief etwas – auf Polnisch oder Ägyptisch, ganz egal –, und aus einer Tür, fünf oder sechs Schritte vor uns, trat eine weitere Gestalt, so groß und schwer, daß sie fast den ganzen Gang erfüllte. Der Koloß hatte einen Schleier vor dem Gesicht – dies dachte ich zumindest, bis mir klar wurde, daß es kein Schleier war, sondern Schriftzeichen, die er sich auf die Haut gezeichnet hatte. Ehe wir mit ihm zusammenprallen konnten, zog Jacob mich in eine schmale Abzweigung zur Rechten. Wir stolperten eine Treppe hinunter, durchaus in dem Wissen, daß damit die Möglichkeit einer Flucht ins Freie noch geringer wurde, doch eine andere Wahl blieb uns nicht. Und dann, ganz unverhofft, standen wir im Zeremoniesaal, wo wir am Nachmittag Zeugen des albernen Schwindels geworden waren. Nur, daß er mit einem Mal so albern gar nicht mehr schien – im Gegenteil: Der Logentempel war zur tödlichen Falle geworden, und alles, was sich darin befand oder in seinen Kammern vorging, erschien mir nun in gänzlich anderem Licht. Zweifellos war es die heillose

Angst, die diesen Eindruck in mir weckte; an unserer hoffnungslosen Lage änderte diese Einsicht freilich nichts.

Der Saal war verlassen, doch unsere Verfolger polterten hinter uns bereits die Treppe hinunter. Jacob stand da und sah sich ratlos um, die Augen weit aufgerissen, wie ein waidwundes Tier in der Enge.

»Komm!« rief ich, sprang die Bühne hinauf und riß an jener Stelle die Wandbehänge auseinander, wo ich vor wenigen Stunden die Priesterin und ihr Gefolge hatte hervortreten sehen. Ein weiterer Stollen mündete hier in den Saal. Wir liefen hinein und waren bereits mehrere Schritt weit gekommen, als ich herumfuhr und zurückeilte. Der Durchgang besaß eine Tür, die weit geöffnet war; diese schlug ich nun hinter uns zu und schob den Riegel vor. Vielleicht würde das unsere Verfolger für einen Augenblick aufhalten. Vorausgesetzt, sie kannten keine Abkürzung, über die sie uns den Weg abschneiden konnten.

Der düstere Stollen führte in einen Lagerraum, in dem man Kisten, Krüge, ja sogar einen vielfarbig schillernden Sarkophag aufbewahrte. Die Krüge besaßen keine Deckel, und im Vorbeilaufen sahen wir gleichzeitig, was sich darin befand.

Sand.

Heller, feinkörniger Wüstensand.

Jacob griff hinein und stopfte sich eine Handvoll in die Rocktasche. Es blieb keine Zeit, den Fund zu betrachten. Vereint rannten wir weiter, durchquerten das Lager und erreichten im fahlen Dämmerlicht eine Tür. Sie ließ sich mühelos öffnen, dahinter führte eine eiserne Wendeltreppe nach oben.

Der enge Schacht spie uns hinaus in einen der Schuppen. Hier herrschte stockfinstere Nacht, die uns als Schutz durchaus zugute kommen mochte. Ehe wir aber verschnaufen oder uns gar am hoffnungsvollen Verlauf der Flucht erfreuen konnten, geriet die Schwärze in Wallung, ein Holztor wurde aufgestoßen, und ein Mann sprang herein. Er trug ein weites Gewand, und auf seinem

Kopf saß eine fremdartige, bucklige Haube. In einer Hand hielt er einen langen Gegenstand, einen Stock oder – bei Gott! – einen Säbel!

Vor dem grauen Rechteck des Tors war der Mann nur ein Umriß, ein dräuender Scherenschnitt. Langsam kam er auf uns zu. Ich warf mich herum, wollte zur Rückwand des Schuppens entweichen, doch was ich dort sah, ließ mich erstarren. Der schwache Lichtschimmer, der über die Schultern des Mannes hereinkroch, hatte sich über ein gutes Dutzend Gesichter gelegt. Tote Gesichter.

Mumifizierte Fratzen, eingefallen wie Trockenobst, starrten uns aus dem hinteren Teil des Schuppens entgegen, mindestens fünfzehn rottende Leichen. Das allerschlimmste aber, das grauenvollste, schrecklichste war, daß sie aufrecht standen. Sie lagen nicht da, aufgebahrt oder achtlos abgelegt. Nein, sie standen wie ein Regiment grauer Soldaten beim Appell, umwickelt mit schmutzigen, zerfaserten Binden, unter denen sich ihre Körper nach innen wölbten wie zerklüftete Felsenlandschaften. Ihre brüchigen Rücken lehnten an der hinteren Wand des Schuppens, es schien, als sollten sie noch eine Ewigkeit so dastehen.

Jacob faßte sich als erster. Nachdem er begriffen hatte, daß es sich bei den schweigenden Gestalten um Tote handelte, die niemandem gefährlich werden konnten, sprang er auf die Leichen zu. Im selben Augenblick fraß sich an der Stelle, wo er eben noch gestanden hatte, die Schneide des Säbels in die Erde. Der Mann riß seine Waffe zurück, holte erneut aus, um diesmal nach mir selbst zu schlagen, doch ich brachte mich mit einem verzweifelten Sprung in Sicherheit. Ich taumelte, fort von dem Säbelmann, und wich gleichfalls nach hinten zurück. Angst und Dunkelheit benebelten meine Sinne, und ehe ich mich versah – oder Jacobs Aufschrei mich hätte warnen können –, stieß ich gegen eine der Mumien. Der Tote rutschte zur Seite, schien einen Moment lang reglos in der Luft zu schweben, dann krachte er in einer Staubwolke zu Boden, genau zwischen mich und den Feind.

Der Säbelmann blieb wie versteinert stehen. Dann ging er fassungslos in die Knie und berührte das papierne Gesicht zärtlich mit den Fingerspitzen. Nicht zärtlich genug – der vertrocknete Kopf brach ab und rollte zur Seite. Mit einem hohen Schrei sprang der Mann zurück, ließ in panischer Furcht gar den Säbel fallen und stürmte hinaus.

Jacob und ich sahen uns an, staunend, überrascht, daß wir noch lebten.

»Wo sind wir hier?« fragte ich mit schriller Stimme.

Er zeigte sich wieder Herr seiner Sinne. »In einer Art Gruft, vermutlich. Wahrscheinlich bewahren sie hier die Toten auf, ganz wie ihre Vorbilder, bis ...«

»Bis was?«

»Woher soll ich das wissen? Vielleicht verschiffen sie die Leichen nach Ägypten oder –« Er brach ab und lauschte erneut. Furcht kroch erneut über sein Antlitz. »Sie kommen!«

Auch ich vernahm sie, wütende Stimmen und scharrende Füße auf dem festgestampften Boden. Nur Sekunden später drängten sich sieben oder acht Umrisse im Tor des Schuppens. Alle waren mit Stöcken und Säbeln bewaffnet.

»Kommt heraus«, forderte eine Stimme mit herbem polnischem Akzent.

Jacob warf mir einen hilflosen Blick zu, und im selben Augenblick kam mir eine Idee. Mit Todesverachtung ergriff ich mit beiden Händen eine der Mumien. Der ausgedörrte Körper war stocksteif und viel leichter, als ich erwartet hatte. Ich hob den Toten wie eine alte Zaunlatte mit ausgestreckten Armen über meinen Kopf und bemerkte, nicht ohne ein gewisses Maß an hämischer Freude, daß ein entsetztes Stöhnen durch die Reihe der Männer ging.

Jacob begriff, und obgleich sein Gesicht vor Schreck erbleichte, tat er es mir nach. Es muß ein grotesker Anblick gewesen sein, den wir boten: Zwei junge Männer, die verdorrte Leichen über ihren Köpfen balancierten, als gehe es darum, ein akrobatisches Glanzstück zu vollbringen. Langsam hielten wir so auf das Tor des Schuppens zu, wo die Bewaffneten Schritt für Schritt vor uns zurückwichen. Sie wagten keinen Angriff; eine der Leichen hätte zu Boden fallen und Schaden nehmen können.

Unter den haßerfüllten Blicken der Männer traten wir ins Freie, unbescholten, obwohl die Spitzen der Säbel scharf und glänzend in unsere Richtung wiesen. Ich sah mich um und bemerkte, daß wir uns in jenem engen Hofe befanden, von dem aus der Eingangstunnel hinaus in die Gasse führte. Wenn es uns gelingen würde, die Gegner so lange in Schach zu halten, bis wir das andere Ende des Tunnels erreicht hatten, mochten wir mit heiler Haut davonkommen. Ich wagte ein stilles Gebet, obwohl ich bezweifelte, daß der Herr unsere Mittel gutheißen würde.

Die Männer hatten sich auf dem Hof verteilt und uns umringt. Zwei standen mit erhobenen Waffen vor dem Durchgang zur Gasse.

»Zurück!« rief ich ihnen entgegen.

Zu meiner grenzenlosen Überraschung gehorchten sie sofort. Der eine wich zur rechten, der andere zur linken Seite, und die hohle Gasse lag leer, schwarz und verlockend vor uns.

Einer der Bewaffneten zischte den anderen etwas auf Polnisch zu, doch der erwartete Angriff blieb aus. Wir betraten den Durchlaß und mußten aufgrund der Enge die Mumien herunternehmen und sie statt dessen wie Schutzschilde vor unsere Körper halten. Jacob ging voran und schirmte uns nach vorne ab, ich folgte rückwärtsgehend, um mögliche Verfolger auf Abstand zu halten.

Wir hatten fast den Ausgang erreicht, als am hinteren Ende des Durchgangs, dort, von wo wir gekommen waren, eine große, schlanke Gestalt erschien. Sie trug einen hohen Kopfschmuck, der aussah wie ein mächtiger schwarzer Schmetterling.

»Es soll Euch erlaubt sein zu gehen«, rief die Priesterin, »aber legt unsere Brüder am Eingang ab. Nehmen sie Schaden, seid Ihr des Todes.«

Ich ersparte mir die Antwort, drängte statt dessen Jacob zur Eile. Ohne aufgehalten zu werden erreichten wir die Gasse. Nach einem Augenblick des Zögerns betteten wir die Mumien vorsichtig auf den staubigen Grund. Trotz zitternder Hände und bebender Knie gelang es uns, die brüchigen Körper nicht zu beschädigen.

Dann warfen wir uns gleichzeitig herum und stürzten davon.

Wir liefen die dunkle Gasse hinunter, um eine Biegung, entlang uralter Häuser, über einen kleinen, menschenleeren Markt, vorbei an gurgelnden Wasserspeiern, die reglos über einen Brunnen wachten. Wir liefen und liefen, bis meine Lunge zu zerreißen drohte, und mein Atem jedes andere Geräusch übertönte. Als wir nach Minuten endlich stehenblieben und verschnauften, waren wir allein auf einer leeren, nächtlichen Straße. Niemand verfolgte uns.

Jacob sah mich an und sagte etwas.

Ich verstand ihn nicht. Statt dessen blickte ich nur auf meine Hände, erinnerte mich, was sie gehalten hatten, und erbrach mich schließlich in die gnädige Schwärze der Schatten.

* * *

Das Haus an der Friedhofsmauer kauerte in der Finsternis wie ein unförmiges, dunkles Ungetüm, nur scheinbar schlafend, tatsächlich voller Tücke, bereit zur Offenbarung seiner Schrecken.

Nebel kroch über die Straße und stob bei jedem unserer Schritte in weißen Wirbeln auseinander. In einem der Häuserkadaver auf der gegenüberliegenden Straßenseite schrie ein Kater, ein hohes, kreischendes Jammern, wie der Geist eines Kindes, der durch die Ruinen streifte, auf der Suche nach Wärme, nach Schutz, nach Leben.

Es war weit nach Mitternacht, als wir den alten Gottesacker erreichten. Wir mochten noch hundert Schritt vom einsamen Haus des Totengräbers und seiner Frau entfernt sein, als Jacob plötzlich sagte: »Die Priesterin ist nicht Rosa.«

»Was macht dich da so sicher?«

»Sie hat uns entkommen lassen.«

»Sie wollte das Seelenheil ihrer Toten nicht aufs Spiel setzen.«

»Glaubst du wirklich, sie hätte uns nicht einfangen können, nachdem wir die Mumien abgelegt hatten? Ihre Männer kennen wahrscheinlich jeden Winkel Warschaus. Nein, sie hat zugelassen, daß wir entkamen.«

»Weshalb hätte sie das tun sollen?«

»Vielleicht waren wir es ihr nicht wert, die preußischen Behörden gegen sich aufzubringen. Sie weiß, daß die Loge nur geduldet wird, so lange sie unauffällig bleibt.«

Ich mochte mich mit seinen Mutmaßungen nicht zufriedengeben. »Aber was hat das mit dem Namen in Elisas Kutsche zu tun?«

»Elisa hat diese Buchstaben offenbar als Warnung verstanden. Doch vor einer Frau, die uns so bereitwillig laufenläßt, hätte sie uns kaum in einem Augenblick höchster Not, ja Todesgefahr, warnen wollen.«

»Und wenn der Name keine Warnung war?«

»Versetze dich in Elisas Lage. Stelle dir vor, Spindels Schergen sitzen dir im Nacken und du weißt, jeden Augenblick gehst du ihnen in die Falle – für welche Art von Botschaft würdest du dir Zeit nehmen? Doch sicherlich nur für etwas von allergrößter Dringlichkeit.«

»Aber wenn Rosa jemand ist, den wir hier in Warschau aufsuchen sollen?«

»Hoffmann ist unser Vertrauensmann in der Stadt. Elisa hätte uns nicht durch weitere Anlaufpunkte verwirren wollen.« Er machte eine kurze Pause; wir hatten das Haus nun fast erreicht. Der Nebel teilte sich zu unseren Füßen und schlug in dunstigen Wogen gegen die Friedhofsmauer wie Wasser in einem Hafenbecken.

»Aber in einem hast du recht«, fuhr Jacob schließlich fort. »Es gibt eine weitere, letzte Möglichkeit.«

»Und welche ist das?«

»Rosa ist keine Verbündete, das können wir ausschließen. Gehen wir einmal davon aus, sie sei auch keine Gegnerin. Was bleibt?«

Ich zuckte mit den Achseln.

»Ein Opfer«, sagte er. »Jemand, den es zu retten gilt.«

Ich schenkte ihm einen zweifelnden Blick. »Darüber hast du all die Tage nachgedacht, während du auf diesen Stoffetzen gestarrt hast?«

»Es ist die einzige Möglichkeit. Elisa hätte ihre ablaufende Zeit nur für eine flehentliche Bitte um Beistand genutzt. Beistand für jemanden, der in Todesgefahr schwebt.«

Ganz trefflich hast du dir das zurechtgelegt, wollte ich bemerken, doch im letzten Moment vermochte ich meine Zunge zu zügeln. Seine Ausführungen schienen mir die verzweifelten Wunschträume eines liebesblinden Gockels; was das aber anging, mochte es mir besser anstehen, zu schweigen.

Wir erreichten die Haustür, ich pochte gegen das Holz. Es klang tief und hohl, wie Spatenschläge auf einem Sargdeckel. Als niemand öffnete und auch kein weiterer Laut im Inneren des Hauses zu vernehmen war, klopfte ich erneut. Dann ein drittes Mal. Vergebens.

Ich sah Jacob an, und mehr noch als die unheilvolle Stille erschreckte mich das, was ich in seinen Augen las. Da waren tiefe Unsicherheit, nagender Zweifel – und Angst. Ich hatte gehofft, er wüßte eine Erklärung, irgend etwas, das mich beruhigen würde, doch statt dessen spiegelte sich in seinem Blick nur meine eigene Furcht.

Schrecken fuhr durch mein Hirn wie ein eiserner Dorn. Ich hämmerte mit beiden Händen gegen die Tür, die Schläge hallten dumpf durch die Nacht. Was war hier geschehen, während wir fort waren? Wo waren der Alte und seine Frau? Und wo war Anna?

Der Gedanke an sie machte mich rasend, die Sorge brachte mich fast um den Verstand. Ich schlug auf die Klinke, doch die Tür war verriegelt. Immer noch rührte sich im Haus nichts. Die Dunkelheit, der Nebel und die entsetzliche Stille schienen mich von allen Seiten zu bedrängen, sie krochen in meinen Körper, verschleierten jeden klaren Gedanken. Weiter schlug ich gegen die Tür, rief jetzt Annas Namen, wieder und wieder.

Jacob packte mich mit aller Kraft und riß mich herum. »Faß dich!« zischte er. »Es hat keinen Sinn!«

Ich spürte, wie Tränen in meine Augen schossen, ich stand hilflos da und fühlte, wie sie Spuren über meine Wangen zogen. »Warum öffnen sie nicht, um Himmels willen? Warum regt sich niemand?«

»Ich weiß es nicht«, erwiderte er ehrlich, meine Arme immer noch fest im Griff. »Aber wir werden es herausfinden.«

Diesmal gab es kein Zögern, keinen Zweifel im Angesicht der Bedrohung. Nichts konnte mich davon abhalten, die Wahrheit zu erfahren. Ein seltener, kostbarer Augenblick.

Mein irres Klopfen an der Tür mochte bereits einen Gendarmen aufmerksam gemacht haben, deshalb wagten wir nicht, eines der Fenster zu zertrümmern, um so ins Innere zu gelangen. Wir beeilten uns, die Friedhofsmauer zu erklimmen und von ihr aus einen Blick auf die Rückseite des Hauses zu werfen. Hintertür und Fenster waren aus diesem Winkel nicht zu erkennen, und so blieb uns keine Wahl, als hinab in den Nebel zu springen. Der Boden lag verborgen unter grauen Schleiern, nur Grabsteine und Kreuze ragten aus dem wogenden Dunst. Die Sicht reichte nur wenige Meter weit, dann verschluckte die Nacht das weite Gelände. Hier und da streckte ein flehender Cherubim seine steinernen Hände aus den Schatten, anderswo ragten Engelsflügel aus dem Nebel wie Hornplatten auf dem Rücken eines Drachen. Ein schwacher Wind ließ die Baumkronen flüstern, leise, raschelnd, mit Stimmen voller Rätsel. Ich fragte mich, ob auch die Toten träumten und ob sie Anna je davon erzählt hatten.

Wir fanden die Leiche des Totengräbers an der Hintertür. Sein nackter Körper lag auf der Schwelle, starr und kalt; der Nebel kroch achtlos über die dürren Glieder, tastete mit grauen Tentakeln ins Haus.

Man hatte dem Alten genommen, was er nie wieder brauchen würde. Das Hemd. Die Hose.

Seine Augen.

In den Höhlen schimmerte weißer Sand.

Jemand hatte seinen Brustkorb geöffnet, die Innereien entnommen und neben der Leiche zu einer glitzernden Pyramide aufgeschichtet. Sein Glasauge lag obenauf wie eine Kindermurmel.

Etwas Merkwürdiges geschah. Ich sah die Leiche und spürte nicht das mindeste Entsetzen, keine Trauer, kein Ekel regte sich in mir. Jacob wandte sich mit einem Keuchen ab, doch ich selbst nahm jede Einzelheit des verstümmelten Körpers mit gläserner Schärfe wahr. Ich dachte nur: Was, wenn du ins Haus gehst und Anna liegt vor dir, die wunderbaren Augen ausgeschält, ihr Körper eine einzige Wunde? Was wirst du tun?

Dann, plötzlich, geriet meine Seele in Wallung, und das wilde, ungebändigte Trommeln meines Herzens erfüllte meine Ohren mit seinem dumpfen Klang. Ein Zittern durchfuhr mein ganzes Wesen, das Diesseits umfing mich mit seinem grausamen Geruch nach Blut und Tod. Vorsichtig setzte ich einen Fuß über den

Leichnam hinweg, wagte mich hinein in das lichtlose Schlachthaus, und schon nach wenigen Schritten stieß ich auf die alte Frau. Sie lag ausgeweidet auf dem Küchentisch, ihr Kopf war zur Seite gerollt, der Sand aus ihren Augen zu Boden gerieselt. Ihr Starren aus diesen schwarzen, blicklosen Wunden stach wie glühende Klingen in mein Innerstes, und ein scheußlicher Schwindel bemächtigte sich meiner. Ich taumelte zurück, stieß mit dem Rücken gegen eine Wand, kreiselte dann herum und rannte wie ein Wahnsinniger von Raum zu Raum, die Treppe hinauf, durch die Schlafzimmer. Nirgends eine Spur von Anna.

Jacob lehnte immer noch am Rahmen der Hintertür, als ich wieder ins Freie sprang, an ihm vorbei, hinaus auf den Friedhof. Der Nebel zerriß, ich rannte zwischen den Gräbern umher, schrie immer wieder ihren Namen, laut, immer lauter, bis sich die Welt um mich zu drehen schien, ein einziger, finsterer Wirbel. Die Dunkelheit versank im Nichts, ich mit ihr, als stürzte meine Seele in rasendem Fall hinab in des Hades grausigen Schoß. Um mich, in mir, überall waren Nacht und Angst und tiefstes Verderben.

Anna. Großer Gott, wo bist du?

Dann kehrten die Formen zurück und mit ihnen mein Verstand. Jacob stand plötzlich neben mir, sprach beruhigend auf mich ein. Es währte eine Weile, bis die Worte zu mir durchdrangen.

»Sie ist nicht hier«, sagte er immer wieder und hielt meine Schultern gepackt. »Anna ist nicht hier.«

»Aber wo?« schrie ich. »*Wo* ist sie?«

»Fort. Entführt.«

Ich schüttelte hastig den Kopf, als könne ich damit auch die Rückkehr der irren Raserei vereiteln. »Wer hat das getan?«

»Der Sandmann.«

»Das alles kann doch kein Zufall sein.«

»Nein, natürlich nicht.«

»Waren wir es, die er gesucht hat?«

»Vielleicht. Er will uns einschüchtern, und wahrscheinlich hält er Anna als Faustpfand.«

»Faustpfand wofür?«

»Für Schillers Manuskript. Wer immer diese Morde begeht, er will die letzten Kapitel des *Geistersehers*.«

»Aber er hat schon so oft gemordet, lange, bevor wir das Manuskript nach Warschau brachten.«

Jacob wiegte den Kopf in einem nachdenklichen Nicken. »Es muß noch einen anderen Grund für die Morde geben. Aber ich bin sicher, am Ende treffen sich alle Fäden bei Schillers Werk.«

»Die Loge«, entfuhr es mir. »Deshalb ließ die Priesterin uns entkommen.«

»Das wäre naheliegend. Und trotzdem glaube ich nicht daran.«

Plötzlich kam mir ein Gedanke. »Der Sand. Der Sand aus dem Tempel. Wir müssen ...«

Jacob fiel mir ins Wort. »Ich habe ihn bereits mit jenem in den Augen des alten Mannes verglichen. Es ist zweifellos der gleiche.«

»Aber das ist der Beweis.«

»Wofür? Für die Schuld der Loge?« Er schüttelte den Kopf. »Oder für den Anschein ihrer Schuld?«

»Das macht keinen Sinn. Warum sollte jemand ...«

Jacob war in höchst reizbarer Stimmung. »Warum sticht jemand Menschen die Augen aus und füllt sie mit ägyptischem Wüstensand? Warum schichtet er die Gedärme seiner Opfer zur Form einer Pyramide?«

»Ein Ritual der Loge.«

»Das ist die eine Möglichkeit. Aber hältst du die Priesterin für so töricht? Vielmehr glaube ich, wenn sie dahintersteckte, würde sie die Leichen verschwinden lassen. Diese Morde aber begeht jemand, der will, daß man die Toten findet. Zudem glaube ich Hoffmann, wenn er sagt, die Obrigkeit sei längst jeder Spur gefolgt, auch der zu Cagliostros Erben. Und die Tatsache, daß der

Tempel noch geöffnet und seine Hohepriester auf freiem Fuß sind, spricht nicht dafür, daß man irgendeinen Beweis gegen sie entdeckt hat.«

Verzweiflung überkam mich und ließ meinen Körper erzittern. Bebend ließ ich mich auf dem Sockel eines Granitengels nieder, verbarg das Gesicht in beiden Händen. »Was können wir tun, um Anna zu retten?«

Jacob berührte mich sanft an der Schulter. »Zweifellos wird man Forderungen stellen, früher oder später.«

»Und wenn der Mörder das Manuskript verlangt? Es liegt in Hoffmanns Tresor, und er wird kaum bereit sein, es herauszugeben.«

»Falls das überhaupt nötig ist.« Für einige Sekunden schloß er die Augen, dann erhob er sich. »Wir müssen zu Hoffmann.«

»Mitten in der Nacht? Wir wissen nicht einmal, wo er wohnt.«

»Dann warten wir auf ihn.«

»Bis er seinen Rausch ausgeschlafen hat?«

Mein Bruder war voller Ungeduld. »Ehe wir nicht mit ihm gesprochen haben, können wir die Behörden nicht alarmieren.«

»Hoffmann ist die Behörde.«

»Ja«, sagte er leise, drehte sich um und ging davon. Der Nebel trug ihn fort, schluckte jeden seiner Schritte. Nach einer Weile stand ich auf und folgte ihm. Über mir fächerten die Kronen der mächtigen Eiben hinauf in den Nachthimmel. Es sah aus, als hätten sich die Sterne in dem schwarzen Netzwerk aus Ästen und Zweigen verfangen wie Leuchtkäfer in einem Spinnennetz.

* * *

Entgegen meiner Erwartung erschien Hoffmann wenige Stunden später, gegen sieben Uhr am Morgen, vor dem Portal des Regierungsgebäudes. Mit der Behäbigkeit eines Schlafwandlers stieg er aus einer Droschke, warf dem Kutscher eine Münze zu und wäre danach fast an uns vorübergelaufen, hätte Jacob nicht seinen Namen gerufen. Er musterte uns mit trunkenem Blick aus roten, müden Augen, dann plötzlich erkannte er uns. Nervös trat er auf uns zu, sah erst Jacob, dann mich mit sorgenvollen Augen an. Von einer Sekunde zur anderen schien er die Nachwirkungen seines abendlichen Rausches unter bewundernswerter Kontrolle zu haben.

Wir wollten gleich mit der Schilderung der grauenvollen Ereignisse beginnen, doch sobald er erkannte, welchen Lauf unser Bericht nehmen würde, brachte er uns mit einer Handbewegung zum Schweigen, sah sich um und bat uns dann eindringlich mit hinauf in seine Amtsstube. »Und kein Wort mehr, bis die Tür ins Schloß fällt«, setzte er im Flüsterton hinzu.

So folgten wir ihm also nach oben, und der Weg dorthin schien kaum ein Ende zu nehmen. Endlich, hinter verschlossener Tür, berichteten wir ihm in aufgeregtem Wechsel, was vorgefallen war. Mit jedem Satz schien sein Gesicht an Farbe zu verlieren, und zuletzt stützte er sich kraftlos an der Kante seines Schreibtischs ab, als sei er innerhalb weniger Minuten um Jahrzehnte gealtert.

»Und Sie haben den Sand in ihren Augen deutlich gesehen?« fragte er, obwohl unser Bericht keinerlei Zweifel daran gelassen hatte.

Wir nickten.

Hoffmann versank in tiefes, melancholisches Schweigen, ein Trunkenbold, der nicht mehr weiterwußte. Schließlich sagte er leise und mit gesenktem Blick: »Ich habe es von Anfang an geahnt.«

Jacob merkte sofort auf. »Was geahnt?«

»Den Zusammenhang«, erwiderte Hoffmann. »Die Verbindung zwischen den Morden des Sandmanns und dem Manuskript.«

»Wären Sie wohl so freundlich, uns ihre Gedanken zu schildern.« Die Stimme meines Bruders klang scharf und gereizt. Er hatte seine Fassung schnell wiedergefunden, wie üblich, wenn er sich überlegen wähnte.

»Wie kann ich das, ohne Ihnen mehr von den Hintergründen zu offenbaren, als mir gestattet ist? Zudem: Es war stets mehr eine Ahnung als begründeter Verdacht. Doch etwas anderes will ich für sie tun.« Damit stieß er sich vom Schreibtisch ab und eilte wortlos an uns vorüber aus dem Zimmer.

Mehrere Minuten lang ließ er uns allein, dann kehrte er zurück, noch immer mit bleichem Gesicht, doch nun mit einer ledernen Mappe unter dem Arm wie Künstler sie zur Aufbewahrung ihrer Werke benutzen. Er legte sie auf den Tisch und sah uns an.

»Machen Sie sich keine Sorgen mehr«, sagte er. »Die Obrigkeit ist informiert, man wird sich um die Leichen kümmern. Ihr Name ist nicht gefallen, so daß Ihnen zumindest dies erspart bleibt.«

»Was ist mit Anna?« fragte ich eilig, erzürnt über jede Minute, die mit Reden vertan wurde, ohne sie zu suchen.

Niedergeschlagen trat er auf mich zu. »Sie sehen mich ratlos, Herr Grimm. Wo sollen wir mit der Suche beginnen? Alles, was wir tun können, ist abzuwarten, bis der Entführer Forderungen stellt. Vorausgesetzt ... aber lassen wir das.«

»Vorausgesetzt was?« fuhr ich ihn an. »Daß wir ihre Leiche nicht übersehen haben? Daß man sie nicht doch noch findet, tot, geschändet, die Augen aus den Höhlen gerissen?«

Er öffnete den Mund, fraglos um mich zu besänftigen, doch ich kam ihm zuvor.

»Sie interessiert nur Ihr verdammtes Manuskript, nicht wahr?« brüllte ich ihm entgegen. »Was zählt für Sie und Ihre geheimnisvollen Freunde schon ein Leben mehr oder weniger?«

»Wilhelm«, sagte Jacob sanft.

Doch diesmal ließ ich mir nicht den Mund verbieten. »Siehst du nicht, was er vorhat? Es schert ihn einen Dreck, was mit Anna geschieht. Ihn interessiert nur sein ... sein verfluchter Zusammenhang.« Ich legte alle Wut und Verbitterung in dieses letzte Wort, und Hoffmann fuhr zusammen. Er hatte sich weit weniger unter Kontrolle, als er vorgab; der Alkohol und ein Posten, der ihm keine Freude bereitete, hatten ihn mürbe gemacht, verletzlich und schwach.

»Ich werde für das Fräulein tun, was ich kann«, versprach er, und es klang ehrlich. »Doch dabei müssen Sie mir helfen, alle beide. Ich möchte Ihnen etwas zeigen.«

Er trat an den Schreibtisch und öffnete die Mappe. Darin befand sich ein schmaler Stapel grauer Zeichnungen. »Dies sind Portraits von Männern, die mit dem Sandmann in Verbindung gebracht werden«, erklärte er. »Zeugen haben sie in der Nähe der einzelnen Orte der Verbrechen gesehen und unseren Zeichnern beschrieben. Einige sind vollkommen unbrauchbar, weil ihnen jede Charakteristik fehlt, andere hingegen scheinen mir präziser. Ich möchte, daß Sie sich diese Bilder ansehen.«

»Zu welchem Zwecke?« fragte ich. »Wir sind erst seit zwei Tagen in Warschau und kennen keine Menschenseele außer Ihnen und dem Grafen.«

»Bitte tun Sie mir trotzdem diesen Gefallen. Wir müssen irgendwo beginnen, nicht wahr?«

Ich spürte, wie mein Zorn ein wenig nachließ, und beugte mich neben Jacob über die Mappe. Unter stetem Kopfschütteln schauten wir uns eines der Bilder nach dem anderen an. Es mochten an die zwei Dutzend Gesichter sein, welche die Zeichner mit ihren Federn eingefangen hatten, und Hoffmann hatte vollkommen recht: Einige waren ohne jedes Merkmal, einfach zwei Augen, eine Nase, ein Mund. Niemand würde irgend jemanden anhand dieser Zeichnungen erkennen.

Doch da waren auch andere, klarer in der Führung ihrer Linien, denen aufmerksame – oder phantasievolle – Zeugen ein scharf umrissenes Wesen gegeben hatten. Die Darstellungen reichten von jungen Halunken mit strähnigem Haar und verschlagenem Blick bis hin zu gealterten Edelmännern mit scharf rasierten Backenbärten und hochgeschlossenen Kragen.

Wir mochten bereits mehr als zwei Drittel der Zeichnungen beiseite gelegt haben, als Jacob plötzlich ein überraschtes Keuchen entfuhr.

»Den hier«, stieß er atemlos aus, »den hier erkenne ich.«

Hoffmann war sofort bei ihm und blickte auf das Blatt in seiner Hand. »Sind Sie sicher?«

»Aber ja doch«, sagte nun auch ich.

Zu dritt starrten wir in ein fülliges Gesicht mit langem, vollem Bart und freundlichen kleinen Augen, umrahmt vom Drahtgestell einer Brille. Der Mann schien zu lächeln.

Damals, als wir ihm begegneten, war ihm das Lachen längst vergangen. Auch hatte sein Gesicht die gesunde Form verloren. Der Bart war verwildert gewesen, strähnig und verklebt, jedoch lag die Ähnlichkeit eher im Gesamteindruck denn im Detail. Kein Wunder, denn wir blickten in das Gesicht eines Toten. Eines Mannes, dessen Körper Elisa von der Recke unter unseren Augen aus seinem Grab gerissen und geöffnet hatte. Es bestand nicht der geringste Zweifel.

Dies war der vergiftete Schauspieler aus Goethes Haus.

3

Moszinsky erwartete uns am Fuße der Schloßtreppe; nachdem ich um einen Besuch bei ihm gebeten hatte, hatte Hoffmann einen berittenen Boten gesandt, der unser Kommen ankündigte. Der Mann mußte unser Anliegen sehr dringlich gemacht haben, denn bei unserem Eintreffen war des Grafen Gesicht sorgenvoll, seine Stirn gerunzelt. Nichtsdestotrotz begrüßte er uns mit großer Freundlichkeit und bat uns sogleich hinein. Er führte uns auf eine steinerne Veranda, von der aus eine schmale Brücke über einen Teich hinaus in den Schloßpark führte. Der Vormittag war warm und sonnig, ganz unvereinbar mit unserer düsteren Stimmung. Auf dem Wasser glitten zwei Enten friedlich durch ein Kanallabyrinth zwischen großen, runden Seerosen.

Ich hatte weder Jacob noch Hoffmann erklärt, weshalb ich den Grafen zu sprechen wünschte, und obwohl sie murrten und mir mein Geheimnis entlocken wollten, fügten sie sich doch schließlich meiner Bitte. Hoffmann glaubte, nach den Vorfällen der Nacht in unserer Schuld zu stehen, und so schien er bemüht, jeden unserer Wünsche zu erfüllen, ohne ihren Sinn zu hinterfragen. Jacob hingegen wußte, daß ich nicht aus einer Laune heraus verlangen würde, Moszinsky zu sehen; er vertraute mir und meiner Vernunft.

Was den toten Schauspieler betraf – nun, dies war ein Rätsel, auf das niemand eine Antwort wußte. Elisa hatte erklärt, der Mann sei vor etwa zwei Monaten ermordet worden. Wie also hätte er der Sandmann sein können, der doch während dieser Zeit mindestens vier Opfer gefunden hatte, nämlich die beiden Leichen im Keller des Totengräbers, außerdem den Alten selbst und seine Frau? Trotz dieses unvereinbaren Widerspruchs mochten weder Jacob noch ich an einen Zufall glauben. Nicht nach all dem, was uns während der vergangenen Wochen widerfahren war. Alles schien miteinander verkettet, eine Vernetzung merkwürdiger Personen und Ereignisse, in der kein Platz war für Fatum und Willkür.

Hoffmann erklärte Moszinsky, was vorgefallen war, und der Graf zeigte sich ehrlich entsetzt. Er sprach uns sein tiefstes Mitgefühl aus und gab uns höflich zu verstehen, mit jeder Hilfe seinerseits rechnen zu können.

»Eben darum möchte ich Sie bitten«, sagte ich eilig, bevor einer der anderen mir mit weiteren Floskeln zuvorkommen konnte. Jacob und Hoffmann schenkten mir erstaunte Blicke, und auch der Graf musterte mich mit einem Ausdruck neugieriger Überraschung. Mir war nicht wohl dabei, doch es war zu spät, um jetzt noch einzulenken. Ich hatte einmal damit begonnen, nun mußte ich die Sache zu Ende führen.

»Ich denke«, fuhr ich fort, »daß wir im Augenblick nichts so sehr gebrauchen können wie Ihre Hilfe, Graf Moszinsky.«

Er sah erst mich, dann Hoffmann an; schließlich lächelte er. »Wie ich bereits sagte: Ich werde alles tun, was in meiner Macht steht.«

»Tatsächlich alles?« fragte ich.

Jacob räusperte sich verlegen, und Hoffmann öffnete den Mund, um etwas zu sagen, doch Moszinsky schüttelte, in seine Richtung gewandt, den Kopf.

»Junger Mann«, sagte er dann zu mir, »wenn Sie auf etwas ganz Bestimmtes hinausmöchten, dann bitte ich Sie, frei heraus zu sprechen.« Es klang nicht gereizt, sondern einfach nur freundlich; so, als hegte er nicht die geringste Ahnung, was ich andeuten wollte. Diese augenscheinliche Ehrlichkeit verunsicherte mich um so mehr, und ich mußte mir alle Mühe geben, meine Gefühle im Zaum zu halten.

»Ich glaube, daß Sie über weit mehr Macht verfügen, als Sie uns bislang offenbarten. Oder, was das angeht, auch unserem gemeinsamen Freund, Herrn Hoffmann.«

»Herr Grimm«, unterbrach mich dieser, »ich muß doch bitten, daß Sie ...«

Moszinsky schnitt ihm das Wort ab. »Nein, laß ihn ausreden.«

Ich dankte ihm und fuhr fort. »Bei unserer Ankunft in Warschau wurden wir im Regierungsgebäude Zeugen eines mysteriösen Vorfalls. Wir alle sahen Dinge, die in Wirklichkeit nicht da waren, man mag es Spukbilder nennen oder Täuschungen der Sinne. Ich für meinen Fall sah auf der Tür zur Amtsstube einen tiefen Schlund. Mein Bruder glaubte, einem lodernden Feuer gegenüberzustehen, und ich weiß, daß auch Herr Hoffmann etwas sah.« Ich wechselte einen Blick mit Jacob. Er nickte mir auffordernd zu, fortzufahren, wenngleich er offenbar ahnungslos war, was ich bezweckte. Hoffmann wirkte verwirrt und auch ein wenig verärgert. Es schien ihm nun leid zu tun, uns hierhergebracht zu haben.

Moszinsky lächelte sanft. Spätestens jetzt mußte er wissen, um was es mir ging, und es überraschte, ja, enttäuschte mich, daß er nicht den mindesten Versuch unternahm, mich zum Schweigen zu bringen.

Ungehindert setzte ich meinen Bericht fort: »Kurz nach diesem Vorfall sahen wir mehrere Personen auf der Flucht vor den preußischen Soldaten, und Herr Hoffmann erklärte uns, um wen es sich dabei handelte: eine Gruppe, die mit Hilfe übersinnlicher Fähigkeiten Anschläge auf den Geisteszustand der Besatzer verübt.«

Der Graf lachte auf. »So wie Sie es ausdrücken, Herr Grimm, klingt es fast wie ein Kompliment.«

Hoffmann musterte ihn voller Verblüffung, Moszinskys Belustigung machte ihn ratlos. Wieder wollte er etwas einwenden, doch der Graf winkte ab. »Lassen wir den jungen Mann seinen Gedanken zu Ende führen«, sagte er amüsiert.

Ich dankte mit einer Geste. »Zwei dieser Flüchtlinge und Attentäter sah ich gestern hier im Park. Sie stehen in Ihren Diensten, Graf Moszinsky, und lassen Sie mich meiner Überzeugung Ausdruck verleihen: Sie arbeiten hier nicht nur als Gärtner.«

Endlose Sekunden herrschte Stille. Eine gewagte, unerhörte Vermutung, in der Tat, die jeden Moment dieses Schweigens verdiente. Selbst ich war nicht restlos überzeugt, doch wenn wir Anna wirklich retten wollten, brauchten wir schlagkräftige Unterstützung, die Hoffmann uns nicht bieten konnte – oder wollte. Daher galt es, Risiken einzugehen.

Während Hoffmann wie versteinert dasaß und Jacob nachdenklich zu Boden starrte, blickte Moszinsky mit spitzbübischem Lächeln von einem zum anderen, fast, als heische er um Applaus für eine vortreffliche Leistung. Ich erwartete, daß er versuchen würde, meinen Vorwurf ins Alberne zu ziehen, mich selbst der Lächerlichkeit preiszugeben, doch diesmal hatte ich mich in ihm getäuscht.

Während Hoffmann ganz ein Opfer seines Erstaunens wurde und immer noch schwieg, ergriff Moszinsky das Wort: »Wohl denn, Herr Grimm, Sie haben recht. Ich will es nicht verleugnen.«

»Aber ...« fuhr Hoffmann auf, doch sogleich wurde ihm von seinem Freund zum dritten Mal der Mund verboten. Es war offensichtlich, daß Hoffmann nichts von des Grafen Geheimnis gewußt hatte.

Moszinsky atmete tief durch. »Vladek und Dariusz sind tatsächlich meine Gärtner, zwei von vielen, und auch die anderen Männer und Frauen, die gegen die preußische Regierung rebellieren, leben und arbeiten zu einem Großteil hier im Schloß.« An Hoffmann gewandt fügte er hinzu: »Früher oder später hättest du es ohnehin erfahren.«

Hoffmann gab keine Antwort, hörte nur mit steinerner Miene zu, die Lippen fest aufeinander gepreßt. Der Verrat des Freundes schien sich noch immer einen Weg durch sein Denken zu bahnen, und es würde eine Weile dauern, bis er das wahre Ausmaß dieser Worte erfaßte. Ich fragte mich, ob dies zwangsläufig das Ende ihrer Kameradschaft sein mußte. Hoffmann war Preuße, betraut mit Regierungsaufgaben, und der Pole Moszinsky, der Rebellen Unterschlupf bot, fortan sein Feind. Zwischen diesen Männern konnte es kein Einvernehmen geben.

Uns blieb keine Zeit, eine Diskussion zwischen den beiden abzuwarten, daher sagte ich schnell: »Können Ihre Leute uns helfen, Herr Graf?«

Moszinskys Lächeln erlosch, und er sah mich lange und nachdenklich an. »Diese Männer und Frauen sind keine Kämpfer«, sagte er dann. »Sie alle haben angeborene Talente, geistige Fertigkeiten, mit denen sie ihren Gegnern Streiche spielen können, jedoch kaum mehr. Es reicht aus, um einen Menschen zu erschrecken, doch wenn ihn die Angst nicht außer Gefecht setzt, gibt es wenig, das sie tun können. Kaum einer von ihnen kann mit einer Waffe umgehen. Sie alle haben Skrupel, und doch sind sie überzeugt, daß Polen wieder seinem Volk gehören muß, und darin stimme ich mit ihnen überein. Ein offener Konflikt, gar eine Revolution, wäre sinnloses Blutvergießen – ich würde mich niemals an einem so unzivilisierten Tun beteiligen. Es geht hier allein um das Recht auf Freiheit, dafür treten diese Menschen ein. Ich kann ihnen nichts befehlen, kann sie nur bitten. Doch um was? Was soll ich ihnen sagen? Gegen wen brauchen Sie ihre Hilfe, Herr Grimm?«

Darauf wußte ich keine Antwort. Ich war so besessen gewesen von der Idee, Moszinskys Gruppe auf unsere Seite zu ziehen, daß ich mir über die Art und Weise, in der sie uns zu helfen vermochte, keinerlei Gedanken gemacht hatte.

Hoffmann räusperte sich. Moszinsky wandte sich zu ihm um, wohl in der Erwartung, Hoffmann würde ihm Vorwürfe machen, doch statt dessen sagte dieser nur: »Wir haben eine Spur zum Sandmann gefunden.«

Der Graf blinzelte verwirrt, und ich fragte mich, ob Hoffmann nicht maßlos übertrieb. Wir hatten einen Toten wiedererkannt, nicht mehr.

Hoffmann zog die gefaltete Zeichnung aus der Rocktasche und schob sie Moszinsky über den Tisch hinweg zu. Der nahm das Papier nach kurzem Zögern zur Hand, entfaltete es und sah sich das Gesicht des Mannes lange Zeit schweigend an.

»Das soll er sein?«

Hoffmann schüttelte den Kopf. »Wohl kaum. Die beiden haben seine Leiche gesehen.«

»Dieser Mann ist tot?« fragte Moszinsky verblüfft in unsere Richtung.

Wir nickten.

»Nun«, sagte er, »auch ich kenne ihn. Und mit mir viele andere.«

»Was?« entfuhr es Hoffmann entgeistert. Es war bewundernswert, wie es ihm gelang, die Enttäuschung über den Verrat des Grafen im Zaum zu halten.

»Natürlich«, bestätigte Moszinsky. »Ihr hättet Plakate aushängen sollen.«

»Von zwanzig oder dreißig Verdächtigen?« fragte Hoffmann. »Unmöglich.«

Die Stirn des Grafen umwölkte sich. »Dieser Mann ist – oder war – Schauspieler, hier am Warschauer Theater. Zuletzt sah ich ihn in einem Stück zu Anfang dieses Jahres. Ich wußte nicht, daß er tot ist.«

»Wie könnten Sie auch?« erklärte Jacob. »Er starb in Weimar, in Goethes Haus. Das behauptet zumindest Elisa.«

»Heißt das, auch sie kennt ihn?«

Ich nickte und berichtete ihm, was in Weimar vorgefallen war.

Moszinsky gestattete sich ein mildes Lächeln. »Das sieht ihr ähnlich.«

»Vielleicht sollten wir am Theater nach ihm fragen«, schlug ich vor. »Möglicherweise läßt sich so eine Verbindung zum Sandmann ziehen.«

Moszinsky nickte. »Auch ich sehe keine andere Möglichkeit. Gehen Sie gleich zum Direktor, berufen Sie sich auf mich, er kennt mich. Und, Herr Grimm, was die Hilfe angeht, die ich Ihnen versprach: Sie sollen Sie bekommen. Doch erst muß ich wissen, gegen wen es ins Feld zu ziehen gilt; dann können wir planen, was zu tun ist.«

* * *

Hoffmann sprach kein Wort, während uns seine Droschke zum Theater brachte. In seinem Gesicht, ohnehin stets ein Hort melancholischer Düsternis, spiegelten sich schwere, schwarze Gedanken; zweifellos beschäftigte ihn, wie weiterhin mit dem einstigen Freund zu verfahren sei. Sollte er Moszinskys Verrat seinen Vorgesetzten melden und damit die Schuld an seiner Festnahme, möglicherweise gar an seiner Hinrichtung tragen? Oder war es besser zu schweigen, den Kontakt zum Grafen abzubrechen und zu tun, als sei er niemals Zeuge von dessen Geständnis geworden? Wie auch immer er sich entscheiden mochte, dieser wie jener Beschluß schien ihm unerträglich schwerzufallen, verständlicherweise, und sein Schweigen war sicher nur ein erster Ausdruck seiner inneren Zerrissenheit. Ich war überzeugt, daß er gleich, nachdem er uns abgesetzt hatte, ein Wirtshaus ansteuern würde.

Um so erstaunter war ich, als er bei unserer Ankunft kundtat, er wolle uns ins Theater begleiten. »Ohne mich wird man ihnen keinerlei Auskunft geben, mag Moszinsky von der Macht seines Namens halten, was er will. Hiermit« – und bei diesem Wort zog er ein sorgfältig gefaltetes Papier aus der Rocktasche – »stehen uns alle Türen offen.«

»Was ist das?« fragte ich, während der Kutscher von außen die Tür öffnete und uns aussteigen ließ.

»Eine Urkunde, die mich als Juristen der preußischen Regierung ausweist. Ich trage sie stets bei mir.«

Natürlich, dachte ich: Damit kein Wirt auf die Idee verfällt, ihn im Suff einfach in den Fluß zu werfen. Aber das sprach ich nicht aus.

Das Theater war ein hoher, aschgrauer Bau, der seinen klobigen Schatten auf eine bevölkerte Prachtstraße warf. Ein halbes Dutzend Nachbildungen griechischer Säulen flankierte seinen Eingang wie eine Eskorte stummer Wachsoldaten, offenbar, um dem Bild vom Musentempel Nachdruck zu verleihen. Das Portal war um diese Zeit geschlossen, ein Bettler, der unter dem halbrunden Vordach kauerte und sich an schwärenden Entzündungen kratzte, blickte nicht auf, als wir an ihm vorbeischritten. Hoffmann pochte mit dem Knauf seines Stockes gegen das Tor. Die Schläge hallten im Inneren des Gebäudes nach wie in einer Kirche.

Eine kleine, alte Frau öffnete und schüttelte den Kopf, als wir Einlaß begehrten. Hoffmann ließ ein Gewitter harscher, polnischer Sätze auf sie niederprasseln. Darauf wurde die Frau noch kleiner und ließ uns hinein.

Die Halle mochte einst prachtvoll gewesen sein, doch nun wirkte sie schmutzig und verkommen. Ein gewaltiger Kronleuchter in Form eines Schneekristalls hing an einer Kette von der hohen Decke, zwei Stockwerke über unseren Köpfen. Die Wände waren mit rotem Stoff bezogen, der den Eindruck von Samt vermitteln wollte, tatsächlich aber nur nach dem aussah, was er war: rotes, verblichenes Leinen. Zwei Balustraden verliefen an der Stirnseite im ersten und zweiten Stockwerk, von ihren hölzernen Geländern blätterte alte Goldfarbe. Es schien nicht einen einzigen Flecken Weiß in dieser Halle zu geben; alles war rot und schwarz und braun und golden. Schatten woben ihre Nester in den Ecken, und Schwermut verdrängte die Luft zum Atmen.

Die alte Frau führte uns in einen menschenleeren Seitentrakt, auch hier herrschte bedrückendes Dunkel. Schließlich, nach einer Wanderung durch endlose Flure, über Treppen und Balkone, blieb die Alte stehen und klopfte an eine Tür. Von innen ertönte ein knapper – zweifellos abweisender – Befehl auf Polnisch, doch ehe die Frau darauf antworten konnte, schob Hoffmann sie beiseite und drückte die Klinke herunter. Er verkörperte nun in der Tat das, was man von einem preußischen Regierungsbeamten erwarten mochte: Ungeduld und befehlsgewohnte Überheblichkeit. Vielleicht war er auch auf der Suche nach jemandem, an dem er all seine Wut und Enttäuschung auslassen konnte. Als er die Tür öffnete, huschte die Frau eilig davon. Wir traten ein.

Der Theaterdirektor stand da, mit einem Putztuch in der Hand, und polierte Damenbeine.

Der Anblick, so fremd wie entsetzlich, verschlug mir den Atem: Ringsum ragten in Brusthöhe Beine aus der hölzernen Wandtäfelung. Es sah aus, als ständen fünfzehn oder zwanzig Dirnen hinter den Wänden und schoben ihre nackten rechten Beine, vorgestreckt und leicht angewinkelt, durch Öffnungen im Holz. Erst beim genaueren Hinsehen erkannte ich, daß die schlanken, ebenmäßigen Glieder auf Holzplatten befestigt waren wie Jagdtrophäen. Sie begannen unterhalb der Hüften, die Unterschenkel waren parallel zur Wand ausgerichtet, die Füße gestreckt. Ein merkwürdiger Geruch, der mir bekannt vorkam, obgleich ich ihn nicht einordnen konnte, hing in der Luft wie Pfeifenrauch.

Theaterdirektor Stanislaw Ecaterina stand inmitten dieser schändlichen Sammlung, rieb soeben mit dem Tuch entlang einer begnadeten Wade und riß erstaunt den Kopf herum, als wir unaufgefordert das Zimmer betraten.

Hoffmanns preußische Arroganz verkümmerte binnen eines einzigen Augenblicks. Voller Abscheu sah er erst auf den leblosen Ring erstarrter Glieder, dann auf Ecaterina. »Was, um Himmels willen ...«

Ecaterinas Körper erinnerte an eine Heuschrecke, mit spinnendürren Armen und Beinen, starrem Rücken und hohen, spitzen Schulterblättern, die sich unter seinem flaschengrünen Gehrock abhoben wie versteckte Fledermausschwingen. Sein Gesicht war eine graue Maske aus Altersstarre und lederner Haut, die Augen lugten mit schlauem Rattenblick aus tiefen Höhlen. Er hatte flinke, lange Finger wie verdorrte Birkenzweige. Sein Mund bewegte sich schnappend auf und zu, als er nahezu akzentfrei sagte: »Nicht der Wille des Himmels geschieht hier, sondern der meine, und daher verwundert es mich umso mehr, daß Sie so ungebeten hier hereinstürmen, als gelte es, einen Verbrecher zu stellen.«

Die Frau hatte uns offenbar als Polizisten angekündigt; und wir machten keinen Versuch, diese Annahme richtigzustellen. Noch immer zogen uns die Beine in ihren grauenvollen Bann.

Ecaterina bemerkte es und lachte, ein sprödes Rascheln, wie das schnelle Durchblättern uralter Buchseiten. »Keine Sorge, meine Herren, nur Überbleibsel einer alten Bühnendekoration. Holz und Gips, dazu ein wenig Farbe. Die Ähnlichkeit ist verblüffend, gewiß.«

Hoffmann blinzelte, als könne er den grotesken Wandschmuck so aus seinem Blickfeld verbannen, dann fand er zurück zu Haltung und beinahe militärischer Strenge. Mit strammen Schritten trat er auf den Direktor zu und hielt ihm die Urkunde hin. Der überflog sie wortlos und nickte dann, ohne Jacob und mich eines Blickes zu würdigen. »Was kann ich für sie tun, Herr Hoffmann?«

Dieser steckte das Papier ein und zog statt dessen die Zeichnung hervor. Während er sie entfaltete, fragte er: »Ist Ecaterina nicht ein rumänischer Name?«

Der Direktor hob die knochigen Schultern. »Mag sein, daß einer meiner Vorfahren Rumäne war. Aus Siebenbürgen, möchte ich meinen.«

Ich näherte mich dem der Tür am nächsten gelegenen Bein. Vorsichtig streckte ich den Finger aus, schob ihn ganz langsam auf die blasphemische Nachbildung zu. Ihre Form war tatsächlich perfekt, lang und schlank, nur die Farbe entsprach nicht ganz der Wirklichkeit, war sie doch von geradezu leichenhafter Blässe. Die Oberfläche glänzte, als sei sie mit dünnem Lack überzogen. Im letzten Moment riß ich meinen Finger zurück; es widerstrebte mir zutiefst, diese vollendete Scheußlichkeit zu berühren, allein ihr Anblick machte mich frösteln.

»Kennen Sie diesen Mann?« fragte Hoffmann, nachdem Ecaterina das Porträt entgegengenommen hatte.

Der Direktor nickte. Sein Kopf schien dabei auf seinem dürren

Hals zu erzittern wie die Blüte einer Trockenblume an ihrem Stiel. »Ja«, erwiderte er. »In der Tat.«

»Nun? Wer ist es?«

»Ein Schauspieler, Andrzej Takowski. Er hat bis – lassen Sie mich nachdenken – bis Anfang März hier gespielt.«

»Wo ist er jetzt?«

»Woher soll ich das wissen? Er hat uns verlassen.«

»Verlassen? Wie meinen Sie das?«

»Er ging fort, weiß der Teufel wohin. Ohne sich abzumelden. Kam eines Abends nicht mehr zur Vorführung. Hat es sich sehr einfach gemacht«

»Und Sie haben nie wieder von ihm gehört?«

»Nie.«

»Hatte er keine Freunde hier am Theater, vielleicht unter den anderen Schauspielern?«

»Nein, kaum.«

»Niemand, bei dem er sich hätte melden können?«

»Nein.«

»Familie, vielleicht?«

»Nicht, daß ich wüßte. Er sagte, daß er alleine lebt.«

»Wo?«

»Das weiß ich nicht.«

»Sie scheinen im allgemeinen nicht viel zu wissen, Herr Direktor.«

Ecaterina ließ ein schnarrendes Kichern ertönen. »Mag schon sein. Wäre es Ihnen lieber, wenn ich die Antworten auf Ihre Fragen erfinde? Das, was ich Ihnen sage, ist die Wahrheit.«

Hoffmann nahm die Zeichnung und steckte sie ein. »Dieser ... Takowski verschwand also von einem Tag auf den anderen?«

»So ist es.«

»Hat er jemals etwas erwähnt vom Sandmann?«

»Dem Mörder?«

»Genau dem.«

»Nicht, wenn ich dabei war. Suchen Sie ihn vielleicht deshalb? Glauben Sie, Andrzej hat all diese Menschen getötet?«

»Er könnte etwas darüber wissen.«

»Das ist interessant.«

»Inwiefern?«

»Oh, ich habe das nicht aus einem besonderen Grund gesagt.«

»Was wissen denn Sie selbst über den Sandmann?«

»Habe ich mich jetzt verdächtig gemacht?« Wieder das abscheuliche Kichern. »Nun, ich weiß, was alle wissen. Das, was die Menschen draußen in den Gassen tuscheln, hinter vorgehaltener Hand. Alle haben Angst, Herr Hoffmann, ich auch.«

»Und was tuscheln die Leute?«

»Daß der Sandmann ein Preuße ist. Einer aus der Regierung. Einer wie Sie.«

Zu meinem Erstaunen blieb Hoffmann völlig gefaßt. »Und, glauben Sie das auch, Herr Ecaterina?«

Die Augenbrauen des Direktors, zwei hauchdünne Striche auf gelbem Leder, zuckten in die Höhe. »Kann man es denn ausschließen?«

»Seien Sie vorsichtig.«

»Was entrüstet Sie so daran? Die Tatsache, daß wir Polen einen Deutschen verdächtigen? Ihr Preußen glaubt, daß nur ein Pole der Mörder sein kann. Ich glaube nicht, daß wir uns gegenseitig etwas vorzuwerfen haben, Herr Regierungsrat.«

Hoffmann und er sahen sich eine Weile lang schweigend an. Ecaterinas Blick war scharf und schneidend, der Stachel an seinem Insektenleib. Nach einigen Sekunden stand der Unterlegene in diesem stummen Duell fest; Hoffmann wandte sich ab und trat einen Schritt zurück. Er schüttelte den Kopf, als wolle er damit einen Eindringling aus seinem Schädel vertreiben, dann sah er den Direktor ein letztes Mal an. »Ich danke Ihnen für Ihre Aufrichtigkeit.«

»Keine Ursache, Herr Hoffmann. Vielleicht besuchen Sie und die beiden jungen Herren einmal eine unserer Vorstellungen?«

Es war das erste Zeichen dafür, daß er Jacob und mich überhaupt wahrgenommen hatte, doch ich wünschte, er hätte es bei seiner Gleichgültigkeit belassen. Der Gedanke, mein Bild im Hirn dieses Mannes verankert zu wissen, bereitete mir beinahe Schmerzen.

Wir verabschiedeten uns und gingen. Die alte Frau stand klein und grau am Ende des Korridors, wie eine verkümmerte Zimmerpflanze, die plötzlich zum Leben erwachte. Wortlos führte sie uns hinunter zum Tor.

Als wir ins Freie traten, fragte ich Jacob: »Hast du den Geruch bemerkt?«

Er nickte. »Spiritus.«

»Benutzt man den nicht um ...«

»Ja, um tote Körper haltbar zu machen. Oder Körperteile.«

* * *

Hoffmann machte den Vorschlag, neue Kleidung für uns zu kaufen. Jener, die wir am Leibe trugen, sah man die Strapazen der vergangenen Tage allzu sehr an, und obwohl wir sie mehrfach in klarem Wasser gewaschen hatten, haftete ihr ein grauer Schmutzschleier an, der mich wundern machte, daß uns Graf Moszinsky bei unserer ersten Begegnung überhaupt Einlaß ins Schloß gewährt hatte. Obwohl wir also einen Kleiderwechsel durchaus nötig hatten, lehnte ich Hoffmanns Angebot ab. Die Sorge um Anna lastete zu schwer auf meiner Seele, als daß ich nun die Ruhe hätte aufbringen können, mir beim Schneider Maß nehmen zu lassen.

Obwohl wir den Namen des toten Mannes jetzt kannten, half uns dieses Wissen nicht weiter. Falls es tatsächlich eine Verbindung zwischen ihm und dem Sandmann gegeben hatte, so schien sie spätestens mit seinem Tod bedeutungslos geworden zu sein. Anna war nach wie vor in der Gewalt eines oder mehrerer Unbekannter, und wie hätte ich bei der Vorstellung ihres herrlichen Leibes in Ketten, ihrer dunklen Augen, reif von Tränen, ihrer vergeblichen Hilferufe, Ruhe finden können? Wir waren die einzigen, die ihr noch beistehen konnten, denn wen hatte sie außer uns? Der einzige Mensch, von dem wir wußten, ihr Diener Moebius, war spurlos verschwunden; wahrscheinlich hatte er sich längst davongemacht.

»Es gibt nur einen Weg, um herauszufinden, was die Hintergründe all dieser Schrecken sind«, sagte Jacob, als wir schließlich in einem kleinen Kaffeehaus beisammensaßen, an einem winzigen Tisch in der äußersten Ecke.

Ich sah ihn an und begriff im selben Moment, was er meinte.

»Das Manuskript«, stieß ich leise hervor.

Hoffmann schüttelte sogleich den Kopf. »Das ist nicht möglich. Es gibt eine klare Anweisung, es verschlossen zu halten, unberührt und versiegelt.«

»Aber bis wann?« fragte Jacob.

»Bis eine zweite Anweisung die erste aufhebt.«

»Dies ist nicht die Zeit, auf Anweisungen zu warten«, versetzte ich heftig. Es ging um Annas Leben. Was scherte mich da die Verpflichtung, die Hoffmann gegenüber mysteriösen Unbekannten eingegangen war?

»Ich weiß, was Sie empfinden, Herr Grimm«, sagte er bedrückt, »doch glauben Sie mir, hier steht weit mehr auf dem Spiel, als das Seelenheil einzelner.«

»Das Seelenheil einzelner?« rief ich voller Empörung. Mehrere Gäste sahen sich neugierig um. Oh, wie sehr ich mir wünschte, diesen Amtsmann am Kragen zu packen und durchzuschütteln, bis sein Beamtenverstand zurückfand zur Menschlichkeit!

»Lieber Herr Grimm«, flüsterte er und hob beschwichtigend die Hand. »Begreifen Sie denn nicht meine Lage?«

»Bemühen denn Sie sich, die unsere zu verstehen? Und haben Sie ein einziges Mal an die Lage gedacht, in der sich das Fräulein Anna befindet? Entführt, gequält, vielleicht gar bald des Todes?«

»Wir müssen abwarten, bis man Forderungen stellt.«

»Nein«, mischte sich jetzt Jacob ein und schenkte Hoffmann einen eisernen Blick. »Wir werden nicht warten. Sie werden mit uns in ihre Amtsstube fahren und das Manuskript aus seinem Versteck holen.«

»Sie können mich nicht zwingen«, entgegnete Hoffmann, obwohl er mit einem Mal dessen nicht mehr sicher schien.

Jacob lächelte kühl. »Wir könnten uns an Ihre Vorgesetzten wenden, ihnen Bericht erstatten über die kleinen Abenteuer, auf die Sie sich einlassen. Und nicht zuletzt ist da Ihre Freundschaft zu einem Mann, der Hochverrat begangen hat.«

»Moszinsky hat ohne mein Wissen gehandelt.«

»Aber wie lange schon? Und wie lange währte Ihre Freundschaft zu ihm? Wird man Ihnen glauben schenken, wenn Sie behaupten, Sie hätten von nichts gewußt?«

Mir war klar, daß Jacob versuchte, ihn zu täuschen. Keiner von uns beiden hätte Moszinsky oder Hoffmann je verraten, doch es schien, als sei sich unser Gegenüber dessen weit weniger sicher. Die entsetzlichen Ereignisse am Friedhof, nicht zuletzt auch der Verrat des Freundes, hatten sein Gemüt ebenso angegriffen wie sein Urteilsvermögen. Mir selbst erging es nicht besser.

»So glauben Sie mir doch«, machte er einen letzten Versuch, »ich würde Ihnen helfen, wenn ich könnte.«

»Lassen Sie uns einen Blick in das Manuskript werfen. Schließen Sie es danach wieder fort oder geben Sie es demjenigen, der Ihnen Ihre Anweisungen gibt. Die Lösung all dieser Rätsel kann nur in Schillers Worten liegen.«

Hoffmann starrte beschämt zu Boden. Zu der Zerrissenheit gegenüber Moszinsky gesellte sich nun eine weitere: Er schien tatsächlich auf unserer Seite zu stehen, doch die Gewohnheit, den Befehlen seiner Obrigkeit zu gehorchen, ließ ihn mit sich selbst und seinem Schicksal hadern.

Schließlich traf er seine Entscheidung und stand auf. »Gehen wir. Man wird mich dafür ächten oder Schlimmeres, doch wenn es zur Rettung des Fräuleins beiträgt, so will ich tun, was ich kann.«

»Heißt das, wir öffnen das Manuskript?« fragte ich erregt.

Hoffmann warf einige Münzen zwischen die Kaffeetassen. »Kommen Sie, bevor meine Vernunft die Oberhand gewinnt, und ich es mir anders überlege.«

Kurz darauf saßen wir in einer Kutsche und rumpelten durch Warschaus enge Gassen. Tausend Gedanken schwirrten in meinem Kopf wie ein Bienenschwarm: Hoffnungen, Ängste und Mutmaßungen. Was würde uns erwarten, wenn wir Schillers Manuskript aufschlugen? Was war es, das einen gnadenlosen Krieg zwischen geheimen Mächten entfesselt hatte und den Tod so vieler Menschen rechtfertigte? Und vor allem: Würden uns die Seiten Aufschluß über Tun und Identität des Sandmanns geben? Die Vorstellung, das Mittel zu Annas Befreiung bald schon in Händen zu halten, trieb mich in fieberhafte Euphorie. Meine Hände zitterten, die Knie bebten, mein Kopf drohte zu zerspringen. Alles würde ich tun für meine Anna, alles.

Gewitterwolken verdunkelten den Himmel, als wir das Regierungsgebäude erreichten, dunkle, gestaltgewordene Drohungen, die träge über den Himmel krochen und ihren grauen Schatten über die Stadt ergossen. Donner und Blitz waren noch fern, doch trieben erste Regentropfen durch die Straßen, und manch einer beschleunigte seine Schritte, um dem bevorstehenden Unwetter zu entgehen.

Wir eilten die Treppe zum Eingang hinauf, wo uns der Pförtner zu sich winkte.

»Eine Botschaft für Sie, Herr Regierungsrat«, rief er Hoffmann zu, der umgehend an den Tisch des Mannes trat und ein Papier entgegennahm.

»Von wem?«

»Ich kannte den Herrn nicht, und er nannte keinen Namen«, versetzte der Pförtner mit offenem Blick.

Hoffmann entfaltete den Zettel und las, wobei er uns den Rücken zuwandte. Wir traten ungeduldig von einem Fuß auf den anderen, wollten endlich hinauf, wollten das Manuskript entgegennehmen, sein Siegel erbrechen. Wie lange hatten wir auf diesen Moment warten müssen.

Die Botschaft war nicht lang, denn Hoffmann ließ das Papier schon nach wenigen Augenblicken sinken.

»Können wir nun gehen?« fragte ich forsch. Ungeduld und Eile ließen mich alle Höflichkeit vergessen.

Doch als Hoffmann sich umdrehte, da glaubte ich meinen Augen nicht trauen zu dürfen. Ganz bleich, ja aschfahl war er geworden, als sei er um Jahre gealtert. Gram spiegelte sich in seinem Gesicht, als habe man ihm die Kunde vom Tod eines geliebten Menschen übermittelt. Mit langsamen, trägen Schritten kam er auf uns zu und ließ dabei das Papier in der Tasche verschwinden.

»Was ist geschehen?« fragte Jacob.

»Nichts«, erwiderte Hoffmann matt. »Nichts, was Sie betrifft. Nur eine schlechte Nachricht, das ist alles.«

Wir stiegen hinauf ins zweite Stockwerk. Auf den Gängen herrschte rege Betriebsamkeit, Amtsleute und Soldaten klapperten mit harten Absätzen über den Steinboden oder standen in kleinen Gruppen beisammen. Hoffmann schloß seine Amtsstube auf und ließ uns hinein. Drinnen trat er hinter seinen Schreibtisch und sortierte mit fahrigen Bewegungen einige Unterlagen.

Wir blieben einen Moment schweigend stehen und warteten, daß er den stählernen Schrank öffnen würde, doch als er keinerlei Anstalten machte, sagte ich: »Herr Hoffmann, das Manuskript, bitte.«

Er ließ die Papiere ruhen und stützte sich mit beiden Händen auf die Tischkante. »Und Sie glauben, daß dies wirklich der einzige Weg ist? Bedenken Sie, wir verletzen den letzten Willen eines Toten.«

Jacob schüttelte den Kopf. »Weder Sie noch wir wissen, welche Wünsche Schiller betreffs seines Manuskripts hatte. Goethe sollte es bekommen, doch wenn ich mich recht erinnere, war es Elisa, also Ihre Seite, Herr Hoffmann, die dieses Vorhaben vereitelte. Sprechen Sie also bitte nicht von Respekt und Verpflichtungen einem Toten gegenüber. Ihre Leute haben sich bisher nicht darum geschert, warum also jetzt damit beginnen?«

Hoffmann schloß für einige Sekunden die Augen, umrundete alsdann den Schreibtisch und nahm das Bild von der Wand, hinter dem der Eisenschrank verborgen lag. Wortlos zog er seinen Schlüsselbund hervor und öffnete die beiden Vorhängeschlösser.

»Vielleicht haben Sie recht«, sagte er, ohne uns anzusehen.

Wir traten hinter ihn und sahen über seine Schulter, als er die Tür des Faches aufzog. Schwindel erfaßte meine Gedanken, am liebsten hätte ich gleich die Hände ausgestreckt und –

Das eiserne Fach war leer.

Das Manuskript verschwunden.

»Das kann nicht sein!« rief ich entgeistert.

Jedoch, das war es zweifellos. Nichts befand sich in dem Fach, nur eine dunkle, gähnende Leere, die uns höhnisch entgegenglotzte.

Jacob packte Hoffmann wutentbrannt an der Schulter und riß ihn herum. »Wo ist es?«

Der Regierungsrat machte keinen Versuch, sich loszureißen. »Wie kann ich das wissen? Ich war nicht an diesem Schrank, seit ich das Paket hineingelegt habe.«

Verzweifelt taumelte ich zurück und ließ mich in einen der Sessel sinken. Zorn und Enttäuschung schlugen wie Flutwellen über mir zusammen, mein Entsetzen wurde übermächtig. Nun war alles dahin, jede Hoffnung, Anna zu retten, entschwand wie eine Rauchwolke; danach zu greifen war sinnlos. Alles war verloren.

Hoffmann stand reglos und mit hängenden Schultern da, starrte beschämt zu Boden. Jacob hielt noch immer seinen Kragen; im Gesicht meines Bruders zeigte sich ein unbändiger Zorn, der ihn allen Anstand vergessen ließ.

»Sie lügen, Hoffmann.«

»Nein. Was ich Ihnen sagte, ist die Wahrheit. Ich habe diesen Schrank seit Tagen nicht berührt.«

Es war Jacob anzusehen, daß er ihm kein Wort glaubte. »Was ist dann Ihrer Ansicht nach aus dem Manuskript geworden?«

»Vielleicht wurde eingebrochen«, entgegnete Hoffmann schwach und ohne jede Überzeugung. Plötzlich riß er sich los und eilte mit großen Schritten zum Schreibtisch. Jacob und ich erstarrten, als er eine Schublade aufzog und etwas hervorholte. Eine Waffe, ahnte ich voller Angst.

Aber es war keine Waffe. Nur eine Schnapsflasche, die Hoffmann sodann mit zitternden Fingern öffnete und an die Lippen setzte. Er trank so hastig, daß ihm ein schmaler, dunkler Faden aus dem Mundwinkel rann und vom Kinn auf seinen Gehrock tropfte. Er bemerkte es nicht einmal.

»Sagen Sie uns, wo das Paket ist«, forderte ich und sprang aus dem Sessel. Die Empörung verlieh mir neue Kraft.

Jacob ging auf Hoffmann zu und wollte ihm die Flasche entreißen, doch der preßte sie nur umso fester mit beiden Händen an den Mund, damit ihm nicht ein einziger trostspendender Schluck entging. Jacob holte aus und schlug so kraftvoll gegen das Gefäß, daß es Hoffmann entglitt und polternd zu Boden stürzte. Der Schnaps ergoß sich in einer braunen Pfütze über das Parkett.

Hoffmann, ein Anblick des Jammers und Elends, stolperte rückwärts in seinen Stuhl und starrte reglos auf die Tischplatte.

Sein Blick war verschleiert, doch seine Glieder hatten aufgehört zu zittern. Als er sprach, klang seine Stimme ruhig, fast besonnen.

»Ich habe das Manuskript weder berührt noch gesehen. Aber ich bin nicht der einzige, der einen Schlüssel zu diesem Raum und dem Stahlschrank besitzt.«

»Wer also hat das Manuskript?« fragte ich

Hoffmann sah mich nicht an, als er antwortete. »Der Prinz.«

»Ein Prinz?« fragte Jacob verwirrt. »Nun reden Sie doch, Herrgott nochmal.«

Hoffmann griff mit träumerischer Langsamkeit in seine Rocktasche und holte die Botschaft hervor, die ihm der Pförtner gegeben hatte.

»Prinz Friedrich Heinrich Eugen von Württemberg, General im Dienste seiner Majestät. Begreifen Sie jetzt?«

»Tut mir leid«, erwiderte ich. »Nein.«

Hoffmann las das Papier erneut, zerknüllte es dann und warf es in seinen Papierkorb. »Der Prinz ist preußischer General, er genießt hier völliges Vertrauen. Heute mittag hat er sich von meinem Vorgesetzten die Schlüssel aushändigen lassen und hat das Manuskript an sich genommen.«

Jacob schüttelte verständnislos den Kopf. »Aber warum? Welches Interesse hat ein württembergischer Prinz an Schillers Werk?«

»Bedeutet das«, fragte ich, »daß es sich bei dem Prinz um eine der dubiosen Parteien in diesem undurchsichtigen Konflikt handelt?«

»Undurchsichtig, in der Tat«, sagte Hoffmann leise. Er sprach, als rede er nicht zu einem von uns, sondern allein mit sich selbst. »Der Prinz handelt nur in eigener Sache, er ist niemandem untergeordnet. Sie müssen verstehen, es gibt mindestens drei Gruppen, die das Manuskript an sich bringen wollen, und zwar aus den unterschiedlichsten Gründen. Zuvorderst Spindel und die Macht, die ihn befehligt; mag sein, daß auch der Sandmann in deren Reihen einzuordnen ist. Als zweites ist da jene Gruppe, zu der Elisa gehört – und bislang auch ich selbst. Die dritte Kraft aber, die ihre Finger nach dem Manuskript ausstreckt und die wir alle bis heute unterschätzt haben, ist der Prinz. Und gerade ihm ist nun gelungen, was selbst Spindel nicht vollbrachte: Er hat das Paket aus diesen Räumen geholt, ohne daß irgend jemand ihn hätte aufhalten können. Wie auch? Er hat jegliche Vollmachten. Hätte ich gewußt, daß er sich in Warschau aufhält, hätte ich das Manuskript nicht so achtlos in diesen Schrank geschlossen. Nicht einmal Elisa ahnte, daß er Berlin verlassen hat.«

Ich schüttelte verständnislos den Kopf. »Aber was will er mit dem Manuskript?«

Hoffmann fuhr sich durchs schweißnasse Haar. »Prinz Friedrich ist ein mächtiger, aber einfacher Mann. Seine Ziele sind nicht dieselben wie die unseren oder gar jene von Spindel und seinem Herrn. Ich bezweifle, daß er das wahre Geheimnis des Manuskripts kennt. Ihn treiben allein persönliche, familiäre Gründe.«

»Und welche sind das?« fragte Jacob.

»Das wird der Prinz Ihnen selbst erklären wollen.«

»Wir werden ihn treffen?« Schon schöpfte ich neue Hoffnung, einen Blick in das Manuskript werfen und Anna retten zu können.

»Ja, er will Sie sehen.«

Jacob sah Hoffmann finster an. »Warum haben Sie uns das nicht gleich gesagt? Schon unten, als sie seine Nachricht empfingen?«

Hoffmann seufzte. »Er will Sie treffen, aber ich bin nicht sicher, aus welchem Grund.«

»Sie glauben, es könnte gefährlich werden?«

»Ich weiß es nicht.«

»Aber er ist unsere einzige Möglichkeit, Anna zu retten«, warf ich ein.

Hoffmann stand auf, unsicher, offenbar von einem heftigen

Schwindel ergriffen. »Ich hätte Ihnen das gerne erspart, meine Herren. Doch wie ich bereits sagte, der Prinz ist mächtig. Wenn er es verlangt, wird ihm jeder preußische Soldat in Warschau gehorchen. Es hätte ohnehin keinen Sinn, vor ihm davonzulaufen.«

Jacob zuckte ergeben mit den Achseln. »Worauf warten wir dann?«

Hoffmann gab keine Antwort.

* * *

Das Gewitter tobte heran wie ein brodelnder Sud aus der Tiefe eines Hexenkessels: Flammenteufel, die zuckend zur Erde fuhren, Donnergeister, berstend vor brüllender Wut. Hagelkörner, groß wie Fingerkuppen, prasselten herab, und es grenzte an ein Wunder, daß der Kutscher seine Pferde im Zaum zu halten vermochte. Die Droschke jagte durch Straßen, die sich schlagartig geleert hatten. Obwohl es mit einem Mal stockfinster war, brannten noch keine Laternen. Wir rasten durch die Finsternis, in unseren Ohren den brausenden Sturm und trommelnden Hagel, dazwischen das Hämmern der Pferdehufe und die infernalischen Donnerschläge.

Der Prinz wohnte mit seinem militärischen Gefolge nicht in den preußischen Offiziersunterkünften, statt dessen hatte er ein Herrenhaus in der Stadt angemietet, umgeben von einem üppigen, dichtbewachsenen Garten. Am Tor der weitläufigen Anlage setzte der Kutscher uns ab.

»Es ist mir nicht erlaubt, bis zum Haus vorzufahren«, brüllte er durch den ohrenbetäubenden Lärm. Sein Mantel und der tief ins Gesicht gezogene Hut glänzten vor Nässe wie schwarzer Marmor.

Die Droschke des Prinzen hatte uns vor der Regierungskanzlei erwartet, es schien für ihn keinerlei Zweifel zu geben, daß wir ihn tatsächlich aufsuchen würden. Hoffmann hatte einen Moment gezögert und dem Pförtner am Eingang etwas zugeflüstert, dann war er mit uns eingestiegen.

Wir erfuhren nicht, weshalb wir die Kutsche trotz des peitschenden Regens bereits am Tor verlassen mußten. Zwei Soldaten nahmen uns mit geschulterten Gewehren und starren Gesichtern in ihre Mitte und führten uns zwischen den hohen alten Bäumen und dem dichten Strauchwerk zum Haus. Seine hell erleuchteten Fenster glühten bereits aus der Ferne durch Laub und Unwetter wie Feuer in der Walpurgisnacht.

Von dem Gebäude selbst erkannte ich auch dann nicht viel mehr, als wir direkt vor seiner Tür standen; der Hagel schmerzte auf der Haut, und ich wagte nicht, den Blick zu heben, aus Angst, eines der gewaltigen Körner könne mir ins Auge schlagen. Die Tür wurde geöffnet, und während wir eintraten und von zwei weiteren Soldaten empfangen wurden, blieben unsere beiden Begleiter draußen in der Nässe zurück. Man behandelte uns höflich, fast ehrerbietig, als man uns anwies, eine breite, mit rotem Teppich ausgelegte Treppe hinaufzusteigen und entlang eines spärlich beleuchteten Flurs tiefer ins Haus vorzustoßen. Je näher wir unserem Ziel kamen, desto bewußter wurde mir ein fremdartiger Geruch, süßlich und doch zugleich durchdringend. Ich sah Jacob fragend an, doch er hob nur die Schultern.

Vor einer zweiflügeligen Tür, doppelt mannshoch und aus schwarzlackiertem Holz, hieß man uns anhalten. Einer der beiden Soldaten klopfte leise und trat ein. Bevor wir einen Blick in das rötliche Zwielicht des Zimmers werfen konnten, hatte er die Tür bereits hinter sich geschlossen. Dann, nur wenige Sekunden später, erschien er erneut und erklärte, der Prinz bitte uns, einzutreten. Das taten wir, und zu meiner Verwunderung folgten uns die Soldaten und bezogen im Inneren rechts und links der Tür Stellung.

Wir betraten einen weitläufigen Salon mit hoher Decke. Die einzige Lichtquelle war ein prasselndes Kaminfeuer, dessen Helligkeit nicht ausreichte, die Schatten auf der gegenüberliegenden Seite des Zimmers zu vertreiben. Dort, wo die Dunkelheit ungestört zwischen alten Möbeln und Gemälden schlief, lag jemand auf einer Liege, seitlich, wie ein Römer beim Mahl, das Gesicht uns zugewandt. Einzelheiten waren in den Schatten kaum zu erkennen. Der Prinz – denn um diesen mußte es sich handeln – war nicht mehr als ein schwarzer Umriß in der Finsternis. Der süßliche Geruch war hier drinnen überwältigend, ich bemerkte farblose Rauchschwaden, die wie hauchdünne Seidenschleier durch den Salon wogten. Alle Fenster und Türen waren geschlossen, das offene Feuer, unpassend für die warme Jahreszeit, verbreitete knisternde Hitze. Draußen krachte ein ohrenbetäubender Donner, der Hagel klang auf den Scheiben wie das Trappeln machtvoller Spinnenbeine, die an den Fenstern auf und nieder liefen.

»*Enchanté de vous voir*«, erklang es müde aus den Schatten. Das Französisch des Prinzen war eine tonlose Verzerrung, ein häßlicher Mißklang. Der Scherenschnitt auf der Liege wechselte träge in eine sitzende Position, leicht vornübergebeugt, den Kopf in schräger Haltung wie ein neugieriges Tier. Der Prinz hatte eine Pfeife im Mund, so dünn und lang, daß er sie mit der rechten Hand stützen mußte.

»Opium«, wisperte Jacob.

»Ah«, entfuhr es dem Prinz, »Sie kennen die Freuden des Rauschs?«

Jacob zuckte zusammen, erschrocken, daß der andere ihn verstanden hatte. »Nur vom Hörensagen, Herr General.«

Die Antwort war ein schrilles Kichern. »Ich habe Sie früher erwartet, meine Herren. Verzeihen Sie, daß ich Sie in diesem Zustand empfange« – noch ein Kichern – »aber es wurde dunkel, Sturm und Hagel kamen über die Stadt und es war an der Zeit für ein, nun, für ein kleines Pfeifchen.« Etwas war falsch an der Art, wie er seine Worte betonte, manches klang ungewöhnlich hoch, anderes viel zu tief, fast, als könne er selbst nicht hören, was er sagte.

Sehr langsam stand er auf, schwankte ein wenig und kam schließlich auf uns zu. Die Schatten über seinen Zügen rissen auf wie schwarze Vorhänge.

Sein Gesicht war rund und aufgequollen, überzogen von heller, fast kalkweißer Haut, gesprenkelt mit Sommersprossen. Er trug eine gepuderte Perücke, Relikt einer längst vergangenen Mode; sie saß ein wenig schief auf seinem Kopf, als hätte er sie in aller Eile aufgesetzt und versäumt, sie zu richten. Er mußte einiges über fünfundvierzig Jahre alt sein, wenngleich die fleischigen Züge ihn jünger erscheinen ließen. Seine Augen waren klein und – in wachem Zustand – sicherlich stechend, doch nun wirkten sie verschleiert, als blickten sie durch uns, ja, durch das ganze Haus hindurch in eine andere Welt, ein Land, in das ihn das Opiat auf seinen weichen Schwingen trug. Trotz seines erbärmlichen Zustands beneidete ich ihn um diese Erfahrung.

Er war barfuß und trug weiße, lange Unterhosen, die sich kaum von der Farbe seines blassen Fleisches abhoben. Über seinem korpulenten Oberkörper spannte sich die Jacke seiner Kavallerieuniform; ein halbes Dutzend glänzender Orden stand in absurdem Widerspruch zum Rest seiner müßigen Erscheinung. In jeder anderen Situation hätte sein Anblick bedauernswert und komisch gewirkt, doch in jenem Moment erschien er mir grenzenlos furchterregend in seinem trunkenen Irrsinn.

Er trat auf Hoffmann zu und reichte ihm die linke Hand; in der rechten hielt er die Opiumpfeife. »*Bonsoir*, Herr Regierungsrat. Ich hoffe, Sie verzeihen mir mein überstürztes Eindringen in ihr *Bureau*.« Beim Sprechen entblößte er Zähne so gelb wie vertrockneter Raps.

Hoffmann stand stocksteif. Der Anblick des wirren Prinzen schien ihn bis ins Mark zu erschüttern. »Das war Euer gutes Recht.«

Ich fragte mich, wie die preußische Armee einen solchen Mann als General in ihren Reihen dulden konnte. Die einzige Erklärung schien mir sein edler Stand, vielleicht eine Gefälligkeit des Königs gegenüber dem Hause Württemberg.

»Treten wir näher ans Feuer, meine Herren. *Prenez place, s'il vous plait*«, sagte der Prinz und ging voran.

Widerwillig folgten wir ihm, und mit jedem Schritt wurde die entsetzliche Hitze größer, der Opiumrauch intensiver, und bald schon begann mir zu schwindeln.

Prinz Friedrich ließ sich in einer grotesk tumben Bewegung vor dem Kaminfeuer nieder, den Flammen den Rücken zugewandt. Er schob die Beine untereinander, zu etwas, das er für einen Schneidersitz halten mochte.

Er schien sich nicht daran zu stören, daß wir stehenblieben und er zu uns aufblicken mußte. Er nahm einen weiteren genußvollen Zug aus seiner Pfeife und schloß für einige Sekunden die Augen.

Ich dachte an Anna, daran, daß wir ihre Zeit mit dieser scheußlichen Kreatur vergeudeten, und Wut stieg auf in mir. Ich faßte all meinen Mut und fragte: »Weshalb nahmt Ihr das Manuskript an Euch?«

Sein vom Feuer abgewandtes Gesicht lag fast völlig im Schatten, und doch bemerkte ich, wie der verträumte Ausdruck von seinen Zügen glitt und seine Stirn sich in zornige Falten legte. »Sie sind ungeduldig, *Monsieur* Grimm.«

Hoffmann kam mir zur Hilfe. »Die jungen Herren haben große Mühe auf sich genommen, das Manuskript des Herrn Schiller nach Warschau zu bringen. Ihr müßt ihnen ihren Wissensdurst vergeben.«

Der Prinz sah mich einen Augenblick lang an, sein Blick eine finstere Drohung, dann nickte er mit großzügiger Gebärde. »Ich weiß, ich weiß. Deshalb bestellte ich Sie hierher, allein, um Ihre Neugier zu befriedigen. Ich denke, Sie haben, nun, vielleicht kein Anrecht darauf, doch ihr Interesse ist verständlich. Wir wollen gemeinsam vermeiden, daß Ihnen ein weiteres vorwitziges Mißgeschick passiert, nicht wahr? Ich werde Ihnen verraten, warum mir dieser Stapel Papier, voll von lächerlichen Worten, so viel bedeutet.«

Er hob die Hand mit der Pfeife und deutete in eine entfernte Ecke des dunklen Salons. Dort stand, halb in den Schatten verborgen, ein kleiner Beistelltisch, verziert mit aufwendigen Schnitzereien. Eine prallgefüllte Vase aus feinstem Porzellan war achtlos zur Seite gefegt worden; ihre Splitter lagen inmitten einer Pfütze aus Wasser und umgeknickten Blumen am Boden, zwei Schritte entfernt.

An ihrem früheren Platz in der Mitte der Tischplatte lag das Paket, wie eine Reliquie auf einem Altar. Soweit ich aus der Entfernung erkennen konnte, hatte man es nicht geöffnet. Erst als sich meine Augen an die Dunkelheit gewöhnten, sah ich, daß jemand in großer, ungelenker Schrift Wörter auf das braune Papier geschrieben hatte. Feder und Tintenfaß lagen ebenfalls zerbrochen am Boden; die verschüttete schwarze Tinte sah aus wie ein bodenloses Loch im Parkett.

Ich wollte hinübereilen, doch Hoffmann hielt mich mit einer kurzen Berührung am Arm zurück. Als ich ihn ansah, schüttelte er stumm den Kopf.

Der Prinz kicherte erneut. »Viele Menschen sind ganz verrückt nach diesem kleinen, unscheinbaren Paket, und obgleich ich nicht weiß, was andere damit anfangen wollen, so kann ich Ihnen doch verraten, was ich selbst bei seinem Anblick empfinde.«

Er machte eine kurze Pause, dann sagte er: »Haß. Ja, meine Herren, ich fühle Haß auf dieses Buch. Und das, obwohl ich es nie gelesen habe. Verwundert Sie das?« Er schien jeden Augenblick in schallendes Gelächter ausbrechen zu wollen, so amüsierten ihn unsere verwirrten Gesichter.

»Nun«, fuhr er fort, »ich will Ihnen eine kleine Geschichte erzählen. Ich hoffe, Sie haben ein wenig Zeit mitgebracht?« Jetzt lachte er wirklich, leise und beängstigend. »Mein Großvater, Herzog Karl Alexander von Württemberg, kämpfte unter Prinz Eugen von Savoyen in den Türkenkriegen. Wilde und blutige Schlachten, in denen der Prinz meinem Ahnen lieb und teuer wurde. Daher nannte er seine drei Söhne Karl Eugen, Ludwig Eugen und Friedrich Eugen. Ich selbst bin der dritte Sohn seines dritten Sohnes, und mein Vater nannte mich Friedrich Heinrich Eugen. Wie soll das weitergehen, werden Sie sich fragen, meine lieben Herren Grimm, verehrter Herr Regierungsrat … Wie viele Namen sollen einst meine Enkel tragen? Und deren Enkel? Ich muß zugeben, das Opium stärkt meinen Drang, solche Fragen zu klären, Fragen, auf die niemand eine Antwort weiß.« Das Lachen schien jetzt auf seinem Gesicht zu gefrieren wie eine Maske, die er aufgesetzt hatte, ohne daß einer von uns es bemerkt hatte.

»Ich schweife ab«, stellte er fest. »Durch allerlei familiäre Verwicklungen, die ich Ihnen ersparen möchte, wurde mein ältester Bruder zum Thronfolger meines Großvaters bestimmt. Mich selbst trennten also nach wie vor zwei Brüder vom württembergischen Thron, und ich will gestehen, daß mir dies recht lieb war. Regierungsgeschäfte haben mich nie interessiert, und sie tun es noch heute nicht. Sie langweilen mich, machen mich ungeduldig und wütend. Eine verdrießliche Angelegenheit, glauben Sie mir.

Ich selbst, meine Geschwister und Cousins wurden mit gestrenger Hand im protestantischen Glauben erzogen. Unsere Väter verachteten den Katholizismus, sie fürchteten den Einfluß der Jesuiten und des Papstes auf das Herzogtum. Als meine Schwester Elisabeth jedoch dem österreichischen Erzherzog Franz versprochen wurde, geboten Takt und politische Interessen ihr, zum katholischen Glauben überzutreten, ganz so wie ihr Bräutigam. Damit war der römische Katholizismus in unser urprotestantisches Haus eingezogen, zumindest über einen Nebenzweig, was – wie Sie sich vielleicht vorzustellen vermögen – für allerlei Aufregung sorgte, auch in der Bevölkerung.

In dieser delikaten Lage geschah nun ein bedauerliches Mißverständnis. Als ich achtundzwanzig Jahre alt war, las ich in der Berlinischen Monatsschrift einen Beitrag der Reichsgräfin Elisabeth von der Recke, eine bitterliche Anklage gegen den Grafen Cagliostro und alles Übersinnliche.«

Er mußte bemerkt haben, daß wir uns bei diesen Worten verstohlene Blicke zuwarfen, denn obwohl vom Opium berauscht und dem Irrsinn nahe, deutete er sie beinahe richtig. »Sie kennen die Schrift der Gräfin? Um so besser. Dann wissen Sie, welch erbitterte Gegnerin von Aberglauben und falscher Magie sie ist. Nun, mir selbst schien ihr Standpunkt von höchster Fragwürdigkeit, fast skandalös in seiner Schärfe. Die Wunder der Opiate waren mir damals noch fremd, doch spürte ich durchaus schon eine, wie Sie mir glauben dürfen, harmlose Begeisterung für mancherlei Wunderdinge. Zudem glaubte ich aus den Zeilen der Gräfin einen Zweifel an den unfaßbaren Taten Gottes herauszulesen, was mich in meinem jugendlichen Eifer zu einer feurigen Gegenschrift trieb.«

Die Vorstellung, daß dieser Wahnsinnige Texte an so seriöser Stelle veröffentlicht hatte, schien mir zweifelhaft. Und doch: Da war etwas im Klang seiner Stimme, ein Überbleibsel seiner einstigen Vernunft, das mich überzeugte.

Nach einem weiteren Zug an seiner Pfeife und einem entzückten Stöhnen sprach der Prinz weiter: »Dieser offene Brief an die Reichsgräfin, abgedruckt im Juli 1786, sorgte für allerhand Aufhebens, und nicht wenige lasen aus meinen Worten ein Bekenntnis zur Geistergläubigkeit und Mystik – was, wie ich Ihnen versichere, niemals in meinem Sinn gewesen war. Plötzlich fürchtete man, vor allem in den Stuben der Gelehrten, um die Zukunft des Hauses Württemberg; man sah mich bereits den unerträglichen Jesuiten und dem Papst verfallen und mit mir das ganze Herzogtum. Und hier, an dieser höchst unerquicklichen Stelle, kommt der Schmierer Schiller ins Spiel.«

Der Prinz hielt die Augen jetzt geschlossen, während sein berauschter Geist in die Vergangenheit entglitt. Der Rauch, der uns alle umwölkte, begann nun auch, sich auf mein eigenes Denken niederzuschlagen, und so groß die Versuchung war, sich in den Abgrund des Opiums fallenzulassen, so heftig war auch mein Bestreben, mich nicht davon benebeln zu lassen. Dies war kaum der Zeitpunkt für derlei Experimente.

Mit einem Blick zur Tür versicherte ich mich, daß die beiden Wachsoldaten starr wie Felssäulen dastanden, die Augen stur geradeaus gerichtet. Sehr langsam und überaus vorsichtig machte ich einen Schritt zurück. Jacob und Hoffmann bemerkten es, doch ihre warnenden Blicke vermochten nicht, mich aufzuhalten. Während der Prinz mit verträumter Stimme und geschlossenen Augen weitersprach, setzte ich Fuß um Fuß nach hinten, näherte mich lautlos dem Schillerschen Manuskript. Draußen, vor den hohen Fenstern, donnerte es wieder.

»Schiller war regelmäßiger Leser der Monatsschrift, wie mit ihm zahllose Literaten, und er hatte sowohl die Anklageschrift Elisabeths von der Recke als auch meinen offenen Brief gelesen. Und während er mit den Worten der Gräfin übereinstimmte, so riefen die meinen einige Sorgen in seinem württembergischen Herzen wach. Auch er sah das Herzogtum bereits in den gierigen Klauen des Klerus, und aus dieser Furcht heraus nistete sich in seinem Dichtergeist eine Idee ein: die Geschichte eines jungen Prinzen, der einer Verschwörung von falschen Geisterbeschwörern und Mystikern zum Opfer fällt.«

»Die Geschichte des *Geistersehers*«, flüsterte Jacob tonlos.

»Ganz recht«, bestätigte der Prinz und nahm einen weiteren Zug. »Ich selbst, Friedrich Wilhelm Eugen von Württemberg, bin das lebende Vorbild seiner Hauptfigur. Aber sollte mir das schmeicheln? Müßte ich mich viel eher gerühmt denn beleidigt fühlen? *Non*, meine Herren. Keineswegs. *C'est exclu!*« Er schrie die letzten Worte, ein unkontrollierter Zornesausbruch.

Noch fünf Schritte trennten mich von dem Manuskript. Der Prinz hatte die Augen wieder geöffnet, doch das Opium ließ ihn kaum noch Einzelheiten seiner Umgebung erkennen. Die Soldaten an der Tür mußten mich und mein Ziel durchaus bemerkt haben, doch so lange ihr Herr keinen Befehl gab, mich aufzuhalten, ließen sie mich in ihrem blinden Gehorsam gewähren.

»Für Schiller war ich ein Schwächling, ein Narr!« brüllte der Prinz mit hoher Stimme. »Mit Mißfallen, was sage ich, mit äußerster Wut mußte ich mitansehen, wie seine Schmähschrift zum größten Erfolg wurde, den er als Dichter je feiern durfte. Und nicht wenige erkannten mich darin wieder. Ich bemerkte ihr süffisantes Lächeln, ihr Kichern hinter meinem Rücken, ich spürte, wie mein Name mehr und mehr an Klang verlor. O, all diese Schmach, all die Erniedrigung!«

Noch drei Schritte.

Zwei.

Der Prinz riß den Kopf herum und sah mich an. Begriff, was ich plante. Ein hohes Kreischen entfuhr seinen fleischigen Lippen, die Pfeife fiel zu Boden. Ein Zittern schüttelte seinen Körper wie eine Vogelscheuche im aufbrausenden Wind.

Ich machte einen wagemutigen Satz und taumelte gegen den Tisch, der mit einem lauten Scheppern zur Seite stürzte. Das Paket fiel zu Boden, und ehe jemand es verhindern konnte, hielt ich es in Händen. Jetzt sah ich, was der Prinz auf das Papier geschrieben hatte: *Elend* stand dort, immer wieder dieses eine Wort, hundert- oder zweihundertmal in wirren Mustern auf den Umschlag gekritzelt, Früchte seines Wahnsinns.

Die beiden Soldaten an der Tür setzten sich in Bewegung, doch der Salon war riesig und die Entfernung zwischen ihnen und mir fast doppelt so groß wie jene zwischen Tisch und Kamin, wo der Prinz soeben versuchte, auf die Beine zu kommen. Mit wenigen Schritten war ich neben ihm, stieß ihn zurück und ging vor dem Feuer in die Knie. Ich riß das Papier auf, warf seine Fetzen in die Flammen. Helligkeit loderte auf, zuckte über unsere Gesichter.

Die beiden Soldaten stießen Hoffmann und Jacob beiseite. Der Prinz kreischte immer noch hohe, unverständliche Worte; sein Rausch war um ein Vielfaches stärker, als ich angenommen hatte, trotz seines klaren Berichts.

»Halt!« schrie ich.

Schillers Manuskript lag jetzt in meiner Hand, gebunden in dunkelbraunes Leder. Mit einer hastigen Bewegung hielt ich es näher an die Flammen, so nah, daß ich glaubte, spüren zu können, wie die Härchen auf meinem Handrücken versengt wurden. Die Hitze tat weh, doch es war die einzige Möglichkeit, Friedrich und seine Männer aufzuhalten. Hoffmanns Gesicht verzog sich vor Entsetzen, und selbst der Prinz verstummte.

»Bleibt stehen«, rief ich den Bewaffneten entgegen, »oder das Buch verbrennt in den Flammen.«

Die beiden Männer gehorchten.

Ich suchte Jacobs Blick, doch als ich in seine Augen sah, lief mir ein Schauer über den Rücken. Er starrte entgeistert an mir vorüber auf das Manuskript. Erst glaubte ich, das Papier habe versehentlich Feuer gefangen, doch als ich mir das Buch nun genauer ansah, begriff ich, was ihn so entsetzte.

»Das Siegel ist erbrochen«, entfuhr es mir mit einem Keuchen.

Der Prinz lachte, leise und hämisch. »Ei, siehe da. Offenbar hat einer von Ihnen während der Reise seine Neugier weniger im Zaum halten können als der andere.«

Jacob sah ihn mit aufgerissenen Augen an. »Wollt Ihr damit sagen …«

»… daß ich es nicht war, in der Tat«, unterbrach ihn der Prinz. »Mein Interesse an dem Manuskript ist nicht, es zu lesen. Und ich muß gestehen, Herr Grimm« – womit er wieder mich ansah, die Lippen zu einem wölfischen Grinsen verzogen – »Ihr Vorhaben kommt dem meinen sehr nahe, ja, *je vous suis bien reconnaissant.*«

Ehe ich mich zur Seite drehen oder sonstwie in Sicherheit bringen konnte, warf er sich mit erstaunlicher Flinkheit auf mich zu. Mit einem Aufschrei des Entsetzens stürzte ich, meine Hand mit dem Manuskript geriet ins Feuer. Die unerträgliche Hitze ließ meine Finger auseinanderschnappen, sie verloren das Buch aus ihrem festen Griff, und während mein Arm sich wie von selbst aus den Flammen rettete, stürzte das Manuskript wie ein schwarzer Vogel mit ausgebreiteten Schwingen in die lodernde Glut. Funken stoben auf, und sofort zuckten Flammen über das gegerbte Leder und die trockenen Seiten. Die Papierränder wurden dunkel, kräuselten sich wie schwarze Seide bei einer Beerdigung. Innerhalb einer einzigen Sekunde verwandelte sich Schillers Manuskript in einen knisternden Feuerball.

Ich hockte reglos vor dem Kamin, unfähig mich zu bewegen, und sah zu, wie das Vermächtnis des Meisters zu Asche zerfiel. Auch Jacob und Hoffmann waren fassungslos, ihre Gesichter wächserne Masken, fahl und starr, erfüllt von Grauen.

Der Prinz lachte und lachte, hoch und kreischend, dem Irrsinn näher als jemals zuvor. »Die Schande ist getilgt«, stieß er immer wieder hervor, »die Schande ist getilgt. Endlich, endlich.« Er saß mit ausgestreckten Beinen am Boden wie ein kleines Kind, rollte mit den Augen und hielt sich den unförmigen Wanst, während seine Finger unkontrolliert zuckten wie die eines Klavierspielers.

Das nächste, was ich wahrnahm, war, daß mich kräftige Hände an den Armen packten und auf die Füße rissen. Die beiden Soldaten zogen mich fort vom Kamin, und gleichzeitig wurde die Tür des Salons aufgestoßen. Weitere Bewaffnete stürmten herein, angelockt durch das Geschrei und irre Gelächter. Auch Jacob und Hoffmann wurden in Gewahrsam genommen.

Ein Offizier stand einen Augenblick lang unschlüssig neben dem Prinzen, dann griff er zögernd zu, um ihm auf die Beine zu helfen. Neben dem hochgewachsenen preußischen Soldaten wirkte der Kranke hilflos und winzig, eine blasse, weichliche Spottfigur in Unterhose und Uniformjacke.

Die Männer befahlen, uns in einer Reihe aufzustellen. Ich fürchtete, man würde uns standrechtlich erschießen, und doch war ich nicht in der Lage, das Fatale dieser Gefahr zu begreifen; die Vernichtung des Manuskripts wog fast so schwer wie der Tod eines Freundes, ungläubiges Entsetzen beherrschte all mein Denken. Schlimmer noch: Ich selbst war es gewesen, der das Verhängnis durch meine mißratene List heraufbeschworen hatte. Nicht um alles in der Welt hätte ich meine Drohung wahrgemacht. Doch hätte ich nicht ahnen müssen, daß es dem Prinzen allein um die Zerstörung des Buches ging? Um seine krankhafte Rache an einem Toten?

Friedrich trat uns schwerfällig gegenüber, gestützt von dem Offizier. Schweißperlen klebten an seiner Stirn, seine Mundwinkel zuckten.

»Was soll ich nun mit Ihnen tun, meine Herren?« fragte er. »Hinrichten? Laufenlassen? Oder in den Kerker werfen?« Er schien angestrengt über diese Möglichkeiten nachzudenken.

Hoffmann neben mir schwitzte kaum weniger als der Prinz, Alkohol drang ihm aus allen Poren. »Ich bin Regierungsrat im Auftrage seiner Majestät, dies sind meine Gäste. Ihr könnt nicht ...«

Der Prinz fuhr ihm dazwischen. »Glauben Sie mir, Herr Hoffmann, ich kann all das tun, was ich für richtig halte. Ein preußischer General irrt sich nicht. *En aucun cas!*« Er kicherte, ein widerlicher Laut. »Ist es nicht so?« fragte er seinen Offizier.

»Natürlich, Eure Exzellenz«, entgegnete der Mann mit steinerner Miene. Ihm war nicht anzusehen, was in seinem Inneren vorging; wahrscheinlich hatte man ihm das Denken längst ausgetrieben.

Mir fiel auf, daß das Gewitter nachgelassen hatte. Vielleicht sucht der menschliche Geist in Momenten höchster Bedrohung nach unwichtigen Einzelheiten, an die er sich klammert. Vielleicht ist dies der schmale Grat, der uns von der grauen Einöde des Wahnsinns trennt, das Vermögen, eine Furcht einfach abzuschütteln und sich auf andere, mindere Dinge zu konzentrieren.

»Wie also soll ich mich entscheiden?« fragte der Prinz laut in die Runde.

Ich warf einen letzten Blick ins Feuer. Von dem Manuskript war nichts übrig geblieben, seine Asche tanzte in den Flammen und vermischte sich mit den Resten verkohlter Holzscheite. Schillers Vermächtnis fand sein Ende im Kamin eines schwachsinnigen Aristokraten, die Glut, die einst in seinen Worten gelegen haben mochte, zuckte nun flackernd über die Gesichter der Soldaten. Mein Herz krampfte sich zusammen wie die Faust eines Sterbenden.

Wer hatte das Siegel erbrochen?

Es war durchaus möglich, daß der Prinz uns belogen und er selbst das Manuskript geöffnet hatte. Doch weshalb hätte er das tun sollen? Eine innere Stimme flüsterte mir zu, daß die Schuld nicht bei ihm zu suchen war. Doch wenn nicht er, wer dann? Und wie lange war das Siegel schon entzwei, ohne daß ich es bemerkt hatte?

Viel schlimmer aber war die Erkenntnis, daß all diese Fragen längst nicht mehr von Bedeutung waren. Der unveröffentlichte Abschluß des *Geistersehers* war nicht mehr, und so sehr ich mir auch einzureden versuchte, daß man uns getäuscht hatte, daß nur eine Imitation, ein Stapel leerer Seiten in den Flammen vergangen war, so sicher war ich doch, daß es sehr wohl das echte Manuskript gewesen war, das aus meiner Hand ins Feuer fiel.

Der Prinz sah uns der Reihe nach aus seinen schmalen Augen an. Seine Soldaten standen stocksteif und scheinbar ohne Leben da wie Granitsäulen in einem griechischen Tempel. Mit einem Mal verzogen sich die Mundwinkel des Prinzen zu einem bösen Lächeln.

Und da verstand ich, warum er seine Opiumsucht so offen vor

uns zur Schau gestellt hatte: Er hatte niemals vorgehabt, uns laufen zu lassen.

Friedrich öffnete den Mund, um etwas zu sagen, als die Tür des Zimmers mit einem ungestümen Krachen aufgestoßen wurde. Der Kopf des Prinzen ruckte herum, sein Gesicht eine Fratze der Wut.

»Wer …?« brüllte er, doch eine Stimme fiel ihm ins Wort.

»Eure Exzellenz!« rief ein junger Soldat, der atemlos hereinpolterte, auf den Prinzen zulief, dann aber im letzten Augenblick anhielt und Haltung annahm. »Eure Exzellenz! Der Garten ist voller Bewaffneter, das Haus ist umstellt. Die Wachtposten am Eingang wurden niedergemacht.«

»Was?« schrie der Prinz voller Zorn. Mit einer hastigen Bewegung streifte er die stützende Hand des Offiziers ab. Schwankend eilte er zum Fenster und blickte hinaus in die Nacht.

Der junge Soldat flüsterte dem Offizier einige Worte ins Ohr, dann verließ er den Raum. Der Offizier trat neben den Prinzen ans Fenster. Offensichtlich konnten beide dort draußen nichts erkennen; die Dunkelheit, der dichtbewachsene Garten und die Feuchtigkeit an den Scheiben mußten es unmöglich machen, einen verborgenen Feind zu entdecken. Die beiden tuschelten.

Hoffmann stieß mich an. Zu meinem Erstaunen lächelte er. »Wir sind gerettet«, zischte er uns zu. »Vor unserer Abfahrt sandte ich Nachricht an Moszinsky.«

Ich spürte Erleichterung, aber auch Zweifel. Wollte der Graf uns mit Waffengewalt befreien? Er konnte es unmöglich wagen, sich einen offenen Kampf mit einem preußischen Kavalleriegeneral zu liefern. Das käme dem Auftakt eines Bürgerkrieges, einer blutigen Revolte gleich; immerhin waren er und seine Leute Polen.

Das Gesicht des Prinzen bebte, als er mit unsicheren Schritten zu uns zurückkehrte. Der Opiumgenuß schien seine Wut ins Maßlose zu steigern.

»Ich habe eine gute und eine schlechte Nachricht, meine Herren.« Er lachte nicht, lächelte nicht einmal mehr. »Die gute ist: Ich werde Sie weder hinrichten lassen noch gefangennehmen. Vielmehr werden Sie mein Haus nun verlassen.«

Unmöglich, dachte ich nur.

»Die schlechte ist«, fuhr er fort, »daß Sie wenig Freude an meiner Entscheidung haben werden.« Ohne seine Worte näher zu erläutern, gab er den Soldaten in unserem Rücken einen Wink.

Wir wurden gepackt und zur Tür geführt. Ehe man uns hinaus auf den Gang stieß, rief der Prinz uns hinterher: »Mir liegt nichts an einem Massaker, sagen Sie ihm das. Ich habe erreicht, was ich wollte, das genügt. Viel Glück und *mes sincères condoléances*!« Ein letztes irres Kichern kroch uns hinterher, dann wurde die Salontür geschlossen.

Massaker. Das Wort fuhr mir durchs Hirn wie ein Schwerthieb. Die Soldaten drängten uns die Stufen hinunter, dann quer durch die Eingangshalle. Zwei Dutzend Uniformierte hatten sich hier versammelt und bildeten eine Gasse, als wir den Fuß der Treppe erreichten. Das schwere Portal wurde aufgerissen, man stieß uns hinaus ins Dunkel, dann fiel die Tür wieder ins Schloß. Niemand war uns gefolgt. Als hätten sie alle unerträgliche Angst.

Die Finsternis war fast vollkommen, nur der Schein, der durch einige Fenster ins Freie fiel, warf gelbe Lichtfelder auf den Rasen. Die Luft war kühl, es roch nach Regen. Der Boden hatte sich mit Wasser vollgesogen und federte leicht unter unseren Füßen. Wenige Schritte vor uns wuchs eine Wand pechschwarzer Tannen und Laubbäume in den Nachthimmel. Eine Bewegung ließ die Schatten erzittern wie die Oberfläche eines stillen Sees.

Ich blickte zurück zum Haus, suchte das Fenster des Salons. Der Prinz stand hinter der Scheibe, ein dunkler Umriß vor dem Dämmerlicht des Kaminfeuers. Ich bemerkte, daß auch an anderen Fenstern Menschen standen, Soldaten, die uns beobachteten, als wären wir Löwenfutter in einer römischen Arena. Eine fiebrige Erwartung hing über dem Anwesen wie eine Nebelglocke.

Vor uns, in der Dunkelheit, raschelte es. Ich warf Jacob einen hilflosen Blick zu, doch auch er schien angstvoll und ratlos zu sein.

»Moszinsky?« Hoffmann Stimme klang ungewohnt zaghaft.

Die Schwärze teilte sich, die Oberfläche des Schattensees brach auf, und etwas schob sich daraus hervor. Jemand trat aus der Finsternis und war doch selbst ein Stück davon.

»Moszinsky?« fragte Hoffmann noch einmal.

Aber es war nicht der Graf. Meine Zweifel wurden zur Gewißheit – in einer einzigen, schrecklichen Sekunde erkannte ich den weiten, schwarzen Mantel, den breitkrempigen Hut.

Spindels Gesicht lag im Dunkel. Wenige Schritte vor uns blieb er stehen. Sein Umhang schlug leichte Wellen, als ein Windstoß zwischen die Falten fuhr. Er selbst bewegte sich nicht.

Dann, nach einer scheinbaren Ewigkeit, hob er den Kopf, und ein Lichthauch kroch über seine Züge.

Sein Gesicht war das einer russischen Ikone, schmal und anmutig und dabei doch merkwürdig hölzern und starr. Seine Engelsaugen blickten ernst, aber nicht grausam, und doch: Die größte aller Überraschungen war seine Stimme. Als er sprach, tat er es, als rezitiere er ein Gedicht, klangvoll und klar.

»Ein ungemütlicher Ort«, sagte er, »höchst unpassend für unser Wiedersehen.«

Seine hellblauen Augen blieben vollkommen reglos, als gehörten sie nicht zu ihm selbst, als blicke gar ein anderer durch sie hindurch. Trotz meiner Angst bemerkte ich etwas auf seiner Stirn, ein Mal, vielleicht eine Wunde. Doch während ich mich noch bemühte, Näheres zu erkennen, wurde mir bewußt, was es wirklich war: ein Kreuz, tätowiert in seine Haut, das sich bis auf seinen Nasenrücken herabzog. Daran hing, mit feiner Nadel in die Stirn gestochen, der gekreuzigte Heiland. Doch damit des

Unheimlichen nicht genug: Als Spindel nun seinen Hut absetzte, entblößte er einen kahlen Schädel wie ein Mönch. Was ich im ersten Augenblick für vereinzelte Haarreste hielt, entpuppte sich beim zweiten Hinsehen als Schriftzeichen. In der Tat, Spindels gesamte Kopfhaut war mit Wörtern bedeckt, und als er näher kam, vermochte ich zu lesen, was sie bedeuteten. Es waren Zitate, Sprüche aus der Bibel, dem Alten und Neuen Testament, scheinbar willkürlich gewählt. Doch die Worte, die mir sonst soviel Trost und Wärme gespendet hatten, flößten mir an so widernatürlicher Stelle nichts als nacktes Grauen ein. Auf seine Art schien Spindel nicht weniger wahnsinnig als der Prinz.

»Was wollen Sie?« fragte Hoffmann, der als erster die Sprache wiederfand.

»Sie wissen es«, erwiderte Spindel, eine schlichte Feststellung, doch in ihr schwang eine Drohung voller Tücke und Durchtriebenheit.

Jacob faßte Mut. »Wir haben das Manuskript nicht mehr.«

»Das sehe ich«, sagte Spindel. »Sie haben es versteckt. In der Regierungskanzlei, wie ich weiß.«

Bei diesen Worten begriff ich, wie hoffnungslos unsere Lage wirklich war. Spindel würde uns niemals glauben, daß der Prinz, nein, ich selbst, das Buch verbrannt hatte. Der Gedanke an meine Tat, mochte sie auch ohne Absicht geschehen sein, ließ mich von neuem erbeben.

Schon der nächste Wortwechsel bestätigte meine Ahnung.

»Der Prinz hat das Manuskript vernichtet«, sagte Hoffmann, und es klang fast ein wenig erleichtert. Begriff er denn nicht, was das bedeuten mochte?

»Lügen werden keinem von uns weiterhelfen«, sagte Spindel. Er runzelte ungeduldig die Stirn, und das Kreuz darauf verzerrte sich. Der gekreuzigte Christus zerriß in der Mitte, Unter- und Oberleib schoben sich aneinander vorbei. Spindel stand noch etwa drei Schritte von uns entfernt, seine Hände waren bisher in den Falten seines Mantels verborgen geblieben. Jetzt aber hob er eine empor, und augenblicklich erwachte der schwarze Garten zum Leben. Bewaffnete Gestalten drängten gespenstisch aus der Dunkelheit hervor, mindestens ein Dutzend, wahrscheinlich gar mehr. Einige behielten das Haus und die Soldaten hinter den Fenstern im Auge, doch die meisten bildeten einen weiten Ring um Jacob, Hoffmann, Spindel und mich. Jede Hoffnung auf Flucht erstickte im Rauschen ihrer dunklen Gewänder.

»Nun ist es an der Zeit«, sprach Spindel finster, »dem Possenspiel ein Ende zu bereiten. Ihr werdet mir folgen und das Manuskript in meine Hände geben. Niemals würde der Prinz es wagen, sich uns zu widersetzen. Ich weiß um sein Streben nach dem Buch, doch es zu vernichten würde er sich nicht getrauen. Ihr habt es – ich weiß das, und Ihr wißt es ebenso.«

Jacob warf mir einen verzweifelten Blick zu. Ich hob die Schultern. Es hatte keinen Sinn, zu widersprechen. Als ich unseren Gegner erneut ansah, hatte sich seine Stirn geglättet, das Kreuz hatte wieder seine frühere Form angenommen. Spindels kahler Schädel schien in der Nacht zu leuchten wie ein geisterhafter Mond, und mir war, als bewegten sich die Schriftzeichen über seine Haut wie Schlangen und Würmer.

Spindel öffnete den Mund, um etwas zu sagen, als plötzlich eine Veränderung mit ihm vorging. Von einem Augenblick zum anderen breitete sich Schrecken über sein jugendliches Gesicht, seine Augen weiteten sich. Und dann geschah etwas, das mich in heillose Verwirrung stürzte.

Spindel kniete nieder.

Er fiel auf die Knie, der schwarze Umhang floß über den Boden wie ein lichtloser Teich. Er schlug ein Kreuzzeichen, faltete die Hände und blickte mich an. Nein, nicht mich – einen Punkt über meinem Kopf, hoch oben in der wolkenverhangenen Schwärze des Himmels. Ich folgte seinem Blick, doch da war nichts als dunkle Unendlichkeit. Trotzdem begann Spindel zu beten, lautlos, mit geschlossenen Augen, als tanzten die Engel dort oben einen göttlichen Reigen.

Auch mit den übrigen Männern ging eine wunderbare Wandlung vor. Sie alle warfen ihre Waffen ins Gras, manche stürzten faselnd zu Boden, andere schrien auf und rannten davon in die Büsche, brachen durch Astwerk, ungeachtet der Wunden, die die scharfen Zweige in ihre Gesichter schnitten.

Ich erfuhr niemals, was Spindel und seine Männer wirklich sahen. Ich habe Vermutungen, von denen ich nicht weiß, ob sie zutreffen, und oft noch denke ich darüber nach, was eine verruchte Kreatur wie ihn so hilflos zu Boden sinken ließ. Damals, in jenem finsteren Garten, blieb keine Zeit, weitere Hinweise zu sammeln, denn mir wurde sehr schnell klar, daß dies unsere einzige Möglichkeit war, dem Tode zu entrinnen, und man mag sich vorstellen, mit welcher Eile wir die Flucht ergriffen. Ich habe keinen Zweifel daran, daß Moszinsky und seine Leute dahintersteckten, und wenngleich keiner von uns sie bemerkte, so bin ich doch sicher, daß der Graf und seine rebellischen Gefährten zugegen waren, verborgen hinter Bäumen und Buschwerk, versunken in jene seltsamen Fähigkeiten, über die ich nie Näheres erfuhr. Wie sie es anstellten, anderen Visionen aufzuzwingen? Ob ihre Anschläge zuletzt Erfolg gehabt hätten, wäre Europa nicht unter Napoleons Zepter in solch blutige Wirrnis gebracht und Warschau von den Preußen geräumt worden? Rätsel, auf die ich keine Antwort weiß, und gleichfalls niemand, den ich kenne. Jahre darauf erlebte ich noch einmal Ähnliches, wenn auch an anderem Ort und unter anderen Umständen, doch dies ist eine Geschichte, die ich – man möge mir verzeihen – aufheben will für ein andermal.

So also flohen wir durch den Garten und hinaus auf die Straße, ohne daß irgend jemand den Versuch machte, uns aufzuhalten. Unsere eiligen Schritte hallten durch die steinernen Gassen, Hoffmann lief voran, wies uns den Weg durch Tore und Tunnel, über enge Höfe und weite, menschenleere Plätze. Einmal rannten wir die Stufen eines Kellers hinunter und durchquerten ein Labyrinth unterirdischer Räume und Flure, und als wir schließlich wieder hinaus an die schwüle Nachtluft traten, vernahm ich ganz in der Nähe das Rauschen des Flusses. Ich sah mich um und erkannte, daß wir am Hafen waren. Ganz in der Nähe wuchs der verlassene Turm in die Finsternis, den ich gemeinsam mit Anna bestiegen hatte vor scheinbar ach – wie – langer Zeit.

Hoffmann führte uns ein wenig abseits der Hafenmauer einen Hang hinunter, bis wir am Ufer der Weichsel standen. Das schwache Licht vom Hafen erhellte nur wenige Schritt weit die Oberfläche, dahinter verloren sich die schwarzen Wogen in der Nacht.

Unser Führer wandte sich nach links und ging ein wenig weiter am schlammigen Ufer entlang, das Regen und Hagel in weichen Morast verwandelt hatten. Wir folgten ihm, bis wir an eine schmale Anlegestelle gelangten, wo drei kleine Boote träge auf den Wellen schaukelten.

»Nehmen Sie eines davon und folgen Sie dem Fluß weiter nach Westen. Die Strömung wird Sie vorantreiben, und wenn alles gutgeht, werden Sie morgen nachmittag zu Ihrer Linken ein kleines Bootshaus finden. Sie erkennen es durch drei mächtige Eichen, die gleich dahinter stehen und alle umliegenden Bäume überragen. Gehen Sie dort an Land. Fragen Sie nach Vogelöd.« Er streckte die Hand zum Abschied aus. »Mehr kann ich nicht für Sie tun.«

»Das ist alles, was Sie zu sagen haben?« fragte ich erzürnt. »Nach dieser Nacht? Was wird aus Anna? Ich werde diese Stadt nicht verlassen, ehe ich sie nicht in Sicherheit weiß.«

Hoffmann schüttelte traurig den Kopf. »Wenn es wahr ist, daß die Morde des Sandmanns in irgendeiner Verbindung zu Schillers Manuskript standen, werden sie nun ein Ende haben. Sie können nichts für Ihre Gefährtin tun, Herr Grimm, als abzuwarten.«

»Ja«, erwiderte ich, und nun war es fast ein Brüllen, das meiner

Kehle entstieg, »und man wird ihren Leichnam finden, ohne Augen, vollgestopft mit diesem verfluchten Wüstensand.«

Hoffmann sah mich an, sein Blick schien zu flackern wie eine verlöschende Kerze. »Was erwarten Sie, was ich darauf erwidern soll?«

Da ergriff erstmals Jacob das Wort. »Sie haben einen Verdacht, nicht wahr?«

Ich starrte erst ihn, dann Hoffmann fassungslos an. »Stimmt das?«

Hoffmann zuckte mit den Schultern. »Eine Ahnung, vielleicht.«

»Heraus damit!« schrie ich, erfüllt von ohnmächtigem Zorn.

Jacob berührte mich sanft am Arm. »Vielleicht ist Anna nicht die, für die wir sie gehalten haben.«

»Was?« Mir war, als müsse ich den Verstand verlieren, hier und jetzt.

»Hast du das Siegel erbrochen?« fragte Jacob.

»Natürlich nicht.«

»Dann glaubst du, daß ich es war?«

»Nein, warum fragst ...« Und da begriff ich, was er meinte. »Du glaubst, Anna war es?«

»Wer sonst?«

»Warum hätte sie das tun sollen? Vielleicht war es Moebius. Vielleicht konnte er seine kleinen, gierigen Finger nicht von dem Paket lassen.« Ich sah Annas liebliches Gesicht vor mir; der Wind, der über das Wasser strich, schien mich mit ihren zarten Händen zu liebkosen.

»Mag sein, daß Moebius es war. Welchen Unterschied macht das? Er ist ihr Diener.« Jacob schenkte mir einen Blick des Bedauerns. »Was immer es war, das in diesem Manuskript geschrieben stand und für das so viele Menschen bereit sind zu töten – Anna kennt das Geheimnis. Sie hat es gelesen, irgendwann auf der Fahrt von Weimar nach Warschau.«

Ich packte ihn an den Schultern, krallte meine Hände verzweifelt in sein Fleisch. Es mußte schmerzen, doch er zuckte nicht einmal mit den Wimpern. »Was ist mit ihrer Entführung? Mit den beiden Leichen?«

Jacob schluckte, als krieche etwas aus den Eingeweiden zu seinen Lippen empor, das er um jeden Preis zurückhalten wollte.

Statt seiner sprach Hoffmann. »Denken Sie darüber nach, draußen auf dem Fluß. Sie müssen von hier fort. Spindel wird nicht lange geschwächt sein, dann wird er Ihnen nachjagen. Ich bin Angehöriger der Regierung, ich kann mich vor ihm schützen, und wahrscheinlich wird er mich nicht einmal suchen. Aber Sie beide müssen fort von hier. Jetzt, sofort.«

Ich war kaum fähig zu einer kontrollierten Bewegung. Jacob mußte mich mit sich in eines der Boote ziehen, wie einen Schlafwandler, der sich weigerte, zu erwachen. Wie durch einen Schleier nahm ich wahr, daß Hoffmann dem Rumpf einen Stoß gab und Jacob nach einem Ruder griff, um uns hinaus in die Flußmitte zu manövrieren. Hoffmann rief einige Worte des Abschieds, Jacob antwortete ihm, doch ich selbst blieb still. Ich starrte hinaus in die Schwärze, dachte an Anna und weinte leise, ohne wirklich zu wissen, warum.

Dritter Teil

Eine vortreffliche Idee – »Euer Hirn fliegt zehn Schritt weit!« – Immer nur die eine Geschichte – Rattendunkel – Löcher in der Bettdecke – Einer fehlt – Mantel und Degen – »Ihr wißt es noch gar nicht?« – Die Frau in der Ferne

1

Die Nacht schien wie der Fluß kein Ende zu nehmen, und als der Tag endlich anbrach und der erste Streifen graublauer Helligkeit hinter uns über die Landen im Osten floß, da hatte ich für einen Augenblick den schrecklichen Gedanken, daß wir vor dem Tageslicht davonfuhren, daß wir ihm immer und immer wieder entgleiten und auf ewig durch die grauenhafte Finsternis rudern würden wie Charon an den Gestaden der Unterwelt. Doch das Licht kam schneller, als die Strömung uns davonzutragen vermochte, und mit sich brachte es einen düster verhangenen Himmel, der so ganz unserer Stimmung entsprach. Monumentale Wolkenballen schoben sich gleich fliegenden Festungen durch das Grau, und es dauerte nicht lange, da wurden in der Ferne Blitze von ihren Zinnen geschleudert und fuhren zur Erde wie die zornigen Götter der Legenden. Ein leichter, höchst ungemütlicher Nieselregen setzte ein.

Sanfte Grashänge führten zu beiden Seiten des Flusses hinauf auf grüne Hügelketten, hier und da durchbrochen von Bauminseln und kleinen Forsten. Gegen Mittag wurden es der Bäume mehr und mehr, und nach einer Weile schlängelte sich der Fluß durch dunkle, menschenleere Wälder. Das Gewitter schonte uns und trieb nach Süden davon, doch der Regen hielt an, und unsere Kleidung triefte vor Nässe.

Ich saß am Bug des kleinen Bootes und blickte voraus, ohne wirklich etwas von der bedrohlichen Waldlandschaft wahrzunehmen. Mein Blick heftete sich stets an die nächste Biegung und von dort aus an jene, die darauf folgte, ein unerquicklicher Zeitvertreib, der es mir wiewohl erlaubte, auf trüben Gedanken dahinzutreiben wie das Boot auf den Wellen. Ich dachte in jenen Stunden viel über Anna nach, über sie selbst und das, was sie mir über ihre Großmutter, die Gräfin Cosel, erzählt hatte. Jacob hatte eine böse Saat in mein Hirn gestreut, doch noch weigerte ich mich beharrlich, ihre Frucht des Mißtrauens und Argwohns erblühen zu lassen. Anna war entführt, gar in Lebensgefahr, und Jacob und Hoffmann hatten nichts Besseres zu tun gehabt, als ein Gespinst übelster Verleumdungen und Verdächtigungen um sie zu weben, ein grausames, abscheuliches Garn. Seit unserer Abfahrt hatte ich kaum ein Wort mit meinem Bruder gesprochen, wenngleich das träge Auf und Ab der Wogen meine Sinne lähmte und ein Gespräch die dringend nötige Abwechslung versprach.

Jacob hockte im Heck des Kahns, zwischen uns knappe zwei Mannslängen glitschiger Rumpf und ein dürrer Mast, für den es kein Segel gab. Von Zeit zu Zeit, wenn die Strömung uns ans Ufer zu tragen drohte, gab Jacob dem Boot mit Hilfe des Ruders eine neue Richtung. Auch er machte keinen Versuch, eine Unterhaltung zu beginnen; sicher hing er wieder seinen Gedanken an Rosa – oder schlimmer noch – den Gesetzen seiner gottverfluchten Logik nach. Ich wußte, daß wir uns wie beleidigte Kinder benahmen, ein Zustand, der kaum von Dauer sein konnte, doch war ich nicht bereit, den ersten Schritt zu tun. Er würde die Anschuldigungen gegenüber Anna zurücknehmen müssen, andererseits wollte ich weiterhin schweigend verharren – so unerträglich dieser Zustand auch war.

Die Sonne war hinter den Wolken nur zu erahnen, doch blieb mir nicht verborgen, daß der Nachmittag sich langsam zum Abend neigte, ohne daß wir das Bootshaus unter den drei mächtigen Eichen entdeckten, von dem Hoffmann gesprochen hatte. Schon verfestigte sich in mir die düstere Ahnung, daß wir es übersehen und blind daran vorüber getrieben waren, als sich hinter der nächsten Flußbiegung eine dichtbewaldete Landzunge abzeichnete. Erst beim Näherkommen entdeckte ich eine dünne, zerfaserte Rauchfahne, die von der uns abgewandten Seite aufstieg. Nachdem wir die äußerste Spitze dieses Waldzipfels passiert hatten, hörte ich von hinten Jacobs aufgeregten Ausruf:

»Dort ist es!«

Dann entdeckte auch ich selbst, was er meinte. Tatsächlich standen dort drei hohe, uralte Eichen mit weitgefächerten Kronen, die ihre dicht belaubten Zweige schützend über ein Gebäude breiteten – oder besser: die Ruine eines Gebäudes.

Das Bootshaus, so es denn einmal ein solches gewesen war, war nur noch ein verkohltes Gerippe, vier schwarze Eckbalken, zwischen denen sich rußige Trümmerberge häuften. Von einem Holzsteg, der einst weit hinaus auf den Fluß gereicht hatte, war nur noch das äußere Ende erhalten und ragte wie ein hölzerner Schädel aus dem Wasser; seine Verbindung zum Land war verbrannt und in den Fluten versunken. Dünner Rauch kräuselte sich aus den Überresten des Hauses und wurde vom Blätterdach der Eichen gesiebt. Der Bug eines kleinen, halb versunkenen Bootes stach einsam aus dem Fluß wie die Nase eines badenden Riesen.

Furcht umkrallte mein Herz, längst hatte ich allen Glauben an den Zufall verloren. Ich hegte keinen Zweifel daran, daß der Brand des Hauses in Verbindung zu jener unglückseligen Verkettung von Unglücken und Abenteuern stand, die uns in den vergangenen Wochen widerfahren war.

»Jemand ist uns zuvorgekommen«, stellte Jacob fest, während er sich bemühte, das Boot aus der Mitte des Stroms ans Ufer zu steuern.

»Du willst doch nicht etwa hier an Land gehen?« fragte ich und brach damit mein ehernes Schweigen, immerhin ein Zeichen dafür, daß ich mich noch nicht ganz unserem Verderben ergab.

»Wie sonst sollen wir herausfinden, was vorgefallen ist?«

»Gar nicht.«

»O Wilhelm, nicht schon wieder …«

Ungestüm sprang ich auf, wobei das Boot derart heftig

schwankte, daß ich beinahe über die Reling ins Wasser gestürzt wäre. Nur mit Mühe gelang es mir, mein Gleichgewicht zu halten. »Warum sollen wir uns schon wieder in die Angelegenheiten anderer einmischen?«

»Weil unser Schicksal davon abhängen könnte, und das weißt du.«

»Vielleicht hat nur der Blitz eingeschlagen. Oder jemand war unvorsichtig mit dem Kaminfeuer.«

»Ein Grund mehr, uns selbst davon zu überzeugen«, erwiderte er. »Um so unbeschwerter können wir unsere Reise fortsetzen.«

»Und falls wir etwas ... etwas anderes finden? Etwas, das dagegen spricht?«

»Dann wissen wir, daß wir uns vorsehen müssen.«

»Als ob uns das nicht ohnehin klar wäre«, erwiderte ich mürrisch.

Jacob nahm sich das Recht des Älteren, den Disput zu beenden. »Schluß damit. Hilf mir lieber, diesen Kahn an Land zu bringen.«

Angesichts der Schrecken, die hinter uns lagen, und jener, die noch auf uns warten mochten, befiel mich eine verhängnisvolle Gleichgültigkeit. Nach kurzem Zögern gab ich nach, kniete mich ins Boot und bemühte mich, eine übriggebliebene Planke des zerstörten Steges zu ergreifen, in dessen Richtung Jacob lenkte. Es gelang mir nur mit Mühe, und schließlich hing ich mit dem halben Oberkörper gefährlich nah am Wasser, doch meine ausgestreckte Hand umschloß festes Holz, und unter Aufbietung all meiner Kraft zog ich das Boot entgegen der Strömung an die hölzernen Trümmer. Was uns freilich nicht viel weiterhalf, denn die Verbindung zum Land war zerstört. Mir schwante Übles, als Jacob einen tiefen Seufzer ausstieß.

»Sieht aus, als ob wir schwimmen müßten«, verkündete er.

»Ins Wasser?« fragte ich. »Bist du verrückt?«

»Hast du einen besseren Vorschlag?«

Den hatte ich nicht, und da unsere Kleidung vom dauernden Regen ohnehin bis auf die Haut durchnäßt war, kam es auch darauf nicht mehr an. So kletterten wir auf den schmalen Steg, kaum größer als der Innenraum einer Kutsche, und ließen das Boot von der Strömung hinforttragen; es tat mir nicht leid darum. Dann glitten wir hinab ins kalte Wasser und bewältigten die Entfernung mit wenigen Schwimmstößen. Zitternd und triefend schleppten wir uns an Land.

»Vortreffliche Idee«, sagte ich finster, als ich einen Blick zurück warf und sah, daß das leere Boot hundert Schritt weiter flußabwärts von der Strömung ans Ufer getrieben wurde.

Jacob strich sich das tropfende Haar aus den Augen. Dann lief er voran zu den schwelenden Trümmern des Bootshauses. Ich folgte ihm zögernden Schritts und warf dabei argwöhnische Blicke in die Umgebung. Lauerten jene, die das Haus gebrandschatzt hatten, vielleicht noch im schützenden Schatten der Wälder? Konnte es Spindel und seinen Mannen gelungen sein, die Entfernung bis hierher schneller zu bewältigen, als wir dies auf dem Fluß getan hatten? Mein Magen wand sich in Krämpfen, als mich die Erinnerung an die Geschehnisse im Anwesen des Prinzen ansprang wie ein wildes Tier, hinterrücks und unerwartet.

Aber die finstere Mauer der nahen Fichten blieb unangetastet und ruhig. Keine Männer stürmten aus den Schatten, kein Umhang wallte in der Dunkelheit. Wer immer dies angerichtet hatte, er war weitergezogen. So wenigstens schien es mir.

Als ich die Ruine erreichte, hockte Jacob bereits inmitten der Aschehaufen. Erst als ich näher kam, sah ich, was vor ihm lag, erkannte die verkrallte Knochenhand, die aus den verkohlten Resten stach, blickte in das Gesicht eines pechschwarzen Schädels. Hier war ein Mensch verbrannt, und die verzweifelte, zusammengerollte Stellung, in der er am Boden lag, ließ darauf schließen, daß er noch gelebt hatte, als die Flammen ihn verzehrten.

Es schien ewig her, daß ich zuletzt gegessen hatte, und als ich mich nun erbrach, sprudelte nichts als bittere Galle in die Asche. Ich hustete und keuchte, und der elende Geruch stärkte den Drang, mein Innerstes nach außen zu kehren.

»Das Feuer muß irgendwann in der vergangenen Nacht gewütet haben«, stellte Jacob fest. »Die Asche glüht noch an geschützten Stellen, wo der Regen sie nicht erreicht hat.« Er stand auf und schritt suchend durch die Trümmer, blickte hierhin und dorthin, jedoch ohne Erfolg. »Keine Spuren.«

»Wir sollten hier verschwinden«, sagte ich und wischte mir über den Mund. Nach einem letzten Blick auf die gräßlich zugerichtete Leiche entfernte ich mich von der schwarzen Ruine und blieb kurz vorm Waldrand stehen. Ein schmaler Weg, gerade breit genug für einen schmalen Pferdewagen, schnitt hier ins Gehölz und verschwand nach wenigen Schritten hinter einer Biegung.

Jacob trat an meine Seite. »Was sagte Hoffmann? Wir sollten nach etwas fragen, nach ...«

»Vogelöd«, ergänzte ich, stolz darauf, daß ich mir das merkwürdige Wort gemerkt hatte.

Er nickte. »Vogel und eine Öde. Was mag das bedeuten?«

»Du hättest ihn fragen können.«

»Weshalb ich?« fragte er böse. »Warum nicht du? Sicher, dir hatte es ja die Sprache verschlagen ...«

»Weil Ihr die verwerflichsten Anschuldigungen gegen ...«

Er fiel mir ins Wort. »Nicht jetzt! Wir haben wahrlich andere Sorgen. Fest steht, wir wissen nicht, was Hoffmann damit meinte.« Er schüttelte nachdenklich den Kopf. »Vogelöd«, wiederholte er. »Welch seltsamen Klang das Wort hat.«

»Ob er damit eine Person oder einen Ort meinte?«

»Was weiß ich? So wie es aussieht, haben wir nur die Möglichkeit genau das zu tun, was er uns auftrug – danach zu fragen.«

Ich lachte bitter und deutete auf den finsteren Wald. »So? An wen dachtest du dabei?«

»Es muß selbst hier draußen Menschen geben. Jäger, Köhler,

vielleicht Holzfäller. Welchen Zweck sollte sonst dieses Bootshaus haben?«

Dem mußte ich notgedrungen zustimmen, und so beschlossen wir, dem Waldweg zu folgen, in der Hoffnung, früher oder später auf eine Ansiedlung zu stoßen.

Während wir so einherschritten, um uns die Stille des tiefen Forsts, nur durchbrochen vom leisen Flüstern des Regens in den Wipfeln, fragte ich mit einem Seufzen: »Wohin mag das alles führen? Ein Rätsel folgt auf das andere, ohne daß sich nur ein einziges auflöst.«

Ich hätte ahnen müssen, wohin eine solche Frage führte, denn Jacob witterte augenblicklich vertrautes Territorium. Schlagartig festigten sich seine Züge, auf seinem Gesicht erschien die gefürchtete Gelehrtenmiene. »Laß uns rekapitulieren«, schlug er vor. »Alles begann mit Schillers Tod.«

»Falsch«, fuhr ich gleich dazwischen. »Der Sandmann mordete bereits früher, und auch der Schauspieler in Goethes Haus muß schon im Februar oder März ums Leben gekommen sein.«

Jacob kam nicht umhin, mir recht zu geben. »Die Morde in Warschau, also. Einer der Verdächtigen, eben jener Schauspieler, verschwindet und taucht kurz darauf in Weimar auf. Dort stirbt er an einem fremdartigen Gift. Wie nannte Elisa es doch gleich?«

»Anubis, wie der Gott des ...«

»Genau, wie der Totengott der Ägypter. Weiter: Einige Wochen später wird auch Schiller vergiftet, mit genau dem gleichen Gift. Elisa behauptet, Goethe stecke dahinter.«

Ich maß ihn voller Verwunderung. »Wie kannst du daran zweifeln? Wir selbst nahmen das Gift von ihm entgegen, und du ...« Ich verstummte.

»Bevor wir nicht vollkommen sicher sein können«, belehrte er mich, »müssen wir alles in Frage stellen. Aber nehmen wir einmal an, Goethe ist für Schillers Tod verantwortlich. Muß dann auch er es gewesen sein, der den Polen vergiftete?«

»Das liegt auf der Hand«

»Ja, aber *muß* es so gewesen sein?«

»Nicht zwangsläufig«, gab ich zu.

»Unklar bleibt weiterhin die Rolle der beiden Anführer der ägyptischen Loge. Was taten sie in Goethes Haus?«

»Vielleicht waren sie es, von denen er das Gift erhielt«, sagte ich. »In ihrem Tempel bewahrten sie eine Menge ägyptischer Merkwürdigkeiten. Sie haben offenbar Verbindungen, die bis zum Nil reichen. Für sie muß es ein leichtes gewesen sein, ein in unseren Landen unbekanntes Gift zu beschaffen.«

Jacob nickte. »Welches Interesse aber hatten sie an Schillers Tod? Oder ließen sie sich für ihre Dienste nur bezahlen, ohne eigene Vorteile aus der Tat zu ziehen? Und sind sie es, die hinter den Sandmann-Morden steckten? Ehrlich gesagt, ich mag nicht daran glauben.«

»Aber wir sahen den Sand in ihrem Tempel.«

»Den hätten sich auch andere besorgen können, notfalls durch einen Einbruch in die Gewölbe der Loge. Kann es nicht vielmehr sein, daß irgendwer die Schuld an den Morden ganz gezielt auf Cagliostros Loge schieben wollte, um selbst im Verborgenen zu bleiben?«

»Du glaubst, jemand legte es darauf an, daß der Tempel und seine Anhänger in Ungnade fallen?«

»Möglicherweise. Aber laß uns erst sehen, welche Rätsel des weiteren offen bleiben. Was etwa hat es tatsächlich mit Schillers Manuskript auf sich? Offenbar mußte es doch geheime Informationen enthalten, die weit mehr wiegen als zahlreiche Menschenleben.«

Ich mußte mir eine gewisse Ratlosigkeit eingestehen, während wir weiter dem geschlängelten Waldweg folgten. »Das Manuskript ist verbrannt. Mir scheint, auf diese Frage werden wir keine Antwort mehr finden.«

»Nicht so voreilig. Jemand hat das Siegel erbrochen und in dem

Buch gelesen. Ich bin sicher, er – oder sie – kennt das Geheimnis.«

»Willst du nun wieder behaupten, daß Anna …«

Er verneinte, ohne mich anzusehen. »Keine Spekulationen. Nur Tatsachen. Das Siegel wurde erbrochen, das wissen wir.«

»Vielleicht war es doch der Prinz.«

»Nein. Sein einziges Interesse bestand darin, das Manuskript zu vernichten, um so späte Rache an Schiller zu nehmen. Ich bezweifle, daß seine Rolle in dieser Angelegenheit darüber hinausgeht.«

»Bleiben aber all die anderen. Elisa, Goethe, Spindel, Hoffmann …« – und Anna, doch ihren Namen auszusprechen, enthielt ich mich.

Es hörte auf zu regnen, statt dessen strich nun ein eisiger Wind durch die Wälder. Jacob zupfte verdrossen an seinem nassen Gehrock. »Ich glaube, Hoffmann wußte tatsächlich nicht mehr, als er uns offenbarte. Er erhielt Anweisungen von derselben Seite, auf der auch Elisa steht. Doch im Gegensatz zu ihr war er nicht tiefer in die Geheimnisse eingeweiht. Er ist ein Trinker, vielleicht war das Risiko zu groß, daß er im Rausch etwas ausplauderte. Was aber Spindel angeht – mehr noch als er selbst interessiert mich, wer oder was ihm seine Befehle gab. Wenn wir wüßten, wer dahintersteckt, würde sich manches Detail vielleicht von selber klären.«

»Du denkst an das Kreuz, nicht wahr? Und an die Bibelsprüche.«

Er nickte. »Trotzdem glaube ich nicht, daß die Lösung so simpel ist. Hätte es die Kirche auf Schillers Manuskript abgesehen, hätten ihr andere Wege offengestanden, um in seinen Besitz zu gelangen. Zudem würden Papst und Klerus es nicht wagen, ihre Bestrebungen so offen zu zeigen, wie Spindel dies tut. Es scheint mir aber offensichtlich, daß Spindel keinerlei Veranlassung sieht, im geheimen zu operieren. Allein sein Überfall auf den Weimarer Gasthof muß für einige Aufregung gesorgt haben.«

»Wer also bleibt übrig?« fragte ich. Die Hoffnung, dies ganze Gewebe aus Mord und Hinterlist zu entwirren, war längst in weite Ferne gerückt.

»Es gibt eine weitere Person, die wir bislang nicht in unsere Überlegungen miteinbezogen haben.«

Ich überlegte, gelangte aber zu keinem Ergebnis.

Jacobs Stimme klang traurig, als er sagte: »Rosa. Wer ist sie? Und warum hat Elisa uns auf sie hingewiesen?«

»Wir wissen nicht einmal, ob sie existiert.« Ich war davon keineswegs überzeugt und hegte Zweifel, ob mit Jacob besonnen über dieses Thema zu sprechen war. Zugleich wurde mir schmerzlich bewußt, daß es sich mit mir selbst und Anna nicht anders verhielt.

Wir wurden einer weiteren Erörterung aufs erste enthoben, als sich der Weg hinter einer Biegung zu einer Lichtung ausweitete, auf der ein gedrungenes Haus kauerte. Über der niedrigen Holztür hing ein verblichenes Schild, das knirschend im Wind schaukelte. Die Farbe war abgeblättert, nur am oberen Teil war mit einiger Mühe noch das Wort Zum zu erkennen. Das Gebäude mußte einst ein Wirtshaus gewesen sein, wiewohl nun nicht zu übersehen war, daß der Ausschank schon vor langer Zeit ein Ende gefunden hatte. Einige Fensterscheiben waren zerbrochen, die übrigen blind vor Schmutz, und die hölzerne Eingangstür hing schief in den Angeln.

Jacob warf mir einen Blick zu, dann trat er an die Tür und pochte dagegen.

»Glaubst du, das hat Sinn?« fragte ich zweifelnd. »Hier ist kein Mensch mehr.«

»Was macht dich da so sicher?«

Er hatte den Satz kaum beendet, da wurde die Tür aufgerissen und aus dem Dunkel schob sich ein Gewehrlauf samt stumpfem

Bajonett. Die Klinge schwebte eine Handbreit vor Jacobs Nasenspitze.

»Verschwindet!« rief eine krächzende Stimme, gefolgt von einem wüsten Hustenanfall.

Jacob räusperte sich erschrocken und trat einen Schritt zurück. Das Bajonett folgte und mit ihm ein knorriger alter Mann in den zerschlissenen Resten einer preußischen Uniform.

»Fort, fort!« verlangte er noch einmal. »Oder Euer Hirn fliegt zehn Schritt weit. Zehn Schritt weit über die Lichtung.«

Zu meinem grenzenlosen Erstaunen schien diese Drohung Jacob weit weniger zu entsetzen als mich selbst, der ich doch einige Fuß abseits stand.

»Wir werden Eurem Wunsch augenblicklich Folge leisten, wenn Ihr nur eine Frage gestattet, werter Herr«, versetzte Jacob ruhig.

Das Gesicht des Alten, ein wüstes Bartgestrüpp mit zwei winzigen dunklen Augen, blieb starr. »Sie haben Euch geschickt. Geschickt, den alten Konrad nach Hause zu holen. Zu holen, nicht wahr?« Seine merkwürdige Art, bereits Gesprochenes zu wiederholen, machte mich wundern. Der Mann war offenbar nicht ganz richtig im Kopf, und wer mochte wissen, wieviele arglose Reisende ihm schon zum Opfer gefallen waren.

Jacob blieb beneidenswert gefaßt. »Niemand schickt uns, und seid versichert, wenn es nach uns geht, bleibt dies Anwesen Euer Zuhause für alle Jahre, die kommen mögen.«

»Ihr seid keine Polen«, krächzte der Alte. »Keine Polen seid Ihr nicht. Und Ihr tragt keine Uniform. Überhaupt keine Uniform.«

»In der Tat.«

»Sie haben Euch nicht geschickt? Nicht geschickt zu mir?«

»Ganz sicher nicht.«

Der alte Mann schnaubte. »Bin desertiert, müßt Ihr wissen. Gestern erst. Erst gestern.«

So wie er aussah, schien seine Flucht mindestens zehn, fünfzehn Jahre zurückzuliegen. Mit seinem Verstand hatte sich offenbar auch sein Gefühl für die Zeit verflüchtigt.

Jacob wagte einen neuen Vorstoß. »Vogelöd, sagt Euch das etwas?«

Gewehr und Klinge blieben an Ort und Stelle, doch der Blick des Alten hellte sich ein wenig auf. »Was wollt Ihr dort? Dort in Vogelöd?«

»Wir sind Gelehrte«, erwiderte Jacob, wohl in der Hoffnung, dies möge Antwort genug sein.

Der Kauz nickte. »Natürlich. Nur Gelehrte gehen dorthin. Gelehrte gehen hin.«

»Sagt, kennt Ihr den Weg?« fragte nun ich, um der Posse ein Ende zu setzen.

Augenblicklich wurde die Flinte herumgerissen und zeigte nun in meine Richtung. »Den Weg? Gibt nur einen. Nur einen Weg nach Vogelöd.«

»Ist es dieser?« fragte Jacob und deutete auf die andere Seite der Lichtung, wo sich der Waldweg fortsetzte.

»Seht Ihr einen anderen?« fragte der Alte schnippisch. »Irgendeinen anderen?«

»Das allerdings nicht.«

»Dies ist der Weg dorthin. Drei Stunden zu Fuß. Zu Fuß drei oder vier Stunden.«

»Habt tausend Dank«, sagte Jacob und verneigte sich. Etwas verwirrt nickte auch ich. Ganz langsam trat ich an Jacobs Seite, die Gewehrmündung folgte mir.

»War das alles, was Ihr wissen wollt?« fragte der Alte. »War das alles?«

Jacob nickte, doch dann sagte er: »Noch eine einzige Frage. Sind in der vergangenen Nacht oder am Morgen andere Männer hier vorbeigekommen?«

»Andere Männer?« Argwohn funkelte in den winzigen Augen. »Männer wie Ihr?«

»Ja.«

»Keine Männer. Der letzte vor vielen Wochen. Vor Wochen, doch nur ein einzelner. Einer kam geritten.«

Jacob musterte des Alten Miene mit Skepsis; Wochen mochten im verdrehten Geist des Mannes gleich Stunden oder auch wie Jahre sein.

Wir bedankten uns erneut und machten uns auf den Weg. Der Alte starrte uns hinterher, bis der Wald uns mit seiner feuchten Stille verschluckte. Nach einer Weile vernahmen wir, wie die Tür des Hauses zugeworfen wurde.

Jacob lächelte. »Merkwürdiger Kerl, was?«

Mir war nicht ganz so fröhlich zumute, doch ich enthielt mich einer finsteren Erwiderung und ging schweigend weiter. War nun Jacob zu waghalsig oder ich zu ängstlich? Ich beließ es dabei und suchte nicht nach einer Antwort.

Der Wind fauchte gespenstisch in den Wäldern. Immer wieder starrten uns aus der Dunkelheit zwischen den Baumstämmen leuchtende Tieraugen an, hier und da ertönte ein gefährliches Bellen und Jaulen, und schlagartig wurde mir klar, daß es in dieser einsamen Gegend zweifellos Wölfe geben mußte. Schon sah ich im Geiste wilde Rudel aus dem Dickicht brechen, mit roten Augen und geifernden, gefletschten Mäulern. Aber das Schicksal schien uns eine Ruhepause zu gönnen, und so vergingen die Stunden gefahrlos und in Sicherheit. Der Himmel blieb bedeckt, doch selbst weiterer Regen blieb uns erspart, und mit der Zeit begann unsere Kleidung am Körper zu trocknen. Ich hoffte inständig, daß wir uns keine Erkältung oder gar Fieber zuziehen würden.

Nach einer Weile kam mir ein furchtbarer Gedanke. Schlagartig blieb ich stehen und griff in die zugeknöpfte Tasche meines klammen Gehrocks. Meine Hand umschloß Vaters Uhr, das einzige Erbstück, das er mir und Jacob hinterlassen hatte. Sie war stehengeblieben – es war Tage her, seit ich sie zuletzt aufgezogen hatte –, doch wie durch ein Wunder hatte ihr das Wasser nichts anhaben können. Als ich an dem winzigen Rad an ihrer Seite drehte, begann sie sogleich zu ticken.

Dergestalt erleichtert und von einem merkwürdigen Frohsinn ergriffen, zogen wir weiter, durch die Uhr zu einem gelösten Plausch über die Mutter und unsere Jugend ermuntert – dem ersten seit langer Zeit.

Es war Abend geworden, als wir Vogelöd erreichten, doch obgleich keiner geahnt hatte, was uns erwarten würde, wußten wir gleich beim ersten Ansehen, daß wir am Ziel waren. Während der vergangenen Stunden waren wir tiefer und tiefer ins Hügelland eingedrungen, und wiewohl sich der Wald immer noch endlos in alle Richtungen erstreckte, war der Boden felsiger geworden, immer öfter zog sich der Weg entlang steiler Abhänge und Schluchten und kreuzte klare, eisige Bergbäche, die munter zu Tale plätscherten.

Nun öffnete sich vor uns ein Einschnitt zwischen den Bergen. Rechts und links stiegen bewaldete Hänge steil bergan, und als der Weg über eine kleine Anhöhe führte, erblickten wir vor uns in der Schlucht, eingebettet zwischen hohen, dunklen Fichten, die Türme eines Anwesens, vier an der Zahl. Vogelöd war weder eine wehrhafte Festung noch ein prachtvoller Märchenbau, vielmehr schien es, als habe ein gelangweilter Edelmann vor einigen Jahrhunderten hier ein Lustschlößchen errichten lassen, ohne rechte Begeisterung, vielmehr ein Zweckbau für Jagden in den umliegenden Wäldern und Verlustierungen im verborgenen. Beeindruckend an Vogelöd erschien mir in diesen ersten Minuten allein die idyllische Lage, sein einziger Reiz die Abgeschiedenheit und vollkommene Ruhe – womit ich, dies sei vorausgeschickt, eben jener Täuschung unterlag, welche die Erbauer bezweckt hatten.

Als wir dem Weg hinab ins Tal folgten, schienen die Fichten mit jedem Schritt enger beisammenzurücken, wie ein undurchdringlicher Wall, der Vogelöd vor unliebsamen Besuchern schützte. Nicht zum ersten Mal fragte ich mich, was uns hier, an diesem Ort am Ende der Welt, erwarten mochte.

Das letzte Stück des Weges verlief schnurgerade auf das kleine Schloß zu, an seinem Ende erblickten wir ein hohes Tor. Die Mauern wurden zu beiden Seiten von den hohen Bäumen verdeckt, allein über den Wipfeln blieben die beiden vorderen Türme sichtbar. Ihre Spitzen waren von Zinnenkränzen gekrönt, und fast erwartete ich gerüstete Wachtposten mit Speeren und glänzenden Harnischen zu sehen. Doch Vogelöd war kein Bollwerk, und dies war nicht das Mittelalter. Gleichwohl gab es in der Tat zwei Wachen, die vor dem Tor am Boden hockten und in ein Kartenspiel vertieft waren. Sie trugen einfache, grobgewebte Kleidung und hatten rauhe, wettergegerbte Gesichter. Als wir fast heran waren, bemerkten sie uns und sprangen auf. Einer griff nach einer Flinte, die hinter ihm am Boden lag. Andere Waffen gab es nicht.

»Seid gegrüßt«, sagte der eine höflich. »Ihr wollt nach Vogelöd?«

Als ob es irgendein anderes Ziel in dieser Gegend gegeben hätte. Dabei fiel mir auf, daß der Waldweg sich nicht ein einziges Mal mit einem anderen Pfad oder einer Straße gekreuzt hatte. Vogelöd war offenbar nur vom Fluß aus und über diesen einen Weg zu erreichen. Vielleicht mußte man bei diesem merkwürdigen Namen mit allerlei Absonderlichkeiten rechnen; da ahnte ich noch nicht, wie seltsam dieser Ort tatsächlich war.

Jacob schritt auf den Mann zu. Beide Wachtposten hatten große, kräftige Hände und muskulöse Oberarme. Mir schienen sie mehr wie Holzfäller oder Bauern denn wie Männer, denen man die Sicherheit eines solchen Anwesens anvertraute.

»Unsere Namen sind Wilhelm und Jacob Grimm«, versetzte Jacob, »und wir bitten um Einlaß.«

»Ihr seid Gelehrte?« fragte der Wächter und betrachtete uns

von Kopf bis Fuß. Der andere stützte sich bequem auf sein Gewehr; er sah nicht aus, als habe er es jemals benutzen müssen.

»Studenten«, erwiderte Jacob.

»An welcher Art von Buch arbeitet Ihr, Herr?«

Welcher Art von Buch? Ich warf Jacob einen erstaunten Blick zu.

»Nun«, fragte er zögernd, »wie meinen Sie das?«

Der Mann lächelte. »Glaubt mir, ich ließe Euch liebend gerne ein – man sieht schon von weitem, daß Ihr unbescholtene Männer seid, die ihre Nasen in allerlei Schriften stecken.« Dabei sah er seinen Gefährten an, der zustimmend nickte. »Aber«, fuhr er fort, »Ihr müßt wissen, nach Vogelöd kommt nur jener, der selbst an einem Buch schreibt. Niemand anderen darf ich einlassen, so wurde es mir aufgetragen.«

Vielleicht stimmte etwas mit dem Wasser nicht in dieser Gegend. Erst der irre Alte und nun zwei Wachtposten, die mir gleichfalls nicht bei Trost zu sein schienen.

Jacob räusperte sich. »Wenn dem so ist, sollen Sie wissen, an was wir derzeit arbeiten. Wilhelm, sag es ihnen.«

Verdattert fuhr ich zusammen, als er meinen Namen nannte. »An was wir arbeiten? Nun ja, ich weiß nicht, ob ich das so frei heraus verraten darf.«

Jacob grinste frech. »Siehst du denn nicht, daß wir es mit ehrbaren Männern zu tun haben? Ich bin sicher, sie können Geheimnisse für sich behalten.«

»Natürlich«, sagte der Posten stolz.

»Also?« fragte Jacob und sah mich durchtrieben an.

Ich verfluchte ihn innerlich, dann sagte ich das erstbeste, was mir einfiel. »Ein Märchenbuch. Wir schreiben an einem Märchenbuch.«

»Eine schöne Sache«, sagte sogleich der Mann mit dem Gewehr und nickte mir anerkennend zu.

»In der Tat«, erklärte Jacob, »ein Buch, das all die Sagen und

Märchen und Legenden sammelt, die seit Jahrhunderten nur mündlich überliefert wurden.«

»Prächtig, prächtig«, bemerkte nun der Wächter, der zuerst gesprochen hatte. »Dem Herrn wird das sicherlich gefallen.«

Damit drehte er sich um und pochte heftig gegen das Tor. »Macht auf«, brüllte er gegen das Holz. Nach einem Augenblick erwartungsvoller Stille schob sich der rechte Flügel knirschend nach innen.

»Viel Glück bei Eurer Suche«, sagte der Mann, als wir zögernd an ihm vorüber traten. »Sicherlich werdet Ihr in Vogelöd fündig werden.«

Mir kam der Gedanke, daß es sich bei dem Anwesen um ein Irrenhaus handeln könnte. Der Einfall schien nicht abwegig, und so flüsterte ich ihn Jacob ins Ohr.

»Schon möglich«, zischte er, hielt sich jedoch mit eigenen Vermutungen zurück, denn vor uns öffnete sich nun der Hof des Schlosses. Auf drei Seiten war er von dreistöckigen Fassaden umgeben, an der vierten schloß ihn jene Mauer von der Außenwelt ab, durch die wir soeben getreten waren. Ich bemerkte kaum, wie das Tor hinter uns wieder geschlossen wurde, vielmehr betrachtete ich erstaunt das gute Dutzend Männer, die mit je einem Buch in der Hand und in ihre Lektüre vertieft auf dem Hofe auf und ab wandelten. Einzelne sahen kurz auf, versenkten ihre Blicke jedoch gleich darauf wieder zwischen den Seiten der Bücher.

Die Mauer, in der sich das Tor befand, wurde oben von einem verlassenen Wehrgang abgeschlossen, zinnenbewehrt und zweckmäßig, und auch beim Bau des Gebäudes schien man weniger Wert auf Schmeicheleien für das Auge als vielmehr auf dauerhafte Festigkeit gelegt zu haben. Die Wände waren aus grobem Stein gebaut, die hohen schmalen Fenster hatte man schlicht und schmucklos gehalten. Im mittleren Teil des hufeisenförmigen Bauwerks befand sich eine offenstehende Tür.

»Kommen Sie herauf, meine Herren«, ertönte eine donnernde Stimme. Als wir aufblickten, stand auf einer Galerie im ersten Stock ein mächtiger Mann, sicher einen Kopf größer als ich selbst und mehr als doppelt so breit. Das dunkle Haar trug er als kurzgeschorenen Tituskopf – eine Frisur, wie man sie zwanzig Jahre zuvor gern getragen, heute jedoch gänzlich verdammt hatte –, und an Kinn und Backen wucherte ihm ein prächtiger Vollbart. Er trug einen hellen Gehrock, in Form und Farbe gleichfalls gänzlich aus der Mode, jedoch kein Halstuch, wie es einem Edelmann angestanden hätte. Statt dessen waren die oberen Knöpfe seines Hemdes geöffnet, und dunkles Brusthaar drängte ins Freie. Nach Statur und Stimme hätte ich einen wie ihn eher auf der Opernbühne als hier, an diesem weltfremden Ort, erwartet.

»Kommen Sie nur«, rief er noch einmal, und nun blickte uns auch der letzte der Männer auf dem Hof erwartungsvoll an.

»Gehen Sie durch die offene Tür und die Treppe hinauf«, sagte einer von ihnen leise. Sprachs und ging lesend davon. Das aufgeschlagene Buch in seinen Händen war ein Nachschlagewerk zu Themen der Astronomie und Sterndeuterei.

Mit einem unwohlen Grollen im Magen taten wir, was er uns empfohlen hatte. Hinter der Tür lag eine schmale Eingangshalle, an deren Wänden hohe Bücherregale bis zur Decke reichten. Nur mühsam widerstand ich der Versuchung, an eines heranzutreten und die Titel zu studieren. Es roch nach altem Papier, nach Staub und brüchigem Buchbinderleim.

Wir stiegen eine Treppe hinauf und gelangten in einen langen Flur, ausgelegt mit prachtvollen Läufern aus fernen Ländern. Während wir uns noch wunderten, welche Richtung einzuschlagen sei, ging gleich vor uns eine Tür auf. Der bärtige Riese trat uns entgegen und zeigte ein breites Lächeln, das mir weniger gewinnend denn gefährlich erschien.

»Herzlich Willkommen, meine lieben Herren Grimm«, begrüßte er uns mit weit ausholender Geste und lachte, als habe er einen prächtigen Scherz gemacht. Er sprach mit polnischem Akzent und stellte sich uns sogleich als Baron Zbigniew vor.

Nachdem wir zögernd in seinen Salon getreten waren – auch hier waren die Wände mit Abertausenden von Büchern bedeckt –, bat er uns, auf zwei abgenutzten Sesseln Platz zu nehmen. Er selbst setzte sich uns gegenüber.

»Sie müssen verzeihen, daß meine Wachen Sie nicht gleich einließen«, sagte er mit tiefer Stimme, »doch es gibt Regeln hier, von denen ich nicht einmal in Ausnahmen ablassen mag. Auch nicht für Freunde meiner Freunde.«

Dieser letzte Satz gab mir neue Hoffnung, und ich begann die Flüche, mit denen ich während der letzten Minuten den armen Hoffmann im Geiste überschüttet hatte, Stück für Stück zurückzunehmen. Vielleicht war unsere Reise hierher doch nicht ohne Sinn gewesen.

»Sie wußten also, daß wir kommen?« fragte ich.

Baron Zbigniew versuchte zu nicken, doch sein Doppelkinn, das im Sitzen schwer auf der mächtigen Brust ruhte, vereitelte eine solche Bewegung. »Sicher doch. Wenngleich wir Sie um einiges früher erwarteten. Aber ich sehe, daß ich Sie verwirre.«

»Allerdings«, erwiderte Jacob. »Vielleicht könnten Sie uns zuvorderst erklären, was wir hier sollen und welche Bewandtnis es mit diesem merkwürdigen Ort hat.«

Zbigniew lachte wieder. »Was Sie hier sollen? Nun, das dürfen Sie nicht mich fragen. Doch ich denke, man wird Sie spätestens heute abend darüber aufklären, dessen bin ich sicher. Bis dahin mögen Sie sich die Zeit mit einer Führung durch meine bescheidenen Hallen vertreiben.«

Bevor wir etwas erwidern konnten, war der schwergewichtige Baron erstaunlich behende aufgesprungen und zog an einem samtenen Band. Eine helle Glocke ertönte. Nur Augenblicke später klopfte es an der Tür, und ein Bediensteter trat ein. »Holt mir den Grosse«, bat Zbigniew.

Kurz darauf wurde erneut an der Tür geklopft, und auf des Barons Bitte hin trat ein Mann ein. Er mochte an die vierzig Jahre alt sein, vielleicht ein wenig jünger, und hatte eine bemerkenswert lange, spitze Nase, die sich keck über seine mädchenhaft vollen Lippen reckte. »Karl Grosse«, stellte er sich uns mit einem Nicken vor.

Zbigniew bat ihn, uns in Vogelöd umherzuführen und jede unserer Fragen aufs Beste zu beantworten. Damit waren wir entlassen, und gemeinsam mit Grosse traten wir verwirrt aus dem Salon.

»Sie wissen also gar nichts über Vogelöd?« fragte unser Führer.

»So ist es.«

»Dann sollten wir im Erdgeschoß beginnen. Im Grunde ähnelt ein Raum dem anderen, alles hier ist voller Bücher, bekannter und unbekannter, populärer, seltener und solcher, die man gemeinhin als verschollen betrachtet. Glauben Sie mir, dies ganze Anwesen ist ein einziges Wunder.«

Wir stiegen die Treppe hinab und gingen entlang eines Flurs, an dessen Wänden die Regale von Büchern überquollen, in einen hohen Saal. Auch hier gab es Schriften aller Art und Herkunft, nicht nur an den Wänden, sondern auch im Raum selbst, der von Regalen vielfach unterteilt wurde wie ein Bienenstock in Waben. Überall standen kleine Tische, an manchen saßen Männer – und einige wenige Frauen –, die in schwere, vom Alter gegilbte Folianten starrten und sich dabei Notizen machten. Einige schienen gar dabei zu sein, ganze Passagen aus den Büchern zu kopieren.

»Säle wie diesen gibt es etwa ein Dutzend in Vogelöd«, erklärte Grosse. »Hinzu kommt eine Unzahl kleinerer, spezialisierter Bibliotheken. Niemand weiß genau, wieviele Bände es hier tatsächlich gibt, nicht einmal der Baron. Schon als er das Anwesen erbte, war die Zahl der Bücher längst vergessen. Sie müssen wissen, seine Familie hütet diese Schätze seit vielen Generationen, und mit der

Zeit ist eine ganze Menge des alten Wissens über diese Mauern verlorengegangen.«

»Aber dann muß es sich bei diesem Schloß um eine der größten Bibliotheken Europas handeln«, meinte Jacob atemlos.

Grosse lächelte. »In der Tat, mein junger Freund.«

»Ich habe nie davon gehört«, sagte ich.

»Oh, kein Grund zu verzagen, Herr Grimm. Kaum einer hat je von Vogelöd gehört, und für viele ist es nichts weiter als ein Hirngespinst, eine Legende unter Literaten. Selbst unter denen, die tatsächlich den Weg hierher fanden, entstand ein äußerst verworrenes Gespinst aus geflüsterten Halbwahrheiten über das Schloß. Manche sind überzeugt, es gebe hier mysteriöse, verbotene Schriften aus uralter Zeit – was ich durchaus für möglich halte –, andere erzählen gar, die berühmte Bibliothek von Alexandria sei keineswegs in den Flammen zerstört worden, vielmehr habe man ihre Bestände versteckt und Jahrhunderte später im geheimen hierher gebracht. Das wiederum scheint mir höchst unwahrscheinlich; ich selbst zumindest habe noch keine dieser Schriften hier entdecken können.« Grosse lächelte. »Gelehrtenlatein.«

Mir schwirrte vor lauter verwirrender Worte der Kopf. »Aber warum hält man all das von der Öffentlichkeit verborgen?«

Grosse führte uns zurück auf den Flur und betrat den nächsten Saal, der sich kaum vom vorhergehenden unterschied. »Sicher haben Sie schon oft die Behauptung gehört, es gebe nur eine einzige Geschichte, die in jedem Buch von neuem erzählt werde.«

»Rezensentengeschwätz«, bemerkte Jacob abfällig.

Auf Grosses Antlitz zeigte sich ein widersprechendes Lächeln. »Nicht ganz. Vogelöd ist der greifbare Beweis dafür, die stein- und papiergewordene Bestätigung dieser Theorie.«

»Wie meinen Sie das?« fragte ich.

»Nur Schriftsteller kommen nach Vogelöd«, erklärte Grosse. »Jeder leistet bei seiner Abreise einen Schwur, der besagt, daß er oder sie kein Wort über das, was er hier gesehen hat, an die

Außenwelt trägt. Bislang haben sich nahezu alle daran gehalten. Und das aus gutem Grund. Denn, sehen Sie, jeder der hierher kommt, nimmt etwas mit sich, wenn er geht. Ahnen Sie bereits, was das ist? Ich will es Ihnen verraten: eine Geschichte. Oder gar mehrere. Dichter, Dramatiker und Romanautoren kommen nach Vogelöd, wenn ihnen die Ideen ausgehen. Hier schmökern sie in Büchern, die in weiten Teilen der Welt längst vergessen sind, übernehmen Einfälle, Personen, oft sogar ganze Handlungen. Kurz gesagt: Jeder, der nach Vogelöd kommt, ist ein Dieb. Er stiehlt das geistige Gut anderer und gibt es als das eigene aus.«

Jacob und ich sahen uns sprachlos an.

Grosse bemerkte unsere tiefe Verwirrung, während er uns von einem Lesesaal zum nächsten führte. »Sie sind erschüttert, doch dazu besteht keinerlei Veranlassung, glauben Sie mir. Sie halten dies alles für verwerflich, aber das ist es nicht. Vogelöd existiert seit Jahrhunderten, und denken Sie nur an die großen Werke, die in dieser Zeit entstanden sind.«

Entrüstet blieb Jacob stehen. »Kein großer Dichter wird hierher kommen und sich am geistigen Gut anderer bereichern. Keine schlichte Kopie kann in jenem Feuer entflammen, das in so vielen hohen Werken lodert.«

Unser Führer lächelte gütig und voller Wohlwollen. »Sie sind jung, Herr Grimm, und Ihre löbliche Verehrung für die Großen der Literatur verschleiert Ihre klare Sicht der Dinge. Doch glauben Sie mir: Beinahe jeder Dichter von Rang weilte schon in diesen Mauern, der eine kurz, der andere für länger, und jeder hat sich frei an den hier gelagerten Gütern bedient. Hier entzündeten sich die ersten Funken, aus denen manch bedeutendes Werk entstand, hier in Vogelöd schlägt das Herz des geschriebenen Wortes.«

Ich konnte dem unmöglich länger zuhören, ohne laut aufzuschreien vor Empörung. Ein rohes, abgründiges Gefühl des Abscheus umfing mein Denken. Lügen, redete ich mir ein, nichts als

Lügen! Und doch beschlich mich eine düstere Ahnung, daß Grosse die Wahrheit sprach, zumindest die Wahrheit, wie er sie zu kennen glaubte.

Nachdem wir eine Weile schweigend einhergegangen waren und schließlich über eine Wendeltreppe ins zweite Stockwerk stiegen, fragte ich: »Leben Sie hier, Herr Grosse?«

»O nein«, sagte er eilig. »Sie glauben, ich bin ein Bediensteter des Barons? Keineswegs, Herr Grimm. Auch ich bin einer aus der schreibenden Zunft, auf der Suche nach geistiger Nahrung, wenngleich ich ursprünglich das Handwerk der Medizin erlernte. Wohl bin ich bereits ein wenig länger hier als manch anderer, und da wir drei Landsleute sind, fiel Zbigniews Wahl, Sie zu führen, wohl auf mich. Wie könnte ich einem so großartigen und freizügigen Menschen wie ihm eine Bitte abschlagen!«

»Ist der Erhalt all dieser Schriften nicht ungeheuer aufwendig?« fragte ich. Jacob schwieg noch immer, sein Gesicht war von Düsternis umwoben, Ablehnung und Ekel sprachen aus seiner Miene.

Grosse nickte. »Natürlich. Die Familie des Barons hat seit Generationen all ihr Geld in diesen Ort gesteckt. Zbigniew und seine Vorfahren haben zugunsten der Literatur auf allen Luxus verzichtet. Ist Ihnen aufgefallen, daß es hier kaum Bedienstete gibt?«

»Nur den Diener des Barons und die Wachtposten.«

»Allerdings. Sie lebten einst in den umliegenden Wäldern und verdienten sich ihr Brot als Köhler. Bis der Baron sie in seine Dienste nahm. Er bietet ihnen warme Mahlzeiten und ein geringes Entgelt, im Gegenzug sorgen sie für die Sicherheit Vogelöds, freilich ohne zu wissen, um was es sich hierbei wirklich handelt. Sie leben mit ihren Familien in einem Anbau des Schlosses. Haben Sie den verfallenen Gasthof auf dem Weg hierher bemerkt? Selbst der Wirt zog es vor, sein karges Geschäft aufzugeben und in die Dienste Zbigniews zu treten. All diese Menschen sind nicht anspruchsvoll, und nur so kann dieser Ort überleben. Würde der Baron geschultes Personal aus Warschau oder von anderswo kommen lassen, wäre das Vermögen seiner Familie längst aufgebraucht.«

»Die Männer am Tor sprachen deutsch.«

»Sicher«, erwiderte Grosse, »Zbigniew sorgt auch für eine gehobenere Erziehung dieser Menschen. Er selbst unterrichtet ihre Kinder und vermittelt ihnen eine gewisse schulische Bildung, die sie draußen in den Wäldern niemals erhalten hätten.«

»Der Baron scheint mir ein wahrer Heiliger zu sein«, meinte Jacob mit bitterem Hohn.

Grosse schien es nicht zu bemerken. »Wenn Sie so wollen. Er ist ein guter Mensch, und dies alles hier ist eine gute Sache. Allein darauf kommt es an.«

Nachdem unser Rundgang beendet war, führte er uns in einen Trakt des Gemäuers, der noch spärlicher eingerichtet war als jene, die wir zuvor besichtigt hatten. Auch gab es hier keine Bücherregale. Von einem langen, unmöblierten Korridor wiesen zahlreiche schmale Türen ab. Vor einer blieb Grosse stehen und sagte: »Für die Dauer Ihres Aufenthalts ist dies Ihr Zimmer. Fühlen Sie sich frei, im ganzen Haus umherzugehen. Sie können jedes Buch studieren, das Sie finden, nur bitte ich Sie, es zurück an seinen Platz zu stellen. Sollten Sie Fragen haben, so finden Sie mich im Erdgeschoß, und auch Baron Zbigniew steht Ihnen gern zur Verfügung. Haben Sie keine Scheu vor ihm.«

Damit drehte er sich um und ließ uns allein. Mit ratloser Miene sah ich Jacob an und öffnete die Tür. Der Raum dahinter war winzig und hätte einer Mönchszelle zu Ehren gereicht. Wände, Boden und Decke waren aus naturbelassenem Stein, es gab zwei schlichte Liegen mit Decken, aber ohne Kissen. Auf einem einzelnen Holzstuhl stand eine Wasserschüssel. Ein kleines Fenster war fast blind vor Schmutz, dahinter erahnte man die grüne Wand der Wälder.

»Gemütlich«, sagte ich mit einem Seufzen, doch Jacob blieb stumm und legte sich mit finsterer Miene auf eines der Betten.

Ich bemühte mich, ihn zu einem Gespräch zu ermuntern, er blieb aber schweigsam und in sich gekehrt. Schließlich gab ich auf und versuchte vergeblich, es mir auf der harten Liege bequem zu machen. Von einem Augenblick zum anderen übermannte mich Schlaf, traumlos und lange entbehrt.

Als ich erwachte, da war mir, als seien nur Minuten vergangen, doch dann bemerkte ich, daß das Fenster dunkel und die Nacht über das Land gekommen war. Es mußte Stunden später sein, und so sehr mich dies zuerst verwirrte, so erkannte ich doch, daß die Strapazen und die fehlende Ruhe der vergangenen Tage für meinen todesähnlichen Schlaf verantwortlich sein mußten. Auch jetzt schien meine Müdigkeit noch übermächtig.

Es dauerte eine Weile, bis ich begriff, daß mein Erwachen keineswegs natürlicher Art war. Etwas hatte mich geweckt. Ein Klopfen an der Tür.

Ich blickte hinüber zu Jacob, der sich gleichfalls regte und seine Augen rieb. Mit Gliedmaßen schwer wie Stein erhob ich mich und ging zur Tür.

»Wer ist da?« fragte ich matt.

»Ihr Freund«, erwiderte eine Stimme.

Jacob und ich sahen uns fragend an. Durch das Holz klangen die Worte dumpf; wer sie gesprochen hatte, blieb rätselhaft. Vielleicht war es die Ruhe, die von diesem Ort ausging, die scheinbare Sicherheit seiner wehrhaften Mauern, die Harmlosigkeit seiner Bewohner, die mich unvorsichtig werden ließ. Jacob setzte zu einem Ausruf an, als er sah, was ich vorhatte; doch zu spät. Der Riegel sprang mit einem Knirschen beiseite, die Tür schwang auf.

Wie vom Blitz getroffen schrak ich zusammen, sprang unwillkürlich einen Schritt zurück. Nein, dachte ich nur, als ich das Gesicht vor der Tür erkannte. Das kann nicht sein. Nicht er, nicht hier.

Doch andererseits: Wo sonst, wenn nicht in Vogelöd?

»Ich freue mich, Sie gesund wiederzusehen«, sagte Goethe und lächelte höflich. Er machte keinerlei Anstalten einzutreten.

»Sie!« rief Jacob erbost. Wie immer überwand er als erster seinen Schrecken.

»In der Tat, ich bin's.« Goethes Mundwinkel zuckten, als wäre die Lage für uns alle von höchstem Amüsement. »Und ich möchte Sie bitten, mir zu folgen, am liebsten ohne viel Aufhebens und so schnell wie möglich. Die Zeit drängt.«

Ich muß ihn immer noch angestarrt haben wie einen Geist, denn an mich gewandt sagte er: »Nun schauen Sie doch nicht so, Herr Grimm. Ich bin allein, aus Fleisch und Blut, und ich will – das müssen Sie mir glauben – nur Ihr Bestes.«

»Ja, sicherlich«, schnaubte Jacob verächtlich. »So wie in Weimar.« Die grenzenlose Verehrung, die er seinem Idol noch vor wenigen Wochen entgegengebracht hatte, war restlos gewichen.

Goethes Lächeln verschwand, in seinem Blick lag Ungeduld. »Ich werde Ihnen alles erklären, später. Und keinesfalls hier. Das wäre gegenüber einer anderen Person sehr unschicklich, die ebenfalls darauf brennt, Sie zu sehen.«

»Und wer ist das?« fragte Jacob mit ungewohnt scharfer Stimme. »Spindel vielleicht? Wollen Sie uns seinen Schergen ausliefern?«

Der Dichter schüttelte seufzend den Kopf. »Ach, Herr Grimm. Womit habe ich nur Ihren Unmut verdient? Sie sollten lieber ...«

Jacob gab sich dreist und kühn und trat wutentbrannt auf ihn zu. »Meinen Unmut?« unterbrach er ihn zornig. »Ich bitte Sie, Herr Goethe, geben Sie uns dem Feind in die Hände, sehen Sie zu, wie er uns hinmordet, aber halten Sie uns nicht zum Narren!«

»Seien Sie doch nicht so theatralisch, mein Lieber. Niemand will Sie ermorden, und ich am allerwenigsten.«

Da fand ich meine Sprache wieder. »Wer also ist es, der uns erwartet?«

Goethe schaute mich gütig an, als sei er froh, in mir einen weniger heißblütigen Gesprächspartner zu finden. »Eine alte Bekannte«, sagte er geheimnisvoll.

2

Goethe führte uns durch das schlafende Schloß hinab ins Erdgeschoß und tiefer noch in die unterirdischen Kellergewölbe, durch schmale, niedrige Gänge, erleuchtet nur durch eine Öllampe, die er vor unserem Abstieg entzündet hatte. Den steinernen Fluren folgte eine leere, unheimliche Halle, deren Maße sich in der Finsternis verloren. Von dort ging es eine weitere Treppe hinunter, durch eine hölzerne Tür und schließlich einen weiteren Korridor entlang, eng und feucht und voller Moder, erfüllt von erdiger Kälte. Ohne jedwede Abzweigung führte der Gang durch die dunkle Tiefe. Fette, haarige Spinnenleiber glotzten aus den Schatten, und mit jedem Schritt bedauerte ich mehr und mehr den Entschluß, Goethe vertraut zu haben. Jacob war längst verstummt, kein Fluch entrang sich seiner Kehle.

Goethe schritt schweigend voran. Der Gang mußte längst die oberirdischen Grenzen Vogelods verlassen haben und tief unter dem Wald durchs Erdreich führen. Nach Hunderten von Metern, vielleicht sogar mehr, bemerkte ich, daß der Boden leicht anstieg, und nur wenige Minuten später traten wir aus einem Felsloch ins Freie. Der Schein der Öllampe erhellte dichtes Gestrüpp, dornige Büsche, durch die ein schmaler Pfad ins Dunkel führte. Jenem folgten wir und gelangten erneut an eine Felswand, tief eingeschnitten zu einem nach oben hin offenen Gang. Der wiederum mündete schon nach wenigen Schritten in einen winzigen Talkessel, hoch umragt von scharfen Gipfeln, die sich pechschwarz vom unmerklich helleren Nachthimmel abhoben. Wir stießen auf Überreste steinerner Lauben, längst verfallen, auf verstümmelte Denkmäler, efeuumrankt, denen Wind und Wetter Gesichter und Gliedmaßen entrissen hatten. All das erinnerte mich seltsamerweise an die Bauweise der alten Römer, eine zerbrochene Säule hier, ein verblaßtes Mosaik dort, und schließlich ragte vor uns die Ruine eines Gebäudes empor. Offenbar hatte hier jemand einst versucht, einen antiken Tempel nachzufertigen. Zwischen überwachsenen Trümmern schritten wir dahin, und trotz aller Furcht zog mich die unwirkliche Szenerie in ihren Bann. Der Boden war hier mit Steinplatten bedeckt, vielfach gerissen und gesplittert, ein Bauwerk jenseits der Wirklichkeit, so zumindest schien es mir.

Erneut ging es einige Stufen hinab, fünf oder sechs Schritte entlang eines unterirdischen Durchgangs und hinein in einen niedrigen Raum. Zahlreiche Säulen stützten die tiefhängende Decke, und in der Mitte senkte sich der Boden zu einer Vertiefung, die einst ein flaches Wasserbecken gewesen sein mochte; längst war jeder Tropfen versickert und entfleucht. Am Beckenrand brannten mehrere Fackeln, die den Raum in warmes, gelbbraunes Licht tauchten. In der Mitte der Vertiefung stand eine Liege, und auf ihr lag, das Gesicht uns zugewendet, Elisa von der Recke. Die stummen Diener, Andrej und Natascha, wachten an ihrer Seite und blickten uns erwartungsvoll entgegen. Kein weiterer Mensch war zu sehen.

»So sind Sie also doch noch gekommen«, sagte die Gräfin. Ihre Stimme klang müde, nichtsdestotrotz erfreut. Ihr schlohweißes Haar floß über den oberen Teil des Lagers, und nun, da ich es zum ersten Mal offen sah, überraschte mich, wie lang es wirklich war. Ihr Gesicht hatte noch einige Falten hinzugewonnen, und dergleich sie schwach und erschöpft wirkte, brannte in ihren Augen nach wie vor ein Feuer von Tatendrang und Abenteuerlust. Sie schien aufrichtig froh zu sein, uns zu sehen, und sogar

Natascha erlaubte sich ein schwaches Lächeln. Andrej aber blickte ernst und wachsam, stets bereit, jedwede Gefahr zu parieren und Elisas Leben mit dem seinigen zu schützen.

»Kommen Sie heran, meine lieben Freunde«, sagte Elisa und mühte sich in eine sitzende Position. Sogleich wollte Natascha ihr dabei helfen, doch die Gräfin winkte entschieden ab.

Immer noch sprachlos stiegen wir zwei Stufen hinab auf den Grund des Beckens und traten an ihre Seite. »Wir glaubten schon, Sie seien tot«, brachte Jacob stockend hervor.

Elisa lächelte mühsam. »Schämen Sie sich nicht dafür. Hätten sich nicht diese beiden so rührend meiner angenommen, wäre uns das Glück dieses Wiedersehens in der Tat verwehrt geblieben.«

»Was ist geschehen?« fragte ich. »Wir fanden die Kutsche und ...« Plötzlich konnte ich nicht weitersprechen.

»Spindel«, erwiderte sie. »Er und seine Leute nahmen uns gefangen und stürzten den Wagen in die Tiefe. Uns gelang die Flucht, ich wurde verletzt, doch Natascha und Andrej schleppten mich in Sicherheit und verarzteten mich, bis ich kräftig genug war, die Reise hierher anzutreten.«

»Warum diese Ruine?« fragte Jacob. »Weshalb suchten Sie nicht Zuflucht in Warschau? Oder gleich in der Sicherheit Vogelöds?«

»Vogelöd ist längst nicht so sicher, wie es scheinen mag«, antwortete sie ernst. »Baron Zbigniew ist ein ehrenwerter Mann, der mir Nahrung und Medizin zukommen läßt und der mir zudem dieses Versteck zuwies. Doch auch er weiß, daß der Feind Vogelöd vielleicht längst erreicht hat.« Plötzlich erhellte sich ihre Miene. »Aber, meine Herren, bevor wir weiter darüber sprechen, erzählen Sie mir, wie es Ihnen ergangen ist. Ich fürchte fast, ich habe sie in eine reichlich verzwickte Lage gebracht, nicht wahr?«

»Was ist mit ihm?« fragte Jacob mißtrauisch und deutete auf Goethe, der einige Schritte hinter uns zurückgeblieben war.

Elisa lächelte wieder. »Machen Sie sich keine Sorgen. Herr Goethe steht auf unserer Seite – oder besser, wir auf seiner.«

Empörung durchfuhr meine Sinne. »Auf seiner Seite? Wohl kaum, Gräfin. Ist er nicht der Mörder des Herrn Schiller? Und was ist mit dem toten Schauspieler, der sich in seine Obhut begab?«

Goethe trat näher heran, Trauer umspielte sein Antlitz. »Ich glaube, meine Herren, ich sollte ...«

»Nein!« unterbrach Elisa den großen Dichter aufgebracht und verzog sogleich gequält das Gesicht; die heftige Reaktion bereitete ihr Schmerzen. »Erst möchte ich hören, was Sie erlebt haben. Glauben Sie mir, meine Freunde, auch ich zweifelte an des Herrn Goethes reinem Gewissen. War nicht ich es, die Ihr Mißtrauen ihm gegenüber erst schürte und Ihren Verdacht bestätigte? Doch glauben Sie mir, einiges habe ich in der Zwischenzeit erfahren, das manchen Umstand in gänzlich anderem Licht erscheinen läßt. Deshalb schenken Sie mir Ihr Vertrauen: Herr Goethe ist ein ehrenwerter Mann, wie es nur einen gibt. Ich verspreche Ihnen, Sie sollen über alles in Kenntnis gesetzt werden, doch erst brauche ich Ihren Bericht. Wir müssen wissen, wie weit der Feind in seinem Streben vorangekommen ist und wie sehr die Zeit nun drängt.«

Ihre Rede sorgte kaum dafür, daß ich mich in Goethes Gesellschaft wohler fühlte; schließlich war er es gewesen, der uns für seine mörderischen Zwecke mißbraucht hatte. Ihm zu vertrauen schien unmöglich. Ich sah Jacob an und erkannte, daß er ganz ähnliche Gedanken hegte. Trotzdem aber hatte Elisa recht; die Zeit drängte, und ein Lagebericht mochte Leben retten. Deshalb begannen wir, erst zögernd, dann immer flüssiger, zu schildern, was sich nach unserer Trennung auf der nächtlichen Straße bei Weimar ereignet hatte. Ich sprach von Anna und der Reise nach Warschau, Jacob erzählte, wie wir, Elisas Wunsch entsprechend, Hoffmann aufgesucht hatten und Prinz Friedrich das Manuskript in die Flammen gestoßen hatte. Auch von dem Wirken des Sandmanns und den grauenhaften Morden am Totengräber und seinem Weib berichteten wir und endeten mit dem niedergebrannten Bootshaus und unserem Weg nach Vogelöd.

Elisas Gesicht hatte während unseres Berichts stetig an Farbe verloren, und auch Goethe, der nun gänzlich neben sie getreten war, schien erschüttert. Nur einmal, als wir unsere Erlebnisse im Tempel der Ägyptischen Loge beschrieben, stahl sich ein schwaches Lächeln auf seine Züge. Dies verstärkte nur mein Unbehagen, denn waren nicht die beiden Führer der Loge seine Gäste gewesen? Hatten sie nicht gemeinsam – dessen war ich längst sicher – Schillers Geist beschworen, der aus dem Mund der falschen Ägypterin gesprochen hatte?

»Habt Ihr in den Trümmern des Bootshauses Spuren gefunden?« fragte Elisa.

Jacob schüttelte den Kopf. »Nur den Toten, aber er war bis auf die Knochen verbrannt.«

Elisa sah Goethe an. »Kann es sein, daß er schon hier ist? Er selbst?«

Unser Bericht schien dem Dichter neue Lebensgeister eingehaucht zu haben. »Der Fluß ist der schnellste Weg von Warschau hierher. Wenn die Herren Grimm Spindel erst kurz vor ihrer Abfahrt sahen, kann er das Schloß unmöglich vor ihnen erreicht haben. Demnach muß jemand anderes das Haus angezündet haben, vielleicht um Spuren zu verwischen.«

»Wie meinen Sie das?« fragte Jacob. »Wer, außer Spindel, hat noch Interesse an uns und dem Manuskript?«

Elisa sah ihn gefaßt an. »Sie wissen bereits, daß Spindel nicht aus eigenem Streben handelt. Er erhält Befehle von einem furchtbaren Feind. Es ist durchaus möglich, ja, ich bin fast sicher, daß dieser Feind sich in Vogelöd eingeschlichen hat, nachdem er den Bootsmann ermordete und das Haus in Brand steckte. Aber wir wollen mit den Erklärungen am Anfang beginnen.«

Sie warf Goethe einen fragenden Blick zu, und der Dichter nickte aufmunternd. Daher fuhr sie an uns gewandt fort: »Ist Ihnen der Bund der Illuminaten ein Begriff?«

»Nun«, sagte Jacob zögernd, »soweit ich weiß, handelt es sich dabei um eine Art Sekte, die ...«

»Nein«, ließ Goethe sich vernehmen, »keine Sekte, nicht im entferntesten. Lassen Sie mich Ihnen erklären, wer die Illuminaten wirklich sind. Vor beinahe dreißig Jahren, 1776, gründete der Rechtsprofessor Adam Weishaupt eine Gruppe, die sich dem Aberglauben und kirchlicher Despotie entgegenstellte. Er selbst fürchtete den verderblichen Einfluß des Jesuiten in seiner Heimat Bayern und entschied sich daher, gezielt mit den gelehrten Mitteln der Aufklärung und des Rationalismus gegen sie und alle Wundergläubigen vorzugehen. Weishaupt und seine Mitstreiter veröffentlichten Schriften, suchten die öffentliche Diskussion, forschten aber auch im geheimen nach Wegen, dem Papst und seiner Jesuitenbrut das Zepter der Macht zu entreißen. Die Gruppe gab sich den Namen Illuminaten, und ich selbst wurde einige Jahre später, im Februar 1783, in den Kreis ihrer Weimarer Loge aufgenommen. Auch ich schwor den Eid, mich der aufklärerischen Vernunft zu verpflichten und dem Aberglauben entgegenzutreten.«

Er verstummte einen Augenblick lang, wohl um seine nächsten Worte mit besonderer Sorgfalt zu wählen. Dann fuhr er fort: »Wie Sie sicher wissen, gibt es eine ganze Anzahl geheimer Orden und Bruderschaften überall auf der Welt. Eine dieser Vereinigungen, älter und mächtiger als die Illuminaten, sind die Rosenkreuzer. Ihr Ziel ist das Gegenteil von unserem: Verbreitung des Mystizismus, Erneuerung der alten Geheimwissenschaften, vor allem aber der Alchimie. Sagt Ihnen dieser Begriff etwas?«

Ich nickte. »Die alte Lehre von der gegenseitigen Beeinflussung aller Gegenstände und Substanzen. Der Alchimist erforscht die Möglichkeiten, Stoffe aus einem unedlen Zustand in einen vollkommenen, edlen zu verwandeln. Dabei kann es sich im philosophischen Sinne um die Wandlung eines schlechten Menschen in einen guten, aber auch um die Veränderung eines geringen, gewöhnlichen Stoffes in einen wertvollen handeln.«

»Der Stein der Weisen«, warf Jacob ein.

»Ganz genau«, sagte Goethe. »Jahrhundertelang haben die Alchimisten nach dem Stein der Weisen geforscht, einer Substanz, die Blei und Quecksilber in pures Gold verwandeln soll. Doch nicht nur das: Dem Stein der Weisen wird zudem zugesprochen, einem Menschen die Unsterblichkeit schenken zu können.«

»Aber das sind Gerüchte«, sagte ich und hätte bei all diesen absurden Dingen beinahe Heiterkeit empfinden können. »Nichts als Märchen und Legenden. Niemand hat den Stein je gefunden. Außerdem verstehe ich nicht, was das alles mit ...«

Goethe zeigte sich gereizt, wie es gelegentlich seiner Natur entsprach. »Haben Sie noch ein wenig Geduld, Herr Grimm, und hören Sie mir zu. Sie haben recht: Der Stein der Weisen gilt als Ammenmärchen. Was aber würden Sie sagen, wenn ich behaupte, es gebe ihn wirklich?«

»Unsinn«, bemerkte Jacob mit dem Scharfsinn der Jugend. »Eine solche Substanz kann nicht existieren.«

Goethe lächelte. »Ich sehe, in Ihnen hätten wir einen würdigen Anwärter auf einen Platz im Bund der Illuminaten. Auch Sie haben sich der Vernunft verschrieben, nicht wahr, Herr Grimm?«

Jacob gab keine Antwort, und Goethe hatte offenbar keine erwartet, denn er fuhr fort: »Die Alchimisten haben Jahrhunderte damit zugebracht, den Stein der Weisen zu suchen, selbst im alten Ägypten forschte man danach. Und schließlich wurde man fündig. Im 14. Jahrhundert lebte in Paris ein armer Schreiber, Nicolas Flamel, mit seiner Frau. Eines Tages geriet er unerwartet in den Besitz eines geheimnisvollen Buches, in Messing gebunden und voll von merkwürdigen Zeichnungen. Wochenlang versuchte er, das Geheimnis der Bilder zu enträtseln, doch alles, was er aus eigener Kraft erfuhr, war, daß jenes Buch von Abraham, einem jüdischen Priester und Astrologen, verfaßt worden war, um seinen Brüdern zu zeigen, wie man Gold herstellen könne – Gold, das die Juden dringend benötigten, um ihren Tribut an Rom zu zahlen. Doch die tatsächliche Rezeptur, das Geheimnis des Buches, blieb Nicolas Flamel verborgen, und er verfiel in tiefen Trübsinn. Gemeinsam mit seiner Frau arbeitete er zwei Jahrzehnte an allerlei Rezepturen, die er in Abrahams Zeichnungen zu erkennen glaubte, doch alles war vergebens. Die Substanz, die sprödes Metall in Gold verwandelt, der Stein der Weisen, wollte ihm nicht gelingen. Schließlich machte Flamel sich auf den Weg nach Spanien, und dort traf er in Santiago de Compostella einen jüdischen Arzt, der die Symbole entschlüsseln und ihm bei seiner Suche weiterhelfen konnte. Der Arzt jedoch starb, und Flamel mußte viele weitere Jahre im geheimen experimentieren, bis seine Mühen schließlich von Erfolg gekrönt waren. Am Mittag des 17. Januars 1382 verwandelte er ein halbes Pfund Quecksilber in reines Silber, und vier Monate später gelang ihm das gleiche Unterfangen mit purem Gold. Der Stein der Weisen war gefunden.«

»Eine Legende, nicht mehr«, versetzte Jacob, der Skeptiker.

»Genau das glaubte auch ich«, erwiderte Goethe, »bis mich eines Tages ein Freund vom Gegenteil überzeugte.«

»Dieser Freund«, sagte ich, »das war Schiller, nicht wahr?«

Goethe lächelte anerkennend. »Sie sind ein kluger Kopf, Herr Grimm. In der Tat, Friedrich ließ mich mit einem Schlag an den Überzeugungen meiner Illuminaten-Brüder zweifeln, denn ihm war etwas zu Ohren gekommen, das allen Regeln der Vernunft und Logik zuwider sprach. Er fand die uralte Rezeptur vom Stein der Weisen, jenes Geheimnis, das Nicolas Flamel vor über vierhundert Jahren enträtselt hatte und das doch kurz darauf verlorenging.«

»Sie wollen behaupten, Schiller habe sich als Alchimist versucht?« fragte Jacob. »Das ist absurd.«

»Nein, das hat er natürlich nicht, und ich werde mich hüten, dergleichen zu behaupten. Und doch enthüllte sich ihm das Geheimnis, und zwar hier, in Vogelöd.«

»Erzählen Sie weiter«, bat ich, ohne Jacobs finsteren Blick zu beachten.

»Schiller kam hierher, wie so viele andere Dichter vor und nach ihm – wie auch ich selbst –, auf der Suche nach einer Geschichte. Und er fand sie. Jedoch nicht in einem der Bücher, die der Baron in seinen Hallen verwahrt, sondern in Gestalt einer jungen Frau, wunderschön und gebildet. Ihre Mutter war Alchimistin gewesen, eine überaus bekannte zudem, doch dazu komme ich später. Die Mutter jedenfalls hatte jahrzehntelang Flamels rätselhafte Schriften studiert und war schließlich hinter sein Geheimnis gekommen. So ward der Stein der Weisen erneut gefunden. Die greise Mutter starb kurze Zeit später – offenbar verwandelte der Stein zwar Blei zu Gold, doch mit der angeblichen Unsterblichkeit schien es nicht allzuweit her zu sein. Vor ihrem Tod aber gab sie die geheime Rezeptur an ihre Tochter weiter, die sie wiederum, in einer stürmischen Liebesnacht im Schloß, meinem Freund verriet. So also wurde plötzlich unser gemeinsamer Bekannter Friedrich Schiller zum Träger eines Geheimnisses, für das nicht wenige bereit waren zu morden.«

Wieder schwieg er eine Weile, während ich mich bemühte, des Dichters Erzählung inne zu werden. Immer noch zweifelte ich an Goethes Glaubwürdigkeit (und wer könnte mir das, nach all dem, was geschehen war, verübeln), und doch klang da etwas aus seinen Worten, das meine Skepsis zerstreute.

Goethe sprach weiter. »Friedrich war vernünftig genug, die Rezeptur für sich zu behalten. Und doch floß ein Teil dessen, was die junge Frau ihm erzählt hatte, in eines seiner Werke ein. Gepaart mit den Ereignissen im Hause Württemberg, von denen Ihnen der Prinz in Warschau berichtete, wurde die Geschichte der Frau zum Inhalt des *Geistersehers*. Friedrich verewigte seine

Liebschaft in Gestalt der schönen Griechin, die dem Prinzen im Buch den Kopf verdreht und der von einer finsteren Macht nachgestellt wird. Und damit kommen wir zu einem Punkt, an dem die Ereignisse eine Wendung zum Schlechten nehmen. Erinnern Sie sich an den Armenier?«

Jacob nickte. »Der Schurke des *Geistersehers*. Eine finstere Gestalt, die dem Prinzen in allerlei Maskeraden nachstellt und seinen Untergang herbeiführt, wie auch den der schönen Griechin. Ein Magier – und Alchimist.«

»Ganz richtig«, bestätigte Goethe. »Wahrscheinlich ahnen Sie bereits, was ich Ihnen nun eröffnen muß. Der Armenier, jener gespenstische Mörder und Zauberer, ist keine Erfindung Schillers. Auch er entstammt den Berichten der jungen Frau, die er in Vogelöd traf.«

»Sie wollen damit sagen ...«

»... daß der Armenier lebt. Und, glauben Sie mir, seine Macht ist um ein Vielfaches schrecklicher als alles, was Schiller ihm in jugendlicher Zurückhaltung andichtete. Er ist es, der Spindels Handeln bestimmt, denn die Gier nach dem Stein der Weisen verzehrt ihn seit Jahrzehnten. Schlimmer noch: Er und der Sandmann sind ein und dieselbe Person.«

Jacobs Blick schien mit einem Mal Feuer zu fangen, sein Mißtrauen schwand, und an dessen Stelle trat die zwanghafte Lust an der Kombination, seine Begeisterung für die Entschlüsselung des Rätselhaften. »Dann hat Schiller die Rezeptur später doch noch verwendet, im zweiten Teil des *Geistersehers*. In jenem Manuskript, das er uns anvertraute.«

Goethe nickte. »Die Krankheit, die Friedrich plagte, wütete verheerend in seinem ganzen Körper, immer öfter kam er auf seltsame Ideen, manche verwegen und genial, andere gefährlich. Der Gedanke, die Rezeptur nicht länger verschweigen zu dürfen, packte ihn mit aller Macht, und selbst als ich versuchte, ihm zuzureden, das Geheimnis für sich zu behalten, ließ er nicht davon ab. Im Fieberwahn vollendete er den Abschluß seines Romans, und in ihm schrieb er die Rezeptur des Steins der Weisen nieder.«

Ich begriff, was das bedeuten mußte. »Der Armenier erfuhr davon und wollte das Rezept für sich allein – er war es, der Schiller vergiftete.« Erleichterung durchflutete meinen Körper, all meine Glieder begannen zu beben. Nicht wir hatten Schiller ermordet, nicht Goethe. O Himmel, wie hatte ich auch jemals denken können, daß –

»Falsch«, bemerkte Goethe lakonisch. »Ich habe Schiller getötet. Mit Ihrer Hilfe.«

Stille erfüllte das unterirdische Tempelgewölbe. Ich stand völlig reglos, wie versteinert. Niemand rührte sich, niemand sprach. Tausend Gedanken rasten durch meinen Kopf, Zorn, ja, Haß auf Goethe, zugleich Scham und Verbitterung erfüllten mein Denken. Alles war wahr. Der große Schiller war durch unsere Hand gestorben, geleitet vom finsteren Genie Goethes. Dieser Mann hatte uns zu Mördern gemacht, und hier stand er vor uns und gestand seine Untat ohne jedes Bedauern, ohne einen Funken von Reue.

»Sag Ihnen, warum du es getan hast«, brach Elisa das Schweigen. Und an uns gewandt, erklärte sie: »Glauben Sie mir, ich habe lange daran gezweifelt, doch während der vergangenen Tage ist mein Unglaube einer tiefen Überzeugung gewichen.«

Goethe holte tief Luft. »Können Sie sich vorstellen, meine Herren, was geschehen wäre, wenn diese Rezeptur je an die Öffentlichkeit gelangt wäre? Wagen Sie, sich die Folgen vorzustellen? Herrscherhäuser wären gefallen, es hätte Aufruhr gegeben, Revolution, mannigfachen Tod. Das Gold hätte seinen Wert verloren und jeden Handel zunichte gemacht. Doch das wäre nicht das Schlimmste gewesen: Niemand hätte mehr von dieser Eröffnung profitiert als die Rosenkreuzer und ihre wundergläubigen Anhänger. Die Geheimlehren hätten an neuem Zulauf gewonnen, die alten Werte der Vernunft wären in Vergessenheit geraten. Alles, für das die Illuminaten seit Jahrzehnten kämpfen, hätte mit einem Schlag aufgehört zu existieren.«

Wut und Unglauben schnürten mir die Kehle zu. »Sie haben ihn getötet für eine ... eine Idee?« stieß ich heiser hervor.

»Nein«, erwiderte er, »für den Fortbestand unserer Gesellschaft in jener Form, wie wir sie kennen. Der Stein der Weisen hätte eine neue Barbarei über die Menschheit gebracht, den Fall von Königen, die Ausrottung ganzer Völker. Die Massen, von der Armut im Zaum gehalten, hätten sich gegen ihre Herren erhoben. Sagen Sie mir, was ist ein einziges Leben im Angesicht solcher Schrecken?«

Empörung bemächtigte sich meiner. »Schiller starb für die Ziele der Illuminaten, nicht die der Menschheit.«

Goethes Blick schien mich zu durchbohren, als wolle er seine Worte so auf den Grund meiner Seele pflanzen. »Er starb, weil er krank war, einem Irrsinn verfallen, der unsägliches Verderben über uns alle gebracht hätte. Seine Uneinsichtigkeit in dieser Angelegenheit war weit stärker als die Ihre, Herr Grimm, und die einzige Möglichkeit, ihn von der Veröffentlichung der Rezeptur abzuhalten, war sein Tod. Glauben Sie mir, ich habe um ihn geweint, um ihn und unsere Freundschaft. Von all meinen Gefährten war er mir der liebste. Und doch mußte es sein, das gebot mir die Vernunft.«

Ich wollte von neuem auffahren, doch statt dessen ergriff Jacob das Wort. Sehr leise, sehr nachdenklich sagte er: »Nicht die Moral ist es, die in einer solchen Stunde das Handeln bestimmen darf, sondern allein die Logik. Ein Geheimnis wie das des Steins der Weisen darf niemals gelüftet werden.«

Fassungslos starrte ich ihn an. Er jedoch sah zu Goethe hinüber, von lodernder Neugier gepackt. »Eines aber verstehe ich nicht. Sicher waren es die falschen Ägypter, die Ihnen das Gift überbrachten. Doch müßten die Ziele von Cagliostros Ägyptischer Loge jenen der Illuminaten nicht völlig zuwider sein? Wie kam es, daß die beiden Sie unterstützten?«

Goethe lächelte, doch es war eine Regung ohne jeden Humor. »In der Tat erhielt ich das Gift von den beiden Logenpriestern. Und – auch damit haben Sie recht, mein kluger Freund – natürlich sind die Motive der Loge den unseren gänzlich entgegengesetzt. Während die Illuminaten jeden Aberglauben bekämpfen, verbreitet die Loge ihn ganz gezielt unter ihren Jüngern. Und doch verbindet uns der Kampf gegen den gemeinsamen Feind. Der Armenier gebietet über einen besonders uneinsichtigen, fanatischen Zweig der Rosenkreuzer, der nur noch wenig mit dem gelehrten Kern jenes Ordens gemeinsam hat. Sein vorderstes Ziel ist es, den Stein der Weisen in seinen Besitz zu bringen; er weiß, daß wir Illuminaten dies zu verhindern trachten, was uns zu seinen meistgehaßten Feinden macht. Warschau war lange Zeit sein geheimes Hauptquartier, von dort aus herrschte er über seine Getreuen, dort schuf er das Zentrum seiner teuflischen Macht. Wundert es Sie, daß alle Opfer, die der Sandmann in Warschau fand, Illuminaten waren? Der Armenier ließ sie ermorden, tötete sie wahrscheinlich gar mit eigener Hand. Den Verdacht lenkte er dabei auf Cagliostros Ägyptische Loge, er stahl den Wüstensand aus ihrem Tempel und tat sein Möglichstes, die Morde wie rituelle Opferungen der Ägypter aussehen zu lassen. Keine Frage, daß dies die Loge zu seinen erbitterten Feinden machte, und es währte nicht lange, bis sie und wir uns im Krieg gegen ihn zusammenschlossen. Beantwortet das Ihre Frage, Herr Grimm?«

Jacob wirkte nachdenklicher denn je. »Was geschah mit dem Schauspieler? Er starb in ihrem Haus, am gleichen Gift.«

Goethes Miene trübte sich. »Eine traurige Geschichte. Takowski gehörte zur Truppe des Warschauer Theaters, und auch er war einer von uns. Eines Nachts wurde er Zeuge, wie einer unserer Bundesbrüder in einem dunklen Hinterhof vom Sandmann getötet wurde. Er konnte weder Gesicht noch Gestalt des Mörders erkennen, wohl aber vermeinte er, sicher sein zu können, daß der Verbrecher ihn selbst bemerkt, möglicherweise gar erkannt hatte. Takowski floh in großer Eile vom Ort des Mordes, wobei sich wiederum ein unbeteiligter Zeuge sein Gesicht einprägte. So muß es geschehen sein, daß er selbst auf die Liste der Verdächtigen geriet und Hoffmann sein Portrait in den Unterlagen fand. Takowski beschloß, eiligst aus Warschau zu verschwinden, weniger aus Furcht vor behördlicher Verfolgung, als davor, selbst ein Opfer des Sandmanns zu werden. Er kam nach Deutschland und wandte sich an die Weimarer Loge, wohl in der Hoffnung, hier Arbeit zu finden und seßhaft zu werden. Ich nahm ihn auf in mein Haus, ließ ihn in einigen meiner Stücke spielen. Wir alle glaubten, daß er bei mir in Sicherheit sei, doch wir täuschten uns: Der Armenier muß seine Spur aufgenommen haben und ihm gefolgt sein. Er tötete ihn mit dem Gift, das er zweifellos zuvor – wie auch den Wüstensand – aus dem Tempel der Ägyptischen Loge gestohlen hatte. Erst kurz zuvor hatte ich einen neuen Kammerdiener eingestellt, der gleich nach dem Mord verschwand, ein überaus korrekter, wenngleich merkwürdiger Mensch. Mag sein, daß er andere Gründe hatte, mein Haus zu verlassen, und doch glaube ich, daß er es war, der am Morgen des Mordes die Milch in der Küche mit dem Gift versetzte. Sie wissen aus Schillers Roman, daß der Armenier es versteht, in vielerlei Masken unter die Menschen zu treten, und ich habe gar den Verdacht, daß er selbst es war, der in die Rolle des Dieners schlüpfte, wohl auch, um mich und meinen Haushalt auszukundschaften.«

»Wie hat er ausgesehen?« fragte Jacob.

»Groß und hager, von unbestimmbarem Alter. Eine unheimliche Erscheinung, durchaus inspirierend.«

Jacob nickte, tief in Gedanken versunken. »Ich glaube, auch wir haben ihn getroffen.«

Verblüfft sah ich ihn an – und dann begriff ich. »Der Theaterdirektor! Lieber Himmel, die Beschreibung paßt. Wie nannte er sich gleich?«

»Ecaterina.«

Mir graute bei der Erinnerung an ihn.

Goethe nahm unsere Mutmaßung gleichmütig hin. »Mag sein, daß er es war, vielleicht auch nicht. Der Armenier hat Sinn für Humor, er liebt es, seinen Gegnern unerkannt gegenüberzutreten und sie zu verhöhnen. Ich fürchte jedoch, Sie werden nie erfahren, ob wirklich er es war, der Ihnen in Warschau begegnete. Ebensowenig, wie ich über die Rolle meines Dieners je Gewißheit erlangen werde.«

»Sie meinen, er kann uns wirklich in jeder Verkleidung entgegentreten, und wir würden es nicht bemerken?«

»Allerdings. Er liebt das Versteckspiel, den Angriff aus dem Hinterhalt.«

»Er ist eine Bestie« rief Elisa voller Abscheu aus.

»Gewiß«, erwiderte Goethe, »jedoch fraglos eine von höchstem geistigen Vermögen. Hinter seiner Durchtriebenheit steckt ein Verstand, der seinesgleichen sucht.«

»Das klingt, als bewunderten Sie ihn«, sagte ich, mit einem Mal wieder von Mißtrauen befallen.

»Wir dürfen diesen Mann nicht unterschätzen«, entgegnete Goethe.

Wieder vergingen einige Sekunden unbehaglichen Schweigens. Dann fragte ich: »Wenn alle Opfer des Sandmanns Angehörige des Illuminaten-Ordens waren, wie erklären Sie sich dann die Morde am Totengräber und seiner Frau?« Innerlich triumphierte ich ob meines geschickten Einwandes und fügte siegessicher hinzu: »Sicherlich wollen Sie nicht behaupten, die beiden seien gleichfalls Illuminaten gewesen?«

»Natürlich nicht«, erwiderte Goethe düster. »Und ich gestehe, dieser Umstand bereitet mir große Sorgen. Fast scheint es, als hätte ein weiterer Spieler seine Figuren auf das Spielbrett gezogen. Ich fürchte, die Lage gerät mehr und mehr außer Kontrolle.«

»Und wenn es sich um eine Spielerin handelt?« fragte Jacob.

Aufgebracht von dieser Vermutung wandte ich mich meinem Bruder zu. »Ich weiß, was du damit sagen willst«, rief ich empört. »Aber es gibt nichts, hörst du, nichts, was diesen Wahnsinn beweisen könnte.«

»Sie denken an das Fräulein von Brockdorff?« fragte Goethe, offenbar erstaunt über meine heftige Reaktion.

Ehe ich etwas entgegnen konnte, sagte Jacob: »Natürlich, nur an sie.«

Dem großen Dichter schien diese Mutmaßung nicht neu. »Tatsächlich spricht alles dafür. Und ich will Ihnen etwas verraten, das Ihre Theorie untermauert. Ich sprach von der jungen Frau, die Schiller hier in Vogelöd traf, und von ihrer Mutter. Nun, diese Mutter war keine andere als die Gräfin Cosel, jene Mätresse, die August der Starke jahrzehntelang im Turm der Festung Stolpen eingekerkert hielt. Dort verschrieb sie sich dem geheimen Wissen und der Alchimie, und in der Tat war sie es, die nach vielen Jahren die Rezeptur des Nicolas Flamel wiederentdeckte. Sagen Sie, wie alt ist Ihr Fräulein Anna?«

»Was soll diese Frage?« fuhr ich auf, wenngleich ich längst ahnte, auf was er anspielte. Ich fühlte die Wahrheit wie ein Fieber durch meine Adern rinnen.

»Vielleicht achtzehn, neunzehn Jahre«, versetzte Jacob, ohne mich zu beachten.

Goethe schloß die Augen; Zahlen schienen durch seinen Geist zu schwirren. »Dann könnte es wirklich wahr sein …«

»Was?« fuhr ich auf. »Was könnte wahr sein, um Himmelswillen?«

»Wie Sie nun wissen, war die Frau, die Schiller hier traf und die ihm in ihrer Liebe das Geheimnis offenbarte, die Tochter der Gräfin Cosel. Das Fräulein von Brockdorff aber ist die Enkelin der

Cosel, das verriet sie Ihnen, Herr Grimm. Der Mädchenname der Gräfin Cosel war Anna Constantia von Brockdorff, ehe August sie zu seiner Mätresse machte. Schiller begann seine Arbeit am *Geisterseher* im Herbst 1786, vor neunzehn Jahren also, und seine Liebesnacht mit der Cosel-Tochter muß einige Monate zuvor stattgefunden haben.«

»Sie glauben ...« begann ich und verstummte fassungslos.

»Ja«, sagte er, »ich bin überzeugt, Anna von Brockdorf ist die Frucht jener Liebe. Sie ist die uneheliche Tochter Friedrich Schillers.«

»Sie sind wahnsinnig«, flüsterte ich mit bebender Stimme – eine Tollkühnheit, die ich mir auch Jahre später noch nicht verzieh. »Sie verstricken unzählige Zufälle zu einem großen, wirren Ganzen.«

Des Dichters Entgegnung entbehrte jeden Zorns. »Ist es nicht das, was Geheimnisse ausmacht, Herr Grimm? Die scheinbare Zusammenhanglosigkeit ihrer Elemente?«

Ich schüttelte stumm den Kopf, sprachlos angesichts seiner verwegenen Gedanken. All das war mehr, als ich zu begreifen vermochte. Die Illuminaten und Rosenkreuzer, Schiller und der Armenier, der Stein der Weisen, die Gräfin Cosel, ihre Tochter und wiederum deren Tochter, meine geliebte Anna. Alles schien mir so unglaublich, so endlos verwirrend. Längst hatte ich den Faden all dieser Verbindungen verloren, und sie schienen mir zu absurd, um sie weiterhin mit Ernst zu verfolgen.

Anders Jacob; er fieberte geradezu nach neuen Entdeckungen in diesem teuflischen Netzwerk. Wie eine Alte am Spinnrad drehte und verknüpfte er die Fäden in Gedanken zu neuem, verworrenem Garn. »Anna erbrach das Siegel des Manuskripts und brachte die verlorene Rezeptur ihrer Großmutter an sich, jenes Geheimnis, das ihre Mutter offenbar vor ihr geheimgehalten hatte, vielleicht, um ihr die Verfolgung durch den Armenier zu ersparen. Sie hielt sich hier in Weimar auf, als Schiller starb, und als wir aus der Stadt flohen, folgte sie uns. Deshalb war sie im rechten Augenblick zur Stelle, um uns aufzunehmen, und nur deshalb reiste sie mit uns nach Warschau – um das Manuskript zu öffnen und die Rezeptur auswendigzulernen. Als sie besaß, was sie mit solcher Macht begehrte, verließ sie die Stadt; allerdings nicht, ohne vorher eine falsche Spur zu legen. Sie ermordete den Totengräber und seine Frau – oder aber sie ließ sie von Moebius ermorden, was wahrscheinlicher ist –, und verließ Warschau auf schnellstem Wege.«

Nur mühsam konnte ich Tränen der Wut unterdrücken. Meine Knie zitterten, und ich glaubte, jeden Augenblick einer Ohnmacht zum Opfer zu fallen. Doch noch einmal raffte ich all meine Kraft zusammen und schrie voller Verzweiflung: »Habt ihr denn alle den Verstand verloren? Anna hat nichts mit diesen Morden zu tun. Hätte sie sonst nicht einfach uns getötet, schon während der Fahrt nach Warschau? Sie hätte viel Zeit gewinnen und das Manuskript im Handumdrehen an sich bringen können.«

Jacob schüttelte sanft den Kopf und sagte leise: »Vielleicht war es keine Heuchelei, als sie dir ihre Gefühle für dich offenbarte. Vielleicht liebte sie dich wirklich.«

»Eine Frau, wie du sie beschrieben hast, kann keine Liebe empfinden«, widersprach ich heftig.

»O doch«, sagte Goethe, »natürlich kann sie das. Denken sie an all die großen Frauen der Dichtung, an die sanften Mörderinnen, die verwirrten Liebenden.«

»Das ist Dichtung. Doch dies hier ist die Wirklichkeit.«

»Dichtung ist die Wirklichkeit, Herr Grimm. Der *Geisterseher* ist Wirklichkeit und vieles andere mehr. Der Stein der Weisen ist ebenso wahrhaftig wie die große Verschwörung des Armeniers. Was diesem Stück bislang fehlte, war die tragische Frauengestalt. Glauben Sie nicht auch, wir haben sie endlich gefunden?«

* * *

Wie gerne würde ich wiedergeben, was ich damals empfand, und doch scheint es unmöglich. Wie eisig floß der Schrecken durch meine Glieder, während ich mit Jacob durch das wilde Tal und die Katakomben zurück zum Schloß ging, geführt von Natascha, denn Goethe blieb zurück bei Elisa. Die kommenden Stunden waren ein einziger Kampf mit tückischen Zweifeln und grausamer Furcht. War Anna eine Mörderin? Eine Verräterin? Was hätte ich darauf antworten können, ohne an der Erkenntnis zu zerbrechen?

Schenkte ich Goethes Worten Glauben? Allerdings. Verlor ich aber deshalb die Liebe zu meiner holden Anna? Nie und nimmer. Sie war meine Göttin, meine Muse, mein Alles. Sie war ein Geschöpf von höchster Vollendung, und war es nicht nur zu verständlich, daß sie danach trachtete, selbst diese Vollendung noch zu übertreffen?

Niemals hätte sie selbst die Hände gegen den Totengräber und sein Weib erhoben. Moebius mußte die Tat geplant und ausgeführt haben. Zweifellos war der entsetzliche Zwerg der Quell aller Grausamkeit. War deshalb auch er es, der sie verleitet hatte? Ich gab mir alle Mühe, dies zu glauben.

Bis zum Morgen blieben nur noch wenige Stunden, die ich wach und schwelgend im bitteren Wahn der Liebe zubrachte, die offenen Augen zur Decke gerichtet. Jacob schwieg; mochte er schlafen, wenn er konnte. Ich selbst würde keine Ruhe finden, niemals mehr, ehe nicht Klarheit war, Klarheit, die ich aus Annas eigenen Lippen schöpfen wollte. Nur sie würde berichten können, was tatsächlich geschah, in jener Nacht im Haus am alten Friedhof. Erst dann würde ich mein Urteil fällen.

Der Morgen kam, und mit ihm zwei weitere Besucher, die Vogelöd nach langer Wanderung erreichten. Ich hörte, wie das Haupttor geöffnet wurde, und eilte aus dem Zimmer zu einem der Fenster im Gang, die hinaus auf den Hof wiesen. Der Anblick vermochte mich schwerlich zu erstaunen, zu vertraut waren mir die beiden mittlerweile, die da in ihren fremdländischen Gewändern über den Schloßhof schwebten. Die Venerablen der Ägyptischen Loge traten aus dem Schatten des Torbogens, und sogleich umringten sie mehrere der Dichter und Schreiber, die selbst um diese Zeit schon auf dem Hofe wandelten.

Ich eilte zurück, um Jacob zu wecken. Er nahm die Nachricht zur Kenntnis, ohne allzu verblüfft über die Ankunft der beiden zu sein. Nun, da wir wußten, daß die Loge auf unserer Seite stand, drohte uns keine Gefahr mehr von den falschen Ägyptern, und ihr Eintreffen hier in Vogelöd schien naheliegend. Die Streiter vereinen sich zur letzten Schlacht, durchfuhr es mich in einem Anflug von Pathos, doch dann wurde mir klar, was dies tatsächlich bedeutete: Die Entscheidung stand bevor, und wenngleich ich nicht verstand, weshalb sie ausgerechnet hier und zu diesem Zeitpunkt fallen sollte, so deuteten doch alle Zeichen daraufhin.

Jacob blieb den Tag über merkwürdig schweigsam und nachdenklich, was meiner eigenen Stimmung durchaus entgegenkam. Wir sahen weder Goethe noch Elisa, und auch die beiden Logenführer blieben verschwunden. Selbst Grosse ließ sich nicht sehen, wenngleich ich sicher war, ihn in einer der Bibliotheken finden zu können, wenn wir seiner Hilfe bedurft hätten. Wir selbst bemühten uns, die Stunden bis zum Abend mit der Lektüre einiger Bände zu vertreiben, aber wen mag es verwundern, daß uns dies kaum gelang. Die Bedrohung war zu allgegenwärtig, die Furcht vor dem, was kommen mochte, übermächtig. Der Schatten des Armeniers war über Vogelöd gefallen, und ich stellte mir die unheilvolle Frage, ob nicht Jacob und ich seine ersten Opfer werden sollten. Warum konnten wir nicht in Elisas Versteck abwarten, was geschehen würde? Warum ließ man uns allein, dem Zugriff des finsteren Genius hilflos ausgeliefert?

Trotz aller Befürchtungen verging der Tag ohne einen Zwischenfall. Wir legten uns früh nieder, und ich schlief sogleich ein, ganz entgegen meines zuvor gefaßten Entschlusses. Dies war gut so, denn auch in dieser Nacht sollte ich keine dauerhafte Ruhe finden.

Es war dunkel, als ich erwachte, und obwohl ich meine Sinne schnell beisammen hatte, verhielt ich mich ruhig und reglos – sei es aus Vorsicht oder Trägheit. Jacob stand an der Tür, im Begriff, die Klinke herabzudrücken. Mit einem letzten Blick vergewisserte er sich, ob ich schlief, dann schlüpfte er hinaus auf den Gang und zog die Tür hinter sich ins Schloß. Sofort sprang ich auf, schlüpfte atemlos in meine Hose, stopfte das Nachthemd kurzerhand in den Bund und zog meine Schuhe über. Ich ahnte, was Jacob plante, und weder wollte ich zulassen, daß ihm alleine etwas zustieß, noch mochte ich hintanstehen, wenn er ein weiteres der ungeklärten Rätsel löste. Ich folgte ihm hinaus auf den Flur und heftete mich in gebührendem Abstand an seine Fersen.

Bemüht, keinen verräterischen Laut zu verursachen, schlich er über die Flure und Treppen hinab ins Erdgeschoß und weiter hinunter in den Keller. Er hatte sich den Weg gut eingeprägt, denn er zögerte kein einziges Mal, fand sogleich die Halle und den Geheimgang. Auch muß er vermutet haben, daß stets eine Öllampe bereitstand, denn er entdeckte sie auf Anhieb und entzündete sie. Da ich mich ihm nicht zu sehr nähern wollte, um meine Anwesenheit verborgen zu halten, mußte ich selbst mich damit abfinden, hilflos durchs Dunkel zu tappen, die einzige Hilfe sein Licht, das weit vor mir in der Finsternis glühte. Einmal blieb er stehen und lauschte – vielleicht hatte er meine vorsichtigen Schritte auf dem steinernen Boden gehört –, dann aber setzte er seinen Weg fort.

Schließlich trat er hinaus ins Freie, schob sich durch den Riß in der Felswand und erreichte den engen Talkessel, in dem die Ruinen des römisch anmutenden Tempels standen. Glaubte er etwa, unbemerkt an Andrej und Natascha vorübergelangen zu können? Das konnte nicht sein Ernst sein.

Tatsächlich sprang Andrej schon nach wenigen Augenblicken aus der Dunkelheit, eine gespannte Pistole auf Jacob gerichtet, in der anderen Hand ein blitzendes Messer. Als er meinen Bruder erkannte, senkte er die Waffen, blieb aber trotzdem in Bereitschaft, um beim kleinsten Anzeichen von Gefahr seine Herrin zu verteidigen.

Jacob bat ihn, Elisa sehen zu dürfen, und trotz der nächtlichen Stunde willigte der junge Russe ein. Natascha war nirgends zu sehen, und ich fürchtete schon, ihre Klinge jeden Augenblick in meinem eigenen Rücken zu spüren. Jedoch, nichts dergleichen geschah, und ich gelangte ungehindert bis zu den zerfallenen Außenmauern des Tempels. Meine Augen gewöhnten sich allmählich an die Finsternis, und so irrte ich eine Weile zwischen den oberirdischen Ruinen der Anlage umher, durch einen Wald von Säulen und Mauerresten, bis ich schließlich einen Spalt im Boden fand, aus dem der vage Hauch von Helligkeit drang.

Ich legte mich flach auf den kalten Stein und preßte mein Gesicht an die Öffnung. Unter mir befand sich der frühere Badesaal der Tempelherren, und von hier aus hatte ich tatsächlich einen guten Blick auf das ausgetrocknete Becken, in dem Elisa auf ihrer Bettstatt lag. Von Goethe und den Ägyptern war nichts zu sehen; mochte sein, daß sie wie wir im Schloß untergebracht waren.

Andrej trat an Elisas Seite, weckte sie sanft aus ihrem Schlummer und wies auf den Eingang, woraufhin die Gräfin nickte. Nur Sekunden später trat Jacob in mein Blickfeld. Die Worte hallten in dem unterirdischen Saal, und es bereitete mir keine Schwierigkeiten, sie zu verstehen. Er bat um Verzeihung für den unerwarteten Besuch zu so später Stunde, doch Elisa quittierte es nur mit einem milden Lächeln. Dann kam er ohne Umschweife auf den Punkt, der ihn schon den ganzen Tag über beschäftigt haben mußte.

»Wer ist Rosa?« fragte er.

Ich hatte längst geahnt, daß es diese Frage war, die ihn hierhertrieb, und obgleich es mich ein wenig kränkte, so konnte ich doch gut verstehen, daß er die Antwort darauf allein und ohne mein Beisein erfahren wollte. Sogleich spürte ich ein schlechtes Gewissen, doch meine Neugier überwog. Ich horchte weiter.

»Rosa?« fragte Elisa erstaunt. Ihre Verwirrung schien aufrichtig.

Auf Jacobs Gesicht zeigte sich ein Anflug von Verzweiflung. »Rosa. Erinnern Sie sich nicht?«

»Es tut mir leid«, erwiderte sie zögernd, »ich wüßte nicht, woran.«

»Die Inschrift in ihrer Kutsche, vier Buchstaben, in den Bezug einer Bank geschrieben.« Ein wenig hilflos wühlte er in seiner Hosentasche und brachte schließlich mit zitternden Fingern den Stoffetzen hervor, den er all die Tage und Wochen bei sich getragen hatte.

Elisa nahm ihn verwundert entgegen und spannte den Stoff zwischen ihren Fingern. »Rosa«, las sie laut, und ein gütiges, fast mütterliches Lächeln breitete sich über ihr Gesicht.

Jacobs Augen sahen sie flehentlich an. »Sie waren es doch, die diese Buchstaben in die Bank schnitten, nicht wahr?«

»Allerdings.«

Jacob lachte erleichtert auf. Ehe Elisa noch fortfahren konnte, sprudelten aus seinem Mund die Theorien, die er sich über die Unbekannte zurechtgelegt hatte. Es war nicht zu überhören, was er für dieses Geschöpf seiner Phantasie empfand, doch gleichzeitig harrte er auch der Anerkennung seiner Überlegungen. Selbst in der Liebe noch suchte er die Bestätigung seines Verstandes; es war hoffnungslos.

Schließlich, nachdem die Flut der Worte versiegt und sein erregter Vortrag beendet war, schüttelte Elisa langsam den Kopf. Bedauern lag in ihrer Stimme. »Es tut mir leid, Jacob«, sagte sie sanft. »Ich fürchte, ich habe einiges angerichtet, das sich nur schwerlich wiedergutmachen läßt.«

Er starrte sie an, und die Ahnung dessen, was kommen würde, ließ die Muskeln in seinem Gesicht erbeben.

»Es gibt keine Rosa«, fuhr die Gräfin fort. »Als Spindel und seine Männer meine Kutsche überfielen, da ahnte ich, daß Sie beide die Trümmer finden würden. Deshalb entschloß ich mich im letzten Augenblick, eine Warnung zu hinterlassen, ein Hinweis auf das, was ich Ihnen bereits früher hätte enthüllen müssen. Ich wurde von meinem Vorhaben abgebracht, als unsere Feinde mich aus dem Wagen zerrten, und doch gelang es mir, zumindest die ersten Buchstaben meiner Mahnung zu hinterlassen. R – O – S – A. Den Beginn von *rosae crucis*.«

Jacob schlug die Augen nieder und sank kraftlos auf die Kante des Beckenrandes. Dort blieb er schweigend sitzen, unfähig, einen weiteren Gedanken zu fassen. »Rosenkreuzer«, flüsterte er.

Elisa setzte sich in ihrem Bett auf. Es bereitete ihr einige Mühe, ihren Oberkörper in eine aufrechte Lage zu bringen, doch erneut schlug sie die Hilfe ihres Dieners aus. »Es tut mir aufrichtig leid«, sagte sie erneut, und die Milde in ihren Worten klang ungewohnt aus ihrem Munde. »Wie hätte ich wissen sollen …«

Jacobs Kopf fuhr in die Höhe. »… daß ein liebestoller Dummkopf Ihre Warnung so mißversteht? Wie konnte ich nur so einfältig sein.«

»Nein«, erwiderte sie. »Das, was Sie spürten, war keine Einfalt, glauben Sie mir.«

Sie wollte noch etwas sagen, doch Jacob sprang auf und stieg mit eiligen Schritten aus dem Becken. »Ich danke Ihnen für Ihre Aufrichtigkeit, Elisa«, sagte er, drehte sich dann um und verschwand aus meinem Blickfeld.

Sofort machte ich mich auf, um ihm auf dem Weg zuvorzukommen; er durfte nicht bemerken, daß ich das Gespräch belauscht hatte. Es mußte mir gelingen, unser Zimmer als erster zu erreichen. Ich stolperte durch das Ruinenfeld, viel zu laut, als daß ich unbemerkt hätte bleiben können.

Plötzlich stand Natascha vor mir. Ein Messer funkelte im Mondlicht.

Einen Augenblick lang standen wir uns schweigend gegenüber, dann trat sie zur Seite und machte mir den Weg frei. Mit einem Kopfnicken bedeutete sie mir weiterzulaufen. Ich bemerkte ein Funkeln in ihren dunklen Augen, vielleicht ein Zeichen von unvermuteter Wärme. Sie mußte mich beobachtet haben, die ganze Zeit über. Während ich meinen Weg fortsetzte, spürte ich ihre Blicke in meinem Rücken, doch als ich mich noch einmal umsah, war sie mit der Dunkelheit zwischen den Ruinen verschmolzen.

Ich erreichte den Felsspalt, noch bevor Jacob ins Freie trat, zwängte mich durch die Kerbe im Gestein und gelangte nach einer Weile zum Einstieg des Geheimgangs. In völliger Dunkelheit hastete ich durch den unterirdischen Tunnel, ohne Lampe, nur von Schwärze umgeben; kaum eine Erinnerung besitze ich daran, wie es mir gelang, heil am anderen Ende das Schloß zu betreten. Ohne eine Menschenseele zu treffen, stürmte ich hinauf in unser Zimmer und schlüpfte keuchend unter meine Decke.

Mein Atem hatte sich gerade beruhigt, als Jacob die Kammer betrat. Fahl und geisterhaft warf er sich aufs Bett. Dort blieb er ausgestreckt liegen und regte sich nicht mehr.

3

Es mochte auf sechs Uhr am Morgen zugehen, als ich erneut aus dem Schlaf gerissen wurde. Aufgeregtes Rufen und Brüllen hallte über die Gänge. Als wir aufsprangen und hinaus auf den Flur eilten, erfuhren wir, daß der Tod nach Vogelöd gekommen war, und mit ihm seine treuen Gefährten: Leid, Schmerz, Verzweiflung und Furcht.

Ein Wachmann eilte uns auf unserem Weg entgegen. »Unheil!« rief er. »Großes Unheil!«

Ich warf einen Blick auf Jacob. Sein Gesicht war noch immer bleich; vordringlichstes Merkmal seiner Züge blieben die dunklen Sicheln seiner Augenringe. Er hatte keine Minute geschlafen, Erschöpfung und Leid drohten ihn zu übermannen.

»So sprecht doch!« befahl ich dem Wachmann. »Was ist geschehen?«

Der Mann verharrte einen Augenblick, keuchend, außer Atem. »Ein Mordanschlag auf den Baron!«

»Was?« entfuhr es Jacob bestürzt. »Zbigniew ist tot?«

Doch da war der Wächter schon weitergeeilt; am Ende des Flurs bog er um eine Ecke. Wir hasteten über Treppen und Gänge zum Flügel des Barons, zitternd vor Schrecken und Empörung. Als wir den Korridor erreichten, an den Zbigniews Räume grenzten, erwartete uns bereits ein gutes Dutzend Männer und Frauen, das sich vor der Tür des Salons versammelt hatte. Die meisten trugen Nachthemden und Morgenmäntel. Sie alle waren in heller Aufregung und Besorgnis, redeten wirr durcheinander, und jeder glaubte ein wenig mehr über die Vorgänge zu wissen als der andere.

Wir erreichten die Gruppe im selben Moment, als die zweiflügelige Tür des Salons aufgezogen wurde und Goethe erschien. Der Dichter bemerkte uns gleich und gab uns durch ein Nicken zu verstehen, einzutreten. Dann wandte er sich mit ruhiger Stimme an die Männer und Frauen.

»Dem Baron geht es gut«, erklärte er besänftigend. »Machen Sie sich keine Sorgen mehr um sein Befinden, ihm ist nichts geschehen.«

»Was ist mit dem Blut?« fragte ein Mann aus der Menge.

Da erst bemerkte ich, daß sich vor der Salontür eine rotbraune Lache gebildet hatte. Die Umstehenden hielten respektvollen Abstand.

Goethe strich sich durchs Haar, eine Geste der Unsicherheit, die ich an ihm selten beobachtet hatte. »Der Meuchelmörder, der dem Baron nach dem Leben trachtete, tötete zwei Wachen. Dem einen gelang es im Todeskampf, einen Schrei auszustoßen, worauf der Verbrecher entfloh. Die Wächter durchkämmen das ganze Schloß, und zweifellos wird der Täter bald gefunden sein.«

Schiebend und drängend traten wir an Goethes Seite in den Salon. Hinter uns drückte er die Tür ins Schloß. Durch das schwere Eichenholz hörte ich das neidvolle Murren der Männer und Frauen auf dem Gang – wodurch der Beweis erbracht war, daß auch gelehrte Menschen nicht vor der Faszination des Grauens gefeit sind.

Baron Zbigniew saß erschöpft in einem Sessel, zusammengesunken, beide Arme über den seitlichen Lehnen baumelnd. Er hielt die Augen geschlossen, schien aber wach zu sein. Die Leichen seiner beiden Wächter hatte man an der Hofseite des Saales niedergelegt und mit weißen Laken verdeckt. Dunkelrote Flecken erblühten gleich an mehreren Stellen des Stoffes.

Vor der Glastür, die hinaus auf die Balustrade führte, standen die beiden falschen Ägypter. Stumm, mit ausdruckslosen Gesichtern, starrten sie uns entgegen. Nicht eine Spur von Wiedererkennen zeigte sich auf ihren geschminkten Zügen. Beide trugen weite, grellbunte Gewänder, die Frau hatte erstmals auf ihren Kopfschmuck verzichtet und ließ ihr schwarzes Haar lang und offen über die Schultern fallen. Das Gesicht des Mannes lag im Dunkeln, obwohl die Morgendämmerung anbrach und der Himmel über den Zinnen Vogelöds in hellem Grau erglühte.

Zbigniew schlug die Augen auf. »Guten Morgen, meine Herren«, sagte er mit ungewohnt schwacher Stimme.

Wir erwiderten die Begrüßung und ließen uns versichern, daß es ihm gutgehe.

»Mir ist nichts geschehen«, sagte der Baron, »außer einem

gehörigen Schrecken, der mir tief in den Knochen sitzt. Diese beiden dort hatten weniger Glück.« Er hob eine Hand und deutete auf die verdeckten Leichen.

»Er ist also wirklich hier im Schloß«, ließ sich Jacob vernehmen.

»Ja«, bestätigte Goethe. »So wie es aussieht, müssen wir davon ausgehen, daß der Armenier in einer seiner Maskeraden unter uns weilt.«

»Aber warum der Mordanschlag auf den Baron?« fragte ich. »Warum wählte er nicht einen von uns als Opfer? Mir scheint das viel naheliegender zu sein.«

Goethe begann mit gemessenem Schritt auf und ab zu gehen. »Wer weiß, welch finsteren Plan sein Hirn ersonnen hat, welche Ziele er mit welchen Mitteln erreichen will. Ist es sein Vorhaben, uns zu verwirren, so ist ihm dies gelungen. Es liegt an uns allen, dafür zu sorgen, daß er keinen Vorteil daraus ziehen kann. Ist Ihnen beiden heute nacht irgend etwas aufgefallen? Geräusche vor der Zimmertür? Verdächtige Laute?«

Ich bemerkte, wie Jacob errötete, und auch mir selbst stieg die Hitze ins Gesicht. Wie hätten wir etwas von den Vorgängen im Schloß bemerken sollen? Jacob schien so tun zu wollen, als habe sein nächtlicher Ausflug nie stattgefunden, denn er schüttelte als Antwort auf Goethes Frage den Kopf. Mir blieb keine andere Wahl, als es ihm gleichzutun. Zudem nahm ich an, daß auch Elisa Jacobs Besuch im Tempel gegenüber Goethe verschweigen würde. Es schien demnach tatsächlich am besten, den ganzen Vorfall zu vergessen.

Goethe nickte, als habe er keine andere Antwort erwartet. Dann lächelte er plötzlich, doch es wirkte schal und aufgesetzt. »Vielleicht ist es endlich an der Zeit, sie einander vorzustellen«, sagte er. An die Ägypter gewandt fügte er hinzu: »Sie kennen die Brüder Grimm bereits, Wilhelm und Jacob. Und dies« – er deutete auf die beiden Priester – »sind die Venerablen der Ägyptischen Loge zu Warschau, die bezaubernde Seschat und der ehrwürdige Ptah.«

Beide erschienen mir weder bezaubernd noch ehrwürdig, und ich fragte mich, ob Goethe seine Worte nicht mit einer unmerklichen Ironie gewählt hatte. Doch weder er noch die beiden Polen in ägyptischer Kostümierung verzogen eine Miene, und so nickte auch ich mit gebührendem Ernst. Wir machten keine Anstalten, ihnen die Hände zu reichen; niemand schien es von uns zu erwarten. Seschat und Ptah hatten unsere Flucht aus ihrem Tempel keineswegs vergessen, doch was sie uns an abfälliger Mißachtung entgegenbrachten, machten wir durch offene Gleichgültigkeit wett.

Goethe löste die drückende Spannung im Salon, indem er fortfuhr: »Wir wollen uns heute nachmittag treffen und unser weiteres Vorgehen besprechen. Elisa muß dabeisein, deshalb bitte ich Sie, um zwei Uhr in die Tempelruine zu kommen. Den Weg kennen Sie?«

»Natürlich«, erwiderte ich vorschnell und erntete dafür von Jacob einen verwunderten Blick. Am liebsten hätte ich mir dafür auf die Zunge gebissen.

»Gut«, sagte Goethe. »Bis dahin sollten Sie Ihr Zimmer nicht verlassen. Das gilt auch für Sie beide«, fügte er an die Logenpriester gewandt hinzu. »Der Armenier hat Blut geleckt. Ich wäre untröstlich, wenn einer von Ihnen sein nächstes Opfer wäre.«

Die Ägypter nickten stumm und rauschten in ihren bodenlangen Gewändern aus dem Salon. Jacob wollte ihnen folgen, doch mir brannte eine weitere Frage auf den Lippen, die ich Goethe zu stellen gedachte.

»Was macht Sie so sicher, daß diese beiden nicht die Mörder sind?«

Der Dichterfürst musterte mich aufmerksam, dann lächelte er, und erstmals wirkte er gänzlich ehrlich. »Sie sind sehr mißtrauisch, Herr Grimm.«

»Der Lage angemessen, scheint mir.«

»Gewiß. Aber Seschat und Ptah können keinesfalls die Täter sein.«

»Weshalb?«

»Erinnern Sie sich an das, was Ihnen der alte Deserteur im Wald sagte? Daß ein Mann vorbeigeritten sei?«

»Das hat nichts zu bedeuten. Der Alte hat kein Zeitgefühl. Es kann Tage her sein, daß jemand bei ihm vorbeikam.«

Goethe nickte. »Natürlich. Aber vergessen Sie nicht das abgebrannte Bootshaus. Jemand muß dieses Feuer gelegt haben, und wenn nicht der Armenier, wer dann?«

»Welchen Grund hätte ausgerechnet er haben sollen?«

»Der Fluß ist der einzige bekannte Weg aus dieser Wildnis. Gewiß, es gibt noch einen anderen, aber ...«

»... den kennt niemand außer Ihnen. Wollen Sie das sagen?«

»Niemand, außer mir und Zbigniew und vielleicht auch Elisa. Der Armenier hat uns durch die Zerstörung der Boote den Fluchtweg abschneiden wollen.«

Fassungslos starrte ich ihn an. »Aber wenn er soweit vorausplant ...«

»Ja, dann muß er einiges mit uns vorhaben. Ich vermute, er hat gewiß nicht die Absicht, auch nur einen von uns entkommen zu lassen. Zudem ist er immer noch in dem Glauben, das Manuskript befinde sich hier in Vogelöd.«

Ich dachte einen Augenblick nach. »All das mag zwar den Mann belasten, den der Alte im Wald gesehen haben will, doch trägt es nicht zwangsläufig zur Entlastung Ihrer kostümierten Freunde bei.«

Goethes Blick verfinsterte sich. »Die beiden sind nicht meine Freunde, Herr Grimm. Keineswegs. Aber sie sind Verbündete. Seschat und Ptah sind hierhergekommen, um uns im Kampf gegen den Armenier und Spindel zu unterstützen, und ich denke, das sollten auch Sie ihnen hoch anrechnen. Vielleicht wird ihre Hilfe Ihnen einmal das Leben retten.«

Ich erschrak ob des groben Tadels, den der Dichter mir erteilt hatte, gab mir jedoch alle Mühe, es mir nicht anmerken zu lassen. »Bleibt trotzdem die Frage, wo die beiden in der vergangenen Nacht waren.«

»Das kann ich Ihnen sagen.«

»Nun denn – wo?«

»Bei mir, Herr Grimm«, entgegnete Goethe mit einem Unterton von Zorn. »Seschat und Ptah waren die Nacht über mit mir zusammen, wir haben gemeinsam überlegt, wie gegen unseren Feind vorzugehen sei.«

Schamröte schoß mir ins Gesicht. Ich wußte nicht, was ich darauf hätte erwidern können.

Statt dessen fuhr Goethe in respekterheischendem Tonfall fort. »Seien Sie fortan weniger schnell mit Ihren Urteilen, mein junger Freund – bevor Sie damit die einzigen Gefährten vergraulen, die wir in diesem Kampf besitzen. Und nun gehen Sie bitte!«

Ohne ein weiteres Wort verließ ich an Jacobs Seite den Salon. Die Männer und Frauen an der Tür waren längst verschwunden. Schweigend gingen wir durch menschenleere Flure zurück auf unser Zimmer.

Drinnen warf Jacob sich aufs Bett und starrte nachdenklich ins Leere. Auch ich wollte mich setzen und strich zuvor das Laken glatt.

Da sah ich sie.

Löcher in der Decke, beinahe ein Dutzend, jedes so groß wie mein halber kleiner Finger.

Gegen meine Erstarrung und mein Entsetzen ankämpfend, hob ich die Decke an zwei Enden hoch und spannte sie zwischen den Händen. Die Löcher waren nun nicht mehr zu übersehen. Die grauenvolle Erkenntnis ihrer Bedeutung schoß wie Eiswasser durch meine Adern.

Jacob setzte sich schlagartig aufrecht. Jemand war in unsere Kammer eingedrungen und hatte versucht, uns im Schlaf zu erdolchen. Zweifellos mußte dies in der Dunkelheit geschehen sein, denn der Mörder hatte bereits mehrfach zugestochen, ehe er bemerkte, daß die Betten leer waren. Der einzige Zeitraum aber, der dafür in Frage kam, war die Nacht. Plötzlich kümmerte mich nicht mehr, daß Jacob erfahren würde, daß ich ihm gefolgt war.

Ein anderer Gedanke stach wie ein Pflock in mein Hirn.

Der Mörder hatte es nicht wirklich auf den Baron abgesehen. Zbigniew war seine zweite Wahl gewesen, als er die eigentlichen Opfer nicht in ihrem Zimmer fand.

Der Anschlag hatte uns gegolten.

Jacob und mir.

* * *

Die Stunden bis zum Nachmittag vergingen träge und mit zähem Nichtstun. Wir hatten die Tür verriegelt und mein Bett davor geschoben, so daß wir uns in unserer Kammer leidlich sicher fühlen konnten. Das Grauen darüber, wie nahe wir dem Tod entgangen waren, hielt uns fest in seinem Griff, daher hatten wir beschlossen, im Zimmer auszuharren, statt den nächtlichen Überfall gleich dem Baron zu melden. Was hätte er auch tun können? Ebensogut konnten wir abwarten und den anderen später im Tempel Bericht erstatten. Mir schien es derzeit keinen behüteteren Ort zu geben als diese Kammer; jeder Schritt auf den Gängen mochte hingegen der letzte sein.

Ich versuchte nicht, mich herauszureden, als Jacob den Grund meiner nächtlichen Abwesenheit erfragte. Statt dessen sagte ich ihm die Wahrheit und begründete die Verfolgung mit meiner ehrlichen Sorge um sein Wohlergehen. Er schien dafür Verständnis aufzubringen, ja, er war sogar ein wenig gerührt, daß ich die Strapazen des unterirdischen Weges in völliger Dunkelheit auf mich genommen hatte. Schließlich umarmten wir uns und schworen einander erneut ewige Freundschaft und Brüderlichkeit.

Der Baron hatte dafür gesorgt, daß das Leben im Schloß trotz der Ereignisse seinen gewohnten Gang nahm, und so erklang gegen Mittag eine Glocke, welche allen die Essenszeit signalisierte. Wir aber wußten, was dies für uns zu bedeuten hatte: Wir würden das Zimmer verlassen und uns auf den Weg zum Tempel machen müssen. Schmerzlich wurde mir bewußt, daß wir nicht einmal ein Messer unser eigen nannten; wir würden dem Meuchelmörder im Falle eines erneuten Anschlags wehrlos in die Arme laufen. Insgeheim hatte ich gehofft, Zbigniew würde Wachen zu unserer Sicherheit abstellen, doch die Zahl seiner Männer war begrenzt – nach den Morden mehr denn je –, und in der Tat schien es wichtiger, Vogelöd gegen einen möglichen Angriff von außen zu schützen.

So also nahmen wir all unseren Mut zusammen, schoben das Bett beiseite, entriegelten die Tür und traten zögernd hinaus auf den Gang. Niemand war zu sehen, nicht ein Laut drang an mein Ohr. Keine Menschenseele schien sich in diesem Teil des Schlosses aufzuhalten. Kein Wunder, denn alle Gäste würden sich im Speisesaal zum Essen versammelt haben.

Noch immer wußten wir nicht, wo Goethe und die falschen Ägypter untergebracht waren. In diesem Trakt jedenfalls schienen sie sich nicht aufzuhalten, denn dann wären wir ihnen zweifellos auf dem Weg in die Kellergewölbe begegnet. Jacob und ich sprachen kein Wort miteinander, aus Angst, der Armenier könne hinter der nächsten Biegung lauern.

In der unterirdischen Halle brannten mehrere Öllampen; offenbar hatten Goethe oder der Baron selbst sie hier aufgestellt, um uns den Weg zu weisen. Ich nahm eine davon zur Hand und leuchtete den Geheimgang aus, der unter dem Schloß und dem Wald hindurch in das verborgene Tal führte.

Unbehelligt erreichten wir die andere Seite, durchschritten den

Felsspalt und standen schließlich inmitten der Ruinen. Bei Tag wirkten die Säulen, Büsten und Standbilder – selbst die zerbrochenen – überaus beeindruckend. Es war tatsächlich, als ließe man die Gegenwart hinter sich zurück und betrete ein Stück längst vergangener Geschichte. Über den umliegenden Gipfeln sammelten sich Regenwolken, leuchtend in einem giftigen Gelbgrün. Die Luft war feucht und schwer, und das Gras zu unseren Füßen tropfte vor Nässe, obwohl es während der vergangenen Stunden nicht geregnet hatte.

Natascha erwartete uns am Eingang und bedeutete uns stumm, ihr zu folgen. Als wir das einstige Badgewölbe betraten, warteten die anderen bereits auf uns. Goethe saß am Rand von Elisas Liege und flüsterte mit ihr, während Seschat und Ptah stocksteif und schweigend einige Schritte von ihnen entfernt standen. Andrej wachte mit aufmerksamem Blick am Fußende von Elisas Liege. Auch Zbigniew war schon da, er stützte sich am Beckenrand ab und schenkte uns ein aufmunterndes Lächeln. Natascha nickte uns zu und ging dann wieder hinaus, um am Tor Wache zu stehen. In ihrer Obhut fühlte ich mich ungewohnt sicher, und ein Großteil der angsterfüllten Spannung der letzten Stunden verflog.

Goethe beendete sein leises Gespräch mit Elisa und setzte sich aufrecht. »Nun, dann sind wir also alle beisammen. Wie Sie wissen, müssen wir eine Entscheidung fällen, und zwar ohne langes Zögern und Abwägen, sonst könnte es für uns alle zu spät sein.«

Ich räusperte mich. »Ich verstehe, daß Sie zur Eile drängen, Herr Goethe. Trotzdem muß ich für einen Augenblick um Ihr Gehör bitten …« Ohne mich vom mahnenden Blick des Dichters beeindrucken zu lassen, fuhr ich fort, ihm von dem Anschlag auf unser Leben zu berichten. Mit jedem Wort schwand ein Stück seines Unwillens, und Besorgnis erschien statt dessen auf seinem Gesicht. Auch die übrigen schienen erschüttert, mit Ausnahme der beiden Logenpriester: Seschat und Ptah verzogen wie üblich keine Miene.

»Und Sie sind sicher, daß es Messerstiche waren, die Sie in Ihrem Bettzeug fanden?« fragte Zbigniew.

»Vollkommen«, erwiderte Jacob.

Der Baron schüttelte verzweifelt den Kopf. »Wie weit ist es gekommen, daß ich nicht einmal mehr für die Sicherheit meiner Gäste garantieren kann ...«

Goethe versuchte, das Leid des Barons zu lindern. »Der Armenier ist keine Gefahr wie alle anderen, Herr Baron. Niemand kann Ihnen einen Vorwurf machen. Tun Sie weiter, was in Ihren Kräften steht, mehr wird keiner verlangen.«

Erstmals ergriff jetzt Seschat das Wort. Sie klang ungeduldig. »Wir kamen hierher, um einen Beschluß zu treffen. Die Zeit drängt, und zumindest in diesem Tempel scheinen wir alle sicher zu sein. Laßt uns also beginnen.«

Mir mißfiel, mit welcher Gleichgültigkeit sie die Gefahr für unser Leben abtat. Und doch – möglicherweise hatte sie recht. Hier würde uns nichts geschehen, und jede Minute war kostbar.

»Wir sollten uns in einem bestimmten Punkt klarwerden«, sagte Goethe in die Runde. »Ist es unser vordringlichstes Ziel, den Armenier für seine Taten zu bestrafen und ein für allemal auszulöschen? Oder sollte es nicht vielmehr unser aller Bestreben sein, die Rezeptur des Steins der Weisen zu vernichten? So sehr ich auch gehofft hatte, beides auf einen Streich angehen zu können, so sehr hat diese Hoffnung doch getrogen. Der Armenier ist hier in Vogelöd, und hier müssen wir ihn schlagen. Die Rezeptur aber befindet sich offenbar in den Händen des Fräuleins von Brockdorff, auf dem Weg nach Burg Stolpen. Zweifellos wird sie versuchen, jenen Ort zu erreichen, an dem auch ihre Großmutter den Geheimnissen der Alchimie nachging. Und wer weiß, vielleicht hat sie die Festung längst erreicht?«

Dachte er wirklich, ich würde zulassen, daß man Anna etwas zuleide täte? Glaubte er, mich so leicht von seinen Zielen zu überzeugen, daß ich meine Liebe vergaß und das Mädchen, an dem mein Herz mit aller Glut hing, als Feindin akzeptierte? Sollte es tatsächlich zu einem Aufbruch in Richtung Stolpen kommen, würde ich mich Goethe anschließen – allerdings um zu schlichten, nicht um Anna ein Leid zuzufügen. Mit der Kraft meines Lebens wollte ich um sie kämpfen, ganz gleich, was sie verbrochen hatte. Sie war keine grausame Mörderin, daran mochte ich noch immer nicht glauben. Der bloße Gedanke daran erschien mir wie Irrsinn.

Elisa wollte etwas sagen, doch Seschat riß das Wort an sich. »Die Ägyptische Loge schert sich nicht um Ihre Rezeptur. Der Armenier hat mehr als einmal versucht, unseren Zirkel in Mißkredit zu bringen. Unser einziges Ziel ist es, ihn dafür zu strafen, koste es, was es wolle. Der Stein der Weisen interessiert uns nicht.«

Gleich mehrere der Anwesenden wollten widersprechen, doch merkwürdigerweise war es Ptah, der allen anderen zuvorkam. Er sprach Polnisch, so daß ich keines seiner Worte verstand, und doch war es ein leichtes zu erkennen, daß er Seschats Meinung keineswegs teilte. Sein Tonfall war heftig und befehlsgewohnt, und so entbrannte schon einen Augenblick später zwischen den beiden Venerablen ein handfester Streit.

Goethe hörte sich das Gezänk der falschen Ägypter eine Weile lang an, dann ging er zornig dazwischen. »Hören Sie auf!« befahl er knapp. An den Baron gewandt, sagte er: »Zbigniew, was denken Sie? Braucht Vogelöd unsere Unterstützung gegen den Armenier?«

Der Baron hatte während der vergangenen Minuten den Blick betrübt zu Boden gerichtet, doch nun sah er langsam auf. »Glauben Sie denn wirklich, der Armenier werde auch nur eine Minute länger hier verbringen als Sie selbst? Reisen Sie zur Festung Stolpen, so wird er Ihnen folgen, und Vogelöd wäre gerettet. Deshalb verzeihen Sie meine Unhöflichkeit, doch ich werde fünfzig Rosenkränze beten, wenn Sie und Ihre Freunde uns endlich verlassen haben.«

Elisa lachte leise. »Bitten Sie nicht um Entschuldigung, Zbigniew. Hier ist keiner unter uns, der Sie nicht versteht. Doch in einem muß ich Sie enttäuschen: So gerne ich diesen Ort verlassen würde, so bin ich doch daran gefesselt. Seit dem Überfall auf meine Kutsche kann ich meine Beine nicht bewegen. Erlauben Sie mir also, Ihre Gastfreundschaft noch ein wenig länger zu beanspruchen.«

Zbigniew nickte mit mildem Lächeln. »Glauben Sie etwa, ich würde eine Freundin verstoßen?«

Ptah sagte etwas auf Polnisch, das Goethe für uns andere übersetzte. »Ptah glaubt ebenfalls, daß es am besten sei, dem Stein der Weisen zu folgen. Er sieht darin die Wurzel allen Übels.« Der Logenpriester nickte und fügte noch etwas hinzu. Goethe erklärte: »Ptah meint, falls der Stein einmal vernichtet sei, werde der Armenier sich von selbst zurückziehen. Es könne nicht unsere Aufgabe sein, ihn zu bestrafen.« Der Dichter blickte voller Besorgnis in die Runde: »In der Tat entspricht dies auch meiner Auffassung.«

Seschat widersprach erneut: »Allein Feigheit ist es, die euch von hier forttreibt. Der Armenier muß sterben, es gibt keine andere Wahl.«

»Laßt uns abstimmen«, sagte Elisa.

Das taten wir, und das Ergebnis war eindeutig. Mit Ausnahme Seschats stimmten alle dafür, Vogelöd zu verlassen und zur Festung Stolpen zu reisen. Die Priesterin starrte mit versteinerter Miene ins Leere, würdigte auch ihren Gefährten keines Blickes; offenbar fühlte sie sich von ihm schändlich hintergangen.

Goethe sah Jacob und mich mit freundlichem Gebaren an. »Ihre Aufgabe, meine Herren, ist längst beendet. Niemand wird Sie darum bitten, Ihr Leben weiterhin für unsere Sache aufs Spiel zu setzen.«

»Ich glaube, Ihr unterschätzt uns«, entgegnete Jacob kühn. »Mehrfach hat man uns in dieser Angelegenheit beinahe getötet, so daß wir unseren Weg nur schwerlich abbrechen können, ohne am Ausgang der Ereignisse teilzuhaben.« Die Neugier, wie der Kampf um die Rezeptur enden mochte, hätte ihn ein Leben lang verfolgt, würde er nicht selbst Zeuge der Entscheidung sein. Zudem schien ihn auch die Frage zu martern, ob der Stein tatsächlich die ihm zugeschriebenen Kräfte besaß, widerstrebte doch der Glaube daran zutiefst seiner ehernen Vernunft.

Ich selbst verhielt mich ruhig. Alles war mir recht, so lange es mich nur in Annas Nähe führte. Wie hätte ich da gegen die Reise stimmen können?

»So also soll es sein«, verkündete Goethe. »Ich selbst, die Brüder Grimm und Ptah werden Anna von Brockdorff folgen. Und ich wäre froh, wenn auch Sie, Seschat, sich uns anschließen würden.«

Die Logenpriesterin nickte mürrisch. Allein hatte sie ohnehin keine Möglichkeit, den Armenier zu bezwingen. Vielleicht hoffte sie auch, Zbigniew habe recht und der verhaßte Feind würde uns auf unserem Weg nach Westen folgen; ein offener Konflikt, wie sie ihn sich wünschte, wäre damit unvermeidlich.

Elisa ergriff das Wort. »Auch wenn ich selbst hierbleiben muß, so sollen euch doch Andrej und Natascha folgen. Ihre Treue und Geschicklichkeit werdet ihr eher benötigen als ich.«

Ich bemerkte, wie ein Schrecken über das Gesicht des stummen Dieners zuckte. Er sah seine Aufgabe offenbar an der Seite seiner Herrin, nicht an der unseren, doch selbst in diesem Augenblick respektierte er Elisas Entscheidung. Ich fragte mich im stillen, ob Natascha, die mir um einiges empfindsamer schien als Andrej, die Weisung der Gräfin ebenso ruhig befolgen würde.

Mit einigen aufmunternden Worten hob Goethe die Versammlung auf. Am kommenden Morgen wollten wir Vogelöd verlassen und in westliche Richtung ziehen. Ptah und Seschat, Andrej und Natascha, Jacob, ich selbst und natürlich Goethe – eine merkwürdige Gruppe.

Da ahnte ich noch nicht, daß zwei von uns die Reise nie antreten sollten.

* * *

Erneut war es Geschrei, das meiner Nachruhe ein abruptes Ende setzte. Bevor ich noch vollkommen erwachte und mich in meinem Bett aufsetzen konnte, wurde bereits die Tür aufgestoßen, und der Wachmann, den der Baron zu unserem Schutz auf dem Gang abgestellt hatte, sprang aufgeregt herein.

»Ein neuer Mord«, rief er mit wildem Blick. Er hatte seinen Degen gezogen und fuchtelte damit verwegen in der Luft.

Jacob und ich waren sogleich auf den Füßen und zogen uns geschwind die Kleidung über.

»Wohin, meine Herren?« fragte der Wachmann, der die Tür geschlossen und nun an ihrer Innenseite Stellung bezogen hatte. Offenbar hatte er den Befehl erhalten, uns im Ernstfalle nicht aus den Augen zu lassen. Draußen auf dem Gang ertönte erneutes Brüllen und Fluchen.

»Zum Zimmer des Opfers«, sagte Jacob und schlüpfte in seine Schuhe. Alles hatte bereitgestanden für den frühen Aufbruch am Morgen.

»Wer ist es?« fragte ich mit bebender Stimme.

»Die Priesterin«, erwiderte der Wachmann unsicher. »Jemand erstach sie im Schlaf. Der Mann, den man zu ihrer Sicherheit abgestellt hatte, bezahlte sein Versagen gleichfalls mit dem Leben.«

»Wir müssen zu ihnen«, sagte Jacob bestimmt und drängte den Wachmann grob zur Seite.

»Aber Ihr könnt nicht ...« begann er, doch da waren wir bereits an ihm vorbei und hinaus auf den Gang. Zbigniew hatte uns umquartiert, in der schwachen Hoffnung, der Armenier würde es nicht bemerken, daher befanden wir uns nun in einem anderen Flügel Vogelöds. So schnell wir konnten liefen wir und eilten in jenen Trakt, in dem wir das Zimmer der beiden Venerablen wußten.

Die Tür der Kammer stand offen, und davor drängten zwei Wachleute mehrere Gäste in Nachthemden zurück. Unser eigener Beschützer folgte uns dicht auf den Fersen. Als man uns erkannte, ließ man uns ein.

Goethe kauerte niedergeschlagen über Seschats Leichnam. Der Oberkörper der Priesterin war mit scharfer Klinge regelrecht zerstückelt worden. Dunkles Blut war bis an die Decke gespritzt. Jemand hatte das Fenster geöffnet, doch der eiserne Geruch des Todes hing schwer und übelkeiterregend im Raum. Mein Magen zuckte heftig, als ich die gräßlichen Wunden sah; angewidert wandte ich mich ab. Jacob trat einen Schritt näher – und stolperte dabei beinahe über die Leiche des ermordeten Wachmanns, die man von der Tür ins Zimmer gezogen hatte, um sie vor den Blicken der wißbegierigen Gäste zu schützen. Der Körper war gleichfalls aufs Schrecklichste verstümmelt.

»Wo ist Ptah?« fragte Jacob mit schwacher Stimme.

Goethe sah nicht auf. Er hielt die starren Finger der Priesterin mit beiden Händen umklammert. »Im Nebenzimmer«, sagte er. »Er hat eine Wunde an der Schulter davongetragen und kann kaum sprechen. Offenbar erwachte er von den Lauten, die der Mörder verursachte, als er Seschat so zurichtete. Einer der Gäste ist Arzt, ein Mann namens Grosse, er schlief im Nebenzimmer und kümmert sich um Ptah.«

»Wir kennen ihn«, bemerkte Jacob.

»Wie konnte das geschehen?« fragte ich.

Der Dichter gab sich einer Ratlosigkeit hin, die für einen großen Geist wie ihn mehr als ungewohnt sein mußte. »Niemand weiß es genau. Als Ptah erwachte, muß der Mörder schon im Zimmer gewesen sein. Wie es ihm gelang, den Wachmann zu überwältigen, ist allen ein Rätsel. Die übrigen Wachen sind sicher, daß kein Kampf stattgefunden hat. Anscheinend wurde dem Mann die Kehle durchgeschnitten, ohne daß ihn irgendeine Regung vorwarnte. Finger und Ohren hat man ihm offenbar erst nach seinem Tod abgeschnitten.«

Ich würgte, als ein Schwall bitterer Magensäfte meinen Hals heraufschoß. »Was sollen wir nun tun?«

Goethe sah mich an; Besorgnis trübte seine sonst so klaren Augen. »Wir dürfen nicht länger warten. Noch in dieser Stunde werden wir aufbrechen. Nur so können wir weiteres Unheil von Vogelöd abwenden. Vielleicht gelingt es uns gar, den Armenier auf dem geheimen Weg durch die Wälder abzuschütteln.«

Er hatte die Worte kaum ausgesprochen, als draußen vor der Tür erneutes Geschrei aufbrandete. Der Diener des Barons drängte aufgebracht durch die Menge. Er trug ein langes Nachthemd, sein Haar war zerwühlt. »Alarm!« rief er laut. »Alarm! Furchtbare Nachricht erreichte das Schloß.«

Sogleich war alles auf den Beinen – außer den Toten, versteht sich.

»So redet doch«, verlangte Goethe.

Der Diener schnappte nach Luft. »Der irre Alte, Ihr wißt doch, der Soldat aus dem einstigen Wirtshaus im Wald ...«

»Ja, ja«, sagte Goethe ungeduldig. »Weiter, sprecht weiter!«

»Er ist hier, kam angeritten auf einem fremden Pferd. Sagt, er hätte es gestohlen, von vielen Männern, die in der Ruine des Gasthauses Rast gemacht hätten. Männer in Umhängen, bewaffnete Männer. Auf dem Weg nach Vogelöd.«

»Spindel!« entfuhr es mir.

Goethe schien diese Entwicklung längst erwartet zu haben. »Er wird versuchen, das Schloß von außen anzugreifen, während sein Herr hier im Inneren für Unruhe sorgt. Er muß mit seinen Männern auf einem Lastenschiff über den Fluß gekommen sein. Offenbar ist ihre Geduld am Ende. Sie wollen das Manuskript, jetzt und hier.« Er trat hinaus auf den Gang. »Kommen Sie mit.«

Wir folgten dem Diener in eine der Bibliotheken im Erdgeschoß. Der alte Deserteur saß in einem Ledersessel, ein Küchenmädchen im Morgenrock reichte ihm heißen Tee. Mit zitternden Fingern nahm er die Tasse entgegen. Als er trank, liefen Tropfen über sein zerfurchtes Kinn wie über eine rauhe Felskante.

Wir begrüßten ihn, doch in seiner Aufregung schien er uns nicht zu erkennen. Neben dem Sessel lehnte ein uralter Säbel in metallener Scheide.

»Wie viele Männer haben Sie gesehen?« fragte Goethe.

Der Alte hustete. »Ein halbes Dutzend. Waren ein halbes Dutzend. Oder ein ganzes. Vielleicht auch mehr.«

Die Angewohnheit des Mannes, seine Worte zu wiederholen, verunsicherte Goethe einen Augenblick lang, dann fragte er: »Das Pferd, auf dem Sie hierherkamen, gehörte den Männern?«

»Hab's ihnen gestohlen, gestohlen hab ich's.« Der Mann kicherte.

Hinter uns wurde die Tür aufgestoßen. »Konrad«, ertönte die Stimme des Barons, als er neben uns trat und dem Alten kraftvoll die Hand schüttelte. Der Küchenmagd gelang es gerade noch, die Tasse zu ergreifen, sonst hätte Konrad den Tee wohl vergossen.

»Du bringst schlechte Nachricht«, sagte Zbigniew.

Der Alte kicherte abermals. »So sieht es aus, ganz so sieht ...«

Goethe fiel ihm unwillig ins Wort. »Können Sie nicht genauer sagen, wie viele Männer Sie gesehen haben?«

Konrads Augen weiteten sich, rollten rund und groß in ihren Höhlen. »O ja«, sagte er. »Zehn waren's. Zehn und ihr Anführer.«

»Es geht also doch«, bemerkte ich leise.

Jacob nickte erleichtert.

Goethe wandte sich an den Baron. »Wie viele Wachmänner haben Sie hier im Schloß?«

»Abzüglich der drei, die bereits ihr Leben ließen, sind es noch sechs. Hinzu mag der eine oder andere waffenfähige Gast kommen.«

Ich erinnerte mich an die Männer, die ich in den Bibliotheken über ihre Bücher gebeugt gesehen hatte; ich bezweifelte, daß sie bei einem Angriff eine große Hilfe sein würden. Gleiches galt für mich selbst und Jacob. Himmel, wir waren Studenten, keine Soldaten.

»Bereiten Sie alles für die Verteidigung vor, Baron«, empfahl Goethe. »Wir werden Vogelöd noch vor dem Angriff verlassen. Vielleicht hält der Armenier seine Männer auf, wenn er bemerkt, daß diejenigen, die er sucht, nicht länger hier sind.«

Der Baron machte sich auf zur Tür, als diese erneut geöffnet wurde, und die nächste Hiobsbotschaft an unsere Ohren drang.

»Noch ein Toter«, rief der Diener völlig außer sich, als er in die Bibliothek stürmte.

»Wo?« brüllte der Baron.

»Am Fuße des Südturms, eine verbrannte Leiche. Ein Wachmann fand den Körper vor wenigen Minuten, da stand er noch in Flammen.«

Sogleich eilten wir los, Zbigniew voran. Im Laufen gab er dem Diener Befehle, wie die Verteidigung Vogelöds auszurichten sei. Wir stiegen über eine enge Wendeltreppe einen fensterlosen Schacht hinab und gelangten schließlich zu einer schweren Tür aus Eichenbohlen. Das Schloß sah aus, als habe man es seit Jahren nicht mehr geöffnet, dick verkrustet von Rost und Grünspan. Trotzdem ließ es sich nach einigem Rucken und Zerren öffnen. Dahinter lag ein enger Zwischenraum, kaum breiter als ein Schritt, dann folgte eine zweite Tür. Durch sie traten wir vorsichtig ins Freie. Ein Wachmann, dem Zbigniew auf dem Weg hierher befohlen hatte, uns zu folgen, ging mit gezogenem Degen voran.

Die Morgendämmerung war angebrochen, Helligkeit floß träge über die Baumwipfel. Tief in den Wäldern pfiff der Wind durchs Gehölz. Schon nach wenigen Schritten fanden wir im hohen Gras am Fuß der dunklen Schloßmauern den verkohlten Leichnam. Über uns auf den Zinnen stand ein weiterer Wachmann; offenbar jener, der den Toten entdeckt hatte.

Von der Leiche war tatsächlich kaum mehr geblieben als ein pechschwarzes Gerippe. Winzige Flammen tanzten noch auf dem haarlosen Schädel. Es roch nach verbranntem Fleisch. Die umliegenden Grashalme waren mit dunklem, fettigem Ruß bedeckt. Hier und da glomm in den entsetzlichen Überresten noch ein Funken. Das Feuer konnte noch nicht allzu lange zurückliegen.

Goethe beugte sich inspizierend vor. Ich fürchtete schon, er wolle den furchtbaren Leichnam berühren, doch er rümpfte lediglich angewidert die Nase und stand auf. »Wer könnte das gewesen sein?«

Jacob meldete sich mit einem Räuspern zu Wort. »Erlauben Sie, daß ich eine Theorie vorbringe.«

Ich seufzte leise, mein Bruder hatte wieder seine Gelehrtenmiene aufgesetzt.

»Der Armenier hat es mit seinen Morden offenbar darauf abgesehen, uns zu verunsichern. Der Anschlag auf den Baron, Seschats schreckliche Wunden, die Verstümmelungen des Wachmanns – alles Inszenierungen, um uns in Angst und Schrecken zu versetzen. Wäre der Anschlag auf meinen Bruder und mich gelungen, hätten Sie uns sicherlich in ähnlich unerquicklichem Zustand gefunden.« Er lächelte schwach, fast ein wenig verlegen. »Dieser Tote hier aber sollte doch offensichtlich unentdeckt verschwinden. Er wurde vom Turm gestoßen oder aber hier unten abgelegt, an einer Stelle also, wo man ihn wahrscheinlich nie gefunden hätte, wären dem Wachmann nicht die Flammen aufgefallen. Was also kann den Mörder veranlaßt haben, diesen Toten möglichst unauffällig beiseite zu schaffen, statt ihn, wie all die anderen, gleich vor unseren Augen umzubringen?«

»Eine interessante Frage«, sagte Goethe anerkennend. »Sicher haben Sie auch bereits eine Antwort darauf.«

Jacob lächelte erneut. »Es gibt nur zwei Möglichkeiten. Entweder, der Tote war dem Mörder im Weg, ohne daß ein direkter Zusammenhang zu uns bestand. Oder aber derjenige, der diese

Leiche auf dem Gewissen hat, ist nicht dieselbe Person, die Seschat und die anderen tötete.«

»Zwei Mörder?« fragte ich erstaunt.

»Möglicherweise«, pflichtete Goethe meinem Bruder bei.

Jacob fuhr fort. »Ist es nicht möglich, daß der Mann, der den Anschlag auf den Baron verübte und beim Attentat auf Wilhelm und mich versagte, gar nicht der Armenier selbst war? Was, wenn unser Feind einen seiner Gefolgsleute hierher schickte, der das Bootshaus zerstören und die ersten Morde verüben sollte?«

»Warum hätte er das tun sollen?« fragte Zbigniew.

»Das liegt auf der Hand«, erwiderte Jacob. »Der Armenier ist in eine Identität geschlüpft, die es ihm nicht erlaubte, vor einem bestimmten Zeitpunkt nach Vogelöd zu kommen – ansonsten hätten wir seine Maskerade durchschaut. Als er jedoch schließlich hier eintraf, mußte er feststellen, daß sein Gefolgsmann kläglich versagt hatte: Wilhelm und ich waren noch am Leben, ebenso Sie selbst, Herr Baron. Der Armenier beschloß daraufhin, die Sache selbst in die Hand zu nehmen. Er tötete Seschat – und seinen Schergen, der ihn so enttäuscht hatte.«

Ich deutete auf den verkohlten Leichnam. »Du meinst, das hier ist der Gefolgsmann des Armeniers, den dieser selbst aus dem Weg räumte? Als Strafe, sozusagen?«

»Allerdings«, erwiderte Jacob.

»Einen Augenblick«, sagte der Baron nachdenklich. »Sie meinen, der Armenier sei erst später eingetroffen, in einer Identität, die es ihm unmöglich machte, früher nach Vogelöd zu kommen.«

»Richtig.«

»Dann muß eine der Personen, die während der vergangenen zwei Tage ins Schloß kam, der Armenier sein, nicht wahr?«

»Ja.«

Goethe wurde mit einem Mal kreidebleich. »Aber die einzigen, die während dieser Zeit um Aufnahme baten waren ... gütiger Gott ...«

»Seschat und Ptah«, ergänzte Jacob, »in der Tat.«

Einen Augenblick lang sahen wir uns alle fassungslos an, starr vor Entsetzen, dann stürmten wir wie auf ein stummes Kommando los. Zurück ins Schloß, die Treppe hinauf. »Wo ist Ptah jetzt?« fragte Goethe im Laufen den schnaufenden Baron.

»Zuletzt sah ich ihn in Grosses Zimmer, im Raum neben jenem, in dem Seschat starb.«

Wir rannten wie von tausend Furien gehetzt, erreichten das Ende der Wendeltreppe, liefen entlang der steinernen Flure. Als wir den Gang erreichten, an den das Zimmer der Logenpriester grenzte, waren alle Türen geschlossen. Man hatte die beiden Leichen offenbar abtransportiert, nur noch einige Schaulustige standen beisammen und tuschelten über das Geschehene. Sie sprangen aufgeschreckt beiseite, als sie uns kommen sahen. Vor Grosses Tür blieben wir stehen. Kein Laut drang durch das Holz. Wenn Ptah wirklich der Armenier war, würde er zweifellos auch den Doktor ermordet haben.

Goethe hob langsam die Hand, schob sie über die Klinke.

Jeder von uns schien sich gegen das gleiche Bild des Entsetzens zu wappnen. Noch ein Leichnam, noch mehr Blut.

Im selben Moment wurde die Tür von innen aufgerissen. Goethe sprang mit einem Keuchen zurück.

Grosse sah uns erstaunt aus großen Augen an. Er war fraglos quicklebendig, wenngleich auch er vor Überraschung zusammenfuhr und seine Instrumententasche fallenließ. Ihr Scheppern auf dem Boden war für mehrere Sekunden das einzige Geräusch in der atemlosen Stille.

Erleichterung überkam mich wie die wohltuende Wärme einer Sommerbrise.

»Wo ist der Priester?« fragte Goethe.

Der arme Grosse blickte immer noch in völliger Verwirrung drein. »Nicht hier. Seine Wunde war nicht tief, nur ein Kratzer. Ich riet ihm gleich, an die frische Luft zu gehen.«

»Verdammt«, entfuhr es dem Dichter höchst unpoetisch. »Wissen Sie, wo der Mann hingegangen ist?«

»Auf den Hof, nehme ich an.«

»Kommen Sie«, rief Goethe uns zu und lief zum nächsten Fenster. Über seine Schultern blickten wir hinab in den Innenhof. Niemand war dort unten zu sehen. Nur oben auf den Zinnen standen die verbliebenen Wachmänner und erwarteten mit geladenen Flinten Spindels Angriff. Von Ptah gab es nirgends eine Spur.

Als Goethe sich besorgt umwandte, sagte ich: »Sie erwähnten einen geheimen Weg durch die Wälder. Kennt Ptah ihn?«

Zbigniew schüttelte heftig den Kopf. »Woher sollte er ihn kennen? Nicht umsonst ist der Weg geheim.«

Goethes Gesicht schien in einem einzigen Augenblick um Jahre zu altern. »Mir scheint, ich habe mich eines Fehlers schuldig gemacht«, sagte er leise.

Jacob nickte. Ihm war bereits alles klar. »Sie sagten, Sie seien gestern die ganze Nacht über mit Ptah und Seschat zusammengewesen. Bei dieser Gelegenheit erzählten Sie ihnen von dem Weg, nicht wahr?«

»Ja«, gestand Goethe.

»Was haben Sie getan?« brüllte Zbigniew. »Wie konnten Sie ...« Dann erinnerte er sich, mit wem er da so heftig ins Gericht ging.

»Ich hielt es für das Richtige«, entgegnete Goethe unwirsch. »Die beiden schienen auf unserer Seite zu sein. Es war meine Pflicht, Ihnen den Weg zu verraten.«

»Nun ja«, wisperte ich, »zumindest Seschat war auf unserer Seite ...«

Als er meine leisen Worte vernahm, loderten die Augen des Dichters zornig auf. »Ihre Bemerkungen sind fehl am Platze, Herr Grimm.«

»Vielleicht gelingt es uns noch, ihn aufzuhalten«, meinte Jacob, um der Situation die Schärfe zu nehmen.

Zbigniew schüttelte den Kopf. »Ohne Waffen? Ich kann keinen meiner Wachmänner von den Zinnen abziehen. Jeden Augenblick können Spindel und ...«

Jacob unterbrach ihn. »Wir sind mehrere, Ptah ist allein. Selbst wenn er wirklich der Armenier ist – an Körperkraft ist er uns als Einzelner unterlegen.«

»Sie dürfen dieses furchtbare Wesen niemals unterschätzen«, gab Goethe zu Bedenken, fügte jedoch gleich hinzu: »Allerdings sehe auch ich keine andere Möglichkeit. Der geheime Weg beginnt im Tal der Tempelruine. Um Elisas Willen müssen wir ihm folgen.«

»Was wird aus Vogelöd?« fragte der Baron.

»Sie bleiben hier«, sagte Goethe. »Befehlen Sie Ihren Männern, das Schloß im Falle höchster Bedrängnis aufzugeben.«

»Niemals«, entgegnete Zbigniew. »All die Bücher, das Wissen von zahllosen Generationen ...«

Goethe ließ keinen Einwand gelten. »Spindel hat nicht das mindeste Interesse daran. Er will das Manuskript, und er vermutet es nach wie vor bei uns. Wenn er zu der Erkenntnis gelangt, daß wir nicht mehr im Schloß sind, wird er uns folgen und Vogelöd verlassen.«

Der Baron schien sich widersetzen zu wollen. »Können wir dessen gewiß sein?«

»Nein«, antwortete Goethe knapp. »Aber es ist die einzige Hoffnung, die ich Ihnen machen kann.«

Zbigniew ergab sich voll Trübsinn seinem Schicksal. »Gehen Sie jetzt, Sie alle. Verlassen Sie das Schloß und kehren Sie nie wieder zurück. Ihretwegen wird Vogelöd untergehen.«

Ich glaubte, daß er die Worte in Verzweiflung und Zorn ausgesprochen hatte, doch als mein Blick den seinen kreuzte, erkannte ich, daß sein Ausspruch nichts weiter war als eine prosaische Feststellung.

Wir hasteten hinunter ins Erdgeschoß, eilten zur Treppe, die hinabführte in den finsteren Schlund der Kellergewölbe. Goethe, der voranlief, hatte den obersten Absatz noch nicht erreicht, als draußen ein Schuß die gespannte Stille zerriß. Das nachhallende Donnern ließ mich erbeben. Aufgeschreckt sprang ich an ein nahes Fenster und sah eben noch, wie einer der Wachmänner von den Zinnen hinab auf den Hof stürzte, tödlich getroffen, die Glieder kraftlos wie Lumpenbündel. Spindels Schergen hatten Vogelöd erreicht.

»Kommen Sie, kommen Sie«, drängte Goethe und stürmte die Stufen hinab. Jacob und ich folgten ihm, nur Zbigniew blieb zurück und sah uns finster hinterher.

»Wenn er mich vor die Wahl stellt, Vogelöd niederzubrennen oder Ihren Fluchtweg zu verraten, werde ich die Sicherheit der Bücher wählen«, rief der Baron. »Ich kann nicht anders.«

Noch einmal blieb Goethe stehen. »Ich weiß«, sagte er. »Retten Sie die Bibliotheken. Kommende Generationen werden sie brauchen wie wir selbst.«

»Ja«, erwiderte Zbigniew traurig. »Leben Sie wohl, meine Herren. Und alles Glück der Welt.«

»Auch Ihnen Glück, Herr Baron«, sagte Goethe und tauchte in die moderige Dunkelheit. Ich nickte Zbigniew ein letztes Mal zu, dann blieb er hinter uns zurück. Weitere Schüsse fielen.

»Eilen Sie, eilen Sie!« spornte Goethe uns an. »Vogelöds Verteidigung wird fallen. Schon in wenigen Minuten wird Spindel uns auf diesem Wege folgen.«

Wir erreichten die riesige unterirdische Halle, von der aus die Treppe hinab in den Geheimgang unter dem Wald führte. Während wir durch die Finsternis hetzten, fragte ich mich immer wieder, ob Ptah nicht etwa in den Schatten lauern mochte, um hinterrücks über uns herzufallen, statt vor uns davonzulaufen. Immer wieder versuchte ich, die Dunkelheit mit meinen Blicken zu durchdringen, doch jedesmal erwies sie sich als solide wie eine Mauer aus pechschwarzem Stein.

Am Eingang des schmalen Tunnels lagen die zertrümmerten Überreste zweier Öllampen, ein sicheres Zeichen dafür, daß sich unser Feind tatsächlich vor uns befand, nicht etwa in unserem Rücken. Die Schüsse im Schloß klangen hier unten sehr leise und dumpf, und nach einer Weile waren sie überhaupt nicht mehr zu hören. Ob dies schlichtweg daran lag, daß der Kampf beendet und Vogelöd besiegt war, vermochte ich nicht zu erkennen.

Ohne Lampen, umgeben von samtener Finsternis, tasteten wir uns voran durch den Gang; mir selbst machte es weniger aus als den beiden anderen – war ich doch diesen Weg schon einmal ohne Licht gegangen, vor zwei Nächten erst, als ich Jacob zu den Ruinen folgte.

Einmal blieben wir stehen und horchten in die Dunkelheit, in der schwachen Hoffnung, Ptahs Schritte in der Ferne zu hören, doch da war nichts außer dem hauchzarten Schaben von Rattenkrallen auf Stein. So eilten wir weiter, und meine Bedrückung stieg mit jedem Schritt, mit jedem Stolpern, jedem schmerzhaften Stoß gegen das scharfkantige Mauerwerk. Nie war mir der Tunnel so lang vorgekommen, nie seine Luft so dünn und abgestanden, seine Enge so bedrückend.

Doch wie jeder Alptraum fand auch dieser ein Ende. Wir erreichten den Ausgang und drangen durch das dichte Buschwerk ins Freie. Das fahle Morgengrauen schien mir wie der herrlichste Sommertag, selbst der schmale Felsspalt, den es noch zum Tal des Tempels zu durchqueren galt, barg keine Schrecken mehr nach diesem Marsch durchs schwarze Erdreich.

Als wir hinaus in den verwilderten Garten des Tempels traten, packte uns das Grauen von neuem. Der Anblick, der sich uns bot, stach mir ins Herz, ich erbebte ob der Bosheit des Armeniers – denn daß es sich bei Ptah um eben jenen handelte, daran verlor ich nun den allerletzten Zweifel.

Am Fuße einer kopflosen Steinskulptur lag Andrej in seinem

Blut. Natascha kauerte über dem Gefährten, preßte seinen Oberkörper an ihren Busen und vergoß bittere Tränen. Ihr rotes Haar floß in langen Bahnen über sein Gesicht wie das Blut, das aus einer Wunde an seiner Stirn entwich.

Als wir näher heran eilten, sah ich, daß er lebte. Die Klinge oder Kugel mußte sein Gesicht lediglich gestreift haben, so daß die Verletzung keine tödliche war. Jedoch war auch sein schwarzes Hemd durchtränkt, und ich fürchtete, daß die Wunde in seiner Brust die weitaus gefährlichere war.

Natascha sah auf, als wir neben sie traten, ihr Blick traf den meinen, und ich schaute in einen Abgrund von Trauer. Das stumme Mädchen weinte lautlos; kein Schluchzen entrang sich ihrem verwüsteten Mund. Hilflos versuchte sie, Andrej das Blut mit einem Zipfel ihres Mantels aus der Wunde zu tupfen. Ich ging neben den beiden in die Knie, während Goethe und Jacob, von der Sorge um Elisa getrieben, an uns vorbei ins Innere des Tempels stürzten. Andrejs Augen zuckten in meine Richtung, doch mir war, als schaute er durch mich hindurch. Sanft löste ich Naschas Hand von seiner Brustwunde und knöpfte ihm das blutgetränkte Hemd auf. Darunter hatte eine breite Klinge ein tiefes Loch ins Fleisch gerissen. Unfaßbar, daß der Armenier mit einem Dolch nah genug an diesen kampfgeschulten Recken herangekommen war.

Ich riß einen breiten Streifen aus Andrejs Mantel und bemühte mich, die Verletzung notdürftig zu verbinden. Ich war Student der Rechtslehre, nicht der Medizin, und ich hatte dergleichen nie in meinem Leben getan. Trotzdem hoffte ich, mit Bedacht zu handeln, wenngleich mir wenig wahrscheinlich erschien, daß Andrej bei solchem Blutverlust die nächste Stunde überleben würde.

Natascha streichelte Andrej sanft den Hinterkopf, und erstmals fragte ich mich, in welcher Beziehung die beiden wohl stehen mochten. Waren sie Geliebte, Geschwister oder einfach nur

Gefährten, die ein mitleidsloses Schicksal aneinandergekettet hatte? Elisa mochte die Antwort darauf kennen.

Elisa!

War auch sie –

»Sie lebt«, sagte in diesem Augenblick Jacob, der aus dem Inneren der Ruine zurückgekehrt und hinter mich getreten war. »Offenbar war Ptah nicht einmal bei ihr im Tempel. Sicher wollte er das Tal nur durchqueren, um von hier aus in die Wälder zu gelangen. Andrej muß sich ihm entgegengestellt haben.«

Natascha nickte zur Bestätigung, ohne Jacob und mich dabei anzusehen. Ihr Blick hing gebannt an dem Sterbenden.

»Können wir denn gar nichts für ihn tun?« fragte ich.

Jacob ging gleichfalls in die Knie. »Laß ihn uns in den Tempel tragen. Vielleicht weiß Elisa einen Rat.«

Also hoben wir ihn zu dritt und mit aller Vorsicht vom Boden auf und brachten ihn mit kurzen, langsamen Schritten in den Schutz der Ruine.

»Mein Gott«, stieß Elisa leise aus, als sie unsere todgeweihte Last entdeckte. Sie zog sich auf ihrem Lager in die Höhe, doch die Lähmung ihrer Beine machte ihr ein Aufstehen unmöglich. Trotzdem schob sie sich mit aller Kraft über den Rand der Liege und ließ sich von dort mühsam auf den Boden gleiten. Ehe Goethe bei ihr war, um zu helfen, saß sie bereits mit schmerzverzerrtem Gesicht auf dem Stein.

»Bringen Sie ihn hierher«, sagte sie schwer atmend. »Er soll weich liegen.«

Wir betteten Andrej auf Elisas Lager. Sie reckte den Kopf in die Höhe, um die Wunde betrachten zu können, dann schlug sie betreten die Augen nieder. »Lieber Himmel«, flüsterte sie, »er wollte mich nur beschützen.«

Natascha trat neben sie, deutete auf sich selbst und gab ihr mit einigen Zeichen zu verstehen, daß nun sie alleine auf Elisa achtgeben würde. Die Tränen auf ihren Wangen machten die Szene umso ergreifender, und ich spürte, wie mir selbst ein scharfes Brennen in die Augen stieg. Mit einem heftigen Schlucken wandte ich mich ab. Dabei bemerkte ich auf der anderen Seite des leeren Beckens mehrere gläserne Flaschen, in denen sich eine klare Flüssigkeit befand. Vielleicht Wein, um die Schmerzen zu lindern, dachte ich.

»Spindel und seine Schergen können jeden Moment hier sein«, sagte Goethe betreten. »Wir müssen weiter, dem Armenier folgen, sonst ist alles verloren.«

Natascha öffnete den Mund zu einem stummen Schrei, ergriff Degen und Pistole, die gleich am Bett der Gräfin lagen, und stürmte aus der Katakombe hinaus ins Freie.

»Halten Sie sie auf, um Gottes willen!« rief Elisa erregt. »Sie alle werden Nataschas Hilfe noch brauchen.«

Noch ehe einer der anderen sich rühren konnte, sprang ich aus dem trockenen Becken und eilte hinter ihr her. Auch Jacob geriet in Bewegung und folgte mir. Gemeinsam stürzten wir in den wilden Ruinengarten.

»Natascha!« schrie ich so laut ich konnte.

Das stumme Mädchen drehte sich nicht um. Ihr langer Mantel wogte wie eine schwarze, windgepeitschte Brautschleppe. Nur noch ein Dutzend Schritte trennten sie von dem Felsspalt am Ausgang des Talkessels, als die Dunkelheit vor ihr zum Leben erwachte. Finstere Gestalten in schwarzen Kapuzenmänteln lösten sich aus dem Einschnitt zwischen den Felsen, und allen voran betrat Spindel das grüne Tal. Mir war, als verstummte im gleichen Augenblick das Singen der Vögel – eine Täuschung, ohne Zweifel, und doch war es, als sammelte sich in dem Garten der fauchende Atem der Bosheit wie glühende Lava in einem Vulkankrater kurz vor dem Ausbruch.

Natascha ging sogleich zum Angriff über. Sie feuerte ihre Pistole in die Richtung der Finsterlinge ab und streckte jenen neben Spindel nieder. Brüllend fiel der Mann zu Boden und blieb röchelnd liegen, ein zuckendes Bündel im hohen Gras. Auch Natascha schrie nun auf, aber es war ein Kampfschrei aus Zorn und Courage, ein Laut, wie ihn der Löwe im Dschungel ausstoßen mag, wenn er seine Jungen verteidigt. Sie schleuderte die nutzlose Pistole beiseite und stürmte mit dem Degen voran gegen Spindel. Der zog mit der einen Hand seine eigene Klinge, mit der anderen aber warf er seinen breitkrempigen Hut beiseite; doch falls er gehofft hatte, die Angreiferin mit den Tätowierungen auf seinem Schädel aus der Fassung zu bringen, so hatte er sich getäuscht. Erstaunen lag in seinen Zügen. Nataschas Vorstoß war so heftig, daß er gar einen Schritt zurückweichen mußte, um genügend Raum zur Parade zu finden. Dabei drängte er unabsichtlich das halbe Dutzend seiner Schergen zurück in den Felsspalt.

Spindels Heiligengesicht verzerrte sich vor Wut, und er führte einen fürchterlichen Hieb gegen Natascha, dem sie geschickt entging, dabei aber zurückweichen mußte. Ihr Kontrahent verließ nun endgültig den Spalt und verwickelte das Mädchen in ein mörderisches Geflecht aus verwegenen Attacken und kühnen Paraden. Die Mäntel der beiden Kämpfenden wogten, ihre zuckenden Klingen spien Funken.

Entsetzt bemerkte ich, wie sich Spindels Schergen daranmachten, gleichfalls aus den Felsen zu treten. Da stand plötzlich Goethe neben uns. »Hier, nehmen Sie das und schleudern Sie es mit aller Kraft in den Spalt.«

In beiden Händen hielt er je eines der Glasgefäße aus dem Tempel, die ich für Weinflaschen gehalten hatte. In den Öffnungen steckten Stoffetzen, von deren Rändern winzige Flammen leckten. Es blieb keine Zeit, nach Sinn und Zweck zu fragen. Ohne Zögern nahm ich eine der Flaschen, Jacob ergriff die andere. Und während die finsteren Gestalten sich noch anschickten, das Tal mit ihrer Tücke zu fluten, warfen wir ihnen die Gefäße entgegen.

Nun, ich erwähnte schon zu Anfang meines Berichts, daß die Tugenden der körperlichen Ertüchtigung immer eines unserer Steckenpferde gewesen waren. Wir hatten flinke Beine, die uns schnell voran und weit in die Höhe trugen; und auch unseren Armen fehlte es nicht an Wurfkraft und Zielsicherheit. So rasten beide Flaschen in flachen Bögen auf die Feinde zu. Die Zeit schien zu gefrieren, so genau vermochte mein Blick ihrem Flug zu folgen. Allein der Aufprall blieb mir verborgen, denn in jenem Moment, als die Gefäße am Boden zerschellten, schoß aus ihnen eine lodernde Feuersbrunst wie die arabischen Dschinnen aus ihren magischen Flaschen. Ein ohrenbetäubender Donner ließ das Tal erbeben, als gleißende Flammenzungen wie die Fangarme eines Riesenkraken um sich griffen. Eine mächtige Faust aus Glut und Rauch fegte durch die Bäume und Ruinen, stieß uns zu Boden und brachte hier und da eine Statue zum Einsturz. Die Felswand wurde mehrfach gespalten, Steintrümmer prasselten herab und hämmerten mit grausamer Gewalt ins Erdreich, begruben alles unter sich, das lebte. Noch lange, nachdem das schreckliche Krachen verhallt war, wogte der Rauch wie Nebel durch das Tal und erlaubte kaum mehr als fünf, sechs Schritte freie Sicht. Alles, was dahinter war, verschwand hinter grauen Vorhängen.

Ich lag auf dem Bauch, die Finger schützend am Hinterkopf verschränkt, als eine Hand meine Schulter schüttelte.

»Alles in Ordnung?« fragte Jacob besorgt.

Ich blickte auf und sah, daß er neben mir kauerte, Ruß auf Kleidung und Gesicht. Er schien nicht verletzt zu sein, auch ich selbst spürte keinen Schmerz. Mein Herz pumpte mit aller Kraft, meine Beine und Hände zitterten, doch Wunden oder Knochenbrüche hatte ich offenbar keine davongetragen.

Zwei Schritte hinter uns löste sich Goethe hustend aus der Deckung einer freistehenden Steinsäule. Wäre die Explosion um eine Winzigkeit heftiger gewesen, hätte ihr Gluthauch zweifellos auch dieses Monument gefällt und den Dichter darunter begraben. Er hatte Glück gehabt; doch hatten wir das nicht alle?

Mühsam zogen wir uns auf die Füße. Spindel und seine Schergen waren hinter den Rauchschwaden verschwunden. Ich hoffte innigst, daß die Felsbrocken sie alle unter sich begraben hatten. Hätte mir jemand nur wenige Wochen zuvor erklärt, daß ich einmal einem Menschen den Tod wünschen würde, so hätte ich mich empört von ihm abgewandt; nun aber war das Sterben fast ein alltägliches Geschäft, und es schien mir nicht länger verwerflich, seinen Vorteil auch einmal für unsere Seite zu erhoffen.

»Wir müssen nachsehen, was aus ihnen geworden ist«, keuchte Goethe und stolperte voran in die Nebelwand. Erstmals bewunderte ich ihn für seinen Mut und seine Tatkraft. Himmel, er war fünfundfünfzig Jahre alt – fast das dreifache Alter meiner selbst – und scheute sich nicht, selbst den tödlichsten Gegnern entgegenzutreten! Zugestanden, allzuviel konnte nicht von ihnen übrig sein.

Wo aber war Natascha? Sollte auch sie ein Opfer des explosiven Gebräus geworden sein? Der Gedanke begrub meinen Jubel über den scheinbaren Sieg mit kalter, dräuender Trauer.

Wir taumelten voran in jene Richtung, in der die Felswand liegen mußte. Mächtige Brocken lagen überall verstreut und hatten den vorderen Teil des Gartens in eine zerklüftete Felslandschaft verwandelt. Dort, wo die einst glatte Wand in die Höhe wuchs, hatte sich der schmale Einschnitt zu einem mächtigen Trichter erweitert, angefüllt mit Geröll und riesigen Steinsplittern. Ich mußte eine Weile lang hinsehen, bis ich zu erkennen vermochte, welche Verwüstung die Sprengung tatsächlich angerichtet hatten: An mehreren Stellen ragten zerquetschte Glieder aus den Trümmern, Reste von Kapuzenmänteln wehten im Wind wie schwarze Wimpel bei einer Trauerfeier. Niemand, der sich zum Zeitpunkt der Explosion in dem Felsspalt aufgehalten hatte, war mit dem Leben davongekommen.

Ich blickte zu Boden, und da lag, gleich vor meinen Füßen, Spindels schwarzer Hut. Einen Moment lang kämpfte ich mit dem Drang, ihn aufzuheben und zu betrachten, doch dann ließ ich davon ab. Wer konnte wissen, welcher Fluch selbst auf dem Hut einer solchen Kreatur liegen mochte.

Ein Rascheln zur Linken riß mich aus meiner Benommenheit. Mit alarmierten Sinnen fuhr ich herum und entdeckte einen finsteren Schattenriß, der durch die Schwaden auf uns zu kam. Ich erkannte erst den weiten Mantel, dann das lange Haar. Natascha hob den Kopf und blinzelte uns durch den Rauch entgegen. In einer Hand hielt sie ihren Degen; die Klinge war in der Mitte zerbrochen.

Ihr hübsches Gesicht und das feuerrote Haar waren mit Ruß und Staub bedeckt. Sie blutete aus einer Wunde an der Wange, wo Spindels Degen sie gestreift hatte. Ausdruckslos blickte sie erst auf uns und betrachtete dann den verschütteten Felsspalt. Dann, ganz plötzlich, wirbelte sie herum und versetzte Goethe eine schallende Ohrfeige. Mein Erschrecken verwandelte sich schnell in heimliche Genugtuung. Ich bezweifelte, daß der ruhmverwöhnte Held schon einmal einen solchen Schlag von einem Frauenzimmer hatte einstecken müssen.

Während Goethe sich fassungslos die schmerzende Wange hielt, trat Natascha an ihm vorbei und ging zum Tempel. Nach wenigen Schritten war nur noch ihr Umriß zu sehen.

»Warum hat sie das getan?« fragte Jacob, den diese Tat beinahe ebenso zu schmerzen schien wie den großen Dichter selbst.

In Goethe mußte wilder Zorn lodern, doch er hielt sich im Zaume. »Die Explosion hätte auch ihren Tod bedeuten können. Ich ging dieses Risiko ein, als ich Ihnen die Flaschen gab. Natascha weiß das – und schätzt es freilich nicht allzu sehr.«

»Sie wußten, wie stark die Mischung war?« fragte ich erstaunt. Ich hatte angenommen, auch ihn hätte die entsetzliche Vernichtungskraft der Explosion überrascht.

Er nickte. »Natürlich. Ich war dabei, als Elisa sie abfüllte.«

»Beinahe wären auch wir selbst zerrissen worden«, bemerkte Jacob.

»Auch das war mir bewußt. Hätte ich es nicht getan, wären wir nun tot, und Spindels Leute würden leben. Ist Ihnen dieser Gedanke lieber?« Plötzlich wirkte der Dichter müde und erschöpft.

Wortlos wechselten Jacob und ich einen Blick, dann folgten wir, ohne zu antworten, Natascha zum Tempel. Goethe ging einen Schritt hinter uns. Je mehr wir uns den Ruinen näherten, desto durchscheinender wurde der Rauch, desto klarer die Sicht.

Natascha hatte den Eingang fast erreicht, als sich rechts von ihr etwas bewegte. In einer flinken unvermittelten Bewegung riß sie den zerbrochenen Degen in die Höhe und fing damit wahrlich im letzten Augenblick Spindels vorschnellende Klinge ab. Wie die tödliche Zunge einer Teufelsschlange zuckte die Waffe des Schurken ein zweites Mal vor; ihre Spitze schien Nataschas Schulter nur sanft zu berühren, doch als er sie zurückzog, schoß aus der Wunde ein dünner Strahl von leuchtendem Rot, wie aus einem entkorkten Weinfaß. Das Mädchen schrie nicht auf, stöhnte nicht einmal. Einen weiteren Vorstoß ihres Gegners parierte sie erfolgreich. Doch selbst wenn es ihr gelungen wäre, die tödliche Klinge auf Dauer abzuwehren, so hatte sie doch mit ihrem zerbrochenen Degen keine Möglichkeit, Spindel selbst etwas zuleide zutun. Keinesfalls würde er sie nahe genug an sich heran lassen, so daß sie einen tödlichen Stoß mit der verkürzten Waffe hätte anbringen können.

Die Einsicht ihrer Hilflosigkeit durchfuhr mich wie ein schneidender Schmerz. Wie festgewachsen stand ich da, neben mir Jacob und Goethe in gleicher Erstarrung, den Blick auf die Kämpfenden gerichtet und erfüllt von der furchtbaren Ahnung einer Niederlage Nataschas. Wie lange mochte es ihr noch gelingen, so spärlich bewaffnet den Vorstößen ihres Gegners standzuhalten? Zudem: Sie war verletzt, und obgleich auch Spindel nah am Zentrum der Explosion gestanden hatte, schien ihn doch wenig von ihrer vernichtenden Wirkung getroffen zu haben. Ein ums andere Mal drang er auf Natascha ein, sein Degen ein flirrendes Irrlicht.

Doch trotz aller Heftigkeit seiner Attacken gelang es Natascha immer wieder, den tödlichen Hieben und Stichen zu entweichen. Allmählich begann Spindel die Geduld zu verlieren. Sein jugendliches Gesicht unter dem tätowierten Schädel verzerrte sich zu einer Grimasse der Wut, er geriet außer sich vor Zorn, und seine Angriffe wurden ungestümer. Natascha umkreiste ihn auf der Wiese vor dem Tempeleingang, sprang mal auf ein verfallenes Monument, mal über eine umgestürzte Säule. Trotz ihrer Wunden blieb sie flink und wendig, entfloh ihrem Schicksal mit leichtfüßiger Eleganz, und so es ihr auch nicht vergönnt war, selbst einen fatalen Stich zu setzen, so hielt sie doch auch all die seinen von sich fern.

So mochte es zwei oder drei Minuten gegangen sein, als Spindel mit einem Mal besonders kraftvoll vorwärts stürzte und zu einem furchtbaren Hieb ausholte. Natascha riß erneut ihre Waffe hoch, doch als Stahl auf Stahl traf, riß die Wucht des Schlages ihr den Degen aus der schmalen Hand. Die zerbrochene Klinge sauste rotierend durch die Luft und verschwand in einer wuchernden Dornenhecke.

Spindel lachte triumphierend und riß die Fechthand mit dem Degen zurück, um Natascha die Klinge kraftvoll durch den Leib zu stoßen.

Da ertönte aus dem Eingang der Tempelruine eine Stimme:

»Andrej ist tot!« rief Elisa. Während der vergangenen Minuten mußte sie sich allein mit der Kraft ihrer Arme durch die Katakombe, die Stufen hinauf und zum verfallenen Portal geschleppt haben. Sie lag auf der Seite, ihr Gesicht war schweißgebadet.

Spindel fuhr herum, noch bevor er den tödlichen Stich vollenden konnte, und blickte direkt in die Mündung der doppelläufigen Pistole, die Elisa mit zitternden Händen auf ihn gerichtet hielt. Er riß den Mund auf, dann schnappten schon beide Hähne der Waffe nach unten, und zwei Kugeln zerschmetterten das tätowierte Kreuz auf seiner Stirn. Die Bibelsprüche an seinem Hinterkopf zerrissen unter der Macht der Geschosse. Spindels lebloser Körper wurde zwei Schritte weit fortgerissen, prallte gegen die Statue einer nackten Nymphe und kam an ihrem Fuß zum Liegen. Die Finger seiner rechten Hand öffneten und schlossen sich in unablässiger Folge, als greife er noch im Jenseits nach dem Degen. Dann, endlich, lag er still; nur das Blut glitt weiter wie ein roter Totenschleier über sein Gesicht und gab seinen Zügen den Anschein entsetzlicher Bewegung.

Ich sah, wie Natascha taumelte, als die letzten Kräfte sie verließen. Mit wenigen Sätzen war ich bei ihr und fing sie auf. Ich erwartete, daß sie gegen meine Hilfe protestieren würde, doch zu meinem Erstaunen ließ sie sich von mir stützen. Gemeinsam taumelten wir hinüber zu Elisa, neben der Goethe bereits voller Sorge in die Knie gegangen war.

»Keine Angst«, keuchte die Gräfin schwach, und es gelang ihr auf wundersame Weise zu lächeln. »Mir geht es ganz hervorragend.«

»Sicher« sagte Goethe besänftigend und tupfte ihr mit seinem Gehrock die glühende Stirn.

»Andrej ist tot«, wiederholte sie und streckte die bebende Hand nach Natascha aus. »Komm her, mein Kind.«

Das Mädchen sank neben Elisa zu Boden und ergriff zitternd ihre Finger.

»Nun heißt es Abschied nehmen, nicht wahr?« sagte die Gräfin. »Ihr müßt weiter, auf der Spur des Armeniers nach Westen. Haltet ihn auf. Du, Natascha, wirst mit ihnen gehen. Zbigniews Leute werden mich finden und pflegen. Nach der Explosion sollten sie längst hierher unterwegs sein, aber der Weg über die Berge ist lang und beschwerlich. Und macht euch bitte keine Sorgen um mich – ich habe weit Schlimmeres überstanden.«

Elisas Überzeugungskraft riß uns in ihren Bann; in der Tat war ich damals sicher, daß sie es schaffen würde. Jahre später sah ich sie wieder, und zu jenem Zeitpunkt war nicht nur jede Spur von Schwäche und Erschöpfung, sondern selbst ihre Lähmung verschwunden. Sie war eine außergewöhnliche Frau, und noch heute denke ich oft an sie zurück und bin stolz auf die Bande der Freundschaft, die wir geknüpft hatten.

Natascha protestierte nicht gegen Elisas Entscheidung. Ich hatte mitangesehen, was dieses Mädchen vermochte, und wußte, daß es ihr ein leichtes gewesen wäre, sich auch ohne Elisas Schutz durchs Leben zu schlagen. Und doch akzeptierte sie die Gräfin als Herrin und mit ihr jeden ihrer Beschlüsse. Natascha fügte sich, und sie tat es beglückt und voller Wonne.

Wir betteten Elisa auf dem weichen Rasen (sie bat, so zu liegen, daß sie Spindels Leiche im Auge behalten konnte), während Natascha von neuer Kraft erfüllt hinab in die Ruinen stieg und sich mit Degen und Pistole rüstete. Wir erwogen, einige der wundersamen Flaschen mitzunehmen, doch das Risiko, daß sie unterwegs ohne unsere Absicht explodieren könnten, erschien uns allen als zu groß.

So also zogen wir fort, vergossen Tränen des Abschieds und folgten Goethe auf dem geheimen Weg durch die Wälder, den ich hier – man wird mir verzeihen – aus naheliegenden Gründen nicht wiedergeben mag.

4

Ptah, der Sandmann, Theaterdirektor Ecaterina, Goethes Kammerdiener – sie alle waren Inkarnationen derselben Person, desselben Wesens. All diese Männer – und fraglos viele andere mehr – existierten nur als Masken des Armeniers. Zweien davon war ich selbst begegnet, hatte ihnen ahnungslos gegenübergestanden, und wenngleich ich rückblickend eine unbestimmte

Ähnlichkeit an ihnen festzustellen vermochte, so war dies doch weniger eine Gleichheit der Gesichter als vielmehr eine Verwandtschaft jenseits ihrer Oberfläche. Sicher, beide besaßen schmale, knöchernde Züge, stechende Augen, scharfgeschnittene Lippen; und doch hätte man sie, nebeneinandergestellt, nicht für den selben Mann halten mögen. Ihre eigentliche Übereinstimmung lag fraglos anderswo verborgen. Vielleicht in der Betonung einzelner Worte, in mancher kleinen, unmerklichen Nuance ihrer Sprache, im Zucken ihrer Augenlider, einer unwillkürlichen Bewegung der Finger. Ihre Ausstrahlung war es, die sie zu Brüdern machte, und doch war es unmöglich, dies zu bemerken, während man ihnen begegnete. Erst im nachhinein und von einem Dritten auf den merkwürdigen Umstand ihrer Identität hingewiesen, mochte man die schablonenhafte Verwandtschaft der armenischen Maskeraden entdecken – ein Gefühl, ähnlich jenem, das einen beschleicht, wenn man knapp einem Unglück entgangen und erst später, bei erneuter Rückbesinnung, den wahren, fatalen Ausgang begreift, den die Sache hätte nehmen können.

Goethe, der den Masken des Armeniers selbst mindestens zweimal gegenübergestanden hatte, bestärkte mich in meinen Überlegungen. Zweifellos waren die Identitäten unseres Feindes mehr als schlichte Gebilde aus Puder und Theaterschminke; etwas gestattete ihm, in diese Rollen zu schlüpfen, das ohne Zweifel jenseits unseres eigenen Vermögens der Mimikry lag. Ich erinnerte mich an die Beschreibungen Schillers, an die geisterhafte Allmacht, die er dem Armenier zugesprochen hatte, und mehr und mehr fürchtete ich, daß dessen Kraft weit über das kunstvolle Talent der Verstellung hinausging.

Während eines unserer zahllosen Gespräche, die sich um die seltsame Person unseres Feindes drehten, warf ich die Frage auf, weshalb der Armenier gerade in die Rolle Ptahs geschlüpft war. Nun, meinte Goethe, einen besseren Part hätte er wohl kaum übernehmen können; durch seine Morde als Sandmann habe der Armenier einen furchtbaren Verdacht auf Cagliostros Loge und auf Ptah, also auf sich selbst, gelenkt, wohl wissend, daß die Anschuldigungen letztlich durch die Ehrhaftigkeit Seschats und das zweifellos verschrobene, keinesfalls aber unlautere Ansehen der Loge widerlegt werden würden. Seschat selbst habe nie etwas vom Doppelleben ihres Gefährten geahnt, der die Sicherheit der Loge nutzte, um von hier aus die Fäden seines geheimen Imperiums zu ziehen. Ohne daß irgend jemand außer Ptah selbst davon wußte, wurde der Warschauer Logentempel zum sicheren Halt des Armeniers. Vor allem aber habe er durch den scheinbar falschen Verdacht gegen die Loge das Vertrauen der Weimarer Illuminaten erlangt, was es ihm erlaubte, direkten Einblick in die Absichten seiner Gegner nehmen. Ja, schloß Goethe, fraglos habe es keine Maske gegeben, die den Zielen des Armeniers dienlicher gewesen sei als die des Venerablen Ptah.

Eine Frage blieb trotz allem offen: Wenn doch der Armenier die Macht besaß, ein solches Verwirrspiel in Szene zu setzen, ja, er sogar auf übermenschliche Weise die Identitäten wechselte, was konnte ihm da noch am Stein der Weisen liegen?

Goethe dachte lange über diese Frage nach, und ich glaubte schon, er würde mir die Antwort schuldig bleiben, doch eines Abends, während der Schein des Lagerfeuers gespenstisch über sein Gesicht tastete und in den Wäldern die Wölfe heulten, schürte er meine Neugier mit einer Gegenfrage:

»Was«, so sprach er, »wenn der Armenier das ewige Leben bereits vor langer Zeit in den Tiefen der Wüste gefunden hat? Und was, wenn er den Stein der Weisen nicht begehrt, um die Unsterblichkeit erst zu erlangen, sondern vielmehr, um sie nach all diesen freudlosen Jahren endlich zu beenden?«

* * *

In einer jener unheimlichen Nächte, erfüllt vom prophetischen Flüstern der Wälder und manch geisterhaftem Trappeln im dunklen Tann, da träumte ich von Anna. Manche glauben, der Tod sei ewig jung, in der Tat, doch manche meinen auch, er sei ein Weib, und ob nun etwas Wahres daran ist oder nicht, in jener Nacht glaubte ich mich seinem heißen Atem näher als jemals zuvor. Ach, Jugend, herrliche Jugend, Zeit der Wahnideen und Wirrungen, in deinem Reich, O Juventas, da laß mich einstmals auferstehen!

Anna, die Geliebte, die Göttliche, trat mir entgegen, weiß die Haut und rot der Mund, viel mehr als frauliches Ideal, dies war die höchste, weibliche Natur in unerschöpflicher Fülle. Sie kam mir näher, stillschweigend, nur ein Lächeln auf den Lippen, die Glut der Wollust im Blick, das Haar von den Flammen der Leidenschaft entzündet, glühend rotgeschmiedet in der Esse der Liebe. Was lange in mir geschlummert, kroch hervor, es sprang, es tobte, mitreißend und derwischgleich, mein jubelndes Herz schrie Worte der Sehnsucht in die Nacht. Hitze floß durch meine Adern, meine Arme streckten sich ihr entgegen, sie stieg aus ihrem Kleide, das sie stets so brav verborgen hatte, nun schöner und schöner werdend. Sie schüttelte lachend das Haupt, auf daß ihr Haar schamvoll und doch neckend die herrlich weißen Kuppen ihrer Brüste schützte. Tief atmend enthüllte sie Schenkel wie Elfenbein, so glänzend, so begehrlich, dann ihre Knie, die zarten Füße zuletzt. Endlich ließ sie sich nieder, gleich neben mir, ausgestreckt auf dem harten Lager, das uns gleichsam weich und himmelsgleich erschien. Ihre Lippen gossen Feuer in meinen Mund, züngelnde Flammen der Begierde, ihre Finger fuhren unter meine Kleider, streiften bloße Haut, hinfort mit Stoff und Faden! und her mit ihrem sanften Fleisch auf meinem! und strömend und flutend und brausend ineinander!

Wir fielen durch die Nacht der Glückseligkeit entgegen, gefangen im rasenden Taumel der Leiber. Fiebernd verseufzte ich mein keusches Selbst an ihrem Busen, ergab mich ihrer kunstvollen Führung, verlor alle Kraft zum Widerstand – und warum auch Rebellion gegen so wunderbare Herrschaft? Welche Herrlichkeit da zwischen uns erstrahlte, welche Lust auf mehr uns drängend aneinanderschmiegte! Immer höher schraubten sich die Gefühle, immer länger und brennender wurde die Sucht nach der völligen Vollendung unserer Gemeinschaft, verschlingend, lodernd, ein Strudel in die höchsten Sphären. Schließlich drängte ihr flammender Kuß zurück, was aus mir hervorzubrechen drohte, statt dessen kamen Tränen und stille Seufzer der glücklichen Ermattung.

Dem Traum folgte verschleierte Besinnung, ich sah jemanden von meinem Lager eilen, aber es war nicht Anna, es war das stumme Mädchen, das Haar wie Feuer, die Kleider schnell gerafft. Es war Natascha, und die Hitze aus meinem Herzen schien mit ihr zu entweichen, ließ mich erkaltet zurück wie ausgeglühtes Vulkangestein.

* * *

Nach langer Wanderung, erfüllt von trüben Gesprächen, in denen Goethes Genie sich ein ums andere Mal aufs trefflichste erwies, nach Tagen, in denen wir uns von faden Beeren und Pflanzen ernährten, nach Nächten, die kurz und kürzer schienen, erreichten wir die Warthe, einen Fluß, der sich fern genug von Vogelöd durch die Lande schlängelt, daß ich ihn hier nennen darf, ohne damit die Lage des Schlosses preiszugeben. Ein Fährmann ließ uns übersetzen, und nach einer weiteren Stunde strengen Marsches gelangten wir in eine kleine Ortschaft, die erste Ansiedlung auf unserem Weg, seit wir Vogelöd verlassen hatten. Hier schliefen wir in weichen Betten, aßen gut und reichlich, und Goethe kaufte mit einigen Münzen, die er aus dem Futter seines Gehrocks zauberte, für jeden von uns ein Pferd. Vom Armenier gab es keine Spur, seit Tagen war kein einzelner Reisender vorbeigekommen, wie uns die braven Wirtsleute versicherten.

So also preschten wir weiter, nun durch Gegenden, in denen es leichter fiel, Nahrhaftes zu erwerben und angenehme Orte für die wenigen Stunden der Ruhe zu finden. Wenngleich unser Feind sich durch nichts verriet, so wußten wir doch, daß er uns auf demselben Weg nur wenige Stunden voraus sein konnte, es sei denn, er vermochte ganz auf Schlaf zu verzichten – eine Möglichkeit, die wir als gar zu phantastisch verwarfen; zuletzt war doch auch er nur ein Mensch und litt unter den Bedürfnissen derselben. Der Gedanke hätte uns ermutigen sollen, doch vergebens; die Gefahr, die vom Armenier ausging, machte uns angst und bange, mehr noch der Umstand, daß wir uns ihr notgedrungen stellen mußten. Wahrlich, die Hoffnung auf einen erfreulichen Abschluß dieser Reise war erbärmlich gering.

Was Natascha anging, so war ich noch immer nicht sicher, ob die überirdischen Erlebnisse jener Nacht nun Traum oder Wirklichkeit gewesen waren. Sicher, ich hatte geglaubt zu erwachen, doch was vermochte mir in dieser Sache Sicherheit zu geben? Konnte mein Empfinden nicht gleichsam ein Hirngespinst, ein Wunschtraum eingedenk der baldigen Nähe Annas sein? Was hätte ich Natascha sagen sollen, noch viel mehr, da sie nicht zu antworten vermochte? In jedem Fall hätte ich mich zum Narren gemacht, so daß ich den Zauber der Nacht schließlich als Einbildung abtat. Auch später noch ereilte mich oft die Erinnerung daran und schürte neues Feuer in meinem Kopf und meinen Lenden, doch alle Gedanken daran blieben unausgesprochen, und selbst Jacob habe ich sie nie gestanden.

Getragen von der Kraft unserer treuen Pferde durchquerten wir Schlesien und die weite Oberlausitz, bis wir in eine fremdartige Landschaft aus schauerlichen Felstürmen kamen, furchteinflößenden Graten, die sich hoch aus den Wäldern erhoben, kühn emporgereckt über unseren Köpfen, scharfkantig und dürr wie

Gebeine eines längst vergangenen Riesengeschlechts. Mancher Stein war säulengleich gewachsen, andere wirkten fast wie mächtige Pilze, so knorrig und formlos dräuten sie weit über den höchsten Gipfeln der Bäume. In ihren gespenstischen Schatten zogen wir dahin, erdrückt von ihrer machtvollen Schwere, und doch getrieben von rastloser Unruhe, denn wir wußten, unser Ziel war nah.

Eine letzte Pause gönnten wir uns am Ufer eines sprudelnden Wildbaches, und dabei kam das Gespräch zum ersten Mal auf den ruchlosen Diener des Armeniers, auf Spindel.

»Was bedeuteten die tätowierten Bibelsprüche und das Kreuz auf seiner Stirn?« fragte ich.

Goethe tat einen tiefen Atemzug. »Niemand weiß Genaues über Spindels Herkunft, und nachdem er nun nicht mehr unter uns Lebenden weilt, ist es müßig, darüber zu spekulieren.«

»Verraten Sie uns trotzdem Ihre Vermutung«, bat Jacob.

»Nun«, erwiderte Goethe, »freilich gab es allerlei Gerüchte. Viele glauben, Spindel sei einst ein jesuitischer Mönch gewesen, denn die Jesuiten sind, wie wir wissen, die Verbündeten der Rosenkreuzer. Mag sein, daß er seine Berufung auch über seine Haut nach außen tragen wollte. Manch einer vermutete gar, es handelte sich um göttliche Stigmata, doch die Vorstellung dergleichen erscheint mir höchst zweifelhaft und albern. Die ganze Wahrheit werden wir wohl nie erfahren.«

Wir sattelten unsere Pferde und machten uns an die letzte Etappe des Weges. Schon seit Tagen wucherte die Angst in mir wie eine Geschwulst, sie ließ meinen Körper mehr und mehr erbeben, so daß es mir eben noch gelang, das Pferd sicher entlang der unwegsamen Pfade zu lenken, ohne an einem der tückischen Waldhänge in die Tiefe zu stürzen. Doch nicht nur die Furcht hielt mich in ihrem Bann. Ich wußte, die Stunde rückte näher, in der ich endlich sie wiedersehen würde, meine Anna, Liebe meines jungen Lebens; alle Gefahren, die mit diesem Treffen einhergehen mochten, schienen mir unbedeutend beim Gedanken an ihre zarte Schönheit.

Der Abend brach an, als wir über den letzten Hügel ritten, und vor uns die fahlen Zinnen und Türme der Burg Stolpen aus dem Dämmerlicht erwuchsen. Die Festung, einst finsterer Kerker der Bischöfe zu Meißen, heute nur noch zerfallene Ruine, hockte wie schlummernd auf einer schwarzen Kuppe aus Basalt. Hatte ich insgeheim erwartet, daß schon aus der Ferne die Feuer der Hölle lodern und der Odem des Bösen über den Höfen wabern mochte, so mußte mich der Anblick zwangsläufig ernüchtern. Die zahlreichen Türme und Häuser lagen düster und verlassen da, nichts regte sich auf den Wehrgängen und hinter den blinden Fenstern.

Wir brachen durch das Unterholz, umrundeten rauhe Felssäulen und Blöcke aus Granit, bis wir einen schmalen Weg erreichten, der sich an der Nordseite den Hang hinaufschlängelte und hinter einer Kehre vor dem hohen Festungstor in der Ostmauer endete. Das Tor stand offen, vor uns lag ein Hof im Schatten alter Bauten. Es herrschte drückende, fürchterliche Stille. Nirgends atmete eine menschliche Seele.

Man mag es mangelnde Vorsicht, ja tödlichen Leichtsinn nennen, doch wir betraten die Burg durch das große Tor, wohlwissend, daß niemand von uns – mit Ausnahme Nataschas – ungesehen von außen über die Zinnen oder in einen der Türme hätte eindringen können. Nein, wir waren keine Einbrecher, schon gar keine Kämpfer. Wir waren Gelehrte, nicht mehr, und uns blieb keine andere Wahl, als uns dem Schicksal offen zu stellen.

Klappernd trabten die Pferde in den Hof, der Klang ihrer Hufe auf dem groben Pflaster brach sich vielfach zwischen den hohen Mauern und engen Durchgängen, drang durch mürbes Gestein in Häuser und Türme. Treppenschächte transportierten die Laute in die tiefsten Gewölbe und Kerker, in die höchsten Speicher, in leere Turmzimmer.

Niemand zeigte sich. Niemand trat uns entgegen, nicht mit Worten, nicht mit Waffen.

Da packte mich ahnungsvolles Grauen: Wir kamen zu spät.

* * *

Zum Zeitpunkt meiner Erzählung, zu Beginn des Sommers 1805, hatte Burg Stolpen fast vier Jahrzehnte leergestanden. Nach dem Tod der letzten Gefangenen, der Alchimistin Gräfin Cosel, Annas Großmutter, hatte man die Festung geräumt und die schwermütigen Bauten dem rauhen Wetter des Felsenlandes überlassen. Die Mauern und Dächer verfielen, Stürme heulten durch zertrümmerte Fenster und Tore, und in den einstigen Kerkergewölben der Kurfürsten und Bischöfe nagten Ratten an faulem Gebein. Für die geheimen Versuche einer Alchimistin oder gar das Treiben des Armeniers gab es keinen trefflicheren Ort; wenngleich mich der Gedanke an meine zierliche Anna inmitten dieser Schreckensfeste zutiefst erschaudern ließ.

Wir banden die Zügel unserer Pferde im vorderen Hof an ein rostiges Eisentor. Angstvoll blickten wir uns um. Morsche Dielenböden knirschten, der Wind stöhnte in den Kaminen und Stiegenhäusern, und die eingedrückten Dachstühle knarrten wie der Rumpf eines Schiffes auf hoher See. Die Sonne war untergegangen und streute ihr letztes Licht von jenseits des Horizonts über die Unterseite einer zerklüfteten Wolkendecke, die sich im Gefolge der anbrechenden Nacht über den Himmel ergoß wie eine schwarze Armee. Finsternis eilte im Stechschritt über das Land.

Wir erwogen, uns einstweilen zu trennen und die Festung paarweise zu erforschen, doch die drohende Gefahr durch den Armenier und die Schrecken der baldigen Dunkelheit ließen uns den Einfall verwerfen. Selbst wenn sich meine Befürchtung als wahr erweisen und der Feind die Rezeptur längst erlangt haben sollte, mochte er sich doch noch irgendwo im Inneren des Gemäuers verbergen. Zudem wiesen Jacob und Goethe auf eine Bedrohung durch Anna und Moebius hin, was mir keineswegs einleuchten wollte, ihnen jedoch allerlei Sorgen zu bereiten schien.

So blieben wir beisammen und begannen unsere Spurensuche gleich in jenem schauerlichen Bau, den Goethe über die Dächer hinweg als Hexenturm der Gräfin Cosel erkannte. Natascha lud die Pistole und zog ihren Degen, und obgleich wir übrigen doch Männer waren, ging sie, das schlanke, kampferprobte Mädchen, wacker und voll Kühnheit voran.

In meinem Inneren tobte ein heftiger Widerstreit der Gefühle. Mein empfindendes Ich war im tückischen Spiel eines launenhaften Schicksals gefangen. Anna von Brockdorff, jenes herrliche Zauberwesen, dessen Abbild so tief in meinem Herz begraben lag, lebte hier, an jenem grauenvollen Ort, wo sich bereits ihre Großmutter jahrzehntelang der Schwarzen Kunst ergeben hatte. Noch immer vermochte ich nicht wirklich zu glauben, daß Anna den alten Totengräber und seine Frau ermordet hatte; vielleicht war auch einfach meine Liebe zu groß – man bedenke, es war die erste –, um Annas Schuld vor mir selbst einzugestehen. Daher sah ich die Gefahr, die von ihr ausgehen mochte, als gering, ja als nicht vorhanden an. Hatte nicht Goethe selbst gesagt, daß auch sie mich lieben mußte, und gab es jemanden, der sich im Wissen über das Wesen der Weiber mit dem Dichter messen konnte? Schlimmer als meine Angst vor Anna war meine Sorge um sie, denn ich zweifelte nun nicht mehr, daß der Armenier uns zuvorgekommen und längst auf Burg Stolpen eingetroffen war. Lebte Anna noch? Quälte der Grausame sie vielleicht in diesem Augenblick mit unmenschlichen Foltern, um das Geheimnis der Rezeptur zu erfahren? Fragen, die mir schier die Seele zerrissen und die Furcht um mein eigenes Wohlergehen verblassen ließen. Sicher nagte das Entsetzen vor dem Armenier auch an meinem Geist, wußte ich doch um seine dämonische Verruchtheit, doch schienen mir alle Gefahren für Leib und Seele gering in Anbetracht jener Schrecken, die Anna von seiner Hand erlitten haben mochte.

Goethe, Jacob und ich entzündeten Kerzen, die wir unterwegs mit einigen anderen Ausrüstungsgegenständen erworben hatten; Natascha hatte mit Degen und Pistole beide Hände voll, und ich muß gestehen, daß auch ich mich mit einer Waffe in der Faust weit wohler gefühlt hätte, obgleich ich die Benutzung derselben verabscheue und den rechten Umgang damit bis heute nicht erlernt habe.

Schweigend traten wir durch das Tor des Turms. War uns draußen auf dem Hof der Lärm unserer Ankunft noch gleichgültig, ja fast wünschenswert erschienen, so verfielen wir doch hier, in der steinernen Dunkelheit des Gemäuers, unwillkürlich in gedämpftes Schleichen. Mit gespitzten Ohren schoben wir uns voran in ein bösartiges Dickicht schwarzer Schatten. Über eine Steintreppe erreichten wir das erste Stockwerk. Staub und Schmutz knirschten verräterisch unter unseren Sohlen. Der Raum, den wir betraten, war leer. Spinnweben wehten in einem sanften Luftzug wie Unterwasserpflanzen. Das Kerzenlicht verlieh allem einen geisterhaften Schimmer, mein Herz hämmerte in ekstatischer Beklommenheit. Jeden Augenblick rechnete ich damit, daß der Lichtschein den leblosen Körper der Geliebten aus der Finsternis meißeln würde.

Wir folgten der Treppe ins nächste Stockwerk, und hier fanden wir eine erste Spur. Vor uns öffnete sich ein weiter Raum, angefüllt mit einer Vielzahl von gläsernen Apparaturen, erkalteten Kochstellen und aufgeschlagenen Folianten, auf deren Seiten sich der Staub von ganzen Jahren abgelagert hatte. Röhren, Gläser und Töpfe waren zu merkwürdigen Konstruktionen zusammengeschoben, deren Schatten im Kerzenschein riesig und geisterhaft wie enorme Insekten über die Wände krochen. Über einer offenen Feuerstelle hing ein gewaltiger Kessel. Das Holz, das man darunter aufgeschichtet hatte, war verkohlt, aber noch nicht zerfallen, und mir schien, daß es noch nicht allzu lange her sein konnte, daß hier ein Feuer gebrannt hatte. Ich trat an den Kessel und legte eine Hand an das Metall, doch es war kalt. Jetzt fanden wir wohl auch an anderen Stellen der Alchimistenküche Gerätschaften und Bücher, die keinesfalls verstaubt, sondern kürzlich erst benutzt worden waren.

Wir lösten unseren engen Verbund und betrachteten ein jeder andere Teile der fremdartigen Aufbauten, als es mit einem Mal geschah. Ein Licht, hell und scharf wie die Reflektion einer Rasierklinge, stach in den dunklen Raum und verschluckte den armseligen Schein der Kerzen. Meine erste Regung war die der Scham, die Verlegenheit, bei verbotenem Tun ertappt worden zu sein. Dann erst kam die Angst. Natascha sprang vor, stellte sich mit beiden Waffen kampfbereit der Lichtquelle entgegen.

Eine Gestalt stand am Treppenaufgang, wo steinerne Stufen weiter den Turm hinaufführten. In einer Hand hielt sie in Kopfhöhe eine Öllampe, nur daß kein Öl darin brannte, sondern irgend etwas anderes, etwas, das gleißend helles Licht verstrahlte wie der Stern Gottes. So geblendet wurden unsere Augen von dem grellen Schein, daß das Gesicht der Gestalt dahinter zu einem dunklen, konturlosen Fleck verschwamm.

Natascha zielte mit ihrer Pistole in das Licht und hätte wohl auch abgedrückt, als jemand rief:

»Haltet ein!«

Es war die Stimme eines Mannes, eine, die ich nicht zum ersten Mal vernahm. Und obwohl ich das Gesicht des Lampenträgers noch immer nicht erkennen konnte, so bemerkte ich doch den kleinwüchsigen Umriß seines Körpers.

Es war Moebius, Annas zwergenhafter Diener.

Jedem von uns brannten tausend Fragen auf den Lippen, doch der kleine Mann drehte sich einfach um, murmelte die leise Bitte, ihm zu folgen, und verschwand mit der Lampe im Treppenaufgang. Wir sahen aneinander an, und in den Augen eines jeden glühte die gleiche Neugier. Hoffnung loderte in meinem Inneren, Hoffnung, Anna doch noch lebend und gesund wiederzusehen, ganz gleich, wie hoch das Risiko, wie tödlich die Gefahr auch sein mochte. Stillschweigend trafen wir eine Entscheidung. Natascha vorneweg stiegen wir die Stufen hinauf ins höhere Stockwerk. Moebius' Licht wies uns den Weg.

Ich ging hinter der stummen Russin und erreichte so als zweiter den oberen Absatz. Als ich sah, wer uns dort oben erwartete, drängte ich Natascha beiseite und stürmte vor.

Anna stand da, ein sanftes Lächeln auf den roten Lippen, und ihr Anblick fuhr wie ein Strahl in meine Brust, entzündete von neuem all jene Regungen, die der furchtbare Verdacht und die lange Trennung hatten erkalten lassen. Die inbrünstige Liebe, all meine Sehnsucht, all ihr himmlischer Liebreiz vereinten sich zu einem ungeahnten Reigen, der mich alles andere vergessen machte. Ich eilte auf sie zu, umarmte ihre zerbrechliche Gestalt voller Leidenschaft, roch den Duft ihres langen, schwarzen Haars, schmeckte die Würze ihrer hellen Haut. Und dann hob auch sie die Arme, zog mich fester heran, als wären wir in Warschau wie Liebende geschieden und hätten nun erneut zueinandergefunden, ohne daß irgendeine Befürchtung, irgendeines der schrecklichen Verbrechen zwischen uns getreten wären. Ich blickte in ihr Gesicht, sah, wie wunderschön es war, bemerkte, daß sie nur ein langes Nachthemd und einen Morgenmantel trug – und wunderte mich in jenem Moment zum ersten Mal.

Anna schien eben aus dem Bett gestiegen zu sein, zwar überrascht durch so späten Besuch, jedoch keineswegs verzagt oder leidend. Es gab keine Spur von Folterqualen, kein Anzeichen eines Kampfes mit dem Armenier. Fast war es, als sei dies ein Tag wie jeder andere für sie gewesen, ohne Sorgen, ohne Kummer. Es schien, als sei sie früh zu Bett gegangen und bemühte sich nun, eine höfliche Gastgeberin zu sein. Ja, ahnte sie denn noch gar nicht, daß der Armenier auf dem Weg hierher war, wahrscheinlich gar schon durch die Festung schlich?

Während Goethe und Jacob nun ebenfalls den Raum betraten und zögernd in einigem Abstand stehenblieben, sprudelten die Worte nur so aus mir hervor, ich wurde zum heißblütigen Quell von Warnungen und Ahnungen, zum Beschwörer eines grausamen Schicksals in den Klauen der armenischen Bestie.

Anna schaute mich aus großen Augen an, fast, als hätte ich den Verstand verloren. Sie löste sich sanft aus meiner Umarmung, sah uns der Reihe nach an, als hätte sie es mit einem Haufen dummer Kinder zu tun, dann ruhte ihr Blick wieder auf mir, fast ein wenig traurig.

»Soll das heißen, ihr wißt es noch gar nicht?« fragte sie.

Und dann verzog sich ihr wundervolles Gesicht zu einem gläsernen Lachen, glockenhell und lieblich.

»Ihr wißt es wirklich nicht?« wiederholte sie lachend.

»Was ... was meinst du?« fragte ich aus einem Abgrund der Verwirrung.

»Mein lieber Wilhelm, mein treuer, treuer Freund«, sagte sie, »euer ganzes Streben, all die Strapazen, all das war umsonst.«

Ein heiseres Keuchen entfloh meinen Lippen. »Ich verstehe nicht ...« Hinter mir gerieten die anderen in Unruhe.

Anna schüttelte mitfühlend den Kopf. »Es gibt keinen Stein der Weisen«, sagte sie, »und es gibt keinen Armenier.«

* * *

Wir saßen im Turmzimmer, hoch droben über den schwarzen Ruinen und dem geisterhaften Felsenland. Im offenen Kamin knisterte ein Feuer, und Moebius servierte Wein, den niemand anrührte. Anna stand vor den Flammen wie Eurydike vor den Feuern des Orkus. Schließlich nahm auch sie wie wir anderen in einem der vier mächtigen Ohrensessel Platz, die, gleich dem ganzen, behaglichen Zimmer, seltsam fremd in dieser Festung wirkten. Nur Natascha weigerte sich, den ihr angebotenen Platz anzunehmen; sie lehnte mit mißtrauischem Blick neben der Tür und drehte den Degen mit der Spitze nach unten zwischen Daumen und Zeigefinger wie einen Kreisel. Die Pistole lag griffbereit neben ihr auf einer alten Kommode. Anna, Jacob, Goethe und ich saßen uns gegenüber, Moebius war irgendwo in der Tiefe des Coselturms verschwunden. Das Feuer schuf fremdartige Regungen auf den Gesichtern, goß Schattenseen in Augenhöhlen, ließ Mundwinkel merkwürdig zucken. Vor dem einzigen Fenster erwartete die Nacht den Ausgang der Ereignisse.

Anna wiederholte noch einmal, was sie schon früher gesagt hatte, unten, im Raum über dem Laboratorium. Goethe und Jacob hatten keinen Hehl daraus gemacht, daß sie ihr keinen Glauben schenkten.

»Der Stein der Weisen hat niemals existiert«, sagte sie. »All die alten Berichte und Erzählungen sind nicht mehr als Wunschideen fanatischer Alchimisten, die sich nicht damit abfinden konnten, daß sie das Ziel ihrer Suche niemals erreichen würden. Der Stein ist ein Hirngespinst.«

»Aber Ihre Großmutter hat ihn entdeckt«, warf Jacob ein.

»Wer behauptet das? Mein Vater?« Das Wort klang verächtlich. »Meine Großmutter, die Gräfin Cosel, war besessen von der Alchimie und den Riten der Ägypter.«

»Deshalb die Pyramide im Wappen«, sagte ich.

»Natürlich«, erwiderte sie. »Sie hat Jahrzehnte damit verbracht, nach dem Stein und der Unsterblichkeit zu forschen – nichts davon hat sie jemals gefunden. Ich würde zu Schillers Ehrenrettung gerne behaupten, meine Mutter habe das Märchen von der geheimen Rezeptur erfunden und ihm, Schiller, meinem verehrten Vater, zugeraunt. Doch das ist nicht wahr. Er selbst spann diese Geschichte, Jahre, nachdem sie ihn in Vogelöd getroffen hatte, und zu einem Zeitpunkt, als meine Mutter längst tot war. All das wurde mir schlagartig klar, als ich während der Reise nach Warschau das Manuskript studierte.« Dabei warf sie mir einen Blick zu, der fast ein wenig verlegen wirkte. »Es gab keine Rezeptur in diesem Manuskript. Nicht einmal einen Hinweis darauf.«

»Wer sagt, daß Sie die Rezeptur nicht schlichtweg übersehen haben?« gab Goethe finster zu Bedenken.

»Übersehen?« fragte Anna ruhig. Falls Goethe geglaubt hatte, sie mit seinem Tonfall reizen zu können, so war der Versuch mißlungen. »Ich habe den Text von vorne bis hinten gelesen, zweimal. Man hat es mir ja nicht allzu schwer gemacht.«

Jacob und ich wechselten einen verschämten Blick und schwiegen.

Anna sprach weiter: »Sie können mir glauben, es gab darin keine Rezeptur – weil es sie nirgends jemals gegeben hat, außer vielleicht in Schillers Phantasie. War er nicht bereits krank, als er Ihnen zum ersten Mal davon erzählte, Herr Goethe?«

Der Dichter gab keine Antwort, und Anna fuhr fort: »Manchmal sprach er ohne Zusammenhang, er weinte ohne Grund, alles Anzeichen für die beginnende Verwirrung seines Geistes. Die Erinnerung an meine Mutter, eher noch an die Mutter meiner Mutter, die er nie selbst kennenlernte, schürte den Funken das Wahns in ihm. Das muß der Zeitpunkt gewesen sein, als er sich die Geschichte von der Rezeptur ausdachte. Die Lüge eines Poeten, nicht mehr.«

Goethe fuhr zornig auf. »Wollen Sie behaupten, Schiller habe den Verstand verloren?«

Sie lächelte nur und spielte mit einem Ring an ihrem Finger. »Ich will sein Andenken nicht beleidigen, wenn es das ist, was Sie fürchten, Herr Goethe. Er war mein Vater, zumindest soweit ist die Geschichte wahr.«

»Hast du ihn je getroffen?« fragte ich.

»Ja«, erwiderte sie knapp. »Er hat dabei nie von der Rezeptur gesprochen.«

»Was ist mit den Morden an den alten Leuten in Warschau?« fragte Jacob.

Anna wurde blaß, ihre ohnehin weiße Haut erschien noch heller, und doch gelang es ihr mühelos, dem Blick meines Bruders standzuhalten. Ihre klare, zarte Stimme wanderte verloren durch das feuerbeschienene Turmzimmer. »Ich weiß nichts über ihren Tod, und das müssen Sie mir glauben. Moebius und ich reisten ab, kurz nachdem ihr euch mit Hoffmann zu diesem Grafen aufgemacht hattet. Mir war klar, daß ihr früher oder später bemerken würdet, daß ich das Siegel erbrochen und das Manuskript gelesen hatte.« Sie schenkte mir einen warmen Blick. »Ich wollte dir die Enttäuschung ersparen, einer Frau gegenüberzustehen, die sich mit weiblicher List euer Vertrauen erschlichen hatte.«

Ich sah betroffen zu Boden. Dann war alles nur ein Spiel für sie gewesen?

»Sie machen es sich sehr einfach«, sagte Goethe. Zornesfalten standen auf seiner Stirn. »Wer beweist uns, daß Sie die Rezeptur nicht doch gefunden und die alten Leute getötet haben? Das Manuskript ist verbrannt, die beiden Zeugen tot. Sie stellen Behauptungen auf, Fräulein von Brockdorff, doch die Belege bleiben Sie schuldig.«

Es war verständlich, daß Goethe mit solcher Vehemenz gegen Annas Argumente vorging. Sollte es wahr sein, was sie sagte, so war er dem Gefasel eines Wahnsinnigen aufgesessen, ja mehr noch, er hatte seinen kranken Freund aufgrund eines Hirngespinstes vergiftet. Der einzige Mörder in unserer Runde wäre dann nicht Anna, sondern er selbst. So schnell verschoben sich die Grenzen zwischen Recht und Unrecht.

»Was ist mit dem Armenier?« fragte ich. »Wo ist er?«

»Wie ich sagte«, antwortete Anna, »er existiert nicht.«

Goethe setzte zu einer wütenden Entgegnung an, doch da kam

Jacob ihm zuvor. Mein Bruder erhob sich mit einem heftigen Ruck, und auf seinem Gesicht erschien jener Ausdruck des Allwissenden, den ich so oft verabscheut hatte; jetzt war er mir um so willkommener. Mit Hilfe seiner Kombinationsgabe hatte er die Ereignisse schon das eine oder andere Mal richtig gedeutet, und gerne verzieh ich ihm in dieser Stunde sein akademisches Gehabe.

»Wir sind einer Illusion gefolgt«, sagte Jacob überzeugt. »All die Menschen, die wir auf unserem Weg nach dem Armenier fragten, sie alle sagten, es habe keinen einzelnen Reisenden gegeben, auf den seine Beschreibung hätte passen können.«

Goethe schüttelte unwillig den Kopf. »Er benutzte eine seiner Masken.« Seine Stimme klang trotzig, als wollte er Jacobs Argumenten auf den Schwanz treten wie einem bettelnden Straßenköter.

»O nein«, entgegnete mein Bruder mit einer Heftigkeit, die mich verblüffte. »Erkennen Sie denn nicht die Wahrheit? Es hat nie Maskeraden gegeben. Ihr Kammerdiener, Herr Goethe, der Theaterdirektor, den wir in Warschau trafen – verschrobene, aber harmlose Männer, die wir in unserem Wahn, eine große Verschwörung zu wittern, nur zu dankbar einbezogen.«

»Und Ptah?« fragte ich.

»Ptah war immer nur er selbst. Doch es ist wahr: Wenn es jemanden gab, der dem Armenier, wie wir ihn zu sehen glaubten, ähnlich kam, dann war er es. Er hatte von der angeblichen Rezeptur in Schillers Manuskript gehört und setzte alles daran, in ihren Besitz zu gelangen. Er beauftragte Spindel, er ermordete die Warschauer Illuminaten. Und er war es auch, der den Totengräber und sein Weib tötete. Wir waren an jenem Nachmittag bei ihm im Tempel, und so erfuhr er, daß wir uns in Warschau aufhielten. Abends suchte er deshalb das Haus am Friedhof auf, um das Manuskript höchstpersönlich einzufordern. Zu jenem Zeitpunkt waren Anna und Moebius längst abgereist, und wir beide schlichen durch die Gewölbe des Logentempels. Doch Ptah fand nur die alten Leute, denn das Manuskript war längst in Hoffmanns Obhut. So ermordete er auch sie, wobei er klug genug war, auch diese Toten als Opfer des Sandmanns zu tarnen. Erinnere dich, Wilhelm: Als wir im Tempel waren und man uns ertappte, wer ließ uns da laufen?«

»Seschat«, erwiderte ich mit rascher, fast erleichterter Stimme, so daß es kein Wunder nahm, daß Goethe mich zweifelnd beäugte.

»Und nur sie«, bestätigte Jacob. »Von Ptah war nichts zu sehen. Merkwürdig, wo die beiden sonst doch unzertrennlich waren. Der Grund dafür war schlichtweg, daß Ptah sich zu jener Stunde gar nicht im Tempel aufhielt. Als wir vor Seschat davonliefen, meuchelte Ptah gerade den Alten und seine Frau.«

Er holte tief Luft, als strengten ihn die Worte mehr an als die Reise von Vogelöd hierher. »Begreift Ihr denn nicht?« fragte er alsdann, und es klang fast flehentlich. »Wir wollten an all diese Dinge glauben – an den Stein, an den Armenier –, deshalb sahen wir alles miteinander verknüpft, witterten hinter jedem einen Verschwörer, glaubten zuletzt gar an die magischen Maskeraden des Armeniers. Was waren wir für Narren …!«

Goethe, ganz stolzer, erhabener Dichter, wollte sich nicht geschlagen geben. Mit einer fahrigen Bewegung deutete er auf Anna. »Und doch gibt es keinen Beweis für ihre Unschuld.«

Ich wollte voller Zorn aufspringen, aber Anna kam mir zuvor. Sie erhob sich aus ihrem Sessel und machte einen schwebenden Schritt in die Richtung der Tür. »Ich denke, meine Anwesenheit in diesem Raum ist der Wahrheitsfindung nicht zuträglich. Ich habe Ihnen alles gesagt, was ich weiß. Glauben Sie mir, oder lassen Sie es bleiben. Wenn Sie mich suchen, ich bin im Laboratorium.«

Sie ging zur Tür, Natascha aber vertrat ihr mit grimmiger Miene den Weg. Einen Augenblick lang kreuzten sich die Blicke der beiden Frauen. Ich erinnerte mich an Annas Talent, Menschen kraft ihres Geistes zu beeinflussen; schon rechnete ich damit, daß sie es einsetzen würde, doch sie wandte sich um und bat: »Sagen Sie ihr, sie soll mich gehenlassen. Ich werde nicht fortlaufen – wohin auch, in dieser Einöde?«

Goethe schien widersprechen zu wollen, aber da gab ich Natascha einen Wink. Zögernd trat sie beiseite. Der Dichter starrte mich an und schnaubte erbittert. Sein Gesicht schien in einem einzigen Augenblick um Jahre zu altern.

»Danke«, sagte Anna leise und verschwand in der Dunkelheit hinter dem offenen Durchgang. Ein blasser Hauch von Traurigkeit wehte hinter ihr her wie der schwarze Schleier einer Witwe. Leise verklangen ihre feenzarten Schritte auf der Treppe.

Goethe maß mich mit mattem Blick. »Sie glauben ihr doch nicht etwa?«

»Jedes einzelne Wort«, entgegnete Jacob statt meiner.

»Aber Schiller war kein Wahnsinniger!«

»Wilhelm und ich haben ihn gesehen, Herr Goethe. Sie selbst haben uns mit dem Gift in sein Haus geschickt – schon vergessen?«

Des Dichters Augen wanderten hin und her, und er hüllte sich in Schweigen.

Jacob fuhr fort: »Wir hörten seine Worte, sahen das Elend in seinen Augen. Schiller war keineswegs völlig verrückt, soweit gebe ich Ihnen recht, doch sein Geist litt an einer langsamen, schleichenden Wirrnis. Die langen Tage des Siechtums hatten längst ihre Spuren hinterlassen. Er vermischte das Geschehen seiner Werke mit der Wirklichkeit, sprach von Demetrius und der Hochzeit zu Moskau. Ebenso muß auch die Welt des *Geistersehers* um ihn Gestalt gewonnen haben, er glaubte an Dinge, die doch nur seinem Geist entsprangen. Und Sie, Herr Goethe, wissen das. Tatsächlich hätten Sie es von Anfang an erkennen müssen!«

»Das erklärt auch, weshalb Schiller verlangte, daß wir Ihnen das Manuskript überbrachten«, warf ich eilig ein. »In einem Anfall von Klarheit, und weil er vielleicht wußte, daß sein Tod bevorstand – auch ohne Ihr tückisches Gift –, wollte er Ihnen das Buch zur Lektüre geben. Sie sollten endlich die Wahrheit erfahren: Daß es in dem Manuskript nicht eine Spur dieser Rezeptur gab.«

Goethe schüttelte heftig den Kopf. »Ich verwahre mich dagegen, meinen guten Freund des Wahnsinns zu bezichtigen.«

Ich lachte auf, vielleicht eine Spur zu dreist. »Sie selbst ließen Ihren *guten Freund* vergiften, Herr Goethe. Auch wenn sie in hehrer Absicht handelten.«

Darauf wußte der Dichter kein Wort zu erwidern.

Ich sah Jacob an. »Was ich nicht verstehe: Hielt Ptah sich selbst für den Armenier?«

»Ptah war nicht verrückt. Sicher ist freilich, daß er sich in seiner Rolle gut gefiel. Vielleicht streute er gar absichtlich die Gerüchte über die wahre Existenz des Armeniers aus, um seine Feinde im Kreis der Illuminaten zu verunsichern. Leider wird ihn niemand mehr fragen können – denn Ptah ist tot.«

»Tot?« entfuhr es Goethe und mir wie aus einem Munde.

Jacob nickte. »Natürlich.« Er genoß unser Erstaunen wie einen edlen Wein, sein Geist steigerte sich zu neuen Höhen, verknüpfte Details, folgerte und schloß. »Gehen wir der Reihe nach vor: Ptah ermordete die Warschauer Illuminaten, um seine Feinde zu verunsichern und sich zugleich durch den angeblich falschen Verdacht gegen die Loge ihr Vertrauen zu erschleichen. Er wußte, daß wir uns in Warschau aufhielten, doch als er das Manuskript im Haus des Totengräbers nicht fand, begriff er, daß Hoffmann es im Regierungspalast aufbewahren mußte. Über diesen Umweg erfuhr er schließlich, daß es beim Prinzen gelandet war, wohin er deshalb Spindels Schergen schickte. Was er nicht ahnte: Der Prinz hatte das Manuskript vor unseren Augen verbrannt – Friedrich hütete sich natürlich, Spindel diesen Umstand auf die Nase zu binden, aus Furcht vor seiner Rache. Ptah vermutete also, daß wir das Buch mit nach Vogelöd nahmen, einen Ort, den er längst als geheimen Treffpunkt der Illuminaten kannte. Er beschloß daher, seine Rolle als Venerablen der Ägyptischen Loge weiterzuspielen, denn so hoffte er, an alle wichtigen Informationen zu gelangen. Zugleich aber sandte er Spindel und seine Leute aus, um das Schloß von außen anzugreifen. Nachdem er in Vogelöd von Goethe erfahren hatte, daß das Manuskript verbrannt war, wollte er Anna nach Stolpen folgen, denn auch er vermutete, daß sie das Geheimnis kannte. Seschat stellte sich gegen ihn, deshalb mußte sie sterben. Und doch kam Ptah etwas dazwischen: Er wurde ermordet.«

Ich schüttelte verständnislos den Kopf. »Aber wie …«

»Der verbrannte Leichnam«, unterbrach mich Goethe in plötzlicher Erkenntnis der Dinge. »Wir nahmen an, der Tote sei einer der Handlanger des Armeniers gewesen. Dabei war er es selbst. Ptah wurde getötet und brennend von den Zinnen gestürzt.«

Ein eisige Geisterhand krallte sich bei der Vorstellung in meinen Nacken. »Aber dann muß da noch jemand gewesen sein.«

»Allerdings«, bestätigte Jacob und lächelte mir zu. »Eine weitere Person übernahm in diesem Stück eine tragende Rolle. Es gab tatsächlich einen Handlanger Ptahs in Vogelöd, schon bevor dieser das Schloß erreichte. Denn wer zerstörte das Bootshaus? Wer versuchte, uns beide zu ermorden? Und wer beging den Anschlag auf Baron Zbigniew?«

»Noch ein Verräter!« rief Goethe voller Empörung aus.

Jacob nickte. »In der Tat handelt es sich dabei um denselben Menschen, der vielleicht als erster ahnte, daß es nie eine Rezeptur in Schillers Manuskript gegeben hatte. Derselbe Mensch, der nach dieser Erkenntnis seinen Meister, Ptah, ermordete und unkenntlich machte, um seinen eigenen Verrat zu decken. Selbst nach Ptahs Tod gab sich dieser Verräter alle Mühe, den Anschein von der Existenz des Armeniers aufrechtzuerhalten. Denn nur so lange wir glaubten, Ptah sei noch am Leben und auf dem Weg hierher, konnten wir auch annehmen, daß es sich bei der verbrannten Leiche um den Attentäter handelte. Der wahre Verräter wäre nie aufgedeckt worden. Also mußte eine Art Spur des Armeniers gelegt werden, so daß wir annehmen würden, er sei aus dem Schloß in Richtung Stolpen geflohen.«

Da schienen mir mit einem Mal gänzlich die Sinne zu schwinden. Mein Magen geriet in Aufruhr. »Aber es gab nur einen Hinweis, nur eine einzige Spur.«

»Ja«, sagte Jacob düster, »den einzigen scheinbaren Beweis für die Flucht Ptahs fanden wir in den Ruinen des seltsamen Tempels. Erinnert euch: Was sahen wir, als wir aus dem Felsspalt traten?«

»Den sterbenden Andrej!« rief ich voller Entsetzen. »Aber das bedeutet ja, daß ...«

Jacob nickte erneut. »Daß Andrej von dem Verräter ermordet wurde, um uns glauben zu machen, der Armenier habe dies auf seinem Weg durchs Tal getan.«

Goethes Gesicht war weiß wie eine zerfurchte Schneelandschaft. »Dann war der Verräter kein Mann«, sagte er unheilvoll.

»Nein«, erwiderte Jacob, »wir haben es mit einer Frau zu tun – einer Frau, die sogar den Kampf gegen Spindel suchte, um ihren Verrat zu verschleiern.«

Zugleich sprangen wir auf, unsere Köpfe wirbelten herum zur Tür. Der Platz, an dem Natascha gestanden hatte, war leer. Auch die Pistole war verschwunden.

Ich schrie auf. »Anna! Großer Gott, wir müssen Anna vor ihr retten!«

Mit wenigen Sätzen war ich am Durchgang zum Treppenschacht. Die anderen folgten mir. Aus der Tiefe des Turms ertönte ein markerschütternder Schrei. Moebius!

Wir fanden den Zwergendiener im Laboratorium. Aus einer Wunde an seiner Kehle floß Blut. Nataschas Degen hatte seine

Haut aufgerissen, doch die Adern waren unversehrt geblieben. Er lag am Boden, röchelte leise, bedeutete uns aber mit einem Wink, daß die Verletzung nicht lebensgefährlich sei.

Ich rief noch einmal Annas Namen und eilte weiter hinab ins Erdgeschoß. Es war stockdunkel. Ich mußte ungeduldig abwarten, bis Jacob hinter mir mit einer brennenden Öllampe auftauchte. Es war eine jener Lampen, wie Moebius sie bei unserer Begrüßung getragen hatte; Anna hatte sie offenbar mit einer ihrer alchimistischen Substanzen gefüllt, denn der Lichtschein war überaus hell und weitreichend. Es war unmöglich, direkt in die gleißende Flamme zu blicken.

Wir stürmten hinaus auf den Hof. Schwarze Nacht dräute in allen Ecken und Winkeln. Die Türme und Häuser der Burg erhoben sich vor dem dunklen Himmel wie steinerne Titanen. Jacob lenkte den Lichtschein der Lampe auf unsere Pferde, und da sahen wir die beiden.

Die stumme Russin hatte Anna mit einem Arm von hinten umklammert, in der anderen Hand hielt sie die Pistole und bemühte sich zugleich, damit die Zügel eines der Tiere zu lösen. Ihr Degen steckte im Gürtel. Als sie geblendet in das Licht blickte, ließ sie von den Pferden ab, feuerte einen ungezielten Schuß in unsere Richtung und zog Anna nach hinten in eine offene Tür. Die Kugel prallte wirkungslos gegen die Turmmauer, nur einen Schritt weit von Goethes Gesicht entfernt. Der Dichter zuckte zusammen, verlor jedoch kein Wort.

Die Angst um Anna machte mich rasend. Weiter rannte ich, immer weiter, und blickte durch die gedrungene Tür hinab auf eine steile Treppe. Sie führte nach unten in wabernde Schwärze, Natascha hatte keine andere Wahl, als ihr in die Tiefe zu folgen. Mit ein wenig Glück für uns lief sie damit in ihre eigene Falle. Ich hörte die stolpernden Schritte der beiden Mädchen weiter unten in der Finsternis.

Jacob wollte widersprechen, als ich ihm die Lampe entriß, doch da hatte ich mich bereits von ihm abgewandt und sprang die Stufen hinunter. Fluchend liefen er und Goethe hinter mir her.

Um ehrlich zu sein, ich hatte nicht die Spur eines Einfalls, wie ich Anna aus Nataschas Hand befreien wollte. Die junge Russin war bewaffnet und entschlossen, ihre Freiheit und ihr Leben bis aufs Blut zu verteidigen. Dabei war ihre Lage zweifellos die günstigere. Ihre Geisel bedeutete mir alles, und ich würde nichts tun, das Annas Leben gefährden mochte. Lieber wollte ich selber sterben.

Die Treppe führte in eine finstere Halle, von der aus man einen niedrigen Gewölbegang ins Gestein des Berges getrieben hatte. Rechts und links davon verschlossen rostige Gittertüren leere Kerkerzellen. Ich sah Natascha und Anna gerade noch am Ende des Stollens hinter einer Biegung verschwinden. Die Russin feuerte ein zweites Mal – die letzte Kugel –, doch auch dieser Schuß ging fehl. Ich hörte, wie die nutzlose Pistole auf den Steinboden fiel. Jetzt blieb ihr nur noch der Degen. Im Kampf gegen Spindel hatte sie bewiesen, daß sie eine Meisterin im Umgang mit dieser Waffe war.

Unsichtbare Augen schienen mich aus dem Schatten der alten Kerker zu beobachten. So schnell ich konnte eilte ich entlang der Gittertüren, die anderen folgten mir. Goethe keuchte, die Anstrengung nahm ihm den Atem. Ich rief ihm zu, er solle zurückbleiben, doch er tat, als habe er den Vorschlag überhört; vielleicht gingen meine Worte auch im Rasseln seiner Atemzüge unter.

»Wilhelm!« rief Jacob, wohl um mich von unbedachtem Tun abzuhalten. Ich schüttelte nur den Kopf und lief weiter.

Den Zellen folgte hinter der Biegung des Stollens ein weiterer Raum, von dem aus wiederum eine neuerliche Treppe ins Innere des Felsens führte. Die Wände waren hier nur noch grob behauen, es stank nach Feuchtigkeit und Moder. Ich fragte mich, wohin Natascha entkommen wollte, und ahnte doch bereits, daß sie es selbst nicht wußte. Die Gänge hier unten wurden immer enger, und mit ihnen die Schlinge um den Hals der Verräterin.

Einen Moment lang durchzuckte mich der Gedanke, weshalb Natascha ihre Herrin und uns alle hintergangen haben mochte, doch ich kam zu keinem Ergebnis. Ptah hatte es verstanden, Menschen zu beeinflussen, nicht nur in seiner Rolle als Armenier, sondern auch als Venerabler der Ägyptischen Loge. Wer mochte wissen, was er ihr versprochen hatte – vielleicht mit Hilfe des Steins der Weisen eine neue Stimme, die Unsterblichkeit, mochte der Teufel wissen, was. Natascha würde mir die Antwort schuldig bleiben.

Am Fuß der Treppe lag ein weiterer Stollen, nur wenige Schritte lang, dann endete unser Weg in einer runden, unterirdischen Kammer. In ihrer Mitte befand sich ein Brunnenschacht, zweimal zwei Schritte breit, die Kammer selbst maß im vollen Durchmesser höchstens das Doppelte. In die Wand hatte man ein mannshohes Kreuz eingelassen. Ein merkwürdiger Ort für ein Zeichen Gottes, dachte ich – und erkannte im selben Moment, daß der Schacht kein Brunnen war, sondern ein Grab. Hier mußten sich die Kerkermeister einst der Leichen ihrer Gefangenen entledigt haben, mit einem grausamen Stoß in die bodenlose Tiefe.

Der vierte Friedhof auf unserem Weg. Der letzte.

Natascha und Anna standen auf der anderen Seite des kleinen Raumes. Die Russin hielt meine Geliebte noch immer von hinten umklammert, hielt sie schützend vor ihren Körper wie einen Schild. Ich hatte Bosheit in Nataschas Blick erwartet, Argwohn, vielleicht Hinterlist, doch da war nichts dergleichen. Sie sah mich an mit Augen voller Angst, wie ein verzweifeltes Kind im Angesicht der Strafe.

Da wußte ich, daß diese letzte Begegnung keine Auseinandersetzung mit einem teuflischen Gegner sein würde. Dies war ein erbärmliches, trauriges Ende, und ich begriff zugleich, daß keiner der beiden Pistolenschüsse hatte treffen sollen. Natascha war längst besiegt.

Ich flüsterte ihren Namen, wollte noch weiterreden, doch sie hörte nicht zu. Ihr Blick fieberte hinab in die Tiefe des Schachtes. Plötzlich zog sie ihren Arm zurück, und Anna war frei.

Natascha machte einen langsamen Schritt nach vorne, so zäh und träge, als kämpfe sie gegen einen unsichtbaren Widerstand.

Dann, ehe einer von uns es hätte verhindern können, trat sie voran ins Leere. Die Klinge ihres Degens schlug mit einem peitschenden Klirren auf die Steinkante und zerbrach. Weit, weit unten, in der schwarzen Tiefe, rauschte Nataschas Körper an der Felswand entlang. Ich hörte keinen Aufprall.

Anna ging schweigend neben dem Schacht in die Knie. Ihr Blick war gesenkt, das schöne Gesicht glänzte vor Anspannung.

»Was tut sie?« fragte Goethe hinter mir.

Meine Antwort war nur ein Raunen. »Sie horcht auf die Stimmen der Toten.«

Anna begann zu weinen.

Natascha sprach, vielleicht zum ersten Mal seit Jahren.

5

Der Morgen kam, und es war, als würde der Vorhang der Nacht zurückgerollt und das weite Felsenland enthüllt wie die Kulisse eines Theaterspiels. Und doch verlor die Landschaft nichts von ihrem rauhen Zauber, denn nichts war geschehen, das sie irgendwie zu ändern vermochte; das Gras bog sich auf den Hügeln im Wind, die scharfen Felsen wiesen schroff gen Himmel, und die Burg lag noch immer da wie ein schwarzes Ungetüm auf dem uralten Schatz seiner Ahnen.

Wir ritten in aller Frühe davon, und Anna sagte zum Abschied:

»Ihr habt einen Stein in einen Brunnen geworfen und wundert euch, daß ihr in der Tiefe die Ringe auf dem Wasser nicht seht. Und doch sind sie da, ganz tief unten in den Schatten.«

Manchmal glaube ich, ganz am Rande meines Denkens, daß Anna uns getäuscht hat. Einen Stein, den man wegwirft, muß es geben, oder? Und wenn sie wirklich die Stimmen der Toten hörte – hatte Natascha dann zu ihr gesprochen? Was hatte sie ihr gesagt? Wußte Anna, ob mein Traum in jener Nacht nicht doch die Wirklichkeit gewesen war?

Vor allem aber: War Anna es, die dem stummen Mädchen kraft ihres Willens den letzten Stoß gab, den Drang, sich in die Tiefe zu stürzen?

Sie reichte Jacob die Hand, dann Goethe, und zuletzt küßte sie mich und ging wortlos zurück in die Festung; Moebius schloß das große Tor, und während der Blick auf den Burghof immer enger und schmaler wurde, sah ich, wie Anna zurück in ihren Turm trat, den Turm ihrer Großmutter, und noch heute frage ich mich, ob die Gräfin Cosel das Geheimnis der Unsterblichkeit nicht doch entschlüsselt hat.

Der Tag wurde heller, während uns die Pferde langsam den Berg hinabtrugen. Die Burg blieb hinter uns zurück, dann das wilde Felsenland und die grünen Hügel im Sommerwind. Wir ritten nach Westen bis zur Elbe, und später wurde es wieder Nacht, und dann Tag, und wir ritten weiter, doch in Gedanken stand ich noch vor dem großen Tor und blickte über die Zinnen hinauf zum Turm.

Ich habe Anna nie wiedergesehen; auch der mächtige Napoleon fand keine Spur von ihr, als er acht Jahre später die Burg in Besitz nahm. Manchmal beschleicht mich das Gefühl, beobachtet zu werden, in großen Menschenmengen, aber auch bei Spaziergängen am stillen Abend, wenn eine Frau in der Ferne durch die Dunkelheit wandert, ohne ihr Gesicht zu zeigen.

In jenen Tagen ritten wir westwärts, betrübt und in Düsternis, und wir sprachen nur wenig miteinander, bis wir in einer Nacht von sanften Hügeln auf Weimar blickten. Da trieben wir die Pferde voran und galoppierten glücklich hinab ins schlafende Tal. Die Hufe trommelten in den Gassen, Goethes Tor stand offen, und im Haus brannte Licht und ein wärmendes Feuer. Dorothea, die Dienstmagd, schloß ihren Herrn in die Arme, servierte Essen und heiße Milch und sagte: »Mir fällt ein Stein vom Herzen.« Da umarmte sie der Geheime Rat Goethe, und er lachte viel zu laut, und zum ersten Mal sah ich die Tränen eines großen Dichters und wunderte mich nicht mehr, daß sie ebenso aussahen wie meine eigenen.

ENDE

Nachwort des Autors

Die Geisterseher ist eine erdachte Geschichte. Die historischen Persönlichkeiten, die darin erwähnt werden, haben zwangsläufig keine Möglichkeit, auf einer Richtigstellung meiner Behauptungen zu bestehen. Aus naheliegenden Gründen bin ich ihnen jedoch zu einigem Dank verpflichtet, so daß ich im folgenden die eine oder andere Erklärung zum Wahrheitsgehalt des Romans abgeben möchte.

Natürlich hat Johann Wolfgang von Goethe seinen Freund Friedrich Schiller nicht ermordet, wenngleich lange Zeit ein entsprechendes Gerücht durch die Historie geisterte. Goethes Zugehörigkeit zum Geheimbund der Illuminaten ist dagegen verbürgt und wurde auch von ihm selbst nicht bestritten.

Zumindest Jacob Grimm hat Goethe persönlich kennengelernt, allerdings erst 1809, drei Jahre bevor er und sein Bruder Wilhelm den ersten Band ihrer berühmten *Kinder- und Hausmärchen* veröffentlichten.

E. T. A. Hoffmann arbeitete tatsächlich im Jahr 1805 in Warschau als preußischer Regierungsrat. Damals neigte er bereits stark zum übermäßigen Alkoholgenuß und verkehrte in Warschaus Künstler- und Theaterkreisen. Seine unheimliche Erzählung *Der Sandmann* erschien erstmals 1817.

Der Disput zwischen Elisabeth von der Recke und dem Prinzen Friedrich Wilhelm Eugen von Württemberg fand wie beschrieben im Frühjahr 1786 in der Berlinischen Monatsschrift statt. Ob Elisa jedoch in späteren Jahren derart tatkräftig gegen Blasphemie und Wunderglauben vorging wie in diesem Roman beschrieben, bleibt fraglich und sollte getrost als freie Erfindung meinerseits angesehen werden. Prinz Friedrich hingegen stieg wirklich zum preußischen Kavallerie-General auf; 1806 führte sein persönliches Versagen zu einer entscheidenden Niederlage seiner Regimenter gegen Napoleon. Daß Friedrichs frühe Veröffentlichung in der Berlinischen Monatsschrift Schiller zum Roman-Fragment *Der Geisterseher* inspirierte, wird heute von der Literaturwissenschaft weitgehend anerkannt.

Die Bekanntschaft Elisas mit dem polnischen Grafen Augustus Moszinsky erschien mir naheliegend; es gibt allerdings keine Beweise, daß sich beide wirklich je getroffen haben. Moszinskys Veröffentlichung über den Stein der Weisen erschien 1786 und wirkt in ihrer scharfen Ironie ungewöhnlich modern für einen Text jener Epoche.

Graf Cagliostro alias Joseph Balsamo gilt als einer der größten Betrüger des 18. Jahrhunderts; seine Erwähnung in diesem Buch folgt den historischen Tatsachen. Tatsächlich verlieh er sich den pseudo-ägyptischen Titel Groß-Kophta und rief in einer Reihe europäischer Städte sogenannte Ägyptische Logen ins Leben, die von je zwei Venerablen geleitet wurden.

Anna Constantia von Brockdorff, besser bekannt als Gräfin Cosel, verbrachte über vier Jahrzehnte im Johannisturm der Burg Stolpen. Ihre alchimistischen Experimente sind historisch verbürgt. Forscher behaupten, sie habe über ihre lange Gefangenschaft den Verstand verloren.

Der Auftritt Karl Grosses in Schloß Vogelöd sollte als Hommage an die wunderbaren Geheimbund-Romane des ausgehenden 18. Jahrhunderts, vor allem aber an Grosses eigenes Werk *Der Genius* verstanden werden. Der vierbändige Roman war neben Schillers *Geisterseher* einer der populärsten Einträge innerhalb dieses Genres. Grosse lehnte sich dabei eng an Schillers Vorlage an und wurde oft als trivialer Kopist verdammt, ein guter Grund, ihn ausgerechnet in Vogelöd auftreten zu lassen.

Des weiteren habe ich mir bei zwei historischen Schauplätzen aus dramaturgischen Gründen einige Freiheiten hinsichtlich ihrer Architektur erlaubt: War dies im Fall von Goethes Haus am Weimarer Frauenplan nur ein nahezu unbedeutendes Detail, wird man beim Besuch der Burg Stolpen, östlich von Dresden, einen drastisch abweichenden Aufbau der Innenräume feststellen. Kenner dieser Lokalitäten mögen mir freundlichst verzeihen.

Ein Buch wie dieses schöpft naturgemäß aus einer großen und recht unübersichtlichen Fülle historischer und literaturwissenschaftlicher Quellen. Ich möchte daher nur die wichtigsten nennen:

Adalbert von Hanstein: *Wie entstand Schillers Geisterseher?* (Berlin 1903), Hermann Gerstner: *Die Brüder Grimm* (Gerabronn–Crailsheim 1970), Klaus H. Kiefer (Hrsg.): *Cagliostro – Dokumente zu Aufklärung und Okkultismus* (Leipzig/München 1991), Hermann & Georg Schreiber: *Mysten, Maurer und Mormonen* (München 1990), Rosemarie Haas: *Die Turmgesellschaft* in *»Wilhelm Meisters Lehrjahren«* (Frankfurt/M.1975), Allison Coudert: *Der Stein der Weisen* (Herrsching 1992), Gabrielle Wittkop-Ménardeau: *E. T. A. Hoffmann* (Hamburg 1966) und, natürlich, Friedrich Schiller: *Der Geisterseher.*

Danken möchte ich zudem den folgenden: René Strien und Reinhard Rohn für Tips und Vertrauen, Burkhard Zinner für sein Angebot, während meiner Recherchen in seinem Haus in Jena zu wohnen, Federico Gambarini, außerdem dem Weimarer Goethe- und Schiller-Archiv. Ganz besonders aber danke ich Steffi Kermer – für ihre Engelsgeduld mit einem Einsiedler.

Kai Meyer